ゴルゴダの火

龍を見た男たちの地熱開発の物語

白木正四郎

花乱社

二千年前のエルサレム、ゴルゴダの丘。そして、その日はイエス・キリストが十字架刑に処せられることになり、ローマのユダヤ総督ピラトは民衆に向かって、問いかけた。

「この者は、煽動と冒瀆の罪で死刑に処せられる。年に一度の祭りの日に、重罪人を一人だけ民衆が選び釈放するならわしがあると聞いている。あなたがたは、だれを釈放してほしいのか。極悪人のバラバか、それとも救世主キリストと呼ばれているイエスか？」

ピラトは、彼らがねたみからイエスを引き渡したことに気づいていたのである。

ピラトは言った。「あの人がどんな悪いことをしたというのか？」

しかし、ユダヤの民衆は激しく「十字架につけろ」と叫び続けた。

そこでピラトは、自分では手の下しようがなく、かえって暴動になりそうなのを見て、群衆の目の前で水を取り寄せ、手を洗って、言った。「この人の血について、私には責任がない。自分たちで始末するがよい」

すると、民衆はみな答えて言った。「その人の血は、私たちや子どもたちの上にかかってもいい」

そこで、ピラトは彼らのためにバラバを釈放し、イエスをむち打ってから、十字架につけるために引き渡した。

（『新約聖書』マタイの福音書、二六章一五〜二六節）

ゴルゴダの火◉目次

ゴルゴダの火

龍を見た男たちの地熱開発の物語

戦争は石油の奪い合いで始まる。国の安全のためには、なるべく自国の再生可能なエネルギーを確保することである。高度の発電効率技術や公害防止技術を駆使した新しい発電所を建設し、そしてエネルギーの不足分は、世界中に眠る豊富な石炭やシェールガスなどを輸入する。一神教同士の果てしない争いの連鎖が続く中東に頼らず、複数の国から安く購入できるエネルギー政策を構築することである。

「世の中全体が狂っているときには正気であるほうが馬鹿げている」

（経済学者サムエルソン）

プロローグ

二〇一五年七月十六日、安全保障関連法案が衆院本会議で可決。

日本政府は、違憲としてきたこれまでの解釈を強引に変えて、拡大解釈し、集団的自衛権行使が可能となった。「国家存亡の危機」と政府が解釈すれば、いつでも、どこでも、武装した自衛隊を派遣することができる。日本政府は、同盟国アメリカの強い要請を受け、アジア海域で軍事的拡大を強行している中国の脅威に対抗するという大義を掲げ、石油利権獲得のために中東で行っている欧米諸国の戦争、またキリスト教対イスラム教との宗教戦争にも、武器を持って参戦できるようになった。

八月十一日、日本では福島原発事故以降、運転停止していた原発の再稼働が始まる。

新しい原発規制委員会は、原子炉を遠隔制御できるオフサイトセンター（緊急事態応急対策拠点施設）の設置義務事項を先延ばしにし、また福島原発事故で現場の生命線として活躍した免震重要棟の設置さえも反故《ほご》にして、鹿児島県の原発を再稼働させた。その動きは次々と全国に拡大してゆく。

十一月十三日、「イスラム国」テロリストによるパリ同時多発テロ事件が発生。一三〇名のパリ市民の命が奪われ、世界中に衝撃を与えた。オランド大統領は「イスラム国と戦争状態に入る」と宣言。アメリカ、英国、ロシアと共に、イラクとシリアのイスラム国が支配する地域への空爆を開始した。

「イスラム国と戦争している有志連合と行動を共にする」という日本の首相の発言を受けて、イスラム国は拘束した日本人二名を殺害。イスラム国は「今後、日本国および日本人をターゲットとする」と日本に対するテロを宣言した。

十二月三十一日、アメリカ・フランス・英国・ロシアなどの有志連合国は、シリアとイラクのイスラム国支配地域に大規模な空爆を実行。イスラム国の過激なテロリスト戦闘員は、中東地域から離れ、テロ事件のターゲットを欧米各地、アジアと日本へと移すために姿を消した。

二〇一六年一月六日、北朝鮮が「朝鮮労働党の戦略に基づき、初の水素爆弾実験を行い、成功させた」と発表する。

一月十四日、インドネシアの首都ジャカルタの中心部で、男らが爆弾を爆発させた後、市民を銃撃し、インドネシア人とカナダ人の二人が死亡、外国人を含む二十人が負傷する自爆テロが起こった。イスラム国のテロがアジアに飛び火した。

一月十六日、台湾の総統選挙で蔡英文《さいえいぶん》総統が誕生。初の女性総統となった。同時に行われた台湾の議会、立法院の選挙では、一一三議席のうち民進党が六十八議席と、改選前の四十議席から躍進し、国民党にかわって第一党となり、初めて単独で過半数を獲得した。中国を取り巻く環境に新しい動きが始まった。

一月二十六日、天皇陛下と美智子妃殿下が五十四年ぶりにフィリピンをご訪問。フィリピンでは革命の指導者マキノ大統領の子供が成長して新しい大統領になっている。マキノ大統領が両陛下を飛行機のタラップ下まで迎え、異例の歓迎をした。

フィリピンでは、かつて日本軍とダグラス・マッカーサー元帥が指揮した米比軍との戦いで一一万人のフィリピン人が戦死した。両陛下は、戦没者の霊を祀る「無名戦士の墓」と、独立の英雄ホセ・リサールの記念碑を訪問された。その後、大東亜戦争で五十万人という最大の日本軍兵士が戦死した霊を祀る日本人慰霊塔を訪問された。九六％の国民が親日的といわれるフィリピンと日本が、二度と戦争をしないように祈る旅であった。

一月二十八日、福井県にある近畿電力高岡原発三号機（プルサーマル型）が再稼働を始めた。

原発再稼働を急ぐ日本――。

再稼働の世論形成のために、政府からテレビ局首脳部に対して、放送免許停止処分も含めた脅しに近い締め付け圧力が増加した。ついに三月十二日、総務大臣からの要請で、二十五年続いたNHKの人気報道番組『リアルニュース』が、政府に批判的な内容の特集「原発再稼働への疑問」が公平性を欠いた偏向内容であったとして、突然の打ち切り決定がなされた。

そうした流れで民放各局も自粛ムードが高まり、三十二年間続いた人気報道番組『真実報道ステーション』でも、反政府や反原発のメインキャスター古野健二が降板、あらかじめ決められた原稿内容しか喋らない若手のイケメン局アナに交代した。続いて、元経産省官僚で反原発や反安保法案を主張する辛口の人気コメンテーター毛賀勝彦の突然の降板など、政府に媚びるマスコミのあからさまな動きが拡大した。この動きは東京キー局のみならず地方テレビ局にも拡大し、反政府寄りの発言をするタレントやコメンテーターが魔女狩りのように次々とテレビから追放された。

それと同時に、テレビ局の社外取締役の人事に異変が起こっていた。電力会社のトップ自らがテレビ局の社外役員に就任し、テレビ局側も電力自由化に向けて始まる二千億円ともいわれる広告費を獲得するために喜んで受け入れた。

二〇一六年、日本は大きく変わる潮の渦中にあった——。

羽田空港のロビーに一人の男が降り立った。日焼けした精悍な顔、茶色のサングラスで鋭い眼を隠していても、強い不屈の意志が身体中から溢れている。白いパナマ帽子、真っ白な麻のイタリア製ジャケットとシャツ、細めの白い麻木綿のジーンズに白い革靴、イタリアンカラーの縞模様が付いた白い靴下、鬢《びん》ともみあげに少し白髪が見える。

男はサングラスを外して北九州への国内便の案内板を見上げた。瞳が薄い茶色である。少し肩を揺らしながら大股で歩く。カールした髪が揺れる。磨きあげられたフロアーに、その肩幅の広いローマ剣闘士のようなシルエットが反射する。合気道で鍛えた肉体を持つ、この男の名は山崎誠一、六十七歳。団塊世代の生き残りである。

山崎は新しく整備された羽田空港を眺めた。そして一人のアメリカの男を思い出していた。外務省の友人から、長い飛行機の旅だからと機内で読むよう手渡された本、半藤一利著『マッカーサーと日本占領』に登場した男である。その名はダグラス・マッカーサー。

一九四五年八月三十日、マニラから沖縄を経由して東京の厚木飛行場に降り立った。当時六十五歳。マッカーサー元帥は記者団のフラッシュの中で悠然と、専用機C54型機バターン号のタラップを降りた。以後六年間、十一カ国の連合国軍最高司令官として救世主のように君臨し、戦後の混乱する日本を支配した。そして一九五一年四月十六日、この羽田空港を二十万の日本人の歓声と涙に見送られて飛び立ったのである。

マッカーサーは、かつてフィリピン軍司令官、また極東米陸軍司令官として日本軍と戦った。フィリピン陸軍特製の元帥帽をかぶり、フィリピンのケソン大統領から元帥の称号を与えられた。

マッカーサーは、フィリピンと日本を運命の地と考えていた。日本との長い戦いで、戦争はすべて無益なものという境地に達していた。そして彼は、人類が理想とする不戦の誓いの条文を、二度の原爆を経験した敗戦国日本の新憲法に記すことを悲願とした。やがて日本が軍事強国となり、再びアメリカに復讐をたくらむ国にならないためでもあった。

彼は昭和天皇に語った。「戦争はもはや不可能であります。戦争をなくするには、戦争を放棄する以外には方法はありませぬ。それを日本が実行されました。五十年後において（私は予言いたします）日本が道徳的に勇敢かつ賢明であったことが立証されましょう。百年後に、日本は世界の道徳的指導者となったことが悟られるでしょう」。彼は日本民族に「軍国主義からアメリカ的自由を与える民主革命」を与えた救世主として、まさに現人神のように振舞った。

山崎は、「日本を太平洋のスイスにする」という理想に燃えた彼を、偉大な二十世紀の理想主義者であり、年老いた遠い存在だと思っていたが、六十七歳になった今、自分が彼と同じ年代になったことに感慨深いものを感じていた。

自分は何をするために日本に戻ってきたのか？　北九州空港に向かう飛行機の中で、山崎は自分の人生を振り返りながら自問自答した。あと何年、生きることができるのだろう。十五年くらいか。いずれにしても、残されている日々は少ない。

これから故郷で経験することが自身の人生を大きく変えることを、山崎はまだ知らない。


地熱掘削技師である山崎は、父正元の葬儀以来、二十年ぶりに南米のコスタリカからヒューストン経由で日本に戻った。九十二歳になった母千代と同居している兄夫婦が、北欧クルージング旅行で一カ月留守にする。その間の母親の世話を頼まれたためだ。

兄正一郎は北九州市戸畑区にある安岡工業株式会社で専務を務めている。安岡工業は創業百年の歴史を誇る、地元で有名なロボット製造企業である。最近はアメリカ向けに、人工頭脳を搭載した農薬配布用の大型ドローンを製造しており、利益が前年の二倍に成長した。今回の旅行はそのご褒美に、創業家四代目の安岡新次郎社長から特別にプレゼントされたものであった。

義姉の絹子の話によると、飛行機での長距離の旅が嫌いな兄が渋々出かけることにしたのは、社長が手配した航空券が往復ともファーストクラスのチケットであったからである。兄以上に喜んだのは絹子で、母と一緒に大きな二世帯住宅に暮らしている兄夫婦にとって、初めての夫婦そろっての長期海外旅行であった。

「高齢のお義母《かあ》さんが心配で、一人にしたくないの。お願い……」

義姉からの頼みで、山崎は渋々帰国を決意したのである。母親と会うのは二十年ぶり、父親の葬儀以来であった。

山崎は、優等生タイプの長男である正一郎を溺愛する両親を、なぜか避けるようにして人生を歩んできた。山崎には兄の他に、二人の姉がいた。山崎は末っ子で甘やかされて育てられ、六歳まで母親のおっぱいをしゃぶっていたらしい。

三歳頃、庭の柿の木で遊んでいた時に、大きなスズメ蜂に刺されて気を失い落下した。三日間意識不明ののち奇跡的に回復したが、医者から「もう一度スズメ蜂に刺されたら今度は死にます」と言われた。それ以来、スズメ蜂が生涯の天敵となる。今でも昆虫の羽の音を聞くと、体が一瞬、凍り付くことがあるのは、その記憶のためだ。

母親から外で遊ぶことを禁止されたせいで、いつも家の中で姉たちと遊ぶ、青白い顔の「うらなりきゅうり」というあだ名の少年だった。「僕は女に生まれればよかった。女に生まれたら戦争に行かないでいいから……」と呟く女々しい男の子であった。心配した父親の勧めで柔道道場に通わせられたが、三日間で辞めた。「お前はダメな子だ」と、父親は文武両道の優秀な正一郎と比較して小言を言った。

左利きであったことを恥じた母親からは、右利きに無理やり矯正させられ、それが原因かどうかわからないが四歳で吃音《きつおん》になり、静かに一人で犬と遊ぶ子供時代を過ごした。吃音は山崎の心に深い闇を与えた。しかし、高校時代に毎週、福智山に一人用のテントを担いで登り、すれ違う見知らぬ登山客に「こんにちは」と挨拶を繰り返したり、テントの中で声を出して本を朗読したりして、少しずつ喋れるようになった。

「私はドモリですと、初対面の人に、まず自分から話しなさい。そうすれば隠すことがないから楽になるっちゃない」という母親からの忠告が効いた。自分の欠点を隠さず、前面に出して勝負する。これが、山崎が吃音から得た人生の知恵であった。

山崎は一度だけ、母親の頬を叩いた苦い経験がある。実家に帰るたびに思い出す、つらい記憶だった。

六歳の頃、家にあった青磁の茶碗をうっかり割ってしまった時のことである。

「どうしよって割ったとね。弁償しんしゃい。元の茶碗に戻しんしゃい」

「………」

幼い山崎は自分ではどうしようもない。吃音で言葉もうまく出てこない。追い詰められ、悔しさのあまり、小さな手で思い切り母親の頬を叩いて抗議した。母親は驚きのあまり泣いた。その夜、父親からお尻を十回以上叩かれ、暗い押し入れに翌朝まで閉じ込められた辛い記憶が蘇ってくる。

ところが今回の帰国で、山崎は母親から、この茶碗にまつわる話を初めて聞くことができた。

母親の実家は博多で「福萬醤油」という創業三五〇年の老舗の醤油醸造元である。先祖の白木甚右衛門は三百石の黒田武士であった。藩主黒田官兵衛を支えた筆頭家老、栗山備後守利安（善助）の家臣であり、また、利安の長女の夫でもあった。甚右衛門は利安が死んだ日に義理の息子として殉死を許され、即日切腹して果てた。その墓は福岡県朝倉市杷木志波の円清寺に、利安の墓を守るように側に祭られている。

それから二百年の月日が流れた。時は黒船騒動で混乱する幕末、十三代目太七は、博多の勤皇商人石蔵《いしくら》卯平の影響を受け、倒幕を志す勤皇商人となる。石蔵卯平は博多鰯町に住み、屋号を「石蔵屋」と称し、対馬藩の御用達海運業を生業とした。卯平は長州から逃げてきた高杉晋作を匿い、逃走資金を援助し、坂本龍馬、西郷隆盛などの多くの尊皇の志士と交わった。対馬・福岡両藩の勤皇志士のために金銭を供給したり、自分の家に尊皇の志士を庇《かば》ったり、また志士の依頼を受けて各地の情況を偵察した。後に卯平は奇兵隊に志願し、野村望東尼を姫島から救出したことで名を上げる。

太七は親戚の卯平から頼まれて、勤皇僧侶月照《げっしょう》を幼友達の目明《めあか》し高橋文七の奥座敷に匿わせ、自分は西郷隆盛を醤油蔵に匿った。西郷は幕府から追われた月照和尚を連れて薩摩に逃げる旅の途中であった。太七はこの罪で追われ、明治元年、梅の咲く寒い朝、長崎にて卯平と共に福岡藩の役人から殺害された。共に三十三歳の若さであった。戒名は「寒梅自香居士」《誰も春を知らない時に咲く寒梅、その香りは自分だけが知っている》という、勤皇商人にふさわしい戒名である。なお、文七は玄界灘に浮かぶ孤島、姫島監獄で明治四年まで拘留された。

福萬醤油は、親戚筋から養子に迎えられた半四郎が再び暖簾を上げるまで三十年間、閉鎖される。半四郎はやがて醤油や味噌、酢のほかに西洋のソースなどを製造して大成功し、待望の跡取りの半五郎が生まれた。その半五郎の十二人の娘のうち四名が無事に成長し、母千代は長女として成長したのである。

一方、山崎の父正元は甘木市（現在は朝倉市）で蠟《ろう》問屋の末っ子として生まれた。先祖は豊臣秀吉に敗れるまで戦国時代、この地方を治めた豪族秋月種実の子孫である。正元が六歳の時、父親が重い病で病死、また不幸なことに蠟工場から出火し、自宅も近所の家を巻き込んで焼けてしまった。火災の火元責任者として、近所に弁償するためにほとんどの財産を差し出した。残された母親と兄姉四人は山崎家再興の夢を末っ子に託した。正元はそんな兄や姉たちの思いを受けて勉学に励んだ。兄の轍《わだち》は勉学資金を手にするために、黒田の殿様の屋敷前で三日間、座り込みの直訴をして、黒田奨学金育英会に頼み込んだ。

正元は京都帝国大学に進学し、卒業後は大学総長の紹介で、ソウルの朝鮮銀行に就職した。千代の父白木半五郎がソウルに旅した時、朝鮮銀行総裁から紹介された正元を一目で気に入り、「ぜひ、千代の婿に」と頼み込んだ。二年後、正元は福萬醤油の後継者として千代と結婚。しかし、半五郎が四十七歳で急逝。半五郎の後妻久乃は、婿養子に来ていつまでも名前をかえない正元に対して不満がつのり、折り合いが合わず対立した。正元は家を出る決意をする。千代は家を捨て、ソウルの朝鮮銀行に再び戻る正元と運命を共にした。

山崎が割った青磁の茶碗は、その時、ソウルに到着した晩に、朝鮮銀行本店前の京城三越百貨店で、父正元が母千代のために買った茶碗だったのである。山崎が初めて聞く話であった。

割れた茶碗は二カ月後、父親の京都大学時代の友人が営む京都の金継《きんつ》ぎの老舗「泉屋」にて金継ぎされて戻ってきたという。金継ぎとは、茶の湯文化が盛んになった室町時代から受け継がれた日本独自の伝統技術である。割れたり欠けたり、ヒビの入ってしまった陶磁器を漆で接着し、接着部分を金で装飾して仕上げる。金継ぎした割れ茶碗は、さらに高価に売買されるという不思議な国、日本。そんな話を深夜まで母親と語ったのも、山崎にとっては新鮮であった。

家や親を捨て、異国に赴任する父と行動を共にした勇気ある母。母親のことを何にも知らないで、茶碗の事件から疎ましく避けていた山崎は、母親が人生途上でどんな困難にも前向きで生きてきた、たくましい女であることを初めて知った。

父と出会う前に憧れていた青年が結核になり、親から反対され一晩中泣いた話。父が亡くなった時、その人がまだ元気で生きていることを知って、父の遺体に向かって文句を言った話。親友から頼まれて役員に就任した会社が倒産し、負債を苦に父が首をつろうとした時に、母が体当たりして止めた話など、幼かった山崎が聞かされていなかった昔話に花が咲く、長い夜を過ごした。思い出の古い茶碗を前に、九十二年間の母親の人生を聞けたのが嬉しかった。

山崎が地熱掘削技師として暮らす南米のコスタリカは、地熱発電所の建設ラッシュで、自国のエネルギーの一五%を既に地熱発電で賄う地熱大国になっていた。八〇%を占める水力と合わせ、コスタリカは自然エネルギーだけで国民五百万人の電力を賄う炭酸ガス排出ゼロの国、そして、日本と同じように平和憲法を持つ自然豊かな国である。

山崎は以前関わっていた阿蘇地熱プロジェクトが終了してから、地熱開発をこの二十年間停止した日本を離れて過ごした。この空白の間に、日本の地熱関連企業がほとんど倒産したからだ。それがこのたび、三十年前に手がけた阿蘇の龍上川地熱発電所がバイナリー発電（地下に還元する熱水を活用し、沸点の低いガス媒体を使用して発電する方式）で五万キロワットから六万キロワットに増設するという。山崎が帰国を決めたもう一つの理由がこれであった。式典に母親を連れて出席し、湯布院温泉で二日ほど滞在するつもりでいた。

この時山崎には、日本で世界を震撼させるテロ事件が起きようとは知る由もなかった。

第1章　原発テロの脅威

二〇一六年――

スリーマイル島原発事故（一九七九年三月二十八日）から三十七年目。

チェルノブイリ原発事故（一九八六年四月二十六日）から三十年目。

福島原発事故（二〇一一年三月十一日）から五年目。

日本では、人類が経験した三つの悲惨な原発事故の記憶が風化し、再び日本政府と電力会社による新しい美しい完璧な安全神話が創られ、原発再稼働が始まった。そして時を同じくして、日本を襲う原発テロの準備が、シリア北部の洞窟の中で密かに進められていた。

三月二十二日、ベルギーのブリュッセル空港と地下鉄駅で連続爆発テロが発生。イスラム過激派組織イスラム国（ＩＳ）が犯行声明を出した。後日、テロの実行グループは当初、同国のティアンジュ原発を標的としていたことが明らかになった。

イスラム国は、警備が厳重な欧州を離れ、主戦場をアジアとアメリカ本土に拡大した。六月十三日、米国フロリダのナイトクラブで銃を乱射し、五十人のアメリカ人を殺害するテロを実行。七月一日にはバングラディシュの首都ダッカで、日本人七名を含む外国人を狙う爆弾自爆テロを実行した。なお、このテロには日本国籍を取得したバングラディシュ人留学生が関与。日本国内で過激なイスラム国の洗脳を受け、テロ事件後、姿を消した。

七月十四日、フランス革命記念日、南フランスの観光地ニースで、暴走トラック・テロにて八十四名が殺害された。南米初のオリンピック開催に沸くリオでも、ブラジル国内のテロリストによる未遂事件が発生し、二十数名の容疑者が逮捕された。

イスラム国は、アメリカや英国などと共に有志連合国の友邦としてＩＳに「宣戦布告」した日本でのテロを決めた。その攻撃目標は、再稼働したばかりの福井県の近畿電力・高岡原発三号機と、佐賀県の筑紫電力・巌山原発三号機。いずれもプルサーマル発電を採用している。イスラム国は、破壊した場合に従来の軽水炉よりプルトニウム、アメリシウム、キュリウムなど超ウラン元素の放出量が多くなる、これらのプルサーマル原発を標的に選んだ。

実行時期は、多くの原発が日本海側に立地することから、日本列島に放射性物質を広く飛散させる偏西風が強く吹く十月に決定。それも五十四カ国首脳が参加する京都・福岡アジア欧州首脳サミット開催当日と定めた。サミットの主要議題は英国ＥＵ離脱問題やシリア難民対策、そして対イスラム国テロ対策であった。イスラム国は、大型ドローン六機に生物兵器と爆弾を搭載して空からのテロ計画を立案。全くの無防備ともいえる日本の原発を攻撃する戦略を計画した。

自爆テロ決行の意思を固めたテロリスト十二名が、シンガポール発ＬＣＣ航空の飛行機にて福井空港から日本に潜入した。そして、既に一年前から各地の原発施設に作業員として働いている在日北朝鮮特殊工作組織から必要な情報を手に入れた。驚くべきことに、個人情報保護の人権擁護派の強い反対により、未だに原発先進国では日本だけが原発作業員の身元調査をしていない。テロリストらは福岡市内と福井市内に「韓国博愛光のキリスト教会支部」という看板を掲げたアジトを設け、着々と準備を進めた。

十月二十四日、京都サミットに出席する各国首脳及び福岡サミットに出席する財務大臣たちが京都国際ホテルに集結した。皇太子殿下主催の晩餐会が終わった深夜、イスラム国のテロリストによる、生物兵器と爆弾を使用した同時多発原発テロが決行された。破壊ターゲットは、使用済み核燃料プールと放射性廃棄物貯蔵施設、送電線施設、非常用発電施設および燃料タンク施設であった。

いずれの原発も原子炉本体は無傷であったが、佐賀県の巌山原発三号機の使用済み核燃料プールから多量の放射性物質の塵が偏西風に乗り、事故後一時間で福岡市、北九州市上空に拡散。その日のうちに北部九州及び山口、四国の愛媛県と徳島県は避難勧告が発動される放射能汚染地域となった。一方、微量ではあるが、福井県の高岡原発三号機から飛散した放射性物質の塵が、二時間後には大阪や京都など関西で計測され、汚染地域が拡大した。

原発テロ事件発生から三十分後に、各国の首脳たちは自衛隊が緊急手配した大型ヘリに乗り、関西国際空港に避難。自国の政府専用機にて次々と秘密裡に帰国した。

日本の原発は、自然災害については多重の安全システムを組み込んだ設計を基に建設されている。その結果、「どんな地震や津波でも安全だ」という完全なる安全神話の下で、狭い国土に五十四基もの原発が建設された。その安全神話は東日本大震災で、もろくも崩れた。しかし政府は、福島原発事故の汚染水による放射能漏れや、廃炉、住民救済も完了させぬまま、電力会社救済のために、原子力安全委員会が新しく作成した安全神話をマスコミに流させ、次々と再稼働を開始した。その矢先の原発テロである。

日本の原発安全設計では、原発テロはほとんど考慮されていない。特に空からの攻撃については無防備に近い。これは当初から政府内部の機密文書で指摘されていたが、コストを優先する電力会社の意向で先送りされ、決して公表してはいけない機密事項となっていた。

山崎は阿蘇の龍上川地熱発電所の会議室で原発テロのニュースを聞いた。

「本日未明、福井県の高岡原発三号機と佐賀県の巌山原発三号機に対する同時多発テロ攻撃がありました。昨年暮れに北九州市の安岡工業戸畑工場から盗まれた大型ドローンが犯行に使用された模様です。犯行声明がイスラム国のサイトに掲示されていますが、現在のところ北朝鮮工作員組織の可能性も指摘されています。犯人グループは警察官三名を射殺し、現在高速船で釜山方面に逃走中です。

原子炉本体に損傷はありませんでしたが、使用済み核燃料プールに被害があり、多量の放射性物質が飛散した模様です。強い偏西風の影響で、高濃度の放射性物質の塵が福岡市及び北九州市方面へ流れています。該当する地域の皆様は直ちに南九州の方向に避難してください。

もう一度繰り返します。放射性物質を多量に含む塵が、福岡市及び北九州市方面に飛散しています。当該地域の皆様は直ちに南九州方面に避難してください。……公共の交通機関は既に閉鎖されました。車での……混み合う……高速道路は……」

山崎は咄嗟に母親のことを想った。同行予定であったが、体調が万全でなく、一人で残してきていた。兄正一郎の会社のドローンが使用されての事件である。正一郎たちの北欧旅行はすぐに中止されるだろうが、帰国には三日はかかるだろう。山崎は直ちに北九州に戻る決意をした。

走らせた車の中で突然、電話の着信を知らせる「ミッキー・マウス・マーチ」が流れ出した。

山崎は運転を続けたままハンズフリーで応答した。正一郎からであった
「誠一か！　つながってよかった。戸畑の本社から原発テロの話を聞いた。我が社の製品が使用されたらしい。至急帰国するが、お母さんも一緒だろうな」

「いや、それが昨晩、血圧が一九八あったから留守番するって……」

「一緒に阿蘇に行くと言ってたじゃないか！　お母さんが心配だ……」

「今、北九州に戻っているところだ。俺も、さっきそのニュースを聞いたばかりだ。政府はやっとSPEEDI《スピーディー》（緊急時迅速放射能影響予測システム）の放射能汚染予想マップを発表したよ。事故から六時間、何が〝スピーディ〟だ」

今の風速で放射性物質が拡散した場合、風向きが西寄りに変化すれば二十四万人の住む佐賀市、さらに西に変われば四〇キロも離れていない一五〇万人都市の福岡市が一時間で汚染され始める。山崎はハンドルを持つ手が震えるのを感じた。

「俺は今、バルト海の上だ。すまんが、お母さんを頼む」

「わかった。いつ帰れるんだ?」

「明日の朝、ヘルシンキに寄港する。本社が切符を手配したから、フィンランド航空で明後日

には成田に着く。福岡直行便は福岡空港の閉鎖で取れなかった。東京から新幹線で帰るから、到着は三日後になりそうだ」

「放射能の雲がその頃東京にまで拡散しなければいいけど……。ISの犯行声明のサイトでは『炭疽菌の生物兵器を使用した』とあるけど、政府はこれについて何も発表していない。大丈夫だろうか?」

「多分、大丈夫だ。燃料タンクの大爆発で死滅したはずだ。生物兵器は濃度が殺傷能力にもろに関係しているから、薄まるとほとんど効果が出ないんだ。これは日本人に恐怖を与えるために使用したんだ。むしろ、これから拡散する放射能が心配だ」

正一郎の説明では、今回使用された炭疽菌は二グラムで、大きさは二ミクロン、一兆五千億の菌が含まれるという。八千から一万個の菌が肺に入ると肺炭疽を発症する。二グラムは二十万人を死に至らせる量だという。

「二グラムで二十万人か……。随分、詳しいね」

「農薬散布用のドローンが生物兵器に使用される場合のあらゆるケースについて、防衛省と十分協議してきたからね……」

正一郎によると、今回使われたドローンは人工知能搭載の、運搬荷重一五〇キロの大型のものらしい。

「お兄さんの会社のドローンは防衛省がらみ？　ということは米軍も？」

「……」

正一郎はその質問には無言で答えた。仕方なく山崎は別の質問をした。

「お義姉《ねえ》さんは？」

「絹子は落ち着くまで、この船で待機させる」

「それがいい。日本がどうなるか、政府は被害情報を少しも流さない。『今のところ、直ちに身体に深刻な影響はない』と繰り返すばかりだ。状況が少しわかってから帰国させた方がいいと思うよ。お義姉さんは英語が話せるの？」

「片言ならできるし、何とか船の中で飯は食える。だから、あと十日は大丈夫だ。それより、お母さんを頼む」

「OK。ところで、会社は大丈夫？」

「わからん、電話が通じないんだ。会社よりもお母さんが心配だ。じゃ切るからな」

お母さんが心配……会社だけに命を捧げて働いてきた兄がそんな言葉を口にするとは。山崎は嬉しかった。やはり家族だ。人間は危機の時に本当の自分が現れる。兄のことを誤解していた自分が恥ずかしかった。

山崎は車から何度も、実家にいるはずの母親に電話をしたが繋がらない。不安のまま車を走らせ続けた。途中、高速道路は、汚染が広がっていない安全な地域に避難しようと南下する車で混雑していたが、北上する車はほとんどなく、思ったより早く実家に到着した。

無事だった母親を無理やり車に乗せて北九州市を後にしたのは、テロ発生から十二時間後であった。山崎は車が少ない久山《ひさやま》から大牟田に抜けるルートで、友人が温泉旅館を経営する大分県湯布院に向かった。

夕陽に輝く九重《くじゅう》連山の懐かしい山並みが見えてきた。三十年前、地熱エネルギーを促進するニューサンライズ計画の阿蘇掘削レースに参加した頃の記憶が、鮮明に脳裏に蘇ってくる。あの時、日本が無限の自然エネルギーである地熱資源を促進する方向に舵《かじ》を切っていれば、このような災害を被ることはなかったのだ。

バックミラーに映る老いた母親の姿を見ながら、かつて同じ大学で日本史を専攻していたアメリカ人のスミスから言われた言葉を思い出した。

「日本人は、起こってほしくないことは絶対に起こらない、と盲目的に信じる民族だ。日本人は歴史から何も学ばない、ということを僕は日本の歴史から学んだよ」

広島と長崎の原爆被災で二十一万人の民間人の命を失った経験や、福島原発事故で十万人が未だに故郷に帰還することができず、故郷を失うような経験をしても、わずか四年で原発が再稼働される。

山崎は思う。「もし、できることなら、あの三十年前の日本に戻りたい」と。あの時も、政府は大きくエネルギー政策を変えようと動き出していた。チェルノブイリ原発事故の教訓から、原発に依存しない、石油に代替する自然エネルギー推進をめざしたニューサンライズ計画が動き出したあの頃……。

山崎は高台に車を止めた。目の前には朝霧に包まれた湯布院盆地が広がっている。今日の出来事が現実だとは思いたくなかった。すべてが夢の中だと思いたかった。

山崎は朝霧の白いスクリーンの中に、三十年前に出会った一人の若い男の姿を見ていた。

第2章　邂逅

一九八五年の夏――

アメリカのカリフォルニア州ロスアンジェルスにいる山崎を、一人の青年が訪れようとしていた。

暗闇の中に、小さな金属音と共に小さな火が灯った。煙草の紫煙が火の周りにたち込める。しばらくして「着陸態勢に入りますので火を消してください」というアナウンスが響くと、火は消えた。

それと同時に、男が窓のブラインドを開けると、白色の強い光がその顔を浮かび上がらせた。陽に焼けた顔と鋭い目つきを持った青年である。

眼がその強い光に慣れると、男は窓から外を見た。赤い山並みと青い海が広がっている。飛行機が大きく旋回すると、青い海だけが窓を専有した。飛行機が完全に水平に保たれると、高層ビルの群れのシルエットが白い霧の中に浮かんでいるのが見えた。

男が税関から出ると、数人の黒人たちが話しかけてきた。鼻孔を刺激するゴミの臭いが男の顔を引きつらせる。風が吹き、黒く光る新品の革靴に新聞紙が絡みつく。男は彼らを無視して、タクシー乗り場に向かってゆっくりと大股で歩き出した。

黄色いタクシーが男の前に停まり、男は牛革のスーツケースと、銀色のアルミニウムのアタッシュケースを持ったまま、後部座席に乗り込んだ。窓から差す強い光線が銀色のケースに反射し、男の引き締まった顎を照らす。

男は、「Bonaventure《ボナベンチャー》 Hotel《ホテル》 in《イン》 Downtown《ダウンタウン》」と運転手に低い声で告げた。

男の名は風間義明、日本人、二十六歳である。

風間は山崎誠一に会うために、三本の黒くそびえるタワーホテルに向かった。その胸には自らの運を賭ける決意を抱えていた。

風間は山崎に一度も逢ったことはない。しかし、山崎のことを本人以上に知っているつもりだった。

風間は早稲田大学の恩師・円城寺教授の名刺を持っていた。山崎に宛てた紹介状には、学者らしい端整な文字で、「風間君は貴君の十年後輩である。何か相談にのってやってほしい」と書かれていた。

山崎はロスアンジェルスで日本人相手の観光のガイドをやっている。風間は、山崎がいつも客を捜しに来るというプールサイド・レストランで山崎を待つつもりだ。ボナベンチャー・ホテルは日本の資本が五〇％入っているためか、旅なれぬ日本人が好んで宿泊するホテルの一つである。

三本の高くそびえるタワーは黒色の鏡に覆われていた。ロスアンジェルスの太陽の光を不透明に反射するこのホテルは、米国の石油文明の永遠の繁栄を象徴しているビルディングのように思われた。吹き抜けのロビーには、巨大な噴水の周りに南国の植物が植えられている。ガラス張りの三つのエレベーターが高速で百階まで動いていて、まるで宇宙船の内部のような雰囲気である。スペイン語、フランス語や英語など様々な言語が、噴水の水の音と一緒に心地よい音楽のように聞こえてくる。

四十歳前後の長髪の男が近づいてきた。優しそうな目を風間に向けて微笑している。黒色のサマー・セーターに茶色の牛革ジャンパー、洗いざらしの青のジーンズ、それに鷲の模様が描かれたロング・ブーツを履いていた。テキサス・カウボーイ風の帽子を右手に持ち、大股で歩いてきて風間の前に立った。そばで見ると三十代の初めと思えるほどの若さを感じた。

風間は、この男だと直感した。相手が話し出す前にこう切り出した。

「山崎さんですね。お願いがあって日本からやって来ました。早稲田大学の後輩で、風間といいます。これは円城寺先生からの紹介状です」

風間は手紙を手渡すと、簡単に自己紹介をした。風間の父親は、熊本で温泉ボーリングから事業を興して、熊本県内の鉄道事業及び不動産事業、パイプ断熱加工事業、温泉配湯事業を経営する西部興産の創立者・風間康次郎である。風間はその会社を手伝っているという。

男は驚いた表情をしていたが、すぐに落ち着きを取り戻すと、黙って風間を見つめた。

「自然エネルギーを推進するニューサンライズ計画が科学資源省より出されました。民間企業の力を活用して、阿蘇カルデラの特別地区内に地熱の井戸を掘削させるのです……」

風間は息をつがずに一気に話すと、山崎の好物のラムパンチを、愛想のいい黒人の若いボーイに大声で二つオーダーした。そして強引に山崎の腕を引っぱりながら、南国風の大型の籐椅子に座らせた。

「つまり、五〇〇〇メートルの地熱の井戸を掘削し、一番早く一万キロワット以上の蒸気を掘り当てた企業に、開発資金の全額融資を行うというものです。既に大企業の東洋掘削株式会社、アジア石油開発株式会社、三蓉製鉄株式会社などが名乗りを上げています」

風間はラムパンチを一息に飲み干した。そして、山崎の眼を凝視しながら話を続ける。

「私は、地元企業を無視した、大企業優先の地熱開発のあり方に不満を持っています。父が経営する西部興産はこの掘削レースに賭けてみようと思っています。もちろん西部興産には掘削装置も人も技術もありません。ですから山崎さんにすべてを任せたいとお願いに来たのです。山崎さん、私は、我が国の掘削業界が新しい技術に挑戦しない保守的な体質になっていることに憤りを持っているんです」

風間は一語一語、力を込めながら話を続けた。

「円城寺先生から、山崎さんがなぜ掘削をやめられたか聞いています。そして、奥さんと子供さんのことも……」

山崎の顔が一瞬、曇った。最も思い出したくない事件に思いを巡らせている表情であった。

長い沈黙の後、ようやく山崎が口を開いた。

「俺は掘削をやめたんだ。今後も変わらない。風間君といったね。わざわざロスまで来てもらって残念だったな。別の人をあたってくれ」

北海道の灰色の海から吹いてくる冷たい潮風を吐き出すように言った。

「ちょっと待ってください。山崎さんが掘削をやめられた理由は円城寺先生からお聞きしました。あの向井船長が去年、同じような事故を起こしたんです。その裁判の結果、向井船長の過失がはっきりしました。そして、さかのぼって山崎さんの事故も、実は向井船長の過失であることが判明したんです。山崎さんは無実なんです」

風間の強い気迫に山崎は少し動揺したが、静かに自分自身に言い聞かせるように呟いた。

「もう、何もかも失った。終わったんだよ。とにかくあの時、俺の眼の前で三人の生命が流氷の海に消えた。俺はすべてのオペレーションを止める立場にいた。この事実は変わらない」

「でも……」

「俺はこのロスアンジェルスという街に来て、ここでの生活に満足している。俺だけのために気ままに生きる生活、これが最高の生き方だと気がついたんだ。日本に帰りたいと思ったことはないんだ。それに、君の夢みたいな話にのぼせるほど、もう若くはない。円城寺先生には、元気でやっているとだけ伝えてください。じゃ、これで失敬する」

ラムパンチに口もつけず席を立とうとする山崎に、風間は早口で喋った。

「龍三君は、私の兄の治療で歩けるようになりました。今年は小学校に入学されます。お子さんにも会いたくないのですか？　私は龍三君に、お父さんを連れて帰ると約束したんです。私は山崎さんに賭けています。山崎さんのＯＫが出るまでロスに滞在するつもりです。リトル・トーキョーの『黒船』というレストランで今夜七時にお待ちしております」

ゆっくりと去ってゆく山崎の後ろ姿に、風間は「今夜七時、お待ちしております」と大声で叫んだ。山崎の大きな背中がわずかに揺れたのを見逃さなかった。

「来られるまでお待ちしています」

と再び大きな声で叫んだ。

山崎はロス郊外の古ぼけたアパートに戻り、汚れたシーツが敷かれたベッドに、洋服を着たまま倒れ込むように横たわった。風間の言葉を思い出しながら、頭の中に走馬灯のように様々な過去が浮かんでは消えた。

ドラム缶を加工して製作した「スチールドラム」という楽器から、サンバのリズムが少しずつ大きくなる。アフリカから奴隷として連れてこられた貧しい黒人の末裔たちが、楽しそうに全身を揺らしながら演奏している。打楽器とは思えないほど透明なサウンドが頭の中に響いている。

金銀の孔雀の羽が揺れるきらびやかなコスチュームを身にまとい、豊満な胸を惜しげもなく見せた黒人の踊り子たちが近づいてくる。

スペインのパロス港を出帆して、黄金の国ジパングを目指して大西洋を西に向かった十五世紀の冒険家コロンブスは、七十一日目の一四九二年十月十二日金曜日の早朝、西インド諸島の一つの島に到達した。「島だ。島が見える。あれが……黄金の国ジャパンだ」。ヨーロッパの人々にとっては未知の新大陸への道が開かれた大きな出来事だった。

トリニダード・トバゴ島はその時、発見された島だ。カリブ海に浮かぶトリニダード島とトバゴ島の、二つの島からなる美しい島国である。

ラテン語で《トリ》とは「三つ」、《ダード》とは「山」という意味で、南からこの島に上陸すると三つの高い山が見える。コロンブスはこの島を《三つの山が見える島》、トリニダード島と名付けた。トリニダード島を北上すると、黒い溶岩で形成された異様な形をした崖から、小さな島影が見える。これがトバゴ島である。スペイン統治時代に多くのアフリカ人が奴隷として連れてこられ、英国統治時代にインド人や中国人が連れてこられたために、様々な人種が混じり合った人口構成になっている。南米では唯一、英語が公用語の国である。

コロンブスの探検隊がこの小さな島に上陸した時、原住民が不思議な煙を吸っていた。その原住民に島の名前を尋ねたのに、原住民は手にしている物の名を尋ねていると誤解して、「タバコ」と答えたので、トバゴ島の名前が付けられたという。これは山崎が五〇〇〇ドルのコストをかけて手に入れた貴重な話だ。


インドと英国の混血娘のナンシーは、ヒルトン・ホテルのダンス・フロアーで出会った娘である。黒い瞳と栗色の大きなウェーブのかかった長い髪を揺らし、妖艶な目線を送りながら踊る。山崎は、豊満な乳房と蜜蜂のように引き締まった腰をしたカリブの娘に魅了された。

二時間後、ナンシーは裸でベッドの上にいた。

「この島では、出会った男女がベッド・インするのが常識、挨拶代わりなの。だからこの国は、混血の国《ファック・アップ・カントリー》と呼ばれるのよ」とナンシーは山崎に笑いながら話した。

この言葉を山崎は、のちに沖合の掘削基地で聞くことになる。掘削監督のジェンキンスが興奮しながら、新聞の切り抜きを山崎に見せた。三島由紀夫の自決事件の記事である。

「お前は日本人か？　そう思ったよ。お前の国は羨ましいぜ。命を賭けて国の未来のためにセップク（切腹）するサムライが……いるなんて。俺の国はファック・アップ・カントリーさ。誰も命を賭けて自分の国のためセップクする奴なんていない……」

中国なまりの英語だった。

山崎は初めてのカリビアン娘の《ファック・アップ》に魅了された。コーヒー色の光る肌が躍動する。上に跨《また》がり、激しく蜂のように細い腰を揺らすナンシーが、一瞬、子供の頃に恐怖を与えたスズメ蜂のように思えて、急に萎えてきた。しかし、激しいラテンのリズムのような動きが再び、恐怖を歓喜へと変える。

激しく妖艶な行為の後で、ナンシーは煙草を口にくわえて山崎を見ていた。黒く光る瞳の中に、緑色のガラス球のような瞳孔が収縮と膨張を繰り返している。

山崎はライターで煙草に火をつけてやり、読みかけの雑誌に眼をやった。読みはじめると、ナンシーは赤い花びらのような可愛い口を丸くすぼめて、山崎の顔に紫煙を吹きかけた。「話、しよう……」と甘えた声で言った。

山崎の腕の中で、ナンシーは流暢《りゅうちょう》な日本語でいろいろな話をしてくれた。この島には昔から、日本のエビ漁の漁船が寄港するという。

「コロンブスの探検隊は、スペイン王の旗と黄金に輝く十字架を先頭に上陸し、友好のしるしとして、先住民にガラス玉と鏡を贈ると、私たちの先祖は返礼に『香り高い乾燥した葉』をプレゼントしました。白人が初めて煙草を知ったのはこの時でした……」

日本人の船乗りのおじいさんが小さい頃に教えてくれたという話を聞きながら、山崎は夜明けまで、ナンシーが勧めるラムパンチを三杯、バーボン・ウイスキーをボトル半分くらい飲んで深い眠りについた。

昼過ぎに目を覚ますと、ナンシーの姿はなかった。そして、彼女がカリブ海賊の島の娘であることを思い知った。ベッドの下に隠しておいた五〇〇〇ドル（当時のお金で一五〇万円相当）のトラベラーズ・チェックと、ニコン製のカメラが無くなっていた。

後日、バンク・オブ・アメリカの支店に連絡して五〇〇〇ドルは取り戻せた。お金の盗難よりも、その時気になっていたのは、あの晩に目にした旅行雑誌の記事だった。そこには日本人旅行作家の次のような話が掲載されていた。

「この島に、『ガリヴァー旅行記』の作者、アイルランドの風刺作家ジョナサン・スウィフトが滞在して、この島の記憶をもとに作られた物語が『ガリヴァー旅行記』だという伝説がある。島にはスウィフトが飼っていたというオウムが数百年生きているという。私も長寿オウムに会いにトバゴ島に出かけたが、オウムは明らかに若いオウムであったから行かない方がいい。

日本人はほとんど知らないが、梅毒はこの島の風土病である。コロンブスの探検隊が梅毒にかかり、欧州に伝播させた。コロンブスが発見した《日本》から、アジアの日本には、記録上、一五一二年に上陸する。交通の未発達な時代にもかかわらず、コロンブスによるヨーロッパへの伝播からわずか二十年で、ほぼ地球を一周したことになる。人間の性に対する情熱には頭が下がる。

戦国時代の大名たちも梅毒に侵されて死亡した。コロンブスが間接的に『殺害』した戦国武将には、虎退治で有名な加藤清正、結城秀康、前田利長、浅野幸長などがいる。梅毒が次々と性交のたびに感染する感染症であることは知られていて、徳川家康は遊女に接することを自ら戒めていたらしい。家康の後家好みは安全を優先したのかもしれない。皆さんも気を付けましょう。梅毒の本場の黄金のスピロヘータはとても強い……」

幸い、会社が指定するポート・オブ・スペイン病院で検査の結果、陰性反応であった。ほっとした。

山崎が酒の席で、この島のカリブ海賊との武勇伝話をする時、いつも使うジョークがある。

「コロンブスは四回もスペインからアメリカ大陸まで大西洋を航海したけれど、一番つらかったのが、当然一回目の初航海で、つまりこの島を発見した時なんだ。実は、この島で風土病の梅毒にかかり、知らないでスペインにこの病を持ち込んだ。その時、初めて本当の『後悔』をしたんだって……」

決してあまり上手くない下品なジョークだが、山崎はなぜかこの話をするのが大好きだった。人口百万人の小さな国だが、南米で唯一の英語圏の国だ。また、海底から噴き出した石油資源の国として、そしてキューバをソ連に抑えられた米国にとって戦略上最も重要な国となっていた。

山崎は大学を卒業後、直ちに米国系の大手石油開発企業であるリッチフィールド・オイル・カンパニーに掘削エンジニアとして入社した。リッチフィールド・オイルは北海道沖合にて、日本の半官半民の大手石油会社であるアジア石油開発株式会社と共同探鉱事業を計画していた。山崎は入社して三週間後に、このトリニダード・トバゴに二年間の掘削研修のために派遣された。

リッチフィールド・オイルは、トリニダード島の南端から一五キロ離れた水深九〇メートルの位置に巨大な油田を発見し、この年は陸上基地建設工事、沖合の海洋生産プラットフォーム建設工事、そして四八インチの積込みパイプライン敷設工事が行われていた。山崎は、一年前に建設された海洋掘削プラットフォームから三十本の生産井戸を掘るアシスタント・掘削スーパーバイザー（監督）として勤務した。

同時に、試掘活動も積極的に続けられていた。山崎は「BLUE WATER No.2」と呼ばれる巨大な半潜水式の掘削船での試掘作業にも従事した。

山崎にとってこの二年間は忘れられない強烈な思い出となっている。幼い頃からの吃音のために暗いといわれた山崎の性格も、この二年間の経験で楽天的な考え方をするように変化した。海洋掘削プラットフォームは、カリビアンブルーの透明な海に浮かぶ深紅の鋼鉄の巨大な城だった。スコールが押し寄せると、透明な海はみるみるうちに褐色の濁流の海に変わった。しかし数時間もすると、まぶしい太陽の光の出現とともに再びカリビアンブルーの透明な海に戻る。そして紺碧の空にはポート・オブ・スペイン湾を同心円とする二重の巨大な虹が姿を現し、数時間も見ることができた。虹が消える頃、太陽は黄金色に変わり、日没とともにすべての空間を深紅に染めた。この天と地と海が繰り広げる壮大なドラマは山崎の心を癒した。

また、この二年間は、トリニダード・トバゴにとっても重要な年であった。一九六九年、共産主義社会を主張する革命分子が軍隊を動かし、軍事クーデターが発生した。米大統領はただちに、第二のキューバを今このカリブ海に出現させることは、東西の軍事バランスを大きく崩すものと判断した。そして、米国企業が開発を進めている海底油田の利権を守るべく、第七艦隊の出動を命じた。数カ月に及ぶ軍隊と警察の、ソ連とアメリカの代理戦争ともいえる内戦が始まり、その結果、数百人の民間人を含む戦死者を出した。

米国の膨大な物資援助、武器援助により、警察軍が正規の軍隊を打ち破った。山崎がこのトリニダード・トバゴの首都ポート・オブ・スペインを訪れた一九七〇年は、ジャングルに逃げ込んだ軍隊の兵士によるゲリラ戦が活発化していた時だった。街には戒厳令が布かれていた。山崎が滞在したトリニダード・ヒルトンホテルにも時折銃声が聞こえ、ジャングルから黒煙が立ち昇るのを見た。

山崎がホテルに宿泊して数カ月を過ぎた時、共産ゲリラ兵の中に日本人がいるという噂を聞いた。山崎がその噂を忘れかけていた頃、「日本人ゲリラ兵射殺される」という記事が写真入りで大きく新聞に報道された。山崎は、射殺されたゲリラ兵の顔写真の中に、見覚えのある顔を見つけて愕然とした。「これは奥山だ……」。写真を見つめながら、日本を大きく揺さぶった大学紛争を思い出していた。

早稲田の居酒屋で、奥山は飲みながら山崎にこう熱く語っていた。

「アメリカっていう国は、戦争がなければ生きていけない国なんだよ。戦争は資本家が儲かるからやめられないんだ。だから世界中でアメリカは、人間が憎み合うようにCIAを使い分断工作を仕掛ける。イスラム世界、アジア、ヨーロッパに、ことごとく対立構造を人工的に作り、対立を煽《あお》る。片方が強くなり、和解が始まりそうになると、今度は突然、組む相手を変えてバランスを壊す。そもそもお前は、何にも考えていない馬鹿者だ。聞いているか、山崎、なあ聞いているか？　アメリカ映画を観て感動して泣いたりする、アメリカに完全に洗脳されたお前には、アメリカの怖さを理解できないんだろうと思うけどな……。俺は戦うぜ。一人でも戦う」

そう言って山崎に絡むのが社青同（日本社会主義青年同盟）の奥山の口癖だった。そして、いつも仲裁に入るのが民青（日本民主青年同盟）の望月であった。

「ブルジョア階級の山崎には、我々労働者階級の気持ちはようわからん。やめとけ奥山、さあ麻雀で勝負しようぜ。ブルジョア階級山崎から金を巻き上げて豊かさを平準化する革命をやろう！」

今でも、おかしいなと感じることがある。奥山も望月も、世田谷の自宅から大久保の理工学部まで、毎日スカイラインで乗りつけているのに、大久保の三畳一間・共同トイレのみどり荘から歩いて通っている自分がブルジョアと糾弾され、麻雀でカモられ、罵倒される。普通のリッチな若者が突然、共産主義という妖怪に出会うと、革命の戦士に変貌する恐ろしい時代だった。これもソ連という大国の日本分断作戦だったかもしれない。奥山の言うとおりに……。

山崎が早稲田大学在学中、七〇年安保反対に向けて、共産党の学生組織である民青によるオルグ活動が活発化していた。そしてそれは、大学管理法（大学運営臨時措置法）問題でノンポリの学生まで含めた大規模な大学紛争として拡大した。

山崎は政治には全くといっていいほど興味はなかった。山崎の子供の頃からの夢は、未開の地で資源を掘りあて、開発することだった。小学六年生の頃の作文に「僕は一年浪人して大学に入学し、中近東の国に技術援助に行くエンジニアになりたい」と書いた。担任の先生からは「非常に良い考えだが、なぜ今から、大学に行くのに一年浪人すると決めているのかね」と笑われたが、それほど資源開発に心をとらわれていた。

山崎が高校生の頃、日本は著しい経済成長を始めていた。世の中が一年一年、豊かになっていった。政治や経済に興味のない山崎にも、肌で感じられるほどのスピードで日本は成長を続けていた。この明るい文明が、中近東から多量に運ばれてくる低廉な石油という資源によって支えられていることは山崎も知っていた。この石油という資源を多量に輸入できる限り、自分をとりまく社会は永遠に繁栄すると、山崎は疑いを持たなかった。

山崎の父親は、朝鮮銀行を退職後、いくつかの仕事を経て、東洋一の若戸大橋がある洞海湾に面した戸畑市の市長を務めていた。酒を飲むといつも山崎にこう言っていた。

「昔はなあ、青年たちは大きな野望や夢を抱きながら、満州に身ひとつで日本を飛び出していったものだ。男として生まれたからには、生きた証になる、地図に残る仕事をせんといかん。わかったか？　誠一」

確かに父親の足跡として、若戸大橋が地図に残っている。山崎が小学生の頃から「中近東に行って技術援助をしたい」と作文に書いたのは、今の繁栄をもたらしている宝が「石油」という名の資源であること、そしてそれは遠い海を隔てた中近東から運ばれてくるものだ、と幼心に考えていたからかもしれない。

山崎は大学に入って、第二外国語としてロシア語を選んだ。高度成長を無限に続ける日本と、シベリアという資源の宝庫を抱えながら、技術力、資金力のないソビエトとの利害が一致し、政治体制を超えて経済の面で協力し合う日が来るという考えがあったからだ。事実、新聞でも経団連の視察団がサハリンの天然ガス共同開発のために訪ソする計画も発表されていた。

その日に備えて勉強しようと山崎は考えていた。しかし、ほとんどの学生には英語に近いドイツ語の方に人気があった。七千名の理工学部でも、ロシア語クラスには二十七名しか集まらなかった。百名から一五〇名のマンモス・クラスの授業を受けてきた山崎にとって、少人数クラスのロシア語の講座は楽しみなものとなった。

ロシア語教室には、山崎とは別の目的を持って入った仲間がいた。機械学科の望月、土木工学科の奥山、資源工学科の田村であったが、彼らの目的については大学紛争が本格化するまで、政治に関心のない山崎が気づくことはなかった。

一九六九年七月九日、大学管理法案反対の大学ストが学生大会で決議されると、学内にヘルメットと覆面タオル、鉄パイプを持った集団が、雨後の竹の子のように現れた。黒く「民青」と書かれたヘルメットを被って淡々と長時間の演説をやっているのは、物静かでおとなしい無口な男と思われていた望月であった

その正面に「社青同」と染めぬかれた何十本もの赤旗のたなびく台の上で、無機質なシュプレヒコールを続けている男がいた。度の強い眼鏡をかけた奥山であった。そしてドストエフスキーの文学について熱っぽく山崎に話をしていた田村が、角帽を被って、ストライキのバリケードを破る早稲田大学精神昂揚会の中心人物として動き出した。当時の理工学部の学生には、高度経済成長を支えてきた産学共同路線が次第に公害という化物を日本に発生させてしまった、という自責の念が強くあった。それが余計にこの大学紛争をより一層ラジカルなものにさせ、他の学部が沈静化しても最後までくすぶり続けた。

政治的なものに全く興味を持たない山崎にも、この大学紛争は大きな挫折感を味わわすものとなった。それは二年間の教養課程が終了し、三年生になる頃のことであった。

専門分野の講義が聴けるようになり、山崎はそこで初めて「海洋開発」という言葉に出会っ

た。ケネディ大統領が一九六〇年の議会演説で、「これからの時代は海洋開発の時代である」と演説したことを知ったのである。

その日の日記に、山崎はこう書いた。

「生命は海から陸へ、進化とともに上陸した。そして進化をとげた生命《人類》は技術を身につけ、海へと戻る。これは生命のドラマの必然である」

理工学部全体でこの「海洋開発」をテーマに定期的に集まって語り合おうと呼びかけたところ、十七名が集まった。会の名前は「海洋開発研究会」と決まった。その秋の早稲田祭の理工展に、このテーマで何か出展しようということが決まった。その二カ月後、大学管理法案に反対して大学紛争が起こったのである。紛争の中で自動的に、海洋開発研究会は解体した。

一九六九年八月三日、あれほど大きく世間を揺るがした大学紛争は、火が消えたように沈静化してしまった。学生たちは全エネルギーを大学管理法案反対にそそぎ、消耗しつくした。そして、一般大衆の支持を失った学生運動はその限界を露呈した。

六〇年安保のように国内世論を二分する大混乱が予測された七〇年安保は、大きな混乱もなく、条約は継続された。それと前後して、理工学部の社青同の中心的リーダーであった奥山は学内から姿を消した。

山崎の関心はその後も資源開発に向けられた。

石油というものが、高度経済成長を前提とする文明では不可欠な戦略物資となっていた。アメリカはＣＩＡを使って冷酷な石油戦略を世界各地で行い、石油を手に入れるためなら他国の人々を戦争に巻き込むことを、何のためらいもなく行っていた。

政治に無関係と思っていた自分が、アメリカという大国の石油戦略の手先として働き、そして、かつての友人であった奥山がソビエトの共産革命の手先として働き、はるか遠く日本から離れたトリニダード・トバゴで活動していた。その結末は奥山の死であった。

人間を幸福に導くべき宗教、思想や哲学が多くの人間を殺し、憎悪の炎を燃え上がらせる現実が、山崎の心の奥に深く突き刺さった。

第3章　胎動

山崎を乗せた巨大なジェット機が、爆音と炎とともに灰色の雲の中に消えようとしている。三年ぶりに見る太平洋であった。

山崎はジェット機の窓から広大な海を見つめている。山崎の一つ隣りのシートに、大きないびきをかいて眠る男がいた。風間である。

山崎はこの若者を見ていると、トリニダード島ですべてのものに好奇心を持ち、がむしゃらに情熱を燃やしていた頃の自分を見る思いがした。それと同時に、自分の中に眠っていた何ものかがムクムクと胎動を始めているのを感じていた。

山崎は思った。自分もこの若者のように生きることに燃えていた。しかし、あの事件が起こった。それ以来、妻、子、仕事、友人、そして情熱、すべてのものが自分から去っていった。少なくとも、この男に逢うまではそう思っていた。

あの夜、「黒船」というレストランで風間はこう断言した。

「去っていったのではなく、自分がただ捨てただけじゃないですか……」

〈この若者の夢に賭けてみよう。もし、俺が捨てたのであれば、昔の俺に戻りさえすれば、また摑めるはずだ〉

山崎の胸に熱いものがわき上がっていた。


山崎はこの前日、風間と一緒にサンフランシスコ郊外の地熱発電所が建ち並ぶガイザーズ地熱地帯を訪れていた。ジェット戦闘機のような音をたてて噴き出る水蒸気、蒼空を突き刺すように直立する掘削櫓、リズミカルに動き続ける泥水ポンプ、音もなく高速で回転する掘削パイプに回転を伝えるロータリー・テーブル。山崎は、すべてのものが自分の中にある何かに語りかけてくるように感じていた。

〈そうだ、大地を掘ろう。ドリリングを始めよう。海の底でなく火の山を、緑の樹々の中で。そこには灰色の海はもうない。そして、あの悪魔の角の形をした流氷もないはずだ〉

久しぶりのフライトで、山崎もいつの間にか深い眠りについてしまった。山崎がうなされて大きな声で何か叫んだ。風間が不安を顔に浮かべて、山崎を揺すぶった。

「山崎さん、大丈夫ですか？　山崎さん」

「夢か……」

独り言のように呟いた。顔じゅうにびっしり汗をかいている。まるで海の底から這い上がってきたようだ。

客室乗務員がやって来た。「どうかしましたか？」

風間は山崎の表情を窺うと、「いや、いいんだ。何でもない。ちょっと待って……、乾いたタオルを二つもらえますか」と落ち着いた口調で頼んだ。

そしてタオルを受け取ると、山崎に手渡しながら言った。

「その悪夢を消すために日本に帰るんです。山崎さん、掘るしかないですよ。日本で一番深い地熱の井戸を。そして巨大な火山岩の亀裂、何もかもを呑み込んでしまうような大きな空洞を掘り当てた時、そんな悪夢なんか、大地の下に吸い込まれてしまいますよ……」

山崎はタオルを両手で顔に押しつけたまま黙っている。

「山崎さん、あの事故の原因は、流氷が衝突した時にプラットフォームに船が異常接近したのに、向井船長が後進のスイッチを誤って前進に入れてしまったんです。船長の操船ミスなんです。今度の事故もそうでした。状況が三年前の事故と酷似していたので、厳しい取り調べの結果、告白したんです。今度は良心の呵責《かしやく》に耐えきれなかったんですね。山崎さんに大変申し訳ない、と泣いたそうです。もっとも山崎さんにとっては、高田さんを眼の前で喪った悲しみの方が重要なことかもしれませんが……。同じ掘り屋だった高田さんの分まで掘ってください。

それを一番、高田さんが喜んでくれるんじゃないですか」

「ボーイング747」の機首がゆっくりと下がると、灰色の海と、木の葉のような漁船が見えてきた。

「山崎さん、日本です。龍三君に、米国に出発する前に東京でお会いしました。とても明るい男の子ですよ。奥さんはカリフォルニア銀行の東京支店に、秘書として今年から働いていらっしゃるそうです」

窓を見つめている山崎に、風間は努めて明るい調子で話しかけた。山崎は無言で、いつまでも灰色の海を見ている。灰色の雨が強く飛行機の窓を打ち出した。

龍三に会った最後の日も、雨が降っていた。一年もの間、仙台にある海難審判所へ来る日も来る日も通い続けた日々が、次第に大きくなる雨音とともに、山崎の脳裏に浮かんでくる。

龍三が筋ジストロフィー症という奇病に冒されているとの知らせを受けたのは、あのクレーン事故の前日であった。

筋ジストロフィー症とは、筋肉が原因不明のまま衰える現代の難病の一つである。山崎は連日の事故処理のために、東京の国立小児病院に入院した龍三を見舞いに行けなかった。

初めて病院を訪れた時には、入院から既に三カ月が経っていた。

「あなたにとって家族って何なの？　子供って何なの？　仕事の方が私たちより大切なのよ、

あなたは……」

妻尚子の激しい言葉に、山崎は無言のまま病院を出た。降りしきる大粒の雨が山崎の顔や腕を激しく打つ。雨音の中から高田の叫び声が聞こえてくる。小さなベッドで力なく横たわる龍三の横顔が、土砂降りの雨のスクリーンの中で浮かんでは消えた。

その後、長かった裁判が終わり、山崎は遺族の罵声の中で裁判所の門を出た。背広の内ポケットには、尚子宛の離婚届と会社宛の退職届が入っていた。

カリフォルニアへ旅立つ日、成田の空はどんよりと曇っていた。振り返らず、一人タラップを上ってゆく。生ぬるい風が山崎の汚れたコートの襟をハタハタとはためかせた。

歯をくいしばり、飛行機の中へ踏み込む。そこには異国の香りのする世界があった。金髪で青い眼をした背の高い客室乗務員が山崎を温かく迎えた。

カリフォルニア――陽光と砂金と石油、そして地熱の国。暖かな日差しと青い海を求め、世界中から故国を捨てて傷ついた男たちがやって来る新天地。そのカリフォルニアに山崎は旅立ったのだった。


あれから三年が過ぎ、今、日本に戻ろうとしている。海の向こうに緑一色に広がる水田は、まるで東南アジアの光景のようだ。しっとりとした日本の景色は、乾ききった山崎の心に、まるでカーペットに水が染み込むように浸透してゆく。

山崎は、記憶の中にしまい込んだ日本での日々を久しぶりに思い出そうとしていた。

山崎はトリニダード・トバゴでの研修を終了し、リッチフィールド・オイル日本支店に勤務した。支店は六本木の日本産業ビル十二階の一画にオープンし、支社長のグレン以下、三名の女性秘書を含む総勢八名のメンバーで構成されていた。プロジェクトは「北海道沖油田探査プロジェクト」と命名された。

我が国の法律上、外資であるリッチフィールド・オイルは、オペレーター〈プロジェクト推進会社〉にはなれなかった。結局、その任は半官半民のアジア石油開発会社が担い、リッチフィールド・オイルは五〇%出資の共同事業会社となった。

しかし、日本でも初めての大陸棚、水深二〇〇メートルの海洋掘削技術は、歴史を誇るアジア石油開発会社削井部にもない。そのため実質的にはリッチフィールド・オイルが技術オペレーターとなり、二十年の海洋掘削技術の経験を持つJ・M・エバンス氏が招聘《しょうへい》された。山崎は彼の通訳兼掘削スーパーバイザーとして、このプロジェクトに参画したのである。

アジア石油開発からは、秋田高専卒の竹田幸一が所長、そして山崎の八年先輩にあたる小林修一が掘削課長、同窓の高田哲夫、それに東京大学鉱山学科卒の林浩司が掘削スーパーバイザーとしてこのプロジェクトに送り込まれた。

山崎は、エバンスから米国式の掘削監督技術を、そして竹田からは日本式のそれを徹底的に学んだ。米国式の掘削監督技術とは、「時は金なり、とにかく時間を節約しろ」という徹底したコスト第一主義であった。それに対し日本式は「ゆっくり、いい井戸を大事に、安全第一主義で掘削する」という方針であった。

エバンスと竹田はことごとく意見が対立した。そのために山崎は、ほとんどの時間を意見調整にとられた。しかし、両者は「油田を掘り当てる」という大目的では一致している。第一号井、第二号井、第三号井と掘り進むにしたがい、お互いに歩み寄るようになった。

しかし、人間が理解し合うことが、必ずしもこの大自然相手のプロジェクトを良い方向に進ませるとは限らなかった。第四号井、第五号井と、地質的に最有望と思われた背斜構造のトップに掘削された試掘井は、ことごとく空井戸であった。

試掘が開始されてから一年半の月日が流れた。海洋掘削技術が日本人に完全に理解されたと判断したリッチフィールド・オイルは、エバンス氏の引き揚げを命じた。札幌のホテルで盛大なお別れパーティが開催された。あれほど互いに「ストーン・ヘッド」、「石頭」と罵り合っていたエバンスと竹田は、涙さえ浮かべて別離を惜しんだ。

とにかくこの年、我が国に海洋掘削技術が定着したといえる。

エバンス氏の帰国は、山崎を必然的にリッチフィールド・オイル側の最高掘削責任者という立場に押し上げた。それと同時に、ニューヨークのロックフェラーセンタービルにある本社では、あと一本の試掘が空井戸（ドライ・ホール）ならこのプロジェクトから全面撤退する、という方針が決定された。しかし、この最高決定はすぐには日本支店には知らされなかった。

突然、その最後の一本の試掘ロケーションを決定すべく、一年間のプロジェクト中断指令のテレファックスが飛び込んできた。そのため山崎は、事務処理のために数カ月の間、深夜まで残業する日々が続いた。

この年、熊本出身の尚子と見合結婚をした。この一年が山崎にとって最も幸福な年だったといえる。新婚旅行は、尚子の親類への挨拶を兼ねて九州の熊本、長崎をドライブする三泊四日のささやかなものであった。

総合検討の結果、日米の地質技術者たちが最後に選んだロケーションは、水深二三五メートルに位置する断層型の構造で、十勝川沖構造と名付けられた。水深が大陸棚斜面にかかって深いために、掘削船も水深三〇〇メートルまで操業できる「黒龍三号」という巨大な半潜水式掘削バージを使用する必要があった。

アジア石油開発会社はこの試掘に賭けた。そして、リッチフィールド・オイルも最後の希望を賭けた。山崎はリッチフィールド・オイルの最高掘削責任者として、三カ月の間、「黒龍三号」に泊り込んで、山崎自身も自分の「運」と「技術」をこの井戸に賭けたのだった。日本人だけによる水深二三五メートルの海洋掘削がこうして開始された。

掘削技手（ドリラー）の中に、アジア石油開発の掘削の名人と呼ばれた沢田彰二も乗り込んだ。沢田は、若い大学出の山崎がほとんどの時間を熱心に櫓《やぐら》下の操作盤で過ごすのを、監視されているようだと嫌っていたが、一カ月も過ぎた頃から逆に、そばにいないと「どうしたんだ」と呼びに来るようになった。

山崎はこの沢田から、掘削装置の細かな動かし方を学んだ。

「掘削装置は女性のように毎日、気分で調子が違う。そして月に一度、メチャクチャに調子の狂う時がある。これを俺は『掘削装置の生理日』と呼んでいる。いいドリラーはその日は決して無理をさせんのだよ。若い奴はそれがわからんから、掘削装置をすぐダメにしちまうんだ」

沢田はこんなふうに茶目っ気たっぷりに山崎に話した。

とにかく実際に沢田の手にかかると、巨大な掘削船が完全に一本のハンドルでコントロールされているように見えた。

第六号井は順調に掘削された。目的の産油層である十勝層に入ると、石油やガスの兆候が見られるようになった。「黒龍三号」の乗組員の中に静かな興奮が渦巻いた。

二八〇〇メートルの深度から掘削された掘屑を地上に運ぶ泥水の中に、石油の存在を示す蛍光反応が見られ、泥水中に含まれるガスの含有率が増加してきた。山崎は、連続泥水比重計と連続泥水ガス分析計を見ながら、石油やガスを暴噴させないよう少しずつ泥水に比重を上げて、地下の油層圧と微妙にバランスをとりながら、目的深度の三〇〇〇メートルまで掘り進むよう指示した。

山崎が小学生の頃、父親に連れられて、テキサスの石油王を描いた『ジャイアンツ』という映画を観に行った記憶がある。ジェームス・ディーン扮する主人公が、周囲の嘲笑の中で、毎日泥まみれになって掘削をする。一日の作業を終えて疲れ果てて帰ろうとした時、ものすごい地響きとともに真っ黒な石油の柱が天を突き上げる。主人公が噴き上がる石油を頭からかぶりながら、「I did it!（やったぞ）」と大声で歓喜するシーンがあった。

現代の石油掘削技術では、すべての掘削情報を管理し、油層を暴噴させずに何百メートルも掘り進むことができる。しかし、便利で安全になった分だけ、人間を感動的なシーンから遠ざけているともいえた。

深度二九五三メートルに達した時、リッチフィールド・オイルから派遣された地質技師ハンフリーが、泥水の戻りラインから油まみれになった掘り屑を手に興奮しながら走ってきた。

「We did it, SEIICHI!（やったぞ、誠一）」

山崎はその掘り屑を鼻に寄せた。まさしく油の臭いであった。

その日の夕方、電報が入った。

「オトコ　ノ　コ　ブジ　シュッサン　オメデトウ　ハハ　ヨリ」

その子の名前を、「黒龍三号」に因んで「龍三」と名付けた。尚子は初めての子供に「三」をつけるのはおかしいと最後まで反対した。しかし山崎は、この数千万年前の油を自分の手で初めて地上に取り出した日に誕生した子に、記念すべき掘削船に因んだ名前を付けたいと主張して譲らなかった。

掘削を開始して七十六日目に、待望の試油試ガス・テストの日を迎えた。北海道の冬の海は厳しい。しかし、その日は珍しく風もなく、ほとんど凪《なぎ》の状態であった。遠くに北海道の屋根といわれる雪を頂く大雪山の山脈を望むことができた。

午前六時三十三分、朝日が水平線から静かにその輪郭を現した。沢田の手によってバルブが静かに開けられた。ゴー……という音とともに、油が勢いよく海上に噴き出す。掘削船の甲板上に配管されたパイプがガタガタと振動を始める。数千万年の眠りから覚めた龍が海底から出てきているように思え、身体中が金縛りにあったような錯覚を覚えた。

突然、石油が直径三メートルの巨大なバーナーにより瞬時に燃え上がり、紅蓮《ぐれん》の炎と黒煙となり蒼空に向かって昇ってゆく。

「まさに龍だ。黒い龍が天空に帰ってゆく」

と山崎が呟いた。

大歓声が起こる。拍手が起こる。山崎も沢田も、紅蓮の炎をいつまでも眺めていた。

次の日、「我国最大の海底油田発見！　試油テスト　日産で五〇〇〇バーレル噴出成功」という大きな見出しが全国の新聞に載った。

数機のヘリコプターが「黒龍三号」の上空を舞っては消える日が続いた。石油危機後、初めて発見された油田のためか、マスコミはこの油田が日本の石油危機を解消するかのような報道ぶりであった。

こうして、十勝川沖海底油田開発が始まった。


それから二年の年月が瞬く間に過ぎた。山崎はトリニダード・トバゴで見た同じ光景を北海道の沖合に見ていた。巨大なクレーンを持つプラットフォーム建造船、最新鋭の自動熔接マシンを持つパイプライン敷設船などが次々と集結した。

しかしここには、カリブ海特有の碧い海のかわりに灰色の海、鮮やかな虹のかわりにすべてを凍てつかす流氷がある。それは、これから山崎に起こる暗く重苦しい出来事を暗示していた。

山崎は思わず身体を震わせ、象の耳のような灰色の防寒着の襟を立てた。

果てしない黒い海が広がっている。暗闇に不夜城のように浮かぶ掘削基地に、音もなく船が接近する。無線がザーザーと潮騒のように聞こえてくる。小さく、人の声がする。

「プラットフォームA、プラットフォームA、聞こえますか？　聞こえましたら応答願います。こちら第十三北海丸。応答願います。十勝基地から緊急資材を持って来ました。プラットフォームA、聞こえますか？　聞こえましたら応答願います。どうぞ」

「第十三北海丸、こちらプラットフォームAです。感度良好です。強風と吹雪の中、無理を言ってすみません。海流はプラットフォーム左舷から二ノット、風速一五メートル、北東の風です。波高四メートル。オーバー」

「山崎さんですか？　こちら船長の向井です。緊急資材は比重増加資材のコンテナが二個でしたね？　右舷側から支持ロープなしで荷揚げします。どうぞ」

「はい、ご苦労さまです。時間をかけてもかまいません。支持ロープをとって荷揭げしましょう。井戸は明朝までは何とか大丈夫ですから。聞こえますか？　どうぞ」

雑音が時々、風のように聞こえる。

「山崎さん、これくらいの荷物に時間をかけることはありません。明朝、クルーの交代ですから、ロープなしで荷揚げさせてください」

「了解。今日、本社から高田君が来ると聞いていますが、彼は今日、プラットフォームに乗り込みますか？　どうぞ」

「よく聞きとれません。もう一度お願いします。どうぞ」

「山崎、元気か？　高田だ。今夜、君と交代するために乗り込むつもりで来たが……、お子さんのこと、心配だな。この海の状態では交代は難しい。明朝、ヘリコプターで乗り込むことになる。すまんが、もう一晩、がんばってくれ。どうぞ」

大学時代からの親友で、掘削監督仲間の高田の声であった。

「こちら第十三北海丸、接舷します。右舷側のクレーンの準備をお願いします。どうぞ」

再び向井船長のいらだった声が聞こえる。山崎はプラットフォームのデッキから荷揚げの作業を見守った。

船の甲板から最初のコンテナが荷揚げされる。船は大きく左右に揺れている。最後のコンテナにクレーンのフックが掛けられた。大きく揺れる船の甲板から、高田が作業完了の合図を、プラットフォーム右舷のクレーン運転員に向けて送った。サーチライトに照らされた高田は、プラットフォームで手を振る山崎の姿を見つけ、両手で大きく合図を送っている。山崎も大きく手を振った。

コンテナが船の甲板上を離れた時、巨大な流氷が船尾に激突した。船が大きく傾き、コンテナの底を打つ。コンテナがゆっくりと滑り出した。

船はプラットフォームに異常接近する。クレーンが勢いよくフックを巻き込む。宙に浮いたコンテナは時計の振り子のように揺れる。

突然、大きな音とともにクレーンに亀裂が入った。ゆっくりと、山崎の眼前をクレーンが落ちてゆく。

巨大な鋼鉄の塊のクレーンが船の甲板上の人影を押し潰してゆく。船が再びローリングすると同時に、黒い人影は白い流氷の漂う暗黒の海へ呑み込まれていった。一瞬の出来事であった。

「高田、高田、高田!……」

自分の叫び声が鼓膜を振動させている。

山崎は灰色の海を見ている。灰色の雨が再び強く飛行機の窓を打ち出した。


一九七〇年代に世界は二度の石油危機を克服しながらも、二十世紀の石油資源の先細りに見切りをつけ、新しい世紀、二十一世紀を支える新エネルギーを模索していた。

日本でも一九七四年七月、新エネルギー技術研究開発についての長期計画が立案された。それがサンシャイン計画である。一九七三年に発生した第一次石油危機を契機に、エネルギー問題とそれに付随する環境問題の抜本的な解決を目指して、通産省の下部組織である工業技術院によって計画された。一九九二年までに四四〇〇億円が投じられ、石炭の液化、地熱利用、太陽熱発電、水素エネルギーの各技術開発に重点が置かれていた。

太陽熱発電については、日照時間の長さから香川県仁尾町《におちょう》に平面鏡によるタワー集光型太陽熱発電装置と、曲面鏡とパラボラミラーによる集光型太陽熱発電装置が設置された。タワー集光型太陽熱発電装置は、タワー周囲に平面鏡を並べ、太陽の移動に追従して鏡を動かし、タワーの頂部付近に集光する、一種の太陽炉である。その熱により水蒸気を発生させてタービンを回す構造になっていたが、出力が計画値を大幅に下回った。

多くの技術者から、実験の場所があまりにも海に近いので、海風により砂浜からの砂の粉が太陽熱パネルを汚染し、パネル効率が悪くなるとして、立地に基本的な間違いがあると指摘されていた。ところが、有力な地元代議士の鶴の一声ですべてが消されてしまった。政府指導のプロジェクトが失敗するのは、技術者よりも政治家の意見が強く反映されるからである。しかし、失敗すると、すべてが技術者のせいになる。

結局、想定降水量を下回ったために鏡の埃を落とせず想定出力を得られなかった、という理由にすり替えられて、膨大な予算をかけたこの太陽熱発電装置は廃棄とされた。

すべての分野で失敗したサンシャイン計画により、「やはり原発に依存しないと日本は次の石油危機を克服できない。原発しか二十一世紀の日本を支えるエネルギーはない」とする世論形成がなされた。

こうした世論を背景に、通産省が二つの夢を提唱する。

一つ目は、一九八五年に建設に着手した「高速増殖炉もんじゅ」。「核リサイクルを実現できる『高速増殖炉もんじゅ』で完全な自国資源として和製プルトニウムを再生産する夢」である。そして二つ目が「原子力で日本の電気の五〇％を供給する夢」である。

ところが、この二つの夢を掲げた矢先、ソ連でチェルノブイリ原発事故が起こり、世界中の原発建設がすべて停止した。

しかし日本では、原発こそ資源のない日本に不可欠であると信じ、電力業界を中心に多くの業界団体が「原発推進」という利権で結びついた闇の組織が誕生し、世界で唯一、逆に原発増設を推進するために動き出していた。また、世界経済の低迷の中でだぶつき気味になった原油価格の低下により、新エネルギー開発をすべきかどうかをめぐって、通産省内部でも原発派と新エネ派とが激しく対立していた。

一方、チェルノブイリ原発事故を受けて新しく設立された科学資源省の若い官僚たちは、政府だけでなく民間の力を取り込んだ形で、今こそ日本が世界に先駆け、石油や危険な原発に依存しない新エネルギー開発を推進すべきである、と主張していた。そして通産省の進めているサンシャイン計画と対抗し、独自に考案したニューサンライズ計画を立ち上げ、その予算が承認され動き出したのである。その計画の目玉がこの阿蘇掘削レースであり、このレースが新エネルギー開発の命運を握っていた。

山崎と風間は、この大きなエネルギー変革の渦の中へ飛び込もうとしていた。

一九七三年、全世界を震撼させた第一次石油危機が発生した。この石油危機は資源に対する人類の考えを変えてしまった。つまり、地球上の資源は無限ではなく有限だという事実を知らしめたのだ。

同時に、アポロ宇宙船から届いた月面からの地球の映像は、領土という資源も有限である事実を人類の心に刻み込んだ。

この二つの認識は、文明に対する価値観すら変えてしまう。文明は、その文明を支える資源と密接な相互関係を持つといわれている。ある文明を支えた資源が終焉を迎えた時、その文明は滅びる。

山崎がリッチフィールド・オイルに入社した頃は、石油文明の頂点、資源多量消費文化の絶頂期だった。第一次石油危機で原油価格が数倍にも暴騰した。石油企業は莫大な利益を手にした。そのため水深が深い、小規模な埋蔵量の油田でも充分採算にのるようになった。山崎もこの大きな海洋油田開発の潮にのって、力一杯、何らの疑問を抱くことなく走ってきた。

しかし、一時的に石油メジャー企業に莫大な利益をもたらした石油危機であったが、次第にＯＰＥＣ諸国の発言力が強くなるにつれて、利権の縮小などで石油メジャー企業の首を締める結果となった。加えて、高価な有限資源というイメージは、省エネルギー開発を推進させると同時に、世界的な経済活動の低下を引き起こした。

一九七八年、第二次石油危機が発生したが、世界は既に省資源消費構造や石油にかわる代替エネルギー開発が実を結びつつあった。その結果、影響は大きいものとはならなかった。そして、ますます石油離れの産業構造を加速させた。

一九八四年、米国での石油探鉱熱が冷えはじめた。五千基あるといわれる掘削装置が、半分以下の二千基しか稼動していなかった。一九七四年に十勝沖の油田探査プロジェクトで海洋掘削技術を教えたエバンスも、サンフランシスコ郊外のガイザーズ地区で地熱井を掘っていた。

十数年ぶりに再会した山崎に、エバンスはいたずらっぽく笑いながら言った。

「石油掘削だけじゃ飯は食えないからね」

石油をとりまく情勢が大きく変化しつつあることだけは、山崎は肌で感じとれた。

第4章　レベッカ

マニラの夏は人々の雑踏の中で始まった。カリフォルニアとも、東京とも異なる、強い反射光を伴う陽光が、風間の眼を蜂の針の鋭さで刺す。

空港ビルには老若男女、何千という群衆が集まっていた。

「すごい人だかりですね。お祭りでもあるんですか？」

風間は空港に迎えに来てくれたレベッカ・キハノに尋ねた。レベッカは、西部興産が製造する保温加工パイプを輸入しているキハノ・トレーディング・カンパニーの社長令嬢である。レベッカの父親は熊本大学で経済学を学んで以来、大の親日家で、風間の父康次郎とは古くからの友人であった。

レベッカもハイスクール時代、何度も熊本を訪れた。康次郎の家族と一緒に阿蘇の別荘に数カ月滞在したこともある。そのたびに日本語を一生懸命に教えてくれたのが風間である。レベッカはその時から風間を好きになっていた。

「義明、まるで初めて会った人にするような言葉使いはやめてください。ここに集まっているのは仕事を失った人たちです。中には悪い人もいますから、財布やパスポートなどのキ、、、ジューヒンには気をつけてください」

一九八三年八月に発生したマキノ元上院議員暗殺事件をきっかけに、政治不安を嫌って大量のドルが海外に逃避しはじめた。その結果、外貨不足で機械設備や部品の輸入がストップし、フィリピン経済は著しく低迷した。三年前のピーク時には五十社を超えた日米などからの進出企業は、二十社にまで減少している。踏みとどまっている企業の間でも、一時解雇や給料遅配などの嵐が吹き荒れている。また農村部においても、主力作物であったサトウキビが、アメリカの市場が低迷したために生産コスト割れ続きで、餓死者まで出していた。

この国を二十年もの長期にわたって支配する独裁者マルコムに不満を持つ若者たちは、反政府ゲリラ「新人民軍」に身を投じるか、国を捨てるかの二者択一を迫られていた。その中でマキノ未亡人を中心とする新しい野党勢力が生まれ、フィリピンは今、まさに変革の渦の中にあった。

「レベッカ、キジューヒンじゃなくて貴重品だろ」

風間はレベッカの元先生として微笑しながら注意する。

「イエス、先生」と、レベッカは可愛い舌を出して頭を軽く下げた。

父親がスペイン系、母親が中国系の混血であるレベッカは、白い肌に大きな東洋の黒い瞳を持っている。カリブ海のような青いアイシャドーが、美しい南国の眼差しをつくっている。

レベッカはマニラ大学の経済学部を首席で卒業し、父親の代理で欧州や香港、韓国への商談もこなすほどビジネスの面でも成長していた。レベッカの夢は女実業家となって父親の貿易事業を拡大・発展させることだが、しかし父親はレベッカを、最近急速に力を伸ばしてきた華僑財閥の周胡南氏の息子に嫁がせようと考えていた。

レベッカはまだ自由でいたかった。心の奥底に風間への思いがあった。しかし、フィリピン人である自分が、純血性を尊ぶといわれる日本人の妻になれるとは思っていなかった。

風間からの突然の訪問の知らせに、レベッカは心から喜んだ。たとえ目的が地熱に関する技術情報の収集だと聞いても、心がはずんだ。

風間は、少女だったレベッカを可愛いと思ったことはあったが、女として見たことはなかった。七年ぶりに会ったレベッカが美しい女に成長しているのを見て驚いた。

白い麻のワンピースの上に身につけている紅サンゴのペンダントは、風間がレベッカの大学入学祝いにプレゼントしたものである。風間は自分が贈った安物のペンダントが、豊満なレベッカの胸の上で揺れているのを恥しく思った。しかし、嬉しかった。

「こちらの方がミスター・ヤマサキですね。私はレベッカ・キハノと申します。どうぞよろしく」

山崎は若く美しい女から突然挨拶されて緊張した。

「山崎、山崎です。ど、どうぞ、よろしく」と、少し吃って言う。

レベッカは大きな瞳をゆっくり閉じながら、深々と日本風にお辞儀をする。その美しい瞳の動きは一瞬の間、山崎をすべての外界から遮断した。

一切の音と光がフェード・アウトする――。


深々と頭を下げる男が眼の前にいた。

山崎は熊本城の天守閣が望める西部興産本社ビルの最上階で、風間の父康次郎と会った夏の日のことを思い出していた。

「お待ちしておりました。義明が無理ば申しまして……」

康次郎はゆっくりと頭を下げた。その姿に、山崎は心を打たれた。

日に焼けた顔に、意志の強さを表す鷲のくちばしのような鼻と、細い糸のような眼がある。黒々とした髪は、わずかに鬢《びん》の所が少し白く見えた。年は既に五十を越えているはずだが、四十代後半にも見える。とはいえ濃紺の大島紬に茶色の博多帯を締めた姿は、老熟した男だけが持つ落ち着きがあった。

「初めまして、山崎、山崎誠一といいます」

「まあ、おかけください」

康次郎は緊張気味に話す山崎に優しい声で話しかけた。

「どげんですか、熊本は？　良かとこでしょう。緑にすっぽりと囲まれた町ですたい。初めてですか？　確か山崎さんも九州のご出身とお聞きしていますが……」

康次郎は快活に喋る。

「はい、博多です。父が五高出身でしたから、子供の頃に一度、熊本へ連れてきてもらったことがありました。ずっと昔のことですので、記憶にあるのは大きな熊本城の石垣くらいですが……」

妻尚子と新婚旅行の時に熊本に立ち寄ったことは言わないでいた。

「正直な私の気持ちを言わせていただきます」

と言うと、山崎は康次郎の柔和な瞳を凝視した。

「何でもおっしゃってください」

康次郎の瞳の光に変化はない。

「残念ながら私には自信がありません。全く勝ち目のない勝負です……。私は海洋でしか掘った経験がありません。今回の仕事は、阿蘇という火山を掘る掘削レースです。しかも競争相手は二十年以上も地熱掘削をしている大手企業です」

山崎は淡々と自分の考えを述べた。康次郎の眼が山崎の瞳の奥を一瞬、鋭く射る。

「わかりました。わしもそう思うちょります。山崎さん、阿蘇と熊本の中ほどに武蔵塚という場所があります。ご存じですか？」

「武蔵塚……あの宮本武蔵の墓ですか？」

「そうです。武蔵は晩年、細川家に仕えまして、この地で有名な『五輪の書』を書き残して死にました。

先程の山崎さんの言葉、誠の言葉と思います。山崎さん、武蔵に剣術を教えてくれちゅうて訪ねてきた若武者の話でもしましょうかな。こんな話じゃそうです。

武蔵はその若者に一尺幅の板きれを指差して、こう尋ねました。『この板の上を歩けるか？』。すると若者は『簡単じゃ』と言って笑った。そこで武蔵は、『では、この板をお前の背丈の高さに置いた時はどうだ。歩けるか？』。若者は少し考えてから、『歩ける』と答えた。

最後に武蔵はこう尋ねたそうです。『では、この板を熊本城の高さまで持ち上げたら、どうだ。歩けるか？』。若者はすかさず、『歩けるはずない』と答えたそうです。わかりますか？　山崎さん」

「………」

「私も若い頃、別府や日田の温泉を掘ったことがあります。海でどうやって掘るとか、五〇〇〇メートルの深い井戸をどうやれば掘れるのか、ようわかりません。しかし、私はこう思うちょります。大地、土を掘ることには変わらんじゃろうと。厳しい北の海で深い井戸を何本も掘ってこられた山崎さんが、山じゃ掘れんことはなかろうと思いますが……。人の心に迷いを起こす城の高さという幻覚を消す術を知っておられるから、わざわざこの熊本に来《こ》らっしゃったとではなかとですか？　お茶が入りました。どうぞ」

康次郎は、秘書が運んできた「木の葉天目」の茶器につがれたお茶を勧める。
泰然として微笑む康次郎に山崎は負けた。米国人相手に培った交渉術が、この老熟した男には全く通用しないことを悟った。

米国人たちは条件闘争から出発する。まず、自分にとって最も有利な条件を相手に提示し、そして一歩も譲歩できない理由を強力に主張する。また、相手も同様に対決姿勢で交渉に臨む。何度も交渉が続けられ、力の弱い者が少しでも弱味を見せた時、一気に強者にとって最も有利な条件で交渉を成立させる。気力のパワー・バランスで勝負がつく。根底にあるのは権利と義務の契約の思想だ。強い力の思想ともいえる。

しかし日本式の交渉は、共存の美学とも言える〝互譲互助〟という価値観があって、そこから まず結論が出される。交渉とは、その結論に向かってお互いに納得できる条件を根気よく積み上げてゆくことなのだ。

この康次郎という男には自分の決意を正直に述べるべきだ、と山崎は悟った。

「三つの条件を認めていただきましたら、この掘削レースに必ず勝ちます」

「どうぞ、おっしゃってください」

「一つ、義明君が現場にて一切の権限を持つこと。二つ、地熱専用の掘削装置を確保すること。そして、日本で初めての試み、空気と泥水を混合して逸水層を掘削する技術を採用すること。この三つです」

一語一語、嚙みしめるように山崎は語る。

数分間、沈黙が続く。

「わかりました。肥後もっこすの男の意地のかかった勝負ですけん。よろしくお願いします。やってください。義明よ、面白か男ばアメリカから引っ張ってきたなあ」

康次郎は豪快に笑った。山崎も風間も一緒に笑う。

笑いが頂点に達した時、康次郎はおもむろに口を開いた。

「武蔵はこうも言っております。勝負は戦わずして敵に勝つことが一番だ、と。そのためにはいろんな状況に応じて、いろんな構えをもって、対策を練ることが必要です。だが山崎さん、すべての対策が完成したらそこですべての構えを捨て去ることが必要だ、とも言っています。

構えに溺れる者は、その構えが破れたら負けます。だから、決して負けないためには、すべての構えを捨てることです。一つの構えでは一つの攻撃にしか対応できません。最後の最後で、すべての構えを捨てる勇気を持たねばダメです。唯一、武蔵が必要と認めた構えとは、動ぜぬこと。つまり、一歩たりとも戦いの場から離れぬこと、と言っております。つまり、勝つこと、即ち負けぬことに、いかに不動の執念を燃やし続けるかということでしょうか。山崎さんの『必ず勝ちます』という言葉、その執念と聞きました。どうか腹一杯、やってみてください」

康次郎は再び深々と頭を下げた。

翌日、康次郎は二枚の航空券を風間に手渡した。

「まず、敵を知ることだ。山崎さんを連れて地熱先進国の掘削現場を見てこい」

行き先は世界有数の地熱大国フィリピンからインドネシア、ニュージーランド、そして最終地は世界第一位の地熱発電量を誇るアメリカ。カリフォルニア州ザ・ガイザース地熱地帯を周遊するものであった。まさに環太平洋を一周する旅である。

風間と山崎が熊本を後にしたのは、それから三日後の、じりじりと日差しが照りつける暑い日であった。飛行機の小さな窓から、大阿蘇の白い噴煙が蒼空高く昇ってゆくのを、山崎は感慨深く見つめた。

夕焼けの空に、マヨン火山から黒い噴煙が昇ってゆく。

「この八月に入ってから、もう三回も大爆発を起こしました。先日の爆発では二十四名の農夫たちが死にました……」

レベッカの長い指が、富士山のように美しい成層火山のシルエットを持つマヨン火山の山頂を指した。富士山との違いは、マヨン火山の山頂が鋭く天を突き刺すような形をしていることと、活発に熔岩を噴き出していることだ。フィリピンの主要な島であるルソン島で最も美しく、最も危険な山である。

標高二四二一メートルの高さを誇り、日中は美しい山頂を白い雲で被って、完全な姿を人間たちに見せない。わずか数時間、早朝のみ、その姿を人間たちに見せる。しかし何といっても最高の姿は、暗闇の中に紅蓮の炎を噴き上げ、そのシルエットが夜空に浮かび上がる時であろう。夜の暗黒の中で炎を噴き上げるマヨン火山こそ、この国の若さを象徴するものといえる。山頂から紅蓮の炎とともに熔岩流が流れ落ちる。その美しく妖しい光景は時間を太古の昔に引きもどす。燃え上がる密林。今にも巨大な始祖鳥が飛来し、マヨン火山の上空を飛翔しそうだ。地球は生きている。地球が一つの巨大な生命体であると山崎は感じた。

三人は海岸の小高い丘――おそらく小さな火口と思われる丘の上に建てられた、スペインの古城のようなホテルに滞在した。

無数の漁船が火を灯して、広い暗黒の海の上で揺れている。潮風が微かな潮騒を運んでくる。

三人は、食事をとった大理石のテラスからマヨン火山の噴火を眺めている。

「この噴火で明日、運転手として雇った人たちが来るかどうかわからないわ……」

風間と山崎は無言でマヨン火山を見つめている。レベッカは、男たちがなぜ、こんなにも火山に熱中するのかと不満だった。

レベッカはそっと風間の骨太い手を握った。力強く握り返す風間の手のぬくもりは、レベッカを幸福にするのに充分な贈り物だった。

〈明日、運転手が来なければ私が案内する〉

レベッカは心の中で小さな決意をした。

次の朝、

「グッド・モーニング、お寝坊の小鳥さんたち」

レベッカは朝食中の二人の前に突然現れた。白い探検帽に濃紺のジーンズ、それにクリーム・イエローの牛革のサファリジャケットを身につけている。腰にはミニ・ベレッタ（拳銃）を差したホルスターが、黒光りするベルトに下がっていた。

「どうしたの、その……?」

風間はレベッカのものものしい姿に驚いた。

「運転手の村が熔岩流で火災になったらしいの。だから私がお二人をガードして、ティウィ地熱発電所まで責任をもってご案内しますわ」

そう言うと彼女は、くびれた腰からミニ・ベレッタを抜き取った。空に向かって撃つまねをして、微笑する。そして真剣な顔で言った。

「先日、南部ホロ島で、イスラム教徒による反マルコム組織のゲリラが、アメリカ人ジャーナリストと日本人カメラマンを捕えました。今、アメリカ大使館が釈放するよう交渉中です。ティウィ地熱発電所は首都圏の電力の三〇%を賄っています。ですから、首都圏を混乱させる第一目標になっているのです。お二人にも銃を用意しましたわ」

密林の中をマヨン火山に向かって一筋の道が続いている。所々に検問所があり、カービン銃を持った兵士たちが山崎たちに厳しい視線を投げかける。

レベッカの父親の友人がフィリピン電力庁の紹介状を用意してくれた。しかし、その紹介状を見せても、各検問所ではパスポートの照合やジープの中の検査が厳しく行われた。

風間は、カービン銃や機関銃の銃口を向けられたままジープを乗り降りするのには閉口した。しかし最後の検問所では、兵士たちが構える銃を一瞬で奪うためにはどうすればよいか、などと考える余裕も出てきた。風間の強さは、どう立ち回ればその場を生き残れるかという発想をすぐ思考できる点にある。

ようやく発電所に着き、ジープを降りた。眼の前に巨大な白い水蒸気が何本も蒼空に昇っている。その空に、黄色と青と赤の原色に彩られたフィリピンの国旗がはためいていた。

カービン銃を肩に下げた兵士たちがジープを取り囲んだ。発電所は要塞のように厚いコンクリートの壁で何重にも覆われている。巨大な円柱によって支えられた玄関ホールに入ると、大理石が鏡のように輝く空間が現れた。外側のごつごつした灰色の壁と、内側の薄いブルーに輝く壁のコントラスト——それはまさにフィリピンの悲劇を象徴していた。

ホール中央の壁には、大統領夫妻の肖像画が無数の照明ライトによって浮かび上がっている。

フィリピンはわずか十数年前から地熱開発を開始したにもかかわらず、今や世界第二位の地熱発電大国に成長した。この著しい成長の秘密は、まさにこの独裁者マルコム大統領の意志によるものだ。フィリピン経済を凋落《ちょうらく》させ、民衆の心を荒廃させたマルコムも、地熱発電においては素晴らしい役割を演じた。いつの日かマルコム大統領の評価が蘇る時があるとしたら、それは地熱発電における功績であろう。人の評価ほど移ろいやすいものはない。

一般に資源開発になじみのない人たちは、「一流大学を卒業し最高の科学技術を習得した技術者を集めて、合議制で多数決にてプロジェクトを進めてゆけば、絶対成功するに違いない」と思いがちである。ところが違うのである。これは資源開発に限らず、最先端のビジネスといわれる分野の事業でも同じである。

先端技術開発のパイオニアといわれている京セラの稲盛和夫氏は、このように述べている。

「その先端的な技術の中でも、特に創造的で独創的な開発をする場合は、真っ暗闇の中を手探りで進んでいるようなものであります。ですから、自分自身に対する信頼性というものが非常に大事なんです。自分自身の心の中に、自分の位置を確かめる座標軸を持っているかどうかが重要になります。自分の立てた仮説、自分が今やろうとしている、世界的に誰もやってはいないけれども、この道は必ず開けてゆくはずだ、という確固たる信念、そういうものが座標軸なんです」

眼に見えないものを見ようとする決断は、合議制からは生まれない。

新規事業といわれるプロジェクトや資源開発のプロジェクトが生きるのも死ぬのも、そのプロジェクトが成功するという信念を持った強い個性が、どこまで生き続けるかによって決まるものだ。もともと、物事の存在そのものが混沌とした存在である。だからこそ、一つの〝成功する〟という仮説を立てて、手さぐりで満身創痍になって成し遂げてゆくしか道はない。

資源開発で最も重要な問題とは「存在問題」である。それは欧州における神学が「神の存在問題」に立脚しているのと同じである。もし神が存在しないのなら、膨大な時間と人間と資金によって構築された神学が何らの価値を持たないように、資源が存在しないのなら人間たちの労苦は無価値となってしまう。

「資源が本当にあるのか、ないのか?」

この問題は、プロジェクトを積極的に推進しようとする人間の前に巨大な黒雲となって立ちはだかる。そして、多くの人間がそのプレッシャーに耐えきれず挫折してゆく。

フィリピンの地熱開発の成功には、独裁者マルコムにより、担当者が抱える「存在問題」の懸念が取り除かれたことも大きく寄与している。

マルコムは言った。「テイク・リスク(リスクをとる)」。強い指導者のみが言える言葉だ。

マルコムは、三〇〇〇キロワットの蒸気井が二本当たると、直ちに日本のメーカーに五万五〇〇〇キロワットの発電機の発注命令を出した。もちろんマルコム大統領のファミリー企業には、総額の二〇%の秘密のリベートが振り込まれる。マルコム大統領はオイル・ショック以後、著しく値上がりした国産原油を可能な限り輸出し、貴重な外貨を獲得する方針を打ち出した。そのために、国内の消費電力はすべて地熱発電により賄う政策を推進したのだ。


レベッカは、山崎と風間を発電所の最上階にある所長室に案内した。小さな窓はまるで潜水艦のそれのようだ。そこから銀色に塗装されたパイプラインが、褐色の山肌に何本も延びているのが見える。

所長室に現れた若い男はレイバンと名乗った。レベッカの遠い親類にあたるという。レベッカはタガログ語と英語を混ぜながら、山崎の訪問の目的を説明した。去年、レイバンの父親がエネルギー庁の電力部長に出世したために、レイバンは突然、この所長というポストに抜擢されたという。そのためか、レイバンからの情報で役に立つものは少なかった。しかし、一年前に四本の生産井で空気と清水を混合した空気清水掘削法を実施したこと、そして、それが失敗に終わったことを聞き出せた。

一番の収穫は、この空気掘削技術がアメリカの石油企業リッチフィールド・オイル・カンパニーによってなされた、という情報であった。アメリカに行けばエバンスがいる。なぜ失敗したのか詳細に訊けるはずだ。

リッチフィールド・オイル・カンパニーは、ユダヤ系資本の「独立系」(インディペンデント)石油企業の一つである。世界の石油市場を支配するメジャーと呼ばれる七大企業(セブン・シスターズ。エクソン、モービル、テキサコ、シェブロン、ガルフ、ロイヤルダッチシェル、BP)に次ぐ石油企業は「独立系」と呼ばれている。五〇年代、六〇年代と絶対的な支配力をもって世界の石油マーケットに君臨したメジャーも、七〇年代に入ると石油危機を契機に著しく力が低下する。その代わりに、新しく独立系の中から、アモコやリッチフィールドなどの新興勢力が力を伸ばしてきた。

現在でも抜群の収益性を誇る世界第一位の巨大企業エクソンでも、一九七三年には一日あたり四五〇万バーレルあった原油生産量が、一九八三年になると一八〇万バーレルと半減している。

アメリカの超優良企業の特質を分析した世界的ベストセラー『エクセレント・カンパニー』（トム・ピーターズ、ロバート・ウォーターマン著）の中に、新しい油田の発見率と技術の関係について書かれた箇所がある。

「米国において、石油の試掘で成功している企業とあまりうまく行っていない企業との比較をしたところ、次の結論が得られた。『最高の地質専門家、最新の地球物理探査技術および機材を使用した場合の試掘成功率は一五％。しかし、こうしたものが一切ない場合でも一三％もあることが判明した』。これから得られた結論は確率の競争ではなく、分母、すなわち試掘の回数の勝負であることがわかる。最近、米国内の油田発見第一位に返り咲いたアモコは、どこよりも数多くの試掘井を掘削したからだといわれている」

巨象メジャーが守りの態勢に入った時、孤高の狼のアモコやリッチフィールドは積極的な攻撃の態勢に入ったのだ。

歴史は動き、万物が変化する。こうした流れの中で、巨象メジャーと呼ばれたセブン・シスターズは凋落し始めた。

山崎は、資源開発事業においては、常に戦いの場に果敢に挑戦する企業のみが生き残るものだと思っている。企業が守りの態勢に入ると、突然、管理部門が強化される。経費削減の会議が長時間続き、生き残るための未来投資は著しく削減される。一時的に収支バランスは回復するだろう。しかし、数年の間に、新規事業や新技術に挑戦する雰囲気が社内から一掃される。大きな市場変化や需給バランスの変化などがその企業を襲った時、そうした大企業病に侵された企業は終焉を迎える。

企業とは、経営とは「時代適応業」ともいわれる。いわば経営とは仮説なのだ。仮説であるがゆえに真理ではない。唯一の真理は変化することなのだ。いや、男にとってもそれは同じことなのだ。男が守りに入ったその瞬間から、凋落が始まる。

山崎は再び、大地の母なるエネルギー、地熱に攻撃を開始する。自分が男として再び燃え上がるのを全身全霊で感じていた。

フィリピンの大地を掘削した男たちは、既に発電所を去っていた。カリフォルニアに行けばその男たちに逢える。帰りのジープの中で、山崎はエバンスの赤ら顔を思い浮かべていた。

マヨン火山から流れ落ちる熔岩流が次第に赤い輝きを増した。二人はフィリピン最後の晩餐を、レベッカとともに、大理石が敷き詰められたマヨンホテルのテラスでとった。

潮風がやさしく吹いている。

レベッカは食事の前に、汗と埃に汚れた髪を熱いシャワーで洗っていた。風間は微かに漂ってくるレベッカの南国的な香水の香りを嗅いだ。改めてレベッカが少女から女に成長していることを知った。

「山崎さん、今日は私がごちそうしますわ。何でもお好きなものをご注文ください」

木綿の純白のワンピースに白い貝殻の首飾りを身につけたレベッカが、美しい日本語で言う。

この数日の間に、レベッカは正確に日本語を話すようになった。高校時代から風間に教わっていたせいか、時々、男言葉を喋ることがあるが、発音の正確さと言葉の丁重さには日本女性以上のものがあった。

「じゃ、フィリピンの郷土料理をごちそうになるか」

「キョウド・リョウリ?」

「ローカルフードのことさ。レベッカも、田舎料理、阿蘇の別荘で毎日食べさせられただろう。山菜料理で、レベッカは嫌いだったよね。僕がうまそうに食べるものだから、レベッカが僕に聞いたんだよ。『どうして、そんな料理が好きなの?』って。それで僕が、小さい頃からそればかり食べさせられていたから……、三歳の頃から食べるから〝サンサイ料理〟って言うんだ、と説明したら……、覚えている? レベッカが『I《アイ》 see《シー》(わかったわ)』と言ったものだから、皆が大笑い」

「義明ったら……、どこまで真面目に日本語を教えてくれるのかわからないから、私、大変困りました」

レベッカは八年前の出来事を、まるで昨日のことのように口をとがらせて風間を睨んだ。

「ごめん、ごめん。山崎さん、僕がかわりにお答えします。有名なこの地方の料理にラブラブ料理がありますす。メニューのほとんどにラブラブって書いてあるでしょう。全部がラブラブ料理なんです」

「ラブラブではありませんわ。ラプラプです。フィリピンの魚の名前なんですの。十六世紀初め、マゼランがこの島にやって来たのです。その時、マゼランと戦ってその首をとった戦士の名前がラプラプというのです。フィリピンの英雄の名を持つこの魚は、フィリピンの代表的な魚ですの。ラプラプ料理は、その魚をいろんな味つけをしたものなんですのよ」

「とにかく僕はおなかがペコペコなんだ。白ワインとその料理をひとついただきたいですな」

「じゃ、私が山崎さんのために選んであげますわ」

レベッカは明るく微笑みながら山崎を見た。

「お願いします」

「薄い塩味のスープで味付けした料理が、中年の山崎さんにはいいと思います」

「中年か、まあ、そうだね。それにしてください」

「義明にはこれがいいわ。うーんと辛いスープ、いいでしょう?」

「僕は何でも食べるからね」

「いや、若いからよ」

三人は眼を見合わせて笑った。

山崎はラプラプ料理と白ワインを満喫した。

山崎の食べた料理は、秋田のしょっつる鍋の塩味のスープに似た透明の液体の中に、巨大な赤い魚が一匹、貝と野菜と一緒に横たわっている、いかにも地方料理風の料理であった。山崎は骨以外はすべて食べ尽くした。

「山崎さん、もう一本ワインいかがですか? この白ワイン、おいしいでしょ? 父の会社が輸入したものです。私がフランスまで行って契約したものですのよ」

「じゃ、もう二本もらえますか」

山崎はかなり酔っていた。

「火山のマグマの炎、潮の杳、ワインと美女、そして英雄の魚、最高です」

「山崎さん、山崎さんはフィリピンの英雄と戦って完全に勝利した英雄ですわ」

「新しい英雄か……。レベッカ、この国が好きですか？　もし、日本人がこの国をすべて食べようとしたら、あなたは戦いますか？」

レベッカの表情が変化したのを見て、風間が口を挟んだ。

「山崎さん、食事の会話で決してしてはいけないものは政治と宗教の話だ、と教えてくれたのは先輩でしょう」

「ジョーク、冗談です」

「フィリピンの不幸は、その敵がマゼランや日本人じゃなくて、同じフィリピン人だということなんです」

レベッカは静かにそう言うと、飲みかけたワイングラスを置いた。突然、地鳴りとともにマヨン火山から再び熔岩が激しく流れ出した。山崎も酔いに任せて言葉を吐き出す。

「そうさ、レベッカの言うとおりだと思う。フィリピン人の敵、それは独裁者マルコムさ。阿蘇の温泉街のバーに行った時に驚いた。たくさんのフィリピン女性がダンサーやホステスとして働いている。それに毎年、五百名以上のフィリピン女性が農村の花嫁として移民しているんだ。彼女たちは故国を捨てて日本にやって来る。正規のビザで入国していない彼女らは、安い賃金で働かされ、狭い部屋に四、五名で住まわされる。そして、ほとんどのお金を故国の家族に仕送りする。自分たちの朝食や昼食を抜いて貯めたわずかの金のほとんどを。

観光ビザで入国した彼女らは六カ月に一度、日本を離れなければならない。その費用を差し引くと、ほとんど手元に残らない。俺が『それでも故国に帰るのだから嬉しいだろう』と尋ねるとね、こう言うんだ。『あの国は私たちの国じゃない。マルコム・ファミリーの国だ』ってね。その言葉を聞いた時、本当に悲しかった。国民が故国を捨てる、そんな時代が日本にも来るかもしれないが、国を失った民族の悲劇は想像を絶するものがある。

この国では、女たちだけが精一杯、歯をくいしばって頑張っている。この国の男たちは権力と金に目がくらんでいる。もし俺がこの国に生まれていたら戦うね。この女たちのために……。明治の頃、坂本龍馬の影響を強く受けたフィリピン独立の父、リサール博士のようにね」

「………」

「ごめんなさい。裕福な家に生まれたレベッカには関係のない話だ、忘れてください。ワインを飲みすぎたようだ。私は先に失礼して休ませてもらうよ」

山崎はそう言ってゆっくりと立ち上がった。

海からの潮風はすっかりやんでいる。虫たちの音が次第に大きくなり、山崎の去ったテラスに響いた。

「レベッカ、山崎さんは酔っぱらったんだ。気分を害したら許してやってください」

風間はすっかり酔いがさめていた。レベッカは、黙って山崎の去った後を見つめている風間の手を握りしめた。

「義明、今日でお別れね……」

レベッカの大きな瞳が涙で輝いている。

風間は驚き、レベッカの気持ちをいたわるように優しく声をかけた。

「部屋で明日の出発のスケジュールを打ち合わせよう」

レベッカは少女のようにうなずいた。


緑の布地に大きなハイビスカスの花が描かれたベッド・カバーの上に横たわって、風間はレベッカの端正な横顔を見ていた。レベッカは大きなグラスに入ったココナッツのカクテルを飲みながら、ホテルから飛行場までのルートを調べている。

「明日は僕が運転するよ。山崎さんは、レベッカの運転じゃ命がいくつあっても足りないと言っていたからね」

レベッカがドライブ・マップから眼をそらして、睨むように風間を見た。

「わかりました。君にお願いするよ。この国は君の国だからね……」

レベッカの心の底に、風間の何気ない「君の国」という言葉が引っかかった。

地鳴りが再び窓を震わせる。風間は起き上がると窓を大きく開いて、熔岩流が繰り広げる原始的な夜景を見た。

レベッカは音もなく風間に近づき、その筋肉質の腕をつかんだ。

「今夜は、マヨン火山よりも私に付き合うこと……」

そう言うと細い腕を風間の首に巻きつけ、長いまつげをゆっくり閉じた。風間は軽くレベッカの子鹿のような身体を引き寄せて、マヨン火山の稜線のような美しい額に口づけをした。

レベッカは風間の腕をふりほどき、後ろを向くと、白い木綿の香りのするドレスを脱ぎ捨てた。そして、レースのついた下着を魔法のように一瞬の間に小さな手の中に包み隠した。

レベッカは両手で豊かな胸を隠して、風間の前に立った。風間はレベッカを軽々と抱き上げ、陶磁器の人形を扱うように優しくベッドの上に降ろした。

レベッカが「YOSHIAKI」と英語で義明の名を呼ぶ。風間は部屋の明かりを消し、身につけていた衣服をすべて脱ぎ捨てた。

窓から、マヨン火山の熔岩流の妖しい光が二人の裸体を照らす。大きな陽炎に似た二人のシルエットが白い壁にうごめく。風間のたくましい肉体が赤い光によって赤銅色に染まった。

二人は長い口づけの後、抱き合い、お互いの体の鼓動が次第に大きくなってゆくのを聞いた。その鼓動が部屋中に共鳴してゆくような錯覚にとらわれた。風間はこの数カ月間、掘削レースに没頭していた。忘れていた野性の感覚が甦ってくる。レベッカの若い肉体も心も、風間の鼓動と一体になることを望んでいる。

風間の身体は抵抗もなく、レベッカの中に包み込まれてゆく。風間のビートが激しくなり、不規則な刺激がレベッカを襲う。窒息に似た苦しさと、解放に似た快さを交互に感じながら、快感が頂点に達した。

その時突然、マヨン火山が紅蓮の熔岩を暗黒の宇宙に噴き上げ、二人の顔を赤く染めた。二人は抱き合ったまま、地鳴りを聞きながら嵐の静まるのを待った。

再び熔岩流が密林を燃やしはじめた。窓から二人の裸身のシルエットを映し出していた赤い炎が光度を増した。風間の脳裡には、原始の明かりの中で類人猿が異様な炎におびえ、その恐怖を打ち消すために、果てることのない性交を続ける光景が浮かんだ。

大地が揺れ、神々の山々が紅蓮の炎を天空に噴き上げる。赤い妖しい炎が、二匹の野生に戻った雄と雌の顔を照らし出した。巨大な影が白い壁の上に揺れる。

マヨン火山の爆発音が窓ガラスを震わせた時、風間はレベッカの中に新しい命を放った。

夜明けまでの間に、レベッカは幾度も求め、そのたびに達した。

人は女に生まれない。女になるのだ……。確かにレベッカは、交わるたびに女として成長しているようだ。

レベッカがなぜ、こんなに激しく燃え尽くそうとしているのか、風間にはわからなかった。

少女だと思っていた。

レベッカのこの変化は、風間の「女」に対する概念を一変させた。そして、自分が知っている世界が限りなく小さいということに気づいた。それは、これから始まる世界が限りなく大きいことを意味している。そのことを考えるだけで、「生きている」ことの素晴らしさを感じた。

潮騒と小鳥のさえずりで、風間は深い眠りから目を覚ました。腕の中に、長いまつげを閉じて眠っているレベッカがいた。幸福だった。

レベッカのバラ色の口唇に優しく口づけをする。風間は全裸のまま起き上がり、欧州風の窓を押し開いた。

胸が痛くなるほどの紺碧の空と、雄大なマヨン火山が眼前にある。緑と潮の香りのする冷たい空気を腹一杯、吸い込んだ。空気が身体のすみずみまで広がってゆく。窓から差し込むフィリピンの強い陽光が、風間の若い肉体の輪郭を美しい黄金色に染めて輝く。

風間には、眼前の白い噴煙を蒼空に噴き上げるマヨン火山が、これから自分の運命を賭けようとする阿蘇火山のように思えた。

この世のすべてのものが自分の新しい旅立ちを祝福しているように感じた。

風間義明、二十六歳の夏であった。

第5章　サンベルト

レベッカの白い帽子が青い空に舞い上がる。どこまでも、どこまでも高く舞い上がってゆく。風間はプロペラの回転音を聞きながら、二重の強化ガラスの小さな窓から帽子の行方を追った。それが完全に視界から消えた時、風間と山崎を乗せた古びた飛行機は静かに動き出した。

レベッカが手を振る姿が風間の瞳の中に映っている。その画像が幾度もリピートを繰り返す。

飛行場は椰子の木が繁る密林を一直線に切り拓いて造られていた。飛行機が飛び立つのに数分もかからない。蒼空に向かって急上昇する。

窓から、白い雲と淡い紫のシルエットを持つ、神々の棲むマヨン火山が見える。白い噴煙がレベッカの帽子のように、大きな円を幾重にも描きながら天に昇ってゆく。

風間は、レベッカが別離の時に語った言葉を思い出した。

「私、来年、華僑の家に嫁ぐかもしれない」

そう言ってレベッカは風間の腕の中で泣いた。

フィリピン経済は、対外債務が二五〇億ドルにもふくらみ、東南アジアでは最大の借金に苦悩していた。しかしその中で、マルコム大統領を中心とする一族は、少しでも利権のあるところに蟻のように群がった。日本から輸入される地熱タービンも、次々とメーカーが変更された。そのたびに前のメーカーよりも多額のリベートがマルコム一族に支払われた。

マルコム大統領の独裁が二十年近く続くこの国を、多くの若者が去っていった。渡航資金のない若者はこの国に留まっている。しかしその若者の夢も、金を貯めてこの国を捨てることだった。

一九八三年八月、一発の銃声がこの国に大きな変革の兆しを作った。反マルコムの野党の指導者、マキノ元上院議員暗殺事件である。

そして一年後、そのマキノ氏の命日には、非暴力・無言鎮魂行進デモが強行された。武装した国軍三万人が、戒厳令下でデモ鎮圧に動員された

非暴力をスローガンに五万本の蠟燭の灯をかざして行進する民衆の静かな怒りを、武力で鎮圧することは不可能であった。そして、今なおその怒りの炎は燃え続けている。

フィリピンの人たちの心の中に、何かが芽生えはじめていた。石油危機を契機に、長く米国石油資本と結びついてフィリピンを支配したマルコム政権が揺らぎはじめる。それは全世界的

に始まった石油文明の崩壊とともに始まった。ゆっくりとではあったが、確実に歴史の潮流はその方向に向かって流れ出していた。

レベッカの父親が一代で築き上げたキハノ・トレーディング・カンパニーも、マルコム政権凋落とともに陰りを見せはじめていた。日本の新興企業西部興産との急速な貿易の拡大も、「生き残り」を賭けたレベッカの父親の考えである。

レベッカの父親は、政治が変化しても経済活動だけは不滅であると信じている。レベッカの結婚も、豊富な資金力と情報力で少しずつフィリピン経済に影響力を持ちはじめた香港華僑・周グループとの企業協力の延長線上にあった。

レベッカは、風間の腕の中で驚くべき秘密を語った。

「私、マキノ上院議員の暗殺現場に居たの。殺したのはマルコム大統領の腹心といわれるベール、フィリピン陸軍参謀の部下たちよ。私が飛行機を降りた時、大統領警備指令部のチガス大佐が私を脅したわ。チガス大佐は父と面識があり、私のことも知っていたの。低い声でこう言ったの。

『命が惜しかったら、ここで見たことを誰にも言うな。君の親父さんも大統領には世話になっているはずだ』

父に話すと、『人に言うな。早く忘れろ』って言われたわ。私もそうしようと思っていたの。だけど、山崎さんや義明に会って考えたの。私も賭けてみようって。もし、私の胎内に義明の血を受け継ぐ生命が芽生えていたら、私、証言するわ。私があの日、見た事実を。

今、暗殺されたマキノ氏の未亡人を中心とする野党勢力が反マルコム運動を進めているわ。その試金石になるのが、来年に予定されているマキノ暗殺事件裁判なの。けれど皆、言っているの、無罪になるだろうって。私が証言台に立てば、マルコム政権を倒すきっかけを作れるかもしれない。

もし、私の中に義明の生命が生まれていなかったのなら、父に従って結婚するわ。そして、平凡な裕福な家に生まれた女として生きる。これは私の人生の最後の賭け……。義明も阿蘇掘削レースに自分の人生を賭ける。私も賭けてみたいの、義明に」

少女と思っていたレベッカの中に、強い意志が芽生えていることを、風間は知った。大きく開かれた瞳の奥に輝く涙があった。風間が抱いたのは人形ではなく、強い意志を持った女である。風間は、これから挑戦しようとしている阿蘇掘削レースに強い勝利への意志を持とう、と決意した。

「人は男に生まれない。男になろうという意志が人を男にするのだ」

風間は小さく呟いた。

飛行機は水平飛行に入る。風間は、プロペラの回転音の静まりとともに深い眠りについた。

小さな機体は白い雲の谷間を一直線に飛んでゆく。強い南国の陽光が翼に輝き、白い雲のスクリーン上に乱反射する。単調なエンジン音が次第に小さくなってゆく。飛行機は小さな点となった。


翌日、風間と山崎は戒厳令の布かれているジャカルタに到着した。インドネシアでカモジャン地熱発電所を訪れる予定である。

山崎はインドネシア電力庁からの電話を待っていた。部屋の窓から混雑するジャカルタの市街地が見える。

突然、旧式の電話器の音が静かな空気を引き裂いた。

「ヤマサキ・スピーキング」

「風間です。今、父から電話が入りまして、阿蘇掘削レースの詳細な条件説明が明後日、東京の科学資源省にて開かれることになったので、至急、帰ってくるように、とのことでした」

「わかった。荷物をまとめるよ」

「いや、山崎さんは予定通り旅を続けてください。ニュージーランドのゲンズル社にも電話をしておきましたので、問題ないはずです。山崎さんはインドネシアからニュージーランドへ旅を続行してください。では、詳しいことは明日の朝食の時にお話しします。今夜はゆっくりとお休み下さい。では……」

山崎がニュージーランドへ飛び立ったのは、その日から三日後の早朝であった。

風間の元気な声が電話から聞こえてきた。山崎はニュージーランドの技術情報を話し、米国に飛ぶことを手短に伝えた。

「山崎さん、今朝、掘削レースの条件で変更がありました。西部興産を実質的に参加させないための動きです」

風間は興奮して、一気に喋った。

「どういう条件なんだ?」

山崎の表情が一瞬、曇った。

「掘削レースの前に鉱区入札を実施して、その入札に成功したところだけに掘削レースの参加資格を与えるというんです。これまでは、最有望地区を資源科学省が選定し、同一地域にて掘削レースを実施するという話でしたから……。西部興産のように、地質スタッフや物探スタッフのいない、掘削だけやるという企業の締め出しですよ」

風間は憮然とした声で言った。

「親父さんに鉱区入札費用をいくらまで出してくれそうか尋ねたのか?」

「父は最大三億円と言っています」

山崎の表情に明るさが戻った。

「三億か……。まだチャンスはあるよ。あきらめるにはまだ早い。優秀な、運のいい、物理探査も地質もわかる男を探し出す。そして、入札鉱区を分散しないで、たった一つの鉱区に、その三億を賭ければ、充分勝てるチャンスはあるかもしれないよ。いくら大企業でも一鉱区に三億円は賭けないと思うからね。問題は、誰にその重要な解析をさせるかだね。そんな男を米国で探してみるよ。いや、待てよ、女だ。女だ……」

「何ですか？　何が女なんですか？」

風間は山崎の言う意味が理解できなかった。

「風間君、鶴見志保女史を知っているかい？　彼女、ものすごく頭のいい女性でね。俺の同期だが、コロラド鉱山大学で地質と物理探査で博士号を修得したと聞いている。学部では油層工学もやっていたから、彼女なら適任と思う」

「鶴見先生のことなら、円城寺先生からよく聞かされました。早速、円城寺先生に連絡先を聞いてみます。山崎さんも、まずデンバーに飛んでください。よろしくお願いします」

「鉱区入札はいつなんだ？」

「三カ月後です」

風間は不安そうに答えた。

「あと三カ月か……。いや、風間君、『やるしかなかばい』の精神でいこう。彼女は独身主義と言っていたから、米国の地質学会や鉱山学会で、ドクター・ツルミの名前を調べて、必ず捜し出してみせる。安心して吉報を待っていてくれ」

「わかりました。デンバーの連絡先をあとで教えてください。情報をつかんだらご連絡しますから」

「ＯＫ」

山崎は静かに受話器を置いて、ダブルベッドの上に大文字になって横たわった。

カメルの煙草を口にくわえると、リッチフィールド・オイルのシンボルマークである「孤独の星」（アローン・スター）のついたライターで火をつけた。

大きな溜息と一緒に煙を吐き出す。ホテルのガラス窓から暗黒の海が見えた。

山崎は十五年前、志保と一緒に卒論を書き上げたことや、志保の丸顔で、京人形のような短く切った髪、黒いセルロイドの眼鏡をかけたニキビ肌の顔を思い出した。低い小さな鼻と異様に大きな眼、お世辞にも美人といえない女だった。しかし、山崎にとっては青春時代に出逢った唯一の女性だった。志保のニキビ顔でオカッパ頭の少女の顔を思い出して懐かしく思った。

十代の若者でもないのに、となかば自嘲気味に笑った。しかし、その気持ちと裏腹に、志保に会いたいという気持ちが高まった。それは志保に対する憧れではなく、過ぎ去った青春との再会に対する憧れかもしれないと、山崎は志保への思いを打ち消した。

山崎は深い眠りについた。ジェット機はロスアンジェルスを経由して、コロラド山脈を越えて、志保が夢見たデンバーに向かって飛び続けていた。

デンバー空港は夏の盛りというのに大雪が降るという異常気象にみまわれ、混乱していた。飛行場には待機中のジェット旅客機が、積もった雪のために何機も傾いている。除雪のために消防隊も動員され、飛行場は戦場のようであった。

山崎を乗せたジェット機は一時間半程、空港上空を旋回しながら、着陸の順番を待った。おかげで山崎は、飛行機の窓からデンバーの美しい夜景を心ゆくまで楽しむことができた。

無数の白く輝く直線が美しい幾何学的模様を形成していた。そして、それら無数の直線は、巨大なコロラド大山脈にぶつかると、完全に消滅している。それはあたかも人間の科学の力を大自然が毅然として拒絶しているように思われた。

山崎が過ごしたカリフォルニアの自然は、あまりにも人間によって征服され尽くしていた。至る所にフリーウェイが走り、至る所に人間が住んでいる。それに比べて、このコロラド山脈の逞しさ、雄大さは山崎に一種の安らぎを与えた。それにこの都市には志保が住んでいる。上空から眼下に広がる美しいデンバーという都市を、山崎はアメリカのどの都市よりも好きになった。

ヒューストンが石油開発技術の情報都市だとしたら、このデンバーは金属資源開発技術の情報都市といえるであろう。そして、地熱資源は金属鉱床の成因にも関係する火山活動、熱水活動、断層活動によって生まれ、石油資源と同じように深い井戸を掘って地上に回収されるという二つの性格を持っている。

特に探査面からいえば、金属資源探査技術がそのまま使えそうである。その技術を、志保が身につけているはずだった。

山崎はデンバー空港でレンタカーを借りると、コロラド鉱山大学へ向かった。広大な山々を背景に赤い土の色を持った台地の上に、巨大な建物が建ち並んでいる。土が赤いのは、土壌に含まれる鉄分が酸化したためである。緑の大地を見慣れている日本人にとって、赤い土の色はとても地球上のものとは思えないほど異様な感じを与える。

水のない大きな噴水の前に建てられた巨大な案内板を見ながら、インフォメーション・センターの位置を確認した。夏休みで学生の姿はキャンパスにはなかった。インフォメーション・センターのあるビルディングの駐車場に車を止め、山崎は大股で、入口への階段を二段ごと駆けのぼった。

回転ドアを右手で押そうとした時、その把手が鉱山工具のつるはしの形をしているのに気づいた。世界の鉱山技術をリードしてきたこの大学の歴史を感じた。山崎はつるはしの柄をつかむと、ゆっくりと押した。意外にもビルの中には活気があった。たくさんの人がロビーに溢れている。夏休みの期間中、社会人向けの各種専門技術セミナーが開催されているらしい。

山崎は案内所を探した。そこに、古い友人が受付嬢と親しそうに話をしているのを見て驚いた。

「ハウディ、ミスター・ハンフリー」

大声でそう言って、男の肩を叩いた。男は驚いて振り返った。

「ハーイ、セイイチ。久し振りだなあ」

男は懐かしそうに山崎の手を力強く握った。ハンフリーはリッチフィールド・オイルの地質学者であった。山崎に「黒龍三号」の上で、油の香りのする掘屑を興奮しながら差し出した男であった。

ハンフリーは、地質構造セミナーの講師として二カ月、この大学に来ている、と話した。

「セイイチ、どうしてここに来たんだ？　何か俺にできることがあったら、何でも言ってくれ。北海道銀行のガールフレンドと別れる時、セイイチには助けてもらったからな。あの時は本当に困った。独身主義者の俺も観念しかかったからな。そして、妊娠が嘘だっていうことをセイイチが見抜かなかったら、今の俺の自由はなかった。今でもご覧の通り、この子を口説けるのはセイイチのおかげさ」

そう言ってハンフリーは金髪の受付嬢の手を優しく握った。山崎はこのハンフリーの底抜けの楽天的な明るさが石油開発を支えているのだ、と思っている。

ハンフリーが日本にいた頃、よくこう言って日本の企業の地質技師を皮肉っていた。

「セイイチ、米国のジオロジスト（地質技師）はカンパニーに何本の井戸を掘らせたかを誇るけど、日本のジオロジストは全く違うね。奴らは、何本の井戸が自分の言ったとおりになったかを自慢するんだ。

二十本掘削して一本くらいしか商業油田は見つからないんだ。ジオロジストが自分の言ったことの正しさばかりに価値を求めたら、こう言うしかないね。『この井戸は絶対、当たらない』ってね。企業は、ジオロジストが当たらないと言う所は掘らないからね。結局、そいつは企業に一本も井戸を掘らすことなく退職するしかない。

石油開発っていうリスク・ビジネスは、他人の顔色を見ながら全員一致でしか掘削位置を決めきれないジャパニーズにはどうも向いてないね。リッチフィールド・オイルが日本企業とジョイント・ベンチャー（共同事業）をやっているのは、ビッグ・ミステークさ。どんなに日本が米国を追い抜いて世界の大国になっても、経済至上主義の日本人がロマンを求めて月に人間を送ろうなんて考えないと思うね」

志保はコロラド大学にはいなかった。ハンフリーは「工学部長の娘をよく知っている。詳しい情報を調査するからホテルで待っていてくれ」と山崎に言った。

はっきりと見えていた志保の姿が霧の中に消えてゆく。山崎は、本当に志保と会えるのかと不安になった。

山崎はデンバー市内のホテルへ戻った。リッチモンド・ホテルは、近代的な高層ビルが建ち並ぶこの街では特異な存在である。六十年前に建設され、建物全体が地中海で産出された淡いブルーがかった大理石で覆われている。

その日は、レーガン大統領が遊説のために宿泊する日と重なっていたために、山崎はものものしい警備の中をくぐって、ホテルにチェック・インするはめとなった。

現在の米国の政治・経済はサンベルトと呼ばれる地帯が動かしている、といわれる。川出亮氏は、『サンベルト——米国のハイテク・フロンティア』(日本経済新聞社)に、サンベルト現象を次のように述べている。

いま、米国には新しい政治・経済の構造変化が起こりつつある。そして、かつて先人たちが新天地を求めてフロンティアラインを西へ進めていったダイナミズムは、いまだにアメリカ人の開拓精神として彼らの中に宿っている。西部開拓史時代の終焉から一世紀を隔てた今、新たなパイオニアたちは暖かな太陽と新しい生活を求めて、北東・中西部のフロストベルトから南部・西部のサンベルトに向かって、ふたたび民族の大移動を開始したのである。一九六〇年代に始まったこの人口移動の流れは、今後一九八〇年代はもちろん、一九九〇年代から二十一世紀初頭にかけても衰えることなく続くだろう。

「サンベルト」。文字通り「太陽の輝く地帯」という意味だ。衰退しつつある米国北東部や中西部の「フロスト（スノー）ベルト」、「コーンベルト」に対する言葉としてしばしば用いられる。

私は米国南部各地を何度も旅行して、ますます「サンベルト現象」という現実が、今まさに私の目の前で着実に進行しつつあるということを、各地でまざまざと見せつけられた。

具体的に言うと、「サンベルト」とは、フロリダ州、テキサス州、カリフォルニア州、ほかサウス・コースト及びウエスト・コーストの陽光に満ちた地帯の名称である。

北部の支配は、ケネディ大統領暗殺事件以来、次第に衰退を始めた。そして、その衰退を急速に加速させたのが一九七三年の石油危機であった。

安い石油資源を消費するだけの北部は、石油価格の高騰とともに、その力を急速に失いはじめた。その結果、高価な石油資源を保有する南部の力を向上させた。それ以来、大統領はこのサンベルト地帯以外から選出されることはなくなった。

今、アメリカで最もアメリカらしいもの、それはスペース・シャトル・プロジェクトである。このアメリカの威信を賭けた計画は、まさにサンベルト地帯の中で遂行されている。サンベルトの東に位置するフロリダ州マイアミのケープカナベラル基地から打ち上げられ、そして、サンベルトの中心であるテキサス州ヒューストンの管制塔によりナビゲーション（航路誘導）され、サンベルトの西に位置するカリフォルニア州の空軍基地に着陸する。

大国アメリカの威信と名誉を、サンベルトが一身に担っていると言えるだろう。また二十一世紀の高度情報化社会の核となる電子産業のメッカであるシリコン・バレーも、このカリフォルニア州に位置している。こうしたサンベルトの台頭は、このサウス・コーストに広大な穀倉地帯を背景とする農業コングロマリットの勢力拡大にもつながった。ジュネーヴで開催されている米ソ軍縮会議の「全面核兵器撤廃を終局の目的とする」という声明の原動力になったものは、この農業コングロマリットの力によるものだ。

アメリカは、偉大な工業国という面と同時に偉大な農業国という面を併せ持っている。今、アメリカが最も重視しているのは、穀物をはじめとする農産物の巨大な、安定したマーケットを確保することである。そして、ソビエトが最も必要なものは、その農産物なのだ。超大国の利害は一致した。そのスムーズな安定した取引のためには、米ソの軍縮会議は完全なる平和を指向するものでなければならない。

情報化が進み、核戦争の危機におびやかされていた米ソ両国の大衆は、「食べ物」という最も身近な問題を通して、地球上に共存共栄する道を模索しはじめたのだ。

これは、二十一世紀の政治が、イデオロギーや理念でなく「物資の流通」という経済の動向により大きく影響されてゆくことを暗示している。

山崎は、戦争が資源と呼ばれる「物質」の奪い合いにより発生するように、平和とは「物質」の公平な分配によって保たれてゆくものだと思っていた。

最も残虐な戦場は、イデオロギーや宗教や哲学の違いから発生した戦場である。それらの戦場では、兵士たちは死体に対してさえ、執拗に凌辱を加える。手首や足や性器などを切り裂き、眼や耳を笑いながら切り取る。善良そうなアメリカの白人の若者が、ベトナムの子供の死体の片足を右手で持ち上げ、逆さにして誇らしく写真に納まっている映像を見たことがある。まるでクリスマスの七面鳥の大きさを競うように、笑顔でカメラを見ている。戦場では狂気こそが生き抜く力を与えてくれる。

山崎は、偉大な農業国アメリカの象徴のような茶色のカウボーイ・ハットの下に、日に焼けた赤い鼻を持つ楽天的な大男の演説を聴いた。そして、二十一世紀の人類を暗闇から救い出すのは、聖者の思慮深い皺だらけの顔の男よりも、この陽気な、サンベルトの陽光を受けて日に焼けた赤ら顔の男の方がふさわしいのではないかと思った。

人間に残忍な殺戮を平気で行わせる、崇高で難解な哲学やイデオロギーよりも、「地球上の物に限りがあるから、お互いに生き延びるために、知恵を出し合いシェアしよう」という単純な考え方の方が、むしろ、混沌とした二十一世紀において安定した平和を構築できるのではないかと思えた。

大統領の演説が終わると、山崎は陽気なアメリカ人たちの拍手とざわめきを背にした。淡いピンクの大理石に蔽われた巨大なトンネルのような通路を通りぬけ、自分の部屋のドアの前に立った。

山崎がスペイン風の装飾に満ちたアンティークなドアの鍵をあけようとした時、ドアの向こうで電話のベルが鳴るのが聞こえた。山崎は荷物をドアの前に置いたまま、ドアを開き部屋の中に入ると、ベッドのそばで鳴っている電話の受話器を取った。

青と緑のストライプのカーテンから一筋の強い陽光が差し込み、山崎の顔の右半分だけが暗闇の中に浮かび上がった。

「ハロー、ヤマサキです」

「セイイチ、わかったよ。セイイチの昔の恋人のミス・ツルミのアドレスが……」

テキサスなまりの早口の英語だった。

山崎は受話器を首にはさみながら、ベッド脇のスタンドに手を伸ばし、スイッチに手をかける。灯りがつくと、眼の前に巨大なバッファローの顔があった。ベッドの上に大きな風景画が飾ってある。驚いて一瞬、息を詰まらせた。

「セイイチ、聞いているのか?」

ハンフリーの元気な声が聞こえた。

「あ、ああ、聞いているよ。あまり早くわかったので驚いたんだ。誤解しないでくれ。彼女は残念ながら僕の趣味じゃないんだ。あくまでもビジネスで会いたいんだ」

「OK、OK。セイイチの言葉を信じるよ。相当な美人らしいぞ。もしチャンスがあったら、俺に紹介しろよ。メモの用意はいいか?」

「ジョンは日本にいる時から、女性から電話番号を聞き出すのがうまかったからね。信じていたよ。メモはOKだ」

「ミス・ツルミは三年前まで、この大学で電気探査学と構造地質学を教えていた。助教授という資格でね。ところが突然、NASAの方で火星バイキング計画の地質メンバーの募集があった時、それに応募したそうだ。彼女の友人の工学部長が、あと半年で教授に推薦するからと引き止めたけど、彼女は去っていったらしい。ヒューストンに住んでいるよ。住所は不明だが、電話番号はわかった。ヒューストンのNASAに行ってみることだな。ヒューストンの八八二七—〇九九三。もう一回言うよ。ヒューストンの八八二七—〇九九三。セイイチ、まずヒューストン行八七八便を、君の名で予約しておいたから……。幸運を祈るよ。ミス・ツルミによろしくな」

山崎は日本語で「ありがとう」と言うと、受話器を持ったまま、右手の人差し指で静かに電話のボタンを押した。電話は二分後に、ヒューストンのツルミの部屋を呼んでいた。

広いワンルーム形式の部屋で、ベッドの上に置かれたスペース・シャトル型のクリーム色の電話が、静かに信号を繰り返していた。電話は主人のいない部屋でしばらく鳴り続いた後、音を出すのをやめた。大きな半円形の窓の外には、ヒューストンの高層ビル群が強い陽光に輝いている。

山崎は諦めて受話器を置いた後、電話器のメッセージ・ランプが点滅しているのに気づいた。ドアの前に置いたままになっていた荷物を部屋の中に入れ、煙草を喫いながらベッドの上の絵を見つめた。

三人のカウボーイが大きなバッファローを追い詰めている絵だった。全体の色調はセピア色のくすんだ感じで、砂埃がスピード感を巧みに表現していた。山崎が手を差し伸べれば、その絵の中に入っていけそうな気がした。

今までの自分が、絵の中の逃げまどうバッファローのように思えた。しかし、今の自分は獲物を追うカウボーイのように思える。しかし、自分が追い詰めているものが何か、まだ漠然としていてわからないでいた。山崎は、鶴見志保に会えば、自分が何を追っているか、その答えがわかるように思えた。

〈なぜ志保はデンバーから去っていったのだろう。志保の夢はコロラド大学で教授になるはずだったのに〉と心の中で呟いた。

山崎は電話でフロントを呼び出し、メッセージを聞いた。十五分後に日本の「カズミ」から電話が入るから部屋で待っていてほしい、という内容であった。「カズミ」が「風間」の聞き違いであることはすぐにわかった。

「ハロー、ミスター・カズミ。元気かい。こちらから電話しようと思っていたところだった」

「カズミって何ですか？　風間です。電話が遠いですね。鶴見女史のこと調べました。彼女のお父さんにお会いして詳しく聞くことができました」

風間は志保の住所、彼女の米国での生活、そして最後に電話番号を告げた。山崎はハンフリーから教えてもらった電話番号のメモの下に、それを書き写した。

「同じ番号だ。間違いない」と山崎は独り言を言った。

「間違いないはずですよ、絶対に。彼女が実家に出した去年のクリスマス・カードの住所ですからね」

風間は少し怒ったように言った。

「いや、こちらもコロラド大学で、電話番号だけだが情報をつかんだばかりなんだ。でもなぜ志保さんがデンバーを去っていったかを聞けて助かったよ。それに住所もね。いや、ご苦労さん。有難う」

「山崎さん、鉱区入札があと三カ月後に迫っています。できる限り早く彼女とコンタクトしてくださるようにお願いします。これは彼女のお父さんからの依頼でもあるんです」

「わかった。あと二時間後のフライトでヒューストンへ飛ぶよ。今日中には会えると思う。結果はヒューストンから電話する。吉報を待っていてくれ」

「山崎さん、お願いします」

山崎は電話の切れた音を確認してから、メモをパスポートの中に入れると、静かに受話器を置いた。

〈一人の女に逢うためにこんな長い旅をするなんてことは、もうないだろうな。せめて、相手がもう少し美人なら……〉と思い、苦笑いをした。

ヒューストン上空に山崎が到着したのは、太陽が沈みかける頃であった。オレンジ色の巨大な太陽が、果てしなく広がる大平原の地平線に沈んでゆく光景を、飛行機の小さな窓から見ることができた。

上空からは、鬱蒼とした樹々の中に色とりどりの美しい家並みが見えた。山崎は、ヒューストンは砂漠の中にできた都市だという偏見を持っていたので、この緑の豊かさには驚いた。石油産業の中心といえるヒューストンの都心では、毎日のように、古くなった高層ビルがダイナマイトを使って一瞬で破壊される。そして数週間後には新しい、さらに高層のビルが建設される。

今、ロスアンジェルスとともに最も活気に満ちた都市の一つが、このヒューストンである。唯一の違いは、この街のストリートの一つ一つに、石油成金の億万長者のサクセス・ストーリーが溢れている点であろう。男たちの石油に賭けた夢と冒険に満ちた古くて新しい都市――それがヒューストンである。そして、この都市も石油文明の凋落とともに、新しい電子・情報産業の都市として再生する道を歩みはじめていた。

宇宙関連産業も、ヒューストンの新しい一面といえる。古き良き栄光のアメリカと最新のアメリカが混在し、その混沌の中に人々が魅せられて集まってくる。この街にいる限り、アメリカは永遠なのだ。

山崎は愛用のカウボーイ・ハットを深くかぶり、大股で電話ボックスに向かって歩き出した。

第6章　ミスティ

志保は思いがけない男からの電話で動揺していた。幼い日のファースト・キスの相手である「山崎」の名は、いつまでも快い響きをもって彼女の耳の中に残っている。

大きな鏡に向かって、志保は仕上げの化粧をした。自分の〝少し〟低めの鼻をチャーミングに見せるために、どう手を加えれば良いかという化粧術を、彼女は既に身につけていた。アメリカに住むようになって、男女同権や平等を尊ぶこの国でも、女性は魅力的な分だけ権利が拡大されることに気づいた。志保は一度その効率を確認すると、その効果を最大限にするための手法について徹底的に研究する。志保は鏡を見ながら、眼をゆっくりと閉じて、かなり濃いブルーのアイシャドーをつけた。

山崎は、志保が待ち合わせ場所に指定したマリネットホテルの地下二階のクラブ「バーボン・ハウス」に着いた。円型ガラス窓のついたドアを押して中に入ると、赤い制服に黒い蝶ネクタイをした年配の黒人マネージャーが近づいてきた。自分の名前を告げると、白いグランドピアノが正面に見える席に案内された。大好きな「ジャック・ダニエル」をダブルで注文し、ゆっくりと周囲を見回した。

壁という壁がすべて書棚になっており、古めかしい法律の本がぎっしりと並べられている。山崎は一度でこのバーが好きになった。山崎が志保と卒論を書き上げたのも、このように壁が書棚になっていた「門」という喫茶店だったからだ。そこにはいつも、志保が好きなスローなジャズが流れていた。

テーブル上の赤いグラスに入った蠟燭の灯りで腕時計を見た。針は約束の午後九時を指していた。薄暗い照明の中、志保の姿を捜した。

その時、女性歌手がピアノを弾き出した。黒い中国風のドレスに身を包み、栗色の長い髪が静かに揺れる。

ピアノが最初の一小節を奏でると、山崎はそれが志保が好きだった『ミスティ』という曲だと気づいた。志保はこのバーのどこかにいる。

歌手を凝視して、山崎は驚いた。その人こそ、ニュージーランドからヒューストンまでロングフライトを賭けて追い求めてきた女、鶴見志保ではなかろうか。山崎は飲みかけのグラスを軽く左手で持ち上げて、ハスキーな声で歌い出した歌手に合図を送った。女の赤い口唇から白い小さな歯が覗く。山崎はこの女が志保だと確信した。その微笑が、東洋の女しか見せることのできない慎みを感じさせるものだったからだ。

『ミスティ』の美しく悲しいメロディーが、山崎の胸の奥に沁みてゆく。

「びっくりしたでしょう、山崎さん。イッツ・ビーン・ア・ロング・ロング・タイム。お久しぶりね」

志保は黒光りする絹のドレスの裾を上げながら、山崎の隣の席に座った。

「君がピアノを弾いて歌を歌うなんて……。それに眼鏡もかけてないし、美人になったね。本当、驚いたよ、本当に」

山崎は改めて志保を、足もとから、ゆっくりと見直した。美しく成熟した女だった。

「父に言われて子供の頃からピアノを習っていたの。父は慶応の学生だった頃『ウェスト・コースト』という学生バンドでピアノを弾いていたのよ。ジャズピアノで一生、生きていこうと思っていたらしいわ」

「だって君のお父さんは、日本で初めて郊外レストラン・チェーンを作り上げた実業家だったろう?」

「面白いものね。もし、父がジャズ・ピアニストの道を選んでいたら、私はこの世にいなかったかもしれないの。父は大学二年の時、結核になってピアノを弾くのを諦めたの。そしてその頃、結婚を約束していた女性に別離の手紙を書いた。女って冷酷ね。結核になった男には将来性がないって考えたのね。それっきり、その女性は去っていったわ。父は浴びるほど毎日、酒を飲んだ。血を吐くまで酒を飲んだの。そんな時、母と出逢って、私が生まれたの。母はその結核病院の看護婦だったのよ。優しさだけの女。私が不美人に生まれたのは母の血をひいたからだわ」

志保は山崎がついだバーボンウイスキーのグラスを一気に飲みほした。

「志保さん、どうしてこんな所でピアノを弾いているの？　俺は君がＮＡＳＡで働いているとばかり思っていたよ」

山崎は、志保が手に持ったグラスに氷を入れながら喋った。そして、琥珀色のバーボンウイスキーを静かについだ。

「山崎さん、慌て者ね。昔と同じ。今も私、ＮＡＳＡで働いているのよ。ここで歌っているのは仕事のストレス解消のためよ。ところで、ご用件は電話でお聞きしたけど、返事は残念だけどノーだわ。ここでの生活に満足しているの。それを捨てて帰るほど、日本を好きじゃないし……」

「まあ、そんなに結論を急がないでくれよ。わざわざ南半球から君に逢うためにやって来た、十数年ぶりの友人に言う言葉じゃないぜ。……しかし、君は変わったね。美人になったよ。本当に」

「また昔のようにステーキをご馳走させるつもり?」

志保は遠い昔を見るような眼をして微笑した。

「ご安心ください。君に、毎日とは言えないが、週に一度や二度はご馳走できるお金は持てるようになったから……。今度の仕事には強敵がいてね。山田順治だよ。君といつもトップを争っていた山田が、東洋掘削の地質評価コンサルタントとして契約したんだ。覚えているだろ? 君に恥をかかせた男さ。デートの場所に文学部の女の子を連れていって、『君、本気にしていたの?』って、君を侮辱した男だよ。あいつは早稲田を卒業して、東大の大学院から、パリ鉱山大学で地質の博士号をとって帰国した。しばらくユニオン・オイルと契約して北海道の地熱プロジェクトで地質のチーフとして働いていたんだ。今年、独立して地質コンサルタントをやっている。あいつの初仕事が今度の仕事さ」

志保は無表情だった。黙って山崎の牛革のシガレットケースから煙草を一本ゆっくり取り出して口にくわえた。山崎はライターで火をつけた。志保は細長い手で口を覆い、自分の胸に向かって煙を吐いた。

山崎の眼が、志保のかなり深い乳房の谷に釘づけになった。山崎の心が揺れるように、テーブルの上の赤い蠟燭の火が揺れた。志保は、慌てて眼をそらす山崎を見つめて言った。

「一年契約で八万ドル・プラス滞在費でなら考えてもいいわ」

「八万ドルか、安いもんだ。君の美しさに負けて一五万ドル出そう。いいだろ?」

「ちょっと待って、冗談よ。言ってみただけなのよ」

志保は山崎のあまりの即答に狼狽《ろうばい》した。

「君の今の生活を変えることができるなら一五万ドルでも安いもんだ」

志保は一瞬、山崎を訝《いぶ》かった。

「何のお話なの?」

「君のことは、風間という男が君のお父さんに会って全部聞かせてもらった。ケリー・ジョンソンという宇宙飛行士との恋のこと。妻子ある男を愛してもお互いに不幸になるだけさ。やめた方がいい」

そう言って、山崎はグラスの中の氷に視線を落とした。琥珀色の氷の中に、赤い蠟燭の火と志保が揺れていた。

「山崎さんはCIA並みの情報網をお持ちなのね。ひょっとしたら、これは父の差し金なの?　今度の話は」

志保の顔は怒りで赤みを帯びてきた。

「冗談じゃない。嘘をついて君を日本に連れ戻しても、日本は自由な国さ、いつでも君はヒューストンに戻ることができる。そんな馬鹿な嘘はつかないよ。純粋にビジネスとして君が必要だから、やって来たんだ。君が山田より優秀と思うから頭を下げに、こうしてヒューストンまでやって来た。それだけさ。

言わせてもらうと……君がアメリカに旅立つ時に、こう言ったね。今でも覚えているよ。『女としてじゃなくて、能力を持った一人の人間として生きてみたい』って。今の君はどうだい。教授の椅子を投げうって、ヒューストンに逃げて来たんだろ。せっかく自分の夢が叶うって時に、何もかも捨てた。しかし、ケリーは何も捨てなかった。図星だろ？

君は今の生活をエンジョイしていると言ったけど、本当にそうかな？　俺にはそうは見えないね。こうしてクラブでピアノを弾き、歌を歌っているのも、何かを忘れるためだと思う。これは友人としての俺の直感だから、理屈はないけどね……。

正直言うとね、俺も数カ月前までロスアンジェルスで同じように生きていた。その時の俺も、君と同じようにアメリカの生活をエンジョイしていると思っていた。今考えると、それが嘘だったとわかるんだ。確かに君は美しくなった。しかし、今の俺には、昔の志保さんの方が魅力的だった。人間としてね。何か男性社会に挑むという、ギラギラと光るものがあったからね。今の君は見かけだけが美しい人形。ただの人形だよ」

志保は一方的に喋る山崎に対して、静かな怒りを覚えた。

「山崎さんって、昔と同じね。女の気持ちなんて全く理解しない人なのよ。富士山へドライブに行った時、貴方に抱かれるつもりでキスをしたのよ。だのに貴方、『お互いにアメリカで頑張ろう』って一言。その時、私、考えたわ。しょせん男性は美しくない女には興味を持たないものだって……。だから決意したの。女を捨てて男性社会で、一人の学者として生きようと。アメリカに来て毎日が戦いだったわ。女である自分との……」

その瞳に涙が輝いた。志保は涙を打ち消すように慌てて煙草をくわえ、自分の小型ライターで火をつけた。

「フランス人の男性と助教授のポストを争ったわ。そして、勝った。そんな時、ケリーに出逢ったの。デンバーのペトロリウム・クラブで、宇宙飛行士ケリー・ジョンソンの記念講演があった。アメリカ女性だったら誰でも宇宙飛行士に憧れるものよ。彼らは最高の頭脳と最強の肉体、そして最高の精神力を持っているって信じられているの。

講演の後のパーティーで、彼が、多くの美しい白人女性がいるのに、私をダンスのパートナーとして指名してくれたの。その時私は、黒い、何も飾りのついていないドレスを着ていた。驚いて私が遠慮していたら、彼、強引に私の手を引いて踊りに誘ったわ。ダンスの後で、彼が言ったの。『美しい』って。それ以来、彼のために美しくなろうって決意したの。彼は毎週、デンバーにやって来て、私の部屋に泊っていったわ。

そして、三年前、彼が州知事に立候補した時、マスコミの予想を裏切って落選したの。彼の側近は『それはあの女のせいだ』と彼に告げた。それ以来、彼は私から去っていった。私は彼に逢わなくてもいいの。彼の住む街で生きてゆきたいの。幸福なのよ」

志保は煙草の火を灰皿に押しつけると、美しい右手で小さなライターを握りしめた。

山崎は、この女性が学生時代に、紺のスーツの襟に歯磨き粉の飛沫をそのまま白く渇くまで放っておいた同じ女性とは信じがたい思いがした。志保は美しい女性に変身していた。

志保は黒いストライプの小さなライターを、ガラスのテーブルの上に置いた。ライターは小さな音をたてて倒れた。

「私、時々考えるの。この世に幸福のパイがあって、自分がそのパイを食べない分だけ、他人が幸福になるんじゃないかって……」

志保は山崎の眼を見つめた。

「俺はそうは思わないね。もし、君の言うように幸福のパイがあったとしても、そのパイの大きさは心の持ちようによって、どのようにも変わるものだと思う。だから自分が幸福のパイを食べることを諦めた分だけ、幸福のパイが小さくなると思うね」

志保は悲しく微笑みながら呟いた。

「山崎さんは昔から楽観的な人だったけど、ちっとも変わらないのね」

「俺も全く変わらなかったわけじゃない。ただ最近、楽観的に物事を考えない限り、何も生み出せないってことを知ったんだ。意識して、楽観的な考え方をしようと思っている。人間って本能的に自分の生命を守ろうとするものを持っている気がするんだ。何かが行きすぎて肉体や精神に何らかの歪みができると、休息をとったり、考え直したりして修復しようと働くんだ。

だから、最も悪いのが、頭の中で中途半端に、その歪みが発生する前に、修復しようとブレーキをかけてしまうことだと思う。そうしてしまうと、その歪みが小さいだけに、それを抱え込んだまま生きようとする別の修復機能が働き出す。それが長く続くと、小さな歪みの数が増加して次第に大きな歪みとなり、ついには修復機能を乗り越えた巨大な歪みとなる。

ケリー・ジョンソンに病身の奥さんと三人の娘たちがいることを風間君から聞いた。自分の愛がその人たちの幸福を打ち砕くことを心配して、身を引きながら、芯の小さくなったキャンドルの火のように生きる中途半端な生活なんてやめた方がいい。人を愛することが人を幸福にすることなんて、勝手に恋人たちが描いた妄想さ。

もともと男が女を愛するってことは、エゴから出発したものなんだ。得るか、失うか。その二つしかないんだ。ケリーが君のすべてを賭けて余りあるものなら賭けてみるんだな。君が中途半端に幸福のパイを食べようとしないことが、かえって他人の幸福のパイを腐らしているんじゃないかと思うよ。

今、俺がやろうとしている掘削レースは、風間という男が彼の運命を賭けてスタートしたプロジェクトなんだ。君の起用には最終的に彼の同意が必要だからね。確かに君の才能には敬服するし、君の技術を必要としているけど、燃えるような情熱を持っていない人間が、どんな高度な技術を持っていたとしても、実際には何の役にも立ちはしない。そんな実例を俺は何人も見ている」

山崎はそこまで喋ると、ボーイを呼んでビーフ・ジャーキーと氷を注文した。

志保は山崎を無言で見ながら、こうして山崎と語り合って学生時代を過ごしたかったと思った。学生時代の志保はいつも孤独だった。本だけが友人だった。

「怒ったと思うけど、最後まで言わせてもらうよ。早稲田の政経出身で今、山一證券のロンドン支店勤務の永岡という男から聞いた話だ。あるビジネスマンが、重大な商談の約束時刻に遅れそうになった。車を乗り捨てて、最後のチャンスの急行列車に乗ろうとした。その時、絶対に乗ろうと思った男と、乗れたら乗ろうと思った男との差が出たというんだな。ホームまで全速力で走る点では同じなんだが、ドアが閉まる瞬間にその違いが出たってね。

絶対に乗ろうと思った男は、手に持っていた雑誌を閉まりかけたドアに挟み込んだ。そして大声で叫んだ。それに対して、乗れたら乗ろうと思っていた男は、閉まりかけたドアを見ながら、その瞬間に、これだけ自分は努力したんだ、仕方ないと、自分の失敗を自分で納得するような心の動きがあったというんだな。その結果、前の男は列車に乗れて商談は成功し、後の男は列車に乗れず、遅れた訳を山ほど相手に説明したが、商談は失敗したんだ。

もし、君と一緒に仕事をやれるとしたら、君が昔のように、閉まりかけたドアにマニキュアの塗られていない指を挟むような女に戻った時だと思う。明日、サンディエゴに飛ぶつもりだ。一週間程、リトル・アメリカンゲート・ホテルに滞在する。君が君自身を金縛りしているものから、ふっきれたら、メッセージをくれよ。条件はさっき話した通り。ただし、契約ＯＫの場合は、このバーボンの分は君への一五万ドルから差し引いておくからね」

山崎はバーボンを一息に飲み干すと、立ち上がった。志保は何も言わなかった。

山崎は、薄暗いクラブの中をテーブルの赤い蠟燭を道標として、大きな円型のガラス窓のあるドアに向かって歩いた。志保がどう出るかは大きな賭けだった。今の山崎にとって、これからの人生そのものが賭けのように思えた。

それから六日が過ぎた。山崎は志保の返事を待っていたが、三日目には、サンディエゴの地熱探査企業と折衝を開始した。

既に数社の技術者たちと面談したが、各社とも解析手法がまちまちであった。地熱掘削と同様に、地熱探査技術自体も試行錯誤の段階であることを知って愕然とした。解析手法が確立しているのなら、技術比較は可能である。しかし、各社ともまちまちの探査手法、解析手法を主張するのでは比較のしようがなかった。

その日も山崎は、ホテルのロビーで、地熱探査コンサルタント企業の社長コーネル・スミスと最後の価格交渉を行っていた。

赤と黒の制服を着た金髪のボーイが山崎に近づいてきた。そして、小さなメモ用紙をうやうやしく渡した。山崎はメモを見やると、ボーイに一〇〇ドル紙幣を二枚手渡して攝いた。

「あのピアノ弾きに一〇〇ドルをやって、僕の幸福の女神のために『ミスティ』という曲を弾いてくれと頼んでくれないか？　残りの一〇〇ドルはもちろん、君へのチップだよ」

ボーイは喜びと驚きで顔をこわばらせながら言った。

「イエス・サー」

太陽のような形をした円形の天窓を持つロビーの中央に、黒いグランドピアノがあった。サンディエゴの陽光が、バッハのような銀髪を持った老ピアニストの指を照らし出した。

ピアニストが静かに『ミスティ』のメロディーを弾きはじめた。

コーネルは不安気に山崎に訊いた。

「何か起こったのか？　ミスター・ヤマサキ」

山崎は優しい眼差しでコーネルを見つめた。

「どうも貴社の見積価格は高すぎてお断りするしかないですね。しかし、お知り合いになれて光栄です。至急、日本へ帰ることになりました」

コーネルは驚きで言葉を失った。

大きなクリスタルのシャンデリアが輝く広いロビーの空間に、『ミスティ』の美しいメロディーが響きわたる。その旋律は天窓を通り抜けて、陽光溢れるサンディエゴ湾に浮かぶ白いヨットを、広大な青海原に誘うように流れていった。

第7章　谷　神

山崎と志保は、眼前に広がる阿蘇のカルデラを見つめていた。その外輪山の山肌は数百メートルの断崖となり、白く漂う雲の上に消えている。朝の陽光が、霧の中に静かに眠る観音像のようなシルエットを持つ、カルデラ中央部の山々の頂を静かに浮かび上がらせていた。

山崎の耳にマーラーの交響曲第一番「巨人」の旋律が響いてくる。ここが地の果て――清いものも、不浄のものも、この断崖からこのカルデラに流れ落ちる。すべてのものがこの断崖で果てるような気がした。そして雲海の向こうに、彼岸ともいえる大地が浮かんでいる。

陽光が山崎の顔を赤く染めた時、低い地鳴りとともに巨大な白い噴煙が青空に立ち昇った。朝の静寂が打ち破られると同時に、白い雲海から無数の鳥たちが現れ、さらに上空へ羽ばたいていった。

山崎も志保も無言で、阿蘇カルデラの壮大な朝のドラマを見ていた。

「こんな光景を見ていると、自分がいかに小さいものかって、つくづく思うよ」

息は白く濁った。志保は両手を大きく開いて、深く息を吸った後、静かに喋った。

「飛行機の中で山崎さんが、この阿蘇の雄大さを説明してくださったけど、これほど雄大な自然が日本にあるとは思わなかったわ。アメリカでグランド・キャニオンに初めて訪れた時、何もかもが死に絶えた世界を見た思いがしたわ。けれど、ここは、死の世界と生の世界が白い霧の海の下でつながっているような感じがするの。すべての生きとし生けるものが、この霧の海の中に呑み込まれ、清められ、再びあの噴煙となって大地に蘇る。日本に戻ってきてよかったわ」

志保は薄く化粧した顔を少し上気させながら呟いた。

「さあ、いよいよ阿蘇カルデラの中へ突入するよ。朝早く湯布院のペンションを出発して良かっただろ。阿蘇カルデラの雲海はなかなか見られないんだぜ。鶴見先生は阿蘇に歓迎されているみたいだ。俺もこれが三回目だ。微妙な温度差と湿気でこの雲海が出現するんだ」

山崎が志保のために、白いジャガーのドアを開けながら言った。

「山崎さん、その鶴見先生っていうのはやめてよ。ものすごく年をとった気がするから……。寒いわ」

山崎がエンジン・キーを回すと、暖かい空気が志保の顔に流れてきた。

透明なブルーの排気ガスが、激しいエンジン音とともに銀色に輝くマフラーから噴き出した。

山崎は志保にシートベルトを促す。ギアをバックに入れ、アクセルを踏み込み、ハンドルを右に切る。タイヤが軋む音とともに、車は勢いよく後ろに下がりながら、雲海の下に向かう道路へ方向を変えた。

志保は、深い海の底を探検する潜水艦の乗組員になったような気がした。白い霧の中をヘッドライトが右に左に激しく揺れながら突き進む。朝が早いので対向車はなかった。山崎はスピードを落とさず〝海底〟に潜ってゆく。

次第に霧が緑色を帯びてくると、雲の切れ間から突然、雄大に広がる田園が志保の視界に飛び込んできた。

志保は心の中で呟いた。

〈雲海の下にも生命の世界が広がっているのね。この景色、どこかで見たことがあるわ……。スイスのアルプスの山々に囲まれた谷に似ている。この谷の下のどこかに眠る宝物を探すのが、私の仕事になるわけね〉

山崎と志保は、阿蘇山の活動の中心である中岳噴火口の断崖に立った。

強い硫黄臭を伴う風が志保の長い黒髪を激しく揺らしている。志保は黒いタートルネックの薄手のセーターの上に、赤いジャンパーをはおっていた。濃紺で細めのジーンズが長い脚線美を強調している。

山崎は、噴火口の底で緑がかった水が沸騰する様を見ていた。早朝の爆発で全エネルギーを一瞬間に消耗したはずなのに、再びエネルギーが水面下で蓄えられつつあった。この火山エネルギーは、地球という生き物が生き続ける限り存続する、無限に近い有限エネルギーである。

「谷神不死《こくしんはしせず》、是謂玄牝《これをげんぴんという》。玄牝《げんぴん》之《の》門《もん》、是謂天地根《これをてんちのこんという》。緜緜若存《めんめんとしてそんするごとく》、用之不勤《これをもちいてつきず》」

噴火口に向けて叫んだ山崎の声が、断崖の中でこだました。風の音が山崎の耳の中で次第に大きくなった。

山崎は笑いながら、志保に向かって少し恥ずかしそうな顔をして喋った。

「俺はこうして大自然と面と向かっていると、預言者モーゼのように大自然に大声で命令したくなるんだ。海洋プラットホームのヘリデッキの上で台風が来た時も、大声で叫んだ。『風よ吹け。すべてを吹き飛ばせ』ってね。そうすると、気持ちがすっとする。ちょうど、弱い犬が怖い時に吠えるだろ。結局は怖がるあまり、何か叫びたくなるのかもしれないね」

志保は笑わなかった。

「どういう意味なの？　さっきの言葉」

と真剣な顔をして山崎に訊いた。

「谷の精は決して死なない。それは神秘なる女性と呼ばれる。神秘なる女性の扉。それこそ天と地の根源である。

綿々としてそれは存続する。それを用いれば易々と役立つ。

――そんな意味かな。

この谷の下に眠る地熱エネルギーは、まさに谷の精だと思うんだ。その地熱エネルギーは地球生命の根源であり、この女性的なエネルギー地熱を人類が手に入れて使用すれば、綿々として役立つだろうという予言さ。数千年前の中国の老子が語った言葉の意味を、われわれ日本人が初めて理解できるのかもしれないね。そのためにはこの掘削レースに勝利を収めることが必要なんだよ」

山崎と志保は噴火口を後にした。

草千里の中を横切るハイウェイを、白いジャガーは猛スピードで走り抜ける。赤い牛たちが緑の草原に群れをなしていた。

「今日、このプロジェクトのオーナー、風間義明という男に熊本で会わせるよ。若いが、鋭いビジネス感覚を持っている奴だ。必要なものがあったら何でも彼に直接言ってくれ。君の仕事は、科学資源省が実施した厖大な地質データ、物理探査データ、地化学データを解析し、有望な鉱区を一つだけ選定することだ」

「時間はどれだけあるの?」

志保は眼の前に広がる阿蘇カルデラのパノラマを見ながら訊いた。

「六十日しかない。七十日後に鉱区入札がある。最も豊富な資金で今回の入札に挑む東洋掘削は、十五億円を準備しているそうだ。その鉱区選定をあの山田がやる。風間の情報では五～七鉱区に入札するらしい。一鉱区当たり二億～三億円となる。こちらの資金は三億円、分散入札はできない。一鉱区に絞り込む以外、勝てないだろう。今回の入札に失敗すれば、プロジェクトはそれで終わりだ。いずれにしても、君の能力と運を試すいいチャンスになる。頑張ってくれ」

「真っ白い子犬ね。その賭け」と志保がまじめな声で言う。

「何だい、真っ白い子犬って？」

「尾も白い犬。つまり、面白いっていうジョークよ」

志保は声を上げて笑う。

山崎もつられて笑った。山崎はこの阿蘇に来て、志保が昔のように明るく喋りだしたことに気がついた。昔はよく二人でジョークを言いながら笑っていたものだと思い出し、この志保の小さな変化を喜んでいた。

「黒い子犬だね。そのジョーク」

「何よ、それ？」

「尾も白くない。つまり面白くない。お返しさ」

山崎は大声で笑った。志保は山崎のジョークを無視するように言った。

「私、ネバダ州のリノで米国地熱学会が開催された時、ルーレットをやったの。ずっと負け続けて、やめようと思った時、最後に勝負しようと決心したわ。その時まで負けていたお金が一五〇ドル。だから、一五〇ドルを思い切って《00》に賭けたの。《00》が出るように、ルーレットが回り続ける間、祈ったわ。ルーレットが止まりかけた時、白いボールが《0》にいるのを見つけて、全員が溜息をついた。それでも私、《00》だと信じ続けたの。ルーレットが完全に止まった時、突然、ボールがコロリと《0》から《00》に動いた。大歓声の中で三十六倍の五四〇〇ドルを受け取ったわ。運では負けないつもりよ。やってみるわ……」

山崎は志保に小さな赤い羽根を見せた。

「これを君にあげるよ。最後の一枚だ」

「これは?」

「大切にしていた羽根さ。俺がトリニダード・トバゴの観光ツアーに参加した時に見つけた、願いが叶う魔法の羽根なんだ。これを燃やして願えばそれが叶うと言われている」

山崎は羽根を見ながら、志保にそれを手に入れたいきさつを話した。

山崎は、その島にしか生息しないスカーレット・アイビスという深紅のサギの住む浮き島を訪れた。湿地帯に浮かぶ島までボートで移動し、ラムパンチを飲みながら鑑賞する自然観光ツアーだった。

早朝四時にホテルのロビーに集合して、六人乗りのジープが二台、一緒にジャングルに向かう。島の北端に広大な湿地帯が広がっていて、数千の小さな浮き島が点在する。

五時に湿地帯の岸辺に到着。そこから一時間程、十人乗りのボートでクルーズする。ボートには茹でた小エビに辛いトマト・ソースをトッピングしたシュリンプ・カクテルと、砕いた氷とラム酒一ダースを積み込み、出発した。

まだ暗いうちに到着。水面から突き出た杭にロープでボートを固定して夜明けを待つ。

夜が少しずつ明けてきた。薄暗くて気がつかなかったが、驚いたことに、白人の観光客で満杯の二十隻以上のツアー・ボートが一直線に並んでいた。

正面に、朝の光に照らされた黄金色の水面を背景に、深紅の数千の浮き島が、まるで狩野派の屛風絵のように浮かび上がった。観客が思わず、大きな感動の溜め息を上げる。その横でガイドは静かに、細かく砕いた氷を一杯に入れた青いグラスにラム酒を注ぎ込んで、お客たちに配る。皆、ギンギンに冷えたラム酒を味わいながらその時を待つ。

しばらくすると、朝日の明るさが増すたびに、深紅の鮮やかな色で染められた島がざわざわと動き出す。鳥たちが次々と大陸に向け、餌を求めて飛び立つ。島の色彩が次第に、緑と赤のまだら模様に変化する。

太陽の光が最も強くなる瞬間が来た。一斉にゴーという音が湿地帯に響く。突然、鮮やかな濃い緑の浮き島が現れる。空を見上げると、鳥たちの広げた翼で、赤一色に染め上げられている。強い陽光が、鳥たちの大きく広げた翼を透過して、地上に赤い光を照らす。空を見上げる人々の顔が赤く染まる。

やがて、急に飛び立った衝撃で、翼から抜けた赤い羽根がまるで赤い雪のように、天からふわふわと落ちてくる。水面が赤い羽根で覆い尽くされてゆく。客たちは空に手をかざして羽根をつかんだり、水面の羽根を集めたり大騒ぎだ。というのは、この朝日を浴びて舞い降りた羽は人々の願いを叶えるという伝説があるからだ。山崎も舞い降りてくる羽根を三本つかんだ。

山崎が決して忘れることのできない大自然の絵巻である。


「残りの二枚はどうしたの?」

志保が冷静に聞く。意外な質問に山崎は少し狼狽したが、姿勢を正してまじめな顔で答えた。

「一枚は、素敵な女性に出会えますように、と祈った時。それで志保に再会できた。あと一枚は、その人が俺を愛してくれますように、と祈った時さ」

「もう調子いいんだから……でも、ありがとう。いただくわ」

「願い事をする時に、その羽根を燃やしながら心の中にイメージしなければ、願いは神様に届かないらしい」

山崎がまじめな顔をして言う。

「OK、わかったわ」

志保は笑顔で返事をすると、こう呟いた。

「時はただ過ぎゆくのみ、時が欲するものを誰が創造するのか……」

「誰の言葉だい、それは？」

山崎はハンドルを握りしめ、ギアを中速から高速に入れると、静かにアクセルを踏んだ。加速された力が志保をシートに押しつけた。

「ケリーが、スペース・シャトルに乗り込んで物凄い加速力で宇宙に飛び出す瞬間、ふと考えると言っていたわ。『何のために、生命を賭けてまで、自分は暗黒の宇宙に旅立つ必要があるのか？』。その時、この言葉を祈るように心の中で呟くの。『時はただ過ぎゆくのみ。問題は時が欲するものを誰が創造するのか』って」

山崎はその言葉を心の中で反芻した。

熊本から有明海へ向かう一直線のハイウェイが、雲の切れ間から強い陽光の中に浮かび上がるのを見た。山崎はその一直線の光に向かって、アクセルを力一杯踏み込んだ。

第8章　祖母伝説

カナディアン・ロッキー山脈にあるような山荘風のペンションで、志保は吹き抜けの二階の小さな窓から由布岳《ゆふだけ》を見ていた。

ペンションのオーナーがアトリエとして使っていた二階フロアーと五つの部屋を借りきって、地熱鉱区入札の解析センターとして使用することになったのは、風間の提案である。機密を守るためとして、熊本からやや離れた大分県湯布院町の小さなペンションが選ばれた。科学資源省から購入した地質、物理探査データが、「電気製品」と書かれた段ボールに梱包されて次々と運び込まれた。志保が風間に出逢ってから三日目のことであった。

志保は風間の行動力に驚かされた。志保から見れば、まだあどけない雰囲気すら持つ若者が、このプロジェクトの最高責任者として采配を振っていた。一重の眼と横に引き締まった口唇は、若者特有のふてぶてしさも感じさせた。山崎は「俺たちの十年後輩だ。そしてこのプロジェクトのオーナーだ」としか志保に紹介しなかった。

しかし志保は、山崎以上に風間のことを知っていた。志保が初めて熊本で風間の父康次郎に会った時、康次郎は志保を自分の庭園での茶の湯に誘った。

京都の龍谷寺をそのまま移設したという別荘の庭園を歩きながら、康次郎は義明が女中に生ませた不義の子であるという出生の秘密を語った。康次郎はなぜ志保に秘密を告げたのか。しかし、その日以来、志保がこの父子に対して言葉にできぬ親しみを持ったことは事実であった。幼くして母親を失った義明が初めて挑む事業に対して、母親に似た優しさをもって志保に協力させるために語ったのかもしれない、と志保は思った。

一方、康次郎自身も、初対面の志保に対して、なぜ、いとも簡単に心を開いてその秘密を話してしまったのかと驚いていた。

今の志保は、人の心をなごます魅力に輝いている。それは志保の心が無から再出発しようという素直な気持ちで満たされていたからである。世の中で最も強い者は最も弱い者なのかもしれない。

康次郎は志保と会っていると、今まで数多くの敵と戦いながら、常に輝かしい勝利をおさめてきた自信が、彼女の前では瓦礫のように崩れてゆくのを感じた。少なくとも志保は、康次郎が出逢った女たちとは全く異質の、知性と無知の狭間にいるような女であった。

義明が湯布院に解析センターを設ける案を言い出した時、湯布院は盆地で朝夕が冷えるから、熊本の別荘にしたらどうか、と珍しく反対した。

結局は義明の案通りに実行されたが、康次郎は月に二度は必ず湯布院を訪れた。そして、激励会と称しては、名物の豊後牛を志保と若いアシスタント・グループにご馳走した。義明は父親が初めて示した積極的な協力に素直に感謝した。

解析作業には、九州自然科学大学で地質学を教えている泉教授の大学院ゼミ生三名が、志保のアシスタントとして協力していた。志保は泉とはアメリカで三度だけ会ったことがあった。米国各地で毎年一回開催される米国地熱学会で、円城寺教授から紹介されたのが最初の出逢いである。デンバーで開催された時に、志保がコロラド山脈中腹のクリークスキー場に泉を招待したこともあった。

泉は志保の来日を楽しみにしていたし、志保もまた泉の協力に感謝していた。

志保は、父親が口ぐせのように言っていた、「情けは人の為ならず」という格言を思い出した。「人間はいつ人から助けられるか分かるもんじゃない。いつでも出逢った人が困っていたら、自分のできる範囲でいいから助けてやりなさい。いつか、そんな善行がまわりまわって自分や自分の子孫に戻ってくるもんだ」と、酒を飲みながらよく語っていた。

志保は、今回の急な帰国を父親が静かに喜んでくれたことに、ほっとしていた。一方、志保の父も、ぶつかり合うことの多かった娘を、やはり父親に反抗ばかりしていた頃の自分と重ね、かつての青春を懐かしく思える年になっていた。

「志保を見ていると何十年前の自分を見ているようで、何も言えません」と風間に語った。

志保が泉教授に会って協力を要請したのは、湯布院に来てすぐのことであった。

泉は別府から湯布院にかけて、志保を車で案内した。

「私は、地質学者はその地方に伝わる伝説や民話、伝承話などをもっと知る必要があると思うんです。特に、山々の造山運動や火山活動を目撃した古代人が、その経過を擬人化して伝承しようと思うのは当然ですからね」

泉はさりげなく志保の表情を窺いながら、変化がないことを確認すると再び話を続けた。

「ご承知のように、今、九州の大地は二つのプレートに分かれて移動しています。そのプレートに乗って山々が衝突したり、引き裂かれたりするありさまを神の眼をもって見れば、山々の歴史、地質構造発達史は山々の壮大なラヴ・ロマンスです。

例えば、あの別府湾を見下ろす美しい形をした山が見えるでしょう。あれは鶴見岳という名を持つ山です。第四紀、それも非常に新しい火山です。この山を越えるともうすぐ、由布岳という火山が見えてきます。非常に男性的な岩肌を持つ山で、スピルバーグ監督が作った『未知との遭遇』という映画の中の悪魔の山、デビル・タワーのような形をした山です」

泉はハンドルを右に左に忙しく切りながら、幾重にも曲がる道を巧みに運転した。

泉は機嫌がよかった。志保のような洗練された女性と、美しい景色を見ながら、九州の山々の話をするのは初めての経験であった。初秋の山々の紅葉が、青い空と強烈なコントラストを作っていることも、このドライブを気持ちのいいものにしていた。

「あれが由布岳です」

泉が眼の前に雄々しく聳え立つ由布岳を指差した。

志保は荒々しい熔岩の岩肌を持つ山を見るために窓を開けた。冷たく心地よい風が長い黒髪を激しく振るわせる。志保は慌てて少し窓を閉めた。山頂は赤茶色に風化した安山岩で被われていた。青く澄んだ秋空にそそり立つ由布岳は、確かに男性的な風格を持つ山だと思った。

泉は熱心に由布岳を見つめる志保を見て、得意そうに話を続けた。

「由布岳、祖母岳は雄々しい男の山、そして鶴見岳は美しい女の山でした。気の遠くなるほど昔の話ですが……。

三つの山がお互いに隣り合わせで住んでいた頃、祖母岳と由布岳の二つの山は、同時に、鶴見岳を愛してしまったんです。祖母と由布は恋の鞘当てを繰り返し、地震や山崩れなどを起こし、土地が次第に荒れてゆきました。

神は鶴見岳に一人の男を選ぶよう命じました。鶴見岳は悩んだ挙げ句、若者の山・由布岳を選び、由布岳と夫婦の契りをなし、熱い湯を別府と湯布院に噴出させたというんです」

志保は振り返って別府湾を見た。別府の街の至る所から、白い噴気が天に昇っている。水平線の彼方に四国と思われる島影が望める。

泉は話をしながら、鶴見志保と鶴見岳の名が一致していることに初めて気づいた。自分が由布岳になったように思い、顔を赤らめた。

しばらく沈黙が続いた後、車がハイウェイの直線部に入ると、再び泉は話を続けた。

「恋に破れた祖母岳は、涙を流しながら、屈辱の姿を二人に見られることをつらく思い、この地を去っていったのです。その別離の日、流した涙が溜まってできたのが志高湖《しだか》だということです。もう少し走ると、鶴見岳のそばにその湖が見えますよ。あそこです。白く光る湖が見えるでしょう。あれが志高湖です」

泉は片手でハンドルを握り、左の方向にキラキラと輝く湖を指差した。志保が横を向くと、泉の眼の前に志保の白いうなじが現れ、泉は思わず息を呑んだ。美しい女だと思った。泉は慌ててハンドルを両手で握りしめた。

「悲しい話ですね。その祖母岳はどこにあるのですか?」

志保はなぜか祖母岳に興味を持った。泉にはそれが少し不満だった。

「ここから四〇キロ程南の、大分県と宮崎県の県境にある山が、その祖母岳です。九州の秘境の山といわれていて、鬱蒼とした原生林に被われています。先日、女子学生が遭難した山があったでしょう。失礼、鶴見先生は日本に帰国されたばかりでしたね。ご存じないと思いますが、とにかく今でも人を受け付けない気高い山ですよ。伝説では、その原生林は、己れの姿を包み隠し、愛する鶴見岳から見られないための衣だといわれています」

「ロマンチックなラヴ・ストーリーですね」

志保は大きな瞳をさらに大きく輝かせた。そして、遠く南の地平線を凝視した。

「残念ながら、ここからは祖母岳は見えません。鶴見岳の山頂からでも肉眼では見えませんからね。その点は非常に興味を持っているところです。この話は単なるロマンチックな伝説ではなくて、近代地球物理学の学説とも奇妙に一致するのですよ。

鶴見先生、先日、九州自然科学大学の岩男研究室でお話しした、九州が二つのプレートに分かれて動いている、という説のことですよ。そして、この九州は時計回りに、年間に数センチ動いているんです。日蓮上人が元寇を打ち破る祈願をしたことで有名な筥崎宮《はこざきぐう》の、海に突き出た鳥居は、その中心に陽が沈む真西に建造されたものですが、最近の測量の結果、少しずつずれていることが判明しています。大地が動く。素晴らしいことと思われませんか。九州は動いているんですよ」

泉は興奮しながら喋り出した。そこにはもう志保はいなかった。泉は自分自身の何かに語りかけているようである。

志保は情熱的に九州の地質を語る泉に好感を持った。年は自分よりも三つ程下だと思っていたので、男として見たことはなかった。米国を離れ、こうして日本で逢ってみると、泉を男として見る自分を発見した。泉は喋り続けた。

「二つのプレートは二つの構造線で分かれているのです。一つが別府―島原構造線、もう一つが臼杵―八代構造線なんです。今、私たちは別府―島原構造線上に造られたハイウェイを走っているわけです。この大きな構造線に囲まれた巨大な陥没帯を地溝帯と呼んでいます。この地溝帯の中に無数の火山が存在しています。

その中でも最も大きいやつが阿蘇山です。この地溝帯は年間に数センチ程度、離れていっているんです。単純に計算すると、約五十万年後には完全な二つの島になる。この動きの原動力は、ドイツ人学者のヴェーゲナーによって主張された大陸移動説、プレート・テクトニクス理論のプレートの動きによるものです。

日向灘沖で多発する海底地震は、フィリピン海洋プレートが、九州の陸のプレートの下に潜り込む際に発生するものでしょう。そして、ここで、この巨大な地溝帯が発生する以前、数十万年前の太古の九州を再現してやる。つまり、タイム・スリップして、『バック・トゥ・ザ・

フューチャー《未来》』の逆で、『バック・トゥ・ザ・パースト《過去》』するわけです。すると、面白いことに、南に現在四〇キロ離れた祖母岳は、鶴見岳、由布岳と三角形を作る位置に来るのです。まさに、伝説でいう『三つの山がお互いに隣り合わせで住んでいた頃』という時代があったことが証明されるのです。

祖母岳にとって不幸だったのは、由布岳と鶴見岳が別府―島原構造線上に東西に並んでいたのに、ひとり祖母岳は南の臼杵―八代構造線上に乗っていたことです。

つまり祖母だけは、愛する女・鶴見岳と南北の位置関係にあった。これが悲劇の始まりです。九州の二つのプレートが南北に離れはじめた時、祖母岳はなすすべもなく鶴見岳と引き裂かれた。悲しみのあまり絶叫し、自分の運命を呪ったことでしょう。その悲しみの涙が鶴見岳の南にある志高湖として残った、と伝説は伝えているのです。

この志高湖も、ハワイ諸島のホット・スポット学説で説明がつきます。この二つの構造線が一つだった頃、つまり紀伊半島から四国を分断する中央構造線が明瞭に九州を横切っていた頃のことです。この構造線、つまり地殻の弱線部から祖母岳が離れるにしたがい、祖母岳は活火山から次第に休火山となり、マグマの供給源から遠ざかってゆくのです。つまりエネルギーが衰えてくるのです。

しかし、その間にホット・スポット、一度マグマを地上に送り出したポイントでは、再びエネルギーが蓄えられて、再爆発を起こします。その爆発エネルギーは、この地から離れがたい想いがつのり移動を渋っている祖母岳を、決定的に南へ移動させる運動エネルギーとなったわけです。

その最後の決定的な別離の爆発が、爆裂火口湖の志高湖を造ったのでしょう。そう考えると、伝説でいう『最後の惜別の慟哭の涙を湛える湖』が志高湖ということも理解できます」

泉は一気に喋ると、ようやく息をついだ。

「泉先生はどうして、そんなに伝説に興味がおありなの？」

志保は一望に広がる湯布院盆地の光景を見ながら尋ねた。

「さあ、いよいよ湯布院ですよ。どうしてと聞かれると難しいですが……。昔から祖父に、古い話の中には知恵がある、と聞かされていたから……かもしれません。ただ、伝説と地質学との関連性を教えていただいたのは、ペルー大学のウルバーニ博士からです」

「ウルバーニ博士って、昨年、アマゾンで行方不明になられた地質博士のことですか？」

「ご存じでしたか？」

「七年前にコロラド大学で一年間程、地質学の客員教授としてデンバーに住まわれていましたわ」

「そのウルバーニ博士のカリフォルニア州立大学サクラメント校の研究室にお邪魔した時に、

彼の書棚に膨大な量の民俗学や民話、神話の書物があるのに驚きました。不思議に思って彼に訊きますと、こう言われるのです。『これらの本の中に、ペルーの地質構造発達史を考える上で、いろんなヒントが隠されている』って。

当時の私は半信半疑でその説明を聞いたのですが、彼によると、『山岳民族インディオたちの古い言い伝えにある洪水伝説や、山々を擬人化した民話を一つ一つ整理してゆくと、一つの地質構造発達史が出来上がる。そして意外なことに、近代的地球物理学の最先端のプレート・テクトニクス理論を使って科学的に説明できる』というのです」

湯布院盆地が近づき、泉は少し車のスピードを緩めた。

「その時、考えましたよ。数十年しか生きられないインディオたちが、数万年、数十万年という長い地質構造の変化を、あたかも数年の出来事のような物語として語り伝えている。一体、誰がその物語を創造したのか？

もし、その人物が存在したのなら、数万年の時を一日と感じる時間感覚を持った人物であり、山々の壮麗な動きを天空から見られる《神の眼》を持った人物に違いないと……。ただ、そこまで考えると学問の世界から神秘の世界に入り込んでしまいますから、こんな話は学会で話すわけにはいかないのですよ……。初めてです、人にこの話をしたのは」

泉は、黙って聞いている志保の表情を窺うように、顔を見つめた。

「面白いお話ですわ。泉先生、アメリカでも同じような話を耳にしましたの。石油メジャーのシェール石油がアマゾン川流域の陸上の石油探査をする時、まず何から始めるか。まず民俗学者を集めて、各地方に伝わる民話や伝説を調べ、そこに出てくる地名などを調査するんです。その中から『火柱、異臭、燃える』など石油に少しでも関連する地名や民話のある地域を絞り込み、そこを集中的に精査する。そうすると発見率が著しく向上した、という報告書を読んだことがあります。

地熱でも同じです。今、アメリカの地熱探査地域は、アリゾナ州のインディアン居住区の近くにも拡大していますの。五年前にシェブロン・オイルの依頼で私が地熱探査メンバーに参加した時に聞いた話ですけど……。シェブロン・オイルの物探主任が私に言いましたわ。『この広大な砂漠を一〇〇万ドルかけて物理探査するよりも、インディアンの長老に五〇ドルの日本製のトランジスタラジオをプレゼントして、古い伝説や、山や谷をインディアンの言葉でどう呼ぶのかを教えてもらった方がてっとり早いんだ。しかし、そうすると本社の頭でっかちの連中が納得しないから、一応はやるけどね』って。

それにしても、泉先生がこんなにもロマンチストだなんて知りませんでしたわ」

泉は志保の言葉に少し顔を赤らめ、ハンドルを思わず強く握りしめた。

科学万能、数字偏重、分析偏重と思われているアメリカ企業において、八〇年代に入ると新しい経営哲学が提唱されはじめた。

T・J・ピーターズ博士らの『エクセレント・カンパニー』には次のようなことが書かれている。

合理主義的な考え方は価値観というものがいかに重要か忘れさせる。目標の正確な設定あるいは合理的分析から、大胆な新しい会社の方向が打ち出されたという例を、私たちはほとんど知らない。

優れた会社は分析の技術にもきわめて長じているというのは事実だが、こうした会社でも、大きな決断をする際の決め手となっているのは、数字のテクニックよりもやはり価値観である、と私たちは考えている。いわゆる「合理主義」は実験精神を評価せず、誤りを犯すことを極端に恐れる。保守的になれば、活動は停滞し、検討委員会がタラタラと何年ももつづけられるようになる。こうして、結局は自分たちが避けようとしていたまさにそのもの——いよいよ抜き差しならなくなって、逆にもっと大きな賭けを迫られること——に直面するはめになる。

ハーバード大学のジョン・スタインバーガー教授はこの間の事情を次のように皮肉っている。

「現在の科学技術を前提としたとき、もし数量的な正確さを求めるのであれば、分析の対象を限定し、重要な問題の大部分を対象外にするのがいちばん手っとりばやい。こうすれば答はいくらでも正確になる」

山崎は、地熱の資源量評価をアメリカのコンサルタント企業に一〇〇万ドルで依頼した時に、疑問に感じたことがある。資源量評価をする前提が、有限資源の石油と同じような手法で体積を求め、割れ目の貯留層の厚さから地熱資源量を算定する、というのだ。

地熱は割れ目を通して流れ込んでくる。「地熱資源量は流動する資源なのだから、体積容量から計算するのはおかしい」と指摘したら、「流れ込む要素を無視しないと、スーパーコンピュータでも計算できない」と言う。山崎は怒りを込めて捨てゼリフを吐いた。

「お前の言うことはこういうことか？　死を前にした癌患者の老婆と、これからワクワクとした人生が待ち受ける若いピチピチした娘が、同じ女だからいいじゃないか、と言うのと同じだ。ファック・ユー！」

正確に計算するために最も大切な要素が無視される。例えば温暖化の危機をあおる百年後の地球の平均気温予測にも、最も重要な火山活動や太陽活動という要素が無視されている。地球や宇宙を対象にした学問は常に同じジレンマを抱えている。

社会を対象にした経済学でも、人間の意志、例えば「愛」、「誇り」、「価値観」という最も大切な要素が除外されて、「正確な予測」であるという報告書が作成される。結婚相手を決める時もそうだ。財産、学歴、家柄、健康という要素で相手を評価してイエスかノーかを決めるが、結婚生活で一番大切な要素は、価値観の相性、体臭、口臭、いびき、肌合い、性的相性なのだ。ちなみに山崎の場合は「口うるさくない妻」、これが最も重大な要素である。

志保はコロラド鉱山大学で、アメリカの最先端のビジネスを支える人たちに何人も逢った。志保はそれらの人たちが共通して、「人間に対する限りない愛」を語るのに驚いた。彼らの口々から出る言葉は数字ではなく、自分の信念や価値観に関するものだった。

志保も、最も科学的なものが、最も人間的なものに一致することを肌で感じていた。泉教授の語る、伝説と最新の地球物理学が不思議に一致する、という話に志保は共鳴した。

泉は昨年の春に、大恋愛の末に結婚した妻良枝と離婚していた。良枝は妻の座よりも自分の仕事をとった。涙のない、秋風のような別れだった。泉は離婚して自由の身になっていた。そのことを泉は、湯布院の喫茶店で志保に何気なく話すつもりだった。その時の志保の表情の変化を想像して、泉は静かに興奮していた。

志保は日本に帰ってきて、周囲の男たちの自分に対する接し方が、昔と全く違うのを感じていた。自分の何気ない仕種にも、男たちの熱い視線を感じるのだ。しかし、その中で唯一人、志保に昔と同じように接する男がいた。山崎であった。

志保もアメリカにいる時よりも意識して、ビジネスライクに山崎と接していた。志保自身もその方が動きやすかったからだが、時々、ふと化粧室の鏡に向かって口紅を塗る時、山崎の顔を思い浮かべることがあった。

「ダージリン紅茶を二つお願いします」

泉は明るい声で、志保の意見も訊かないうちに注文した。

「あっ、失礼。鶴見先生、ティーでよろしいですか？　ここの紅茶は最高の香りがするんですよ。ぜひ、お試しになってください」

泉はよく冷やされた白いおしぼりを広げると、起伏の少ない顔に押し当てた。そして微かなレモンの香りを嗅ぎながら、深く息をついた。

「お客さま、ミルクになさいますか？　それともレモンにされますか？」

若いボーイの声がその溜め息を中断させた。泉はボーイがまだ横にいたことに少し驚いて、慌てて志保に尋ねた。

「ああ……、鶴見先生、どうされますか？」

少し赤みを帯びた泉の顔が、志保の大きな瞳の中に映る。

「何もいりませんわ」と志保は答えた。

泉と志保は由布岳を望める古い民家造りの喫茶店にいた。「天井桟敷」と名づけられたその店は、二階建ての古い造り酒屋の屋根裏を移転したものだった。二階に上がってゆくと、黒ずんだ大きな柱が何本も組み合わされて、独特の静寂の空間を作っている。奥から低い男性の声でグレゴリオ聖歌のBGMが響いてくる。志保はパリの教会に足を踏み入れたような印象を持った。

九月もあと数日で終わろうとしている。開放されたガラス窓から、蟬の声が秋の優しい日差しとともに薄暗い部屋に入ってくる。大きな円型の杉の大木で作られたテーブルは、天板がよく磨かれ、鏡のように志保の細身のシルエットを映し出していた。

志保は窓の外を見ながら、初秋の風のいたずらでほつれた長い黒髪を、細長い指を櫛のようにして整えた。泉にとって、それは息が詰まるほど魅力的な動きに思えた。

「志保さん。あっ、失礼。鶴見先生はなぜ結婚されないのですか？」

泉は窓の外を黙って見つめている志保に訊いた。

「泉先生、鶴見岳は本当に今、幸福なのでしょうか？」

志保の意外な返答に泉は少しとまどったが、断言するような口調で言った。

「そりゃあ、幸福に決まっていますよ。荒々しいだけが取り柄の中年の祖母岳よりも、若く美しい由布岳を選んだわけですからね。

この伝説の若い山という表現は、地質学的にも奇妙に一致するのです。由布岳は鶴見岳と同じ第四紀の新しい山ですが、祖母岳は中新世のかなり古い山なんです。これは私の恩師である須貝義郎先生が、ジルコンを用いたフィッション・トラック年代法で測定した結果とも一致します。中年の古い男が振られ、若い男が美しい女を娶《めと》るのは、当然の感情といえますからね」

泉は喋りながら、まるで自分がその若い山であるような錯覚を持っていることに気づき、やや動揺しながら志保に聞いた。

「鶴見先生はどうしてそんな質問を？」

「特に理由はないのですけど、由布岳をこの湯布院から眺めた時、少し気になっただけです……。泉先生の言われる通りですわね、きっと……」

志保は心の中で、鶴見岳が選ぶべき相手は祖母岳であったと思っていた。ひとり鶴見岳への想いを秘めて、この地を去っていった祖母岳。ひっそりと原生林の衣をまとい、身を隠して鶴見岳の幸福を見守る祖母岳に、大きな男の愛を感じていた。

古いものは古くならない。古いものから新しいものは生まれる。

別府側から見た由布岳は雄々しい山に見えた。しかし、この湯布院盆地から見る由布岳は、山崩れのためにすっかり姿を変えていた。その姿は女性の乳房に似ている。すっかり雄々しさを失い、むしろ女性的にも見える。

それに対して、原生林に囲まれた祖母岳は、その荒々しさをそのまま現代まで残し、九州最後の秘境の山といわれている。その荒々しい岩肌に漂う霧に包まれる光景は、人々に幽玄の世界を感じさせるほどの神秘性さえ保持しているという。

「鶴見先生、今度のお仕事のこと、もっと詳しく聞かせてくださいませんか？　私も阿蘇の地質の知識なら少しはお役に立てるかも知れませんので……」

泉の申し出に、志保は黒い瞳を輝かせた。

「ありがとうございます。時間があまりないのです。解析の時間が。地質のアシスタントが三名欲しいのですが……」

「わかりました。私のところの大学院生を使ってください。それに競争相手の情報が必要でしょう。私のところには、いろんなルートからいろんな情報が入りますから、きっとお役に立つと思います」

「よろしくお願いします」

そう言って志保はテーブルに美しい手を二つそろえると、深々と頭を下げた。

第9章　龍伝説

暗黒の闇の中に蠢《うごめ》くものがいる。

突然、二つの黄金色の光がゆっくりと上下した。志保は恐怖のあまり手足を動かそうとしたが、全身が金縛りにあったように微動だにしない。

志保はその二つの光を凝視した。数秒後、それが生き物の眼球だとわかった時、志保は大声で助けを求めた。しかし、その声は志保自身の耳には届かない。この化け物は志保の五感のすべてを完全に掌握していた。志保は自分が逃げる自由を完全に断たれていることを知った。しかし、そうわかると、志保はなぜか不思議な安堵感を持った。

すると次第に、暗闇の中にその化け物の姿がぼんやりと見えてきた。化け物が首を横に振ると、身体から黄金色に光る粉が空中に飛び散る。それと同時に、鈴の音の妖精たちが暗闇の中を飛び回った。

「美しい」と志保は思った。そして、この化け物が自分に危害を加える存在ではないことを知った。志保はゆっくりと身を起こして、化け物に手を差し伸べる。すると化け物は二度、うずくまるようにして頭を上下に動かした。微かな鈴の音がし、キラキラと黄金色の粉末が飛散した。志保の指の一つ一つにその粉末が優しく舞い降りる。志保はそれを確かめようと手を顔に近づけた。

その時、針の音が頭の中で激しく響きわたり、指を黄金色に浮かび上がらせていた粉末が突如、消滅した。それと同時に、暗闇を鈴の音が次第に大きく震わせた。志保は耐えきれず耳をふさぎ、「やめて！」と大きく叫んだ。

「何かありましたか？　大丈夫ですか？　鶴見さん、聞こえますか？　鶴見さん！」と扉を叩く低い音と男の声がする。

志保は眼を開けた。昨夜閉じたはずの窓が大きく外に開いて、窓枠が風にゆっくりと揺れている。サイドテーブルの上では、白い陶磁器で作られた、スイス製の小さな目覚し時計が倒れていた。時計の鈴が、小刻みにテーブルを打っている。

「夢か……また同じ夢だったわ。大丈夫、大丈夫です。何でもありません」

志保はドンドンと鳴り響く扉に向かって叫んだ。

疲れの見える顔を洗い、着替えて食堂のテラスへ行く。

「いかがですか、今朝の朝食は？　最近、食欲がないようですので、新鮮な野菜をヨーグルトで混ぜた特製のメニューをご用意しましたよ」

ペンションのオーナーがいつもの明るい口調で志保に声をかけた。口元にスペイン人のような髭をたくわえて、人の良さそうな顔をしている。オーナーは白鳥の姿をした水差しに、絞りたての牛乳を一杯にして運んできた。

由布岳の山頂の岩々までがはっきり見えるほど、透きとおった空気がガラス張りのテラスを覆っている。

志保はこの一週間程、最終入札鉱区の選定のため、毎晩深夜までデータの解析作業に取り組んでいた。機密保持を考慮して、作業は志保が一人でまとめるつもりであった。泉教授の研究室から手助けに来ていた大学院生たちは、三日前に九重連山を縦走し、阿蘇を抜け、そのまま熊本経由で福岡の方へ戻っていった。

志保は食事をしながら、眼を休めるために、由布岳にぶつかってはゆっくりと漂泊する雲の動きをぼんやりと眺めた。この解析作業中はコンタクトレンズを外し、赤いメタルフレームの眼鏡をかけていたが、昔と違って、眼鏡姿でも魅力的な女性であることには変わりがなかった。

志保は何かに取り憑かれたように解析作業に打ち込んでいた。この二カ月の間、志保の両親が湯布院を初めて訪ねて来た時、康次郎が差し向けた車に乗って阿蘇に一泊二日の休日をとった以外は、ほとんどの時間をこのペンションで過ごした。

人間が何かを創造する時は、一種の狂気が必要である。狂気を否定する合理主義者には、しょせん鳩時計程度の発明しかできないものだ。志保はその狂気の中にいた。

それほど、地質データと物探データとが一致しなかったのだ。それはデータの精度が著しく悪いためである。その主要な原因は、国内物理探査業界を保護するという科学資源省の方針で、最新の技術と経験を持つアメリカの探査コントラクターの起用が拒否されたためであった。それと人工的なノイズの大きさである。

アメリカの地熱資源は広大な荒野や砂漠に賦存《ふそん》している。日本では国土の至る所に送電線や道路が敷設されており、特にこの探査が実施された夏は、多数の観光客の車が阿蘇カルデラに満ちていた。これが民間なら、その時期を外し、投下資金に対し最大の効果を得ることを考慮する。しかし、国家機関の場合、どうしても予算の年度内消化が最大の重点課題となるので、そういう基本的な技術要請が無視されがちだ。

政府主導型の資源開発プロジェクトは成功しない。資源開発事業の成否は、その中で働く人間たちがいかに狂気を維持できるかで決まる。成功したプロジェクトのほとんどは、数人の狂気によりかろうじて支えられているものだ。欧州経済を大きく変えた北海油田のエコフィスク油田の成功は、一人のプロジェクト・マネージャーの狂気によるものだった。

世界最高水準の物理探査技術陣と地質技術陣を誇るブリティシュ・ペトロリウム（英国石油）が選定した試掘井はことごとく失敗した。一日二千万円の巨大な海洋掘削リグのリース契約を中途解約し、違約金十億円を支払っても撤退すべきだ、という意見が大勢を占めた。

しかし、最後まで反対する男がいた。男は、違約金を支払うくらいなら、あと三億円の資材費を無駄にするかもしれないが、残された断層タイプの構造を掘削すべきだと会長に直訴した。そして荒れ狂う冬の北海で、最後の試掘井が掘削された。三カ月後、巨大なバーナーに紅蓮の炎が燃えた。こうしてエコフィスク油田が発見されたのである。

我が国で最大の石油開発会社であるアラビア石油も、山下太郎という男の狂気が生み出した企業である。その当時、石油地質学の最高権威であった東京大学の某教授から陰に陽に圧迫を受けながら挑戦を続けた男、山下太郎の狂気がなければ、その成功はあり得なかったであろう。

資源開発事業、それは男たちのロマンである。

今、志保は、その男たちにロマンを賭けさせる掘削地点を、広大な阿蘇カルデラの中から選ぼうとしている。志保は生まれて初めて、一人きりで巨大な自然と対峙していた。

志保の最終解析作業とは、地熱構造の地下三次元モデルを完成させることであった。無機的な難解な文章と表ばかりを羅列するだけの分厚い報告書を作ろうとは思わなかった。要するに、ピンポイントで一地点を決定する行為を自分が納得できればよかった。

そこには西部興産もなければ、山崎も風間もなかった。自分に対するひたむきな利己的な感情のみが存在した。しかし、極限にまで達した自己愛は、利他的な慈愛にまで昇華される可能性を持つものだ。

志保はそれでよいと思っていた。中途半端な自己犠牲によって支えられる利他的行為は何も創造しないことを、ケリーとの別離から学んでいたからだ。

志保は、深部情報の重要な手がかりになる地磁気地電流法の観測データのクオリティー・チェック（信頼度チェック）を行った。天気のデータや旅行客の数や交通量という、全く物探データとは無関係と思えるデータまで使用した。単調で困難な作業であった。志保が女であるからできたのかもしれない。毎日、毎日、単調な作業が続いた。

志保が一応信頼できると判定したものは、全測定ポイントの六〇％にも満たなかった。志保はそれを五〇〇メートルのグリッドの解析測線にのせて、地下の電気比抵抗断面図を作っていった。一五二枚の解析断面が完成した。その断面に合わせて、重力断面、地質断面が泉助教授や助手たちの協力で一枚一枚作成された。各々のデータは合成樹脂の透明な板の上に焼付けされた。断面の交差するポイントのデータが少しでも食い違うと、四つの断面の見直しを余儀なくされた。

五十三日目に各データを複合した三次元モデルが出来上がった。しかし、そのモデルは単なる情報を集積したものにすぎなかった。そのモデルに意味を持たせ、魂を与えるのは志保の役目である。泉の発案で奥の交差する部分がよく見えるように、光ファイバーが埋め込まれた。モデルは白い半透明な地図の台の上に設置され、強力な照明が地図の下から鉱区ごとに点滅するようになっている。

黒色のビロードのカーテンによって作られた人工的な暗闇の中で、無数の光ファイバーが白く浮かび上がっている。白色の光に包まれたモデルは、暗黒が支配する宇宙に浮かぶ宇宙ステーションのようにも見える。

三角形の天井に組み込まれている大型スピーカーから、マーラーの交響曲「巨人」が静かに流れてきた。ペンションのオーナーが、志保の気持ちが昂ぶってきた頃を見計らって、この交響曲を流してくれる。志保はこの曲を聴くと、初めて見た雲海に浮かぶ阿蘇の山々を思い出す。そして、それと同時に山崎のことも思い出すのだ。「山崎に逢いたい」と志保は心から思った。

その時、

「鶴見さん、二階ですか？」と懐かしい声が響いてきた。山崎であった。

「調子はどうですか？」

山崎はカーテンを開けながら優しく尋ねた。志保はまぶしさに眼を閉じると、ゆっくりと眼鏡を外した。そして軽く左手で頬杖をつきながら、右手で長い黒髪を首筋から後にかきあげた。

山崎は志保がかなり憔悴していると直感した。志保は少しすねたような表情をして、何も言わなかった。

「鶴見さん」と、はっきりとした口調で山崎は志保に話しかけた。

「あの壁に貼ってあるポスター、どう思いましたか?」

思いがけない言葉に面食らいながら、志保は壁のポスターを改めて見つめた。緑に包まれた公園の白いベンチの中央に、二人の子供が座っている絵だ。志保は眼を細めてその子供を凝視した。一人が五、六歳の黒人の女の子で、もう一人が十歳ぐらいの白人の男の子。女の子が男の子の耳に小さな唇を寄せて内緒話をしていた。志保は毎朝そのポスターを目にしていたが、取り立てて印象に残るものではなかった。「可愛い子供たちね」とだけ答えた。

山崎は苦笑しながら明るく喋った。

「絵のことじゃなくて、文字のことさ。下の方に小さく書いてあるだろう。この言葉をどう思うかっていう意味だよ」

「言葉って?」

志保は眼鏡をかけて文字を一語ずつ読んだ。

「THE BLIND CAN NOT UNDERSTAND COLOR……。盲目の人は色彩がわからない。そ

れが？……」

志保の美しい横顔を見ながら、山崎は静かに喋り出した。

「カラーっていう英語は、色という意味の他に有色人種、アメリカの場合は黒人のことを意味するんだ」

「そうね。私もデンバーで人種偏見の強い白人の老人から『カラード・ウーマンでも勉強するのか？』って侮辱されたことがあったわ」

志保は眼鏡を外して、山崎の顔を初めて正面から見た。

「つまり、盲目の人は色の存在を知らないわけだろう？　だから、人間を白とか黒とか、皮膚の色によって差別するなんてことは初めから意識しない。盲目であれば、出逢った人を人種や容姿とか、肩書や服装なんかで判断しないで、出逢った瞬間、その人がどんな人なのかを心の眼で知ろうとする。眼が見えるから、かえって本質が見えないのかもしれない、ということを啓蒙するポスターなんだ。ヒューストンで君に逢った次の朝、俺は宇宙センターの中にある教会に出かけた。その入口に貼ってあったポスターさ。よく子供たちの顔を見てごらん。二人の子供はどちらとも全盲なんだよ」

志保は目を細めて、注意深くポスターの子供たちの顔を見た。確かに二人とも目を閉じて、全神経を触覚と耳に集中させているような表情をしている。

「最終段階で君がいらだっていると風間君から聞いたんで、心配してやって来たんだ。今の君はあまりにも多くの知識を持ってしまったから、本質が見えなくなったのかもしれない。あのポスターのように盲目になってみたらどうだろう。俺はそれを言うためにやって来た。いい機会だ。外に出てみよう。そうだ、万年山《はねやま》に案内するよ」

「万年山って?」

「君の後ろの絵が万年山さ。財津秀邦という若い画家がこのアトリエで描いた絵なんだ。この画家は万年山に魅せられて新聞記者をやめ、この山ばかりを描いている。先月、『天井桟敷』という喫茶店で偶然に知り合って話をしたんだ。阿蘇の掘削レースのことを話したら、彼は非常に興味を持ってね、こう言ったよ。

『私は、この大地溝帯の中の万年山という大地に魅せられて絵を描くことに情熱を燃やしています。山崎さんも、大地溝帯のど真ん中に位置する阿蘇の下に眠る地熱エネルギーに魅せられて、井戸を掘ろうとしている。地表と地下の違いはあっても、この大地溝帯を造った幻の中央構造線の虜《とりこ》になった点では一緒ですね。ただし、私は絵を描くという虚業で生きようとしているのに、山崎さんたちは資源開発という実業の世界で頑張っている。実業の世界があって初めて虚業も生きてきます。ぜひ、成功されることをお祈りします』とね。

俺は彼に連れられて万年山の頂上に登った。素晴らしい眺めだったよ」

そう言い終わると、山崎は志保に「寒いから毛皮の半コートを持ってくるように」と指示して階段を降りていった。

志保は学生の頃に愛読していたボードレールの詩集『パリの憂鬱』の、「窓」という一編の詩を思い出した。

「開いている窓を通して外を見る者は、決して、閉ざされた窓を見るほどにたくさんのものを見はしない」

この言葉は志保に、自分を知るために日本を去ろうと決意させた言葉だった。全く知らないアメリカに身を置くことで、自分自身が何者であるのかがわかるのではないか、と思った。

〈今の私、あの時と同じだわ。ぐるぐると同じ所を回って、自分の場所がわからない。このデータが山積みされた部屋にいる限り、何も答えは出てこないわ。この部屋を出よう。万年山に行ってみよう〉

二人は湯布院から万年山に向かった。

水分峠《みずわけ》には短いトンネルがある。分水嶺の上を走るこのトンネルの先では、すべての雨は日向灘に流れず、荒々しい玄界灘に流れる。万年山はこの水分峠から二十分程、福岡方向へ車で走った所に聳える、異様な形をした山である。断崖のようにそそり立つ山、そしてその頂上には広大な台地が広がっている。

車は右に左に急カーブが続く山道を猛スピードで登ってゆく。

「着いたよ」

山崎が低い声で志保に声をかけた。二人は車を降りた。

すべての山々が万年山の山頂の地平線の下に位置している。鶴見岳、由布岳、九重連山、それに遠く阿蘇の頂も望める。志保は雄大な大自然のパノラマに驚いた。

「すごいだろう。視野を妨げるものは何もない。大分から熊本へ広がる巨大な地溝帯が一望に見渡せる」

硫黄山と呼ばれる山から、白い噴煙が青い空に昇っていた。志保の髪が冷たい風にたなびく。

山崎はその冷たい空気を大きく吸い込んだ。

「素晴らしい眺めね」

志保は一言そう呟いたきり、西の地平線を凝視した。阿蘇の噴煙の中から黒い点が蠢いている。その点が、青空に白く細い線を描きながら志保の方に向かってきた。

「ジェット機だよ。このルートは民間機の飛行ルートじゃないから、ソウルから飛んできたアメリカのジェット戦闘機だよ」と、山崎は不思議そうに西の空を見つめている志保に告げた。

その黒い点はぐんぐんと志保に近づいてくる。かなりの高度を飛んでいるために、志保の耳には冬の北風が草を揺らす音しか聞こえない。白い線が青い空にまっすぐ描き出されていく。そして、黒い点は由布岳、鶴見岳を越えて瀬戸内海に向けて飛んでいった。

「太古の日本人が見たら、龍が天を二つに切り裂いたとでも思うだろうな」と山崎は呟いた。

「龍？　龍ね。白い龍。山崎さん、私も空を飛んでみたいわ。明日でもお願いできます？」

「そう言うだろうと思って、明朝、ここにヘリコプターが飛んでくる。半日チャーターしているから、気のすむまで乗れるよ。今、風間が着陸許可を取りに大分まで行っている」

「見て、あの白いジェット雲が描いた線は、紀伊半島や四国を縦断する中央構造線の方向に一致しているわ。そしてこの中央構造線はかつて、日本と朝鮮半島とが一つの大陸だった頃、朝鮮半島を二分する構造線でもあったの。そして今、その構造線は北と南に朝鮮民族を分断している。そんな重要な中央構造線が、この九州では不明瞭なの。その原因が阿蘇カルデラの噴出物なのよ。もし、九州の下に中央構造線が走っているとしたら、まさしくあのジェット雲の方向だわ」

志保は消えてゆく白い雲を指差しながら呟いた。

「山崎さん、今までは私が試掘ポイントを選ぶと思っていたの。だから苦しかった。ここに来てみてわかったの。もう決まっているの……掘る場所は。何か強い力がその場所に私を導こうとしている気がするわ。しかし、それが何処なのか……わからない。あのジェット戦闘機のように天高く飛んでみたい。あの龍のように、天から大地を見てみたいの。そうすれば何かがわかるような気がするわ」

志保と山崎はいつまでも、蒼天に溶けてゆく白いジェット雲を見つめていた。


志保は、大分県と熊本県の伝説に関する書物を買い集め、熱中して読んだ。そして阿蘇カルデラの伝説を読み終えた時、身体の奥から湧き上がる興奮を覚えた。

――阿蘇の大明神である健磐龍命《たけいわのたつのみこと》は神武天皇の孫であった。山城国宇治ノ郷からはるばると阿蘇にやって来て、まず阿蘇谷、南郷谷の湖が美しい水を満々と湛えているのをご覧になった。命は湖の下に眠る大地を一大農耕地にしようと思われ、外輪山の一番低い峠を蹴って壊そうと試みられた。しかし、そこは堅固なうえに峠が二つもあって、壊れなかった。そこで、火口瀬である立野峠を蹴破ることになった。

命が巨大な脚で力一杯、立野峠を蹴破ると、みるみるうちに湖の水は濁流となって有明海へと流れていった。湖の水が半分になった時、突然、命の前に白い龍が姿を現した。

「私はこの湖に数万年の間棲んでいる龍です。湖の水がすべて干上がってしまっては生きてゆけません。どうか、私が生きてゆける水を残してください。もし、その願いをお聞きくださるのなら、私が生きている限り、人間たちが水で困ることがあったなら、私が天に昇り黒雲をおこし、雨を降らすことをお誓いします。

健磐龍命は龍の願いを聞き入れ、湖の水を一部残された。その場所は、夕日が沈む頃、龍がたびたび湖面近くに昇ってきた時、龍の鱗が金色に輝くところから、いつしか金鱗湖と呼ばれるようになった。


黒い厚手の表紙を志保は静かに閉じた。志保は煙草の紫煙とともに長い溜め息を吐くと、再び本をめくって読み始めた。


――橘 右近《たちばなうこん》という武士が諸国行脚のすえ、阿蘇の金鱗湖の湖畔に庵を建てて住みついた。右近は数十年の間に自分が殺した武士たちの魂を鎮めるために、剣を捨て山々を歩きながら仏道修行に励んでいた。

ある満月の夜、「静」と名乗る美しい娘が訪れて、右近の妻にしてほしいと懇願した。右近は驚き、自分は仏道修行の身なので妻を娶らないと断った。

しかし、静は庵を去らず、いつしか右近は娘と夫婦の契りを結んでしまった。その時、静は右近に一つの約束を頼んだ。それは、右近が夜遅く庵に戻った時に必ず「静」と大声で呼んでください、というものであった。

右近は庵の前で静の名を呼んだ。すると、満月のような美しい笑顔の静が庵の戸を開けて右近を迎えた。

一年もの月日が瞬く間に過ぎ去った。

ある夏の夜、右近は誤って谷に落ち、傷つきながらも庵に戻ってきた。夜はすっかり更けていた。右近は静との約束を忘れて、庵の戸を突然開けた。右近は暗闇の中に異様な二つの光を見た。右近は妻の身に異変が起きたのを知った。

右近が大声で静の名を呼ぶと、白い閃光が庵の中を何本も走り、強い風が屋根を吹き飛ばした。黒々とした雲が現れ、その中に白い龍が姿を現わした。

龍は悲しく叫んだ。

「私は湖に棲む龍です。貴方様のお姿を見て、娘に化身して楽しいひとときを過ごさせていただきました。しかし、この姿を見られた以上、湖に戻らねばなりません。私はご恩を決して忘れません。いつの日か人々に恩返しをしましょう。私の後を決して追わないでください。さようなら。右近様」

黒雲は強い閃光を放ちながら天に昇っていった。

「待ってくれ。静、お前がたとえ龍でも私はかまわない。私を一人にさせないでくれ」

右近は狂ったように黒雲の後を追った。右近が小高い丘まで駆け上がった時、龍は悲しい叫びを上げ、右近めがけて巨大な口から紅蓮の炎を吹きかけた。

大きな地響きとともに右近は巨大な岩に姿を変えていた。岩の周りに白い噴煙が砂埃とともに巻き上がった。

龍はその右近の姿を見て、泣き叫びながら湖めがけて黒雲とともに身を沈めた。白い稲妻が湖底から天に向かって何本も飛んだ。その光が収まると、湖面は嘘のように静まりかえり、鏡のような湖面が満月の光を照り返した。

翌朝、静の着ていた衣が岸に流れ着いた。その布に織り込まれていた女郎花《おみなえし》の花が、いつしか湖畔に咲きみだれるようになった頃、村人たちは湖のそばの小高い丘の岩を「右近岩」と呼ぶようになり、その山のことを「立石岳」と呼ぶようになったという……。

志保は本を閉じると、三日前に山崎と風間と共に、ヘリコプターで阿蘇カルデラを飛んだ時のことを静かに思い出した。

ヘリコプターの羽根の回転音と快い振動が志保の身体中に響く。

「さあ、飛ぶよ」と山崎が志保に言った。

万年山の頂上の大地を蹴るように、機体は天に舞い上がった。みるみるうちに山々が遠ざかってゆく。ヘリは進路を阿蘇カルデラのある西へ向けた。

渡り鳥たちの群れを下に見ながら力強く飛んでゆく。硫黄山の水蒸気の煙の中をくぐり抜けた時、志保は硫黄香の空気を嗅いだ。

九重連山は山頂に薄く雪を被っていた。

「きれいね」

志保は眼下に広がる九州の大地に心を奪われた。

「あれが今度泊まってもらうホテルですよ」

山崎が白いメキシコ風の小さな建物を指差した。牧場が見えた。遠くに馬たちが群れをなして走っているのが見える。

「ねえ、あの馬たちと競争してみて」

志保がいたずらっぽく風間にせがんだ。

風間がパイロットに指示すると、機体は急旋回して高度を下げ、馬の群れに近づいた。馬たちは突然の爆音に驚いて散り散りになった。

「もうすぐ阿蘇が見えてきますよ」と山崎が志保に告げた。

大きな波のように起伏を持った大地が、阿蘇カルデラに向かって規則正しい波の模様を作っている。それはあたかも、阿蘇カルデラに流れ落ちる波紋のようにも見える。

白い糸のような雲が志保の視界を妨げた。次第に糸の数が増加し、ヘリはただひたすら白い世界を飛び続ける。ヘリの音が白い静寂の世界に吸収され、志保の耳に鈴の音が聞こえてくる。

志保は金縛りにあったように身体を固くした。ヘリは白い静寂が支配する世界から逃れるように高度を上げていった。

突然、雲が切れた。黒々とした阿蘇カルデラの外輪山の断崖が見える。ヘリは雲の切れ間から急降下を開始した。志保は思わず手を握りしめた。阿蘇カルデラの全景が前面に広がる。ヘリのガラスが黄金色に朝日を反射して美しく輝いた。

遠くに青い有明海が望める。眼下に格子状に美しく並んだ田畑が、久留米絣の模様のように広がっている。機体が大きく右に旋回すると、巨大な阿蘇連山の美しいシルエットが志保の前に映し出された。

「鶴見先生、解析測線に沿って東西に飛んでゆきます。これが飛行ルート図です」

風間は後ろを向いて、白地図に赤い蛍光ペンで何本も線を引いた三枚の図面を、志保に手渡した。志保の表情が変化した。鋭い眼差しで地図と眼下の地形とを見比べた。

「お願いしますわ」

「よし、A－Jラインから飛びます」

一時間程、阿蘇カルデラを飛び続け、険しい根子岳の頂を右に見ながら飛んでいた時、

「あれは何?」と、志保が風間に訊いた。

「何ですか?」

風間は声を上げて訊き返した。志保は片手で耳をふさぎながら、根子岳の裾野に黄金色にキラキラと輝くものを指差した。

「あの光っているものよ」

志保は風間の大きな耳に唇を寄せて言った。風間は志保の甘い薫りを嗅いだ。

「湖みたいですね。この辺に湖があるなんて……」

風間はパイロットの肩を軽く叩いて、高度を下げるよう指示した。

「古い湖ですね。ほとんど干上がっているようです。三日前の大雨で水が溜まったのでしょう」と風間は志保に告げた。

「降りてみたいわ」

「どうしてですか？」

「理由は特にないんだけど、行ってみたいの」

戸惑う風間に、山崎が声をかけた。

「ここじゃ着陸できないから、風間君、草千里まで飛んで、そこから馬で近道を走っていけば昼までには行ける。そうしようよ」

そう言うと、山崎は志保に軽くウインクをした。

「馬ですか……」

風間は絶句した。それは彼が最も嫌いな動物だった。小学六年生の頃、父康次郎が無理やり小さな馬に風間をまたがらせた。風間が大声で泣き叫ぶと、小馬は驚いて走り出した。風間は小馬のたてがみを握りしめたまま気を失ったのだ。それ以来、馬は風間にとって最も苦手な動物になっていた。風間は山崎の発言と自分の運命を呪った。

「ハイヨ、ハイッ!」という山崎の掛け声で、黒光りするサラブレッドが土煙を上げて走り出した。志保の乗った白馬も勢いよくその後を追う。風間は年をとった、おとなしそうな馬を選んで乗った。

黄金色の牧草がたなびく阿蘇カルデラの中を、三頭の馬が疾走する。

志保の乗った白馬は、他の二頭をみるみるうちに引き離してゆく。志保はデンバーの原野で週に一度は乗馬を楽しんでいたし、父親が経営する御殿場の牧場で、障害レースをこなすほどの腕前を持っている。

志保は馬の腹を何度も蹴り上げた。そのたびに白馬は少しピンクがかったたてがみを振るわせながらスピードを増す。気持ちの良い、冷たく乾いた風が、志保の長い黒髪の隙間をあわただしく通り過ぎる。

志保は走った。二カ月以上、小さな空間に閉じ込もっていた肉体を、思いきり大自然の中に躍動させた。風が志保の肉体の表面から一枚一枚、「知識」という硬直した皮膚を剥ぎ取ってゆく。みずみずしい感性が志保の全身全霊に蘇ってくる。その時、志保は、阿蘇カルデラと対峙していた自分が、この阿蘇の大自然に包み込まれてゆくのを感知した。

志保の眼の前に小高い崖があった。道は大きく迂回していた。志保は上半身を馬のたてがみに埋めるようにして赤い手綱を崖に向ける。思いきり強く馬の腹を蹴り、「ハイッ！」と叫んだ。白馬は黄金色の雑草と黒い酸性土を宙に蹴り上げると、天空に飛び上がるように崖を一気に駆け上った。

山崎は砂埃の中でその光景を見ていたが、迂回する道を通って志保の後を追った。

志保は優しい日差しを放つ太陽に向けて、顔をゆっくりと上げた。眼の前に、静かに水を湛える湖があった。その上に崖があり、その頂に巨大な岩が天に向かってそそり立っている。

志保はその岩が柱状節理と呼ばれる岩だと思った。柱状節理とは、熔岩が急激に冷却された時に形成される岩石である。四角形の柱を何本も重ね合わせたような形状をしているところから、その名がつけられた。その鋭い角は、自然のものとは思われないほどシャープな形状をしている。

志保は馬を下りて、手綱を右手で持ちながら湖畔の道を歩いた。馬が水を飲みたがったので手綱を離すと、湖に口をつけて勢いよく飲みはじめた。湖面に白い馬の姿が映る。風はいつの間にかやんでいた。静寂な光景の中、馬が水を飲む音だけが時折、志保の耳に入ってくる。

志保は一人、崖に向かって歩いた。巨大な石柱は、下から見上げると、天を仰ぎ見る人間の姿のように見える。志保は崖の下に長方形の小さな石を見つけた。その石はお盆のような形をした岩の上にあった。まるで台座の上に載っているように思えた。

志保は、ケリーが月面から持ち帰った「創成紀の岩《ジェニス・ロック》」と名付けられた岩を見つけた時も、このように感じたのではないかと思った。ケリーは志保に何度も、それを月面のスーパークレーターのそばで見つけた時のことを話した。そして、その出逢いを、まるで神との出逢いのように感じた、と情熱的に語った。

志保は鋭利な刃物のような石に手を触れた。石は三つに壊れた。志保はその一つを白いレースのハンカチに、まるで宝石のように包むと、肩から下げていた牛革のカバンに入れた。

志保は、この場所が阿蘇カルデラの何処に位置するのか、はっきりとはわからなかった。ひとまず眼の前の崖に登ってみることにした。

十分後、志保は崖の上に立っていた。そこから見渡すと、阿蘇の外輪が古代ローマの闘技場のように見える。自然が創った競技場の壁のように、外輪の岩肌はそそり立っていた。

この大競技場で始まろうとする阿蘇掘削レースの鍵を自分が握っている。そう思うと、志保の心は感動で震えた。

山崎と風間が湖に着いた頃には、志保は簡単な地質調査を終えて、野外ノートにその結果を記載していた。一番遅れて到着した風間に、志保はこの場所が解析測線上、どのポイントにあたるのか尋ねた。

志保は湖畔の草の上に腰を下ろした。白馬が志保のそばに寄ってきて、草を静かに食べはじめた。もうすっかり志保に懐いているようだった。

志保は、さっき採取した石を両手で顔の所まで持ち上げると、唇をその石に近づけながら独り言のように呟いた。

「神は鉱物の中で眠り、植物の中では目覚め、動物の中では歩き、人間の中では思惟《しい》する。神は鉱物の中で眠り、植物の中では目覚め、動物の中では歩き、人間の……」

「志保さん、何をしているの?」

山崎が心配そうに志保に訊いた。

「おまじないよ」

「おまじない?」

「そう。コロラド鉱山大学で地質学を教授してくれたサミエル先生から教えてもらったの。

その先生はインド人なの。授業の終わりにはいつも、こうおっしゃったわ。

『悪いジオロジストは自分で勝手に決める。普通のジオロジストは他人の意見を聞いた上で決める。最高のジオロジストは岩石に訊く』

その時、私が先生に質問したの。『どうすれば岩石に訊けるのですか？』って。先生はこう答えてくれたわ。

『古代インド人は万物の中に神というものが存在して、形は違っていても万物の中にいるスピリチュアルな神というものは同一のものと信じていた。ただ違うのは、神の状態が違うだけだ。それなのに現代人は、その違いを決定的な違いと思っているから戦争が起こるのだ。だから私は岩石を採取するたびに呪文を唱える。そうすると、岩石の中に眠れる神がいろんなことを教えてくれる。ただし、人間が本当に岩石と話そうと思わない限り、決して神は眠りから眼をさまさない』

それでふと、サミエル先生の言葉を思い出して、呪文を唱えてみたの」

志保は神秘的な微笑を浮かべて山崎を見つめた。

「神は鉱物の中で眠っている、か……」

山崎は呟いた。

「じゃ、地球の中に神が眠っている証みたいなものが、この阿蘇の噴火活動ともいえるわけですね。今日の鶴見先生は何か神がかっているようで苦手ですね、僕は」

風間が話に加わってきた。

「風間君、それじゃ私が魔女みたいじゃない。年をとったお婆さんとでも言いたいのでしょ。風間君がそう思うのは、君の心に汚れたものがあるからよ」

「心だけじゃなくて、鶴見先生と山崎さんの馬が巻き上げた砂埃をもろに被っていますから、眼も鼻も口も、とにかく身体中埃だらけに汚れていますよ」

志保と山崎は、風間の顔が黒く汚れているのに気づいて、声を合わせて笑った。

「湖の水でまず顔を洗えよ」と山崎が差し出したタオルを受け取りながら、風間は志保に言う。

「それよりも先に、先生のご質問にお答えします。ルートマップと照合したのですが、ここはF－四鉱区のF－七ポイント付近です」

突然、志保の表情が変わった。

「では僕は顔を洗ってきます」

走ってゆく風間の後ろ姿を見ながら、志保は解析モデルの数値を思い起こしていた。

F－四鉱区のほとんどが、深度四〇〇メートルでは高比抵抗値（高い電気抵抗：硬い火成岩を示す）を示すのに、F－六、F－七、F－八、F－九、F－十のみが異常な低比抵抗値（低い電気抵抗値：熱でやわらかくなり、熱水を含むことを示す）を示していた。

志保が最後まで、信頼に乏しい異常値として外すべきかどうか悩んだ測定点であった。

志保は「私、一人で帰るわ」と山崎に言い残し、ヘリコプターに置いてあったカバンを馬の鞍に結びつけると、白馬にまたがり、金鱗湖を後にした。

志保は阿蘇のホテルまで風のように走った。部屋に着くと、熱いシャワーを頭から浴びた。厚いタオル地のガウンを着て、頭は白いタオルで長い髪を巻き上げている。

清潔なベッドに横たわり、スタンドランプをつけた。読みかけの龍伝説の本を手に取り、改めて最初から読みはじめた。

一時間後、志保は静かに本を閉じ、ゆっくりと眼鏡を外してテーブルの上に置いた。そして、赤と黄色のストライプ模様がついた羽毛のクッションの上に横たわった。

眼を閉じると、瞼の裏の暗闇に二つの怪しい光が動くのを見た。志保はそれが、金鱗湖に身を沈めた雌龍の化身であることを知った。それと同時に、自分の身体が深い湖底に沈んでゆくのを感じた。恐怖はなかった。深い緑色の水の中に、黄金色に輝く無数の妖精たちが乱舞するのを見た。志保はそのまま深い静寂の眠りについた。

次の朝、志保は小鳥たちのさえずりで眼を覚ました。ドアを開け、アトリエに急いだ。透明の阿蘇カルデラ解析モデルの前に立った。細長い指で黄金色の掘削櫓の模型をつまむと、静かにF－四鉱区のAライン－七ポイントの上に置いた。

志保は黒い厚手のカーテンを大きく開いた。冬の優しい日差しがアトリエに充満する。志保はカナダの山小屋風の窓を外に向かって押し開いた。

樹々の間に白い朝霧が静かに漂っている。

志保は山崎からもらった赤い羽根を取り出した。ライターで火をつけながら願いを心に描き、

「これでいいのでしょう？」

と独り言のように呟いた。羽根が燃えた煙が、天に向かって昇っていった。

第10章 白龍

山崎は、志保の掘削ポイント決定の報告を受けて直ちに、掘削装置の手配のために新潟へ飛んだ。この街には、懐かしい掘削仲間の沢田がいる。まず彼に相談してみようと考えた。以前、父親と一緒に佐渡ケ島観光をした時に泊まった懐かしいホテルに宿泊した。最上階の食堂の窓から、朝日を映してキラキラと光る川に架かる万代橋や、日本海が見える。懐かしさが胸に込み上げてきた。

手持ち無沙汰にして窓の外を眺めている山崎に、中年女性の案内係が気を利かせて、「新潟日報」という地方紙を手渡した。「ありがとう」と手に取ると、

「ベトナム沖海底油田　ソ連が試掘成功」

という大きな活字が飛び込んできた。山崎は食い入るように記事を読んだ。

米政府筋が明らかにしたところによると、ソ連はベトナム南部ブンタウ沖南東約一〇〇

キロの海域で海底油田の試掘に初めて成功し、間もなく商業ベースの生産に乗り出す模様だという。ソ連の石油生産はここ数年来、頭打ちになっており、海外の油田開発を急いできたが、東南アジアに残された海底油田の宝庫とされる南シナ海に、拠点を築くことに成功したことになる。さらに同筋は、ブンタウに既に千人近い石油関係のソ連人がいると述べており、これに、カムラン湾でのソ連海軍施設の充実と合わせて、ベトナムでのソ連の影響力増大をものがたるものといえよう。同筋によると旧南ベトナム政府と契約を結んだ米系石油企業による試掘が七〇年代初めに行われ、「かなり有望」との見通しが出ていた。しかし、ベトナム戦争での敗北とともに米国企業は全面的に撤退した。ソ連はそのあとに目をつけ、八〇年七月ベトナムとの間で大陸棚の石油、天然ガス調査、開発協定に調印し……

山崎は新聞を膝の上に置くと、日本海へ目をやった。青い水平線の彼方には、石油生産プラットホームと一隻の半潜水式掘削船を眺めることができた。

かつて日本政府は、阿賀沖での海底油田発見のニュースに驚いた。出光興産という民族資本の石油会社が、二十年前から地道に探鉱を続けてきた成果であった。

「海賊」と呼ばれた男・出光佐三が創業した出光興産は、革命直後のイランから原油を買い付けて、欧米に対抗したイラン民族を支援した。敗戦後、誇りを失いかけた日本人に勇気を与えた企業である。天下りを受け入れないので、通産省が最も嫌う石油企業でもあった。

資源開発には最低でも十年もの長い歳月を要する。企業も、その中で働く人間も、その年月の長さを耐えるだけの体力と気力が要求される。しかし大自然にとっては、そんな十年や二十年は一瞬の瞬きにも相当しない時間でしかない。

山崎は日本海の幸が盛られた海鮮サラダの朝食をとった後、コーヒーを注文した。BGMが流れている。ベルリオーズの『幻想交響曲』だと気づいた。山崎はトリニダード・トバゴの密林で死んだ奥山のことを想い出した。これは奥山の好きな曲だった。山崎も奥山に奨められて、この曲のレコードを借りて聴いた。起伏のない旋律に心が暗く沈んでゆくような気分になった。

山崎は再び新聞に目をやった。ソ連の正義を信じて生命を賭けて死んでいった奥山が、この記事をどう読むであろうか？　アメリカの正義を信じて泥沼の中で死んでいった黒人の若者は、この記事をどう読むであろうか？

一九七五年、四月三十日。最後の米軍関係者がヘリコプターでサイゴンを脱出、南ベトナムを共産主義勢力の手にゆだねてからもう十年近くになる。世界最強の国が、ゴム草履のゲリラに敗れた。若者たちはこの戦いを自由主義と共産主義の純粋な聖戦だと信じ、そして死んでいった。ところが、彼らが生命を賭けて守ろうとしていたものが、「石油」という資源が生み出す利権であったのだ。

山崎は愕然とした。そして、思った。再び将来、全世界を巻き込むような戦争があるとしたら、その戦争も「神の大義」や「自由主義を守るため」という、幻想でしかない大義名分のもとに発生する。そして十年後、二十年後に、その戦争の本当の目的は、大国の強欲な「石油」という資源の独占だったという事実が暴露されるであろう。

日本が戦争に巻き込まれない最大の安全保障戦略とは、自国のエネルギーと食糧を自国ですべて賄えることである。未来戦争の最大の抑止力は、何重にも張りめぐらされた核戦略ではない。それは、普通の人間が、自己の生存のために、最低かつ充分な食糧資源やエネルギー資源のみを使いながら、満足する心、足るを知る心を持てるかどうかで決まるのである。そして、自国の生存のエネルギーを安易に外国に依存する心を戒め、国内の身近な優しいエネルギーを活用する技術をどのように高めていけるか。

最大の戦争の抑止力は、一部の政治家や官僚や平和運動家、宗教家の力によるものではない。ごく普通の大衆と呼ばれる人たちの日常生活の中にあるのだ。

二十世紀を支えた石油という資源は、有限である。

山崎は、しばらく前に放送されていたＮＨＫの番組を思い出していた。『21世紀は警告する』というタイトルで、こう将来を予言していた。

「二十一世紀とは、見も知らぬ他国の人たちに宗教にも似た感情を持てるかどうかが問われる時代であろう」

二十世紀では、先進諸国が高度の経済成長を独占することが可能であった。しかし、二十一世紀の経済では、もはや先進諸国のみが高度成長の恩恵を享受することは、世界経済の崩壊を意味する。先進諸国は何十年も、発展途上国が追いついてくるまで寛大さと忍耐をもって待ち続けなければならない。それほど、現代の世界経済は複雑に絡み合って成立している。先進諸国の銀行は発展途上国に多額の資金を融資している。先進諸国だけの高度経済成長が発展途上国の犠牲の上で成り立つ二十世紀の経済システムは、もう通用しない。

資源についても同様である。先進諸国が資源を力で独占することはもはや許されない。高い効率のいい資源は偏在する資源である。次の文明が二十世紀と同じように効率一辺倒の高エントロピーエネルギーのみを指向する限り、遅れてやって来た発展途上国の人々のエネルギー消費の著しい増加は、資源戦争の起爆剤となるであろう。

しかし、先進諸国が高度技術を駆使して、省エネルギー社会を完成させ、また、どこにでもある資源、普遍的に存在する資源——おそらくそれは低エントロピー資源である地熱、太陽光、太陽熱、風力、潮力、小水力、温泉、水から電気分解された水素や酸素などに注目し、高度技術にて自分が必要とする生存のためのエネルギーを自給自足する社会を拡大させるならば、かろうじて、人類は世界戦争を回避し、二十一世紀を生き延びることができるかもしれない。

山崎はこの数カ月の間に、自分なりに地熱という資源をそのように考えるようになっていた。そしてそれを開発することが、奥山や高田の魂を安らかにする唯一の道だと思っていた。山崎はこの頼りない、優しい女性的なエネルギーこそ、次の文明の基盤となるエネルギーの一つだと素直に信じることができた。

「山崎さんですね。沢田掘削株式会社からお迎えにまいりました。申し遅れました、私、沢田道夫と申します」

山崎の前に丸顔の大男が立っている。赤ら顔に人の良さそうな眼差しと、北国の人間らしい忍耐強さを秘めた口元を持っている。一見すると、若いのか年をとっているのか判断がつかなかった。髪が既に後退しているために老けて見えたが、声の調子から二十代後半のようにも思える。山崎はその丸顔の中に、見覚えのある表情を見つけて驚いた。

ナプキンで口元を拭きながら立ち上がると、男に握手を求めた。男は一瞬、ためらった表情を見せたが、微笑しながら右手を差し出した。

大きな掌の至る所に固い塊があるのが、山崎の掌に伝わってくる。山崎は、少なくとも十年以上は掘削装置のハンドドルを握った男だと直感した。

心理研究家である浅野八郎氏は、「手」のことをこう述べている。

「人間の手ほど不思議なものはない。哲学者のカントは『手は外部に出たもう一つの頭脳である』と述べているように、人間は手によっていろんなものを作り出し、文明を築き上げたといっても過言ではない。ところで、この手をよく見るとしわがある。はっきりした長いしわもあれば、細かな短いしわもある。人間の手の形や手のしわによってその人の性格や運命を判断する風習は、東洋でも西洋でも古い歴史がある。聖書の中には、手に関係した話が千回近くも出てくるし、『旧約聖書』ヨブ記の中には、『神は人の手に符号、もしくは印章を記し、これによりて、全ての人に彼らの職分を知らしめんがためなり』とある」

山崎は沢田道夫の手から、《掘削屋》という符号を感知した。そして、自分と同じ印章を手に刻まれた男だと思い、力強く握り返した。

「沢田さんの息子さんですね。昔、よくお父さんから貴方のことを伺っていました。どうぞ、おかけください。朝食はいかがですか?」

「コーヒーをいただきます」

山崎は沢田道夫のために、コーヒーをウェートレスに注文した。

山崎は今でも、初対面の人と出逢うと米国式に握手を求める衝動にかられる時があった。そのたびに、「ここは日本だった」と思い、手をあわてて引っ込める。しかし、このように突然話しかけられると、思わず手を出してしまうことがたびたびあった。

その時、相手の対応に二つの種類があることに気づいた。ためらいがちに手を差し出すタイプと、握手のかわりに名刺を差し出すタイプである。昔の自分は後者のタイプであった。社会的な規範に縛られていた。自分の手で、自分の可能性に制限をつけていたように思える。今の自分は、相手が手を差し伸べたら手を出そう、相手が名刺を出すならそれを受け取ろうと思っている。

四方を海に囲まれた狭い国土で肌を寄せ合って生きるしか術のない日本人にとって、いちいち会うたびに握手をして肌のぬくもりを伝達する儀式は必要ないのだ。握手という儀式は、肌の色、眼の色、宗教、習慣の異なる人々が出逢った時、武器を持っていないことをお互いに確認し合う行為なのだ。

エレベーターで少しでも肩が触れ合うたびに「エクスキューズ・ミー」を連発する国から、超満員の通勤電車で押し潰されそうになっても何も言葉を発しない国へ、久しぶりに山崎は帰ってきた。山崎が混乱するのも当然のことかもしれなかった。

山崎は自分の名を告げながら、名前だけが印刷された名刺を差し出した。

沢田道夫は名刺を丁重に受け取ると、

「まるで映画のシーンみたいですね」

と言い、肩を揺すって笑った。

「……？」

山崎がその意味を測りかねていると、道夫は笑うのをやめた。

「私はこう見えても、十年前、日大の芸術学部で映画作りをやっていたんです。私の一番好きな映画『ＧＯＤ（神）』の中に、こういうシーンがあるのです。

中年のセールスマンが突然、《神》を名乗る老人から、神の言葉を人間に伝える預言者に指名されるのです。その男が困惑して老人に証拠をくれと言うと、神は困って《ＧＯＤ》とだけ印刷された名刺を手渡すのです。すると、今まで疑心暗鬼だったセールスマンが、名刺を受け取るとなぜか安心する、というシーンです。似ていると思いませんか？」

そう言い終わると、再び道夫は笑い出した。山崎もつられて、二人して声を合わせて笑った。周囲の客たちが手にフォークを持ったまま振り返った。山崎たちをまるで神聖なミサの静寂を打ち破った悪魔グレムリンを見るような眼差しで見ている。山崎たちの笑いは、周囲の客たちの様子に気づくまで続いた。

山崎は、この道夫の言葉が胸の底に残った。今の自分には定住する家も、所属する企業も、肩書も何もなかった。東京で名刺を作ろうとして、白い紙の上に唯一書けるものは、《山崎誠一》という名前だけであることに気づき、愕然とした。確かにロスアンジェルスにいた時には、少なくとも住む家はあった。また名刺には何も書かなくとも、日本人という一つのアイデンティティが心の底にあった。不安はなかった。しかし、日本に帰ってくると、《日本人》は何の意味も持たないのだ。自分の名前だけが黒々と書かれた名刺をしみじみ見つめた。

何もない自分。それは失うものがないことを意味した。そう思うと、その名刺は輝きを増した。この大きな男は、この名刺を見て《GOD》のようだと言った。肩書のない自分。自分を表現する唯一の手がかりが名前だけとは素晴らしいことかもしれない、と心から思った。

山崎は一度で、この大きな男を好きになった。

「これが、父が山崎さんのためにご用意した掘削装置です。台湾の石油公司から櫓とサブ・ストラクチャー（下部装置）とドローワークス（巻上げ機）だけは先週到着しました。山崎さんからご指定のあったサブストラクチャーの高さを五メートルから七メートルに改造するために、現在、新潟鉄工で改造用下部構造を製作中です。この掘削装置は中古ですが、泥水ポンプ、他の掘削装置の周りの装置は新品を用意するつもりです。特注の回転トルク非常停止装置もアメリカに発注しました。山崎さんが言われたように、台湾の中古掘削装置を、沢田掘削が購入し改良して中国へ輸出するということで、輸送会社、保険会社、新潟鉄工などの関連企業には説明しております。こんな高いサブストラクチャーを持った掘削装置なんて、日本にありませんから、新潟鉄工のエンジニアから何度も念を押されましたよ。『本当に作るのか？』って」

沢田道夫は銀色のヘルメットの下から白い歯を見せて微笑した。

山崎は、沢田掘削株式会社の資材ヤードがある白い砂の海岸に立っていた。日本海には既に冬が訪れていた。冬の日本海は英国の北海と同じくらい厳しい海として、世界の海洋掘削屋から恐れられている。

青いフェンスで囲まれた資材ヤードの中に、銀色の掘削櫓が灰色の天に向かって聳えていた。その櫓の巨大な影が山崎を包んでいる。山崎にはそのシルエットが、天才画家ブリューゲルが描いた『バベルの塔』のように思えた。

「山崎さん、久しぶりじゃね」

懐かしい、しわがれた声が山崎の背後から聞こえてきた。

「畑の仕事が忙しくてお迎えに行きませんで、大変すまんことでした。うちの婆さんの眼がうるさくて……」

十数年前、山崎に掘削装置を一つ一つ教えてくれた沢田彰二の姿が、そこにあった。

山崎はためらいもなく手を差し伸べて、力強い握手を交わした。短い指、そして懐かしい柔らかい手の感触が伝わってくる。

沢田の小指は第二関節から欠損している。掘削補助作業員だった二十一歳の頃、掘管《ほりかん》と掘管を支持するスリップと呼ばれる道具の間に誤って指を挟み、一瞬の間に切断された。沢田はその時、手が全部潰されたと思ったという。

山崎が出逢った古い掘削技師（ドリラー）たちは、アメリカでも南米でも日本でも、共通して手や指などに《印章》を持っていた。あるドリラーは高圧蒸気のジェット噴流が手を貫通した傷跡を、またあるドリラーは沢田のように指を欠損していた。

男たちがその傷のことを語る時、運の悪さを嘆く者は皆無に等しい。彼らは、いかに運が強くて、これくらいの傷で済んだかを誇らしげに語る。年をとったドリラーのほとんどが楽観論者だ。楽観論者でなくては大自然を相手に生きてゆけない。楽観的な見方と悲観的な見方、この対立する物の見方は、常にドリラーたちの心の中に現れる。ドリラーは目的深度まで何としても掘り進む使命感に燃えているが、ドリラーが悲観的な見方をしたら、その時の深度が掘り止め深度となる。それゆえ多くの悲観論者のドリラーは、長い時間の流れの中で自然淘汰されてゆくのだろう。

「山崎さんが希望された特別仕様の掘削装置を、七カ月で準備しろと言われた時は、正直いって自信はありませんでした。しかし、やってみるもんですな。納期がかかる櫓とサブストラクチャー、ドローワークスを中国公司が売却してくれるとはね。その時点で運が向いてきたと直感しました。改造用のサブストラクチャーも何とか間に合いそうです。

一番驚いたのは、山崎誠一の名前の七億円の小切手を見せられた時です。狐につままれているのかと思いました。それに一切、掘削装置の購入の話を極秘裡に進めることが条件でしたからね。何か裏のある仕事だと思いました。お断わりしようかと、正直、悩みましたよ。しかし、日本から姿を消したと噂された山崎さんが、何かの事情で沢田を信じて頼ってこられた。最後には、お手伝いさせてもらおうと決心しました。しかし、この息子を説得するのには骨折りましたよ。ワハハハハ」

布袋様のような大きな太鼓腹を揺さぶりながら、沢田彰二は豪快に笑った。

山崎は、五〇〇〇メートル掘削できる掘削装置が十五億円から十七億円、しかも納期が十四カ月ということを知っていながら、沢田に無理を承知で頼んだのだった。しかし、すべての条件を満たした上に、沢田は新日鉄から米国向けのキャンセルになった五インチの掘管八〇〇〇メートル分を格安で購入する手配も済ませていた。

山崎は、七億円とはいっても、十億円ぐらいは覚悟しておいてくれと風間には言っておいた。少なくとも三億円以上は節約できたはずだ。沢田彰二はまさに山崎にとって福の神だった。これで必要な道具類は最高のものが購入できると喜んだ。沢田親子の努力に心から感謝した。

その夜、沢田彰二は山崎を、佐渡汽船のフェリーが見える信濃川沿いの料亭に案内した。

灰色の空が次第に濃紺色に変化すると、白い雪が天から舞い降りてきた。日本海の凍えるような北西風が悲しい口笛のように聞こえる。新潟は美人の産地として有名なだけあって、挨拶に出た料亭の女将《おかみ》は透きとおるような雪の肌を持った美しい女だった。沢田は、自分の幼な友達が女将の母親なのだと、山崎に紹介した。

山崎はふと、東京で再会した妻の兄のことを思い出した。新潟に来る時に、東京には宿泊せず、直接、新幹線でやって来た。山崎は大宮駅から新幹線の列車が動き出した時、妻尚子に逢いたいと思った。しかし、逢わなかった。山崎は自分自身の弱さを熟知している。何か一つに燃える時はそれだけしかできない性格だと知っている。

女も仕事も、というような器用さはなかった。自分のことを不器用な生き方しかできない男だと思っている。今は掘削装置が自分にとって最も魅力的な〝女〟だった。

「山崎さん、この可愛い女を何処へ連れていくのか、もう教えていただいてもいい頃だと思いますが……」

女将から杯に日本酒をついでもらっている山崎に、沢田が訊いた。山崎は、女将が自分のことを言われたと思い動揺していることに気づき、少しドモリながら慌てて誤解を打ち消すように言った。

「あ……あの掘削装置のことですか？　南の方です。火の国。玄界灘の向こうの……」

「じゃ、例の阿蘇掘削レースの、地熱専用……」

それまで一人黙って、お通しの甘エビの塩漬けを一切れずつ口に運んでいた道夫が、突然喋った。女将は内密の話だと察し、深々と礼をして、音もなく立ち上がると座敷を出ていった。

山崎は、地熱資源に賭ける自分の夢を、情熱を込めて語った。

沢田彰二は、大きなお銚子を二本指でひょいとつまみ上げて、山崎に酒を勧める。

「この酒、覚えておいでですか？」

と、赤ら顔をさらに赤くさせながら山崎に尋ねた。山崎はこの酒が「龍の雫」という酒だと思った。山崎が北海道から東京に帰る時に、沢田が「奥さんと一緒に飲んでくれ」と言って、断わる山崎に強引に持たせたことのある酒だった。

懐かしい北の香りのする酒であり。少し辛口であるが、口の中に含むと、甘い香りが舌の先に伝わってきた。沢田の姉の家が今でも、昔と同じ方法で製造しているという。製造法が効率的でない分だけ味わい深いものになっている、と沢田は説明した。

山崎は、老子の「無用の用」という言葉を思い出していた。明治維新から高度経済成長が続いた一九七三年まで、日本人が忘れていた言葉の一つである。

ふと、昔読んだ詩の一節が思い出された。

ここに一本の道がある。
旅人が一人、その道を歩く。
旅人の足が踏んだ道の面積は小さい。
そこで、旅人の足が踏んだ面積だけを残し、
谷と思えるまで削り取った。
旅人は再び歩こうとしたが
一歩も歩けなかった。
道はもう道ではなかった。

豊かな日本の若者の心を「効率一辺倒」の考えが蝕んでいた。失敗は無駄であると若者たちは教えられた。若者はもう冒険する心を失ってしまった。

古い地方の造り酒屋は、焼酎ブームで日本酒離れが進み、経営状態が著しく悪化していた。沢田の姉の家も、今年一杯で灘の大手酒造メーカーの下請け工場に組み込まれるという。沢田は少し寂しそうに語った。

日本人の憎悪エネルギーを戦後、軍国主義者と旧秩序の破壊に向ける――そう考えたマッ

カーサー元帥は、日本の伝統文化を完全に否定させることが最重要課題と考えた。それは食の分野から始められた。アジアで一億人の巨大な植民地である日本の食文化を根底から変える。その目的は、アメリカの小麦と牛肉などが輸出できる国にすることである。その一番の障害になると考えられたのが、日本酒と醬油である。醬油を日本人が使う限り、パンやバターの需要は生まれない。そこでマッカーサー元帥は部下に指示をした。

「三年間、醬油に大豆を使用することを禁ずる」

「米と魚を提供する寿司屋の営業を禁じる」

アメリカの理屈はこうだ。醬油は米と魚の需要を支える元凶である。日本人が米と魚を主食とする限り、アメリカの小麦や牛肉が売れない。農地で米の生産があると、そこには地域社会をまとめる庄屋がいて、庄屋を中心に共同体が形成される。海辺の集落には漁村に網元がいて、漁民を束ねて共同体を形成する。強い絆で結ばれた共同体こそ、再びアメリカに対抗する強い日本が蘇る種である。その種がある限りアメリカは安心できない。

老舗の日本酒醸造元や醬油醸造元がなくなれば、地域のまとめをする核がなくなる。酒や醬油の蔵元は長い伝統を受け継いでいるので、地域社会の歴史文化の語り部の役割がある。それがある限り、日本人はまた団結してアメリカに歯向かう恐れがある。その種を根絶せよ——。

あらゆる日本の文化に「劣ったもの」という刷り込みがなされていった。テレビの画面からは、『ローハイド』、『ララミー牧場』、『ボナンザ』などの西部劇もの、『名犬リンチンチン』、『名犬ラッシー』などの動物もの、『パパは何でも知っている』、『アイ・ラブ・ルーシー』、『奥様は魔女』などの明るく楽しいアメリカのホームドラマが溢れるように流れ出す。すべてがアメリカ文化を賛美する番組であり、それらが日本の家庭に届けられた。

全国の醬油醸造元のうち、一五〇〇社が三年間で倒産した。一方、学校給食ではパンと牛乳、脱脂粉乳が配給され、トマト・ソース、マヨネーズ、ジャムなどが毎日子供たちに配られた。食生活のアメリカ化戦略が実行されたのである。

また、お米を食べると胴長になるとか、頭が悪くなるとか、醬油のせいで高血圧になるなど、マスコミを駆使した日本食の否定的なキャンペーンを流した。

日本全体をアメリカの効率一辺倒の文明が支配している。古いもの、小さなものが少しずつ、その灯を消そうとしていた。

永六輔氏が次のように語っている。

「文明と文化の唯一の違いは、文明が時とともに滅びてゆくのに対し、文化は逆に、時とともに価値を増してゆくものだ」

時が滅亡させようと動き出したものは、人間がどうあがいても止められるものではない。もし、小さな地酒の灯が消滅するのなら、それは文明の一部だったのかもしれない、と山崎は思った。

新潟市内を縦断する信濃川に架かる万代橋。山崎はその橋を行き交う車のヘッドライトの光の流れに魅せられていた。

十数年前、円城寺教授と福田、田村、松村、高田、鶴見と、吉井ガス田のフィールド実習を終えた後、この橋を歩いたことがあった。あの日も今日のように雪が降っていた。雪が降りしきる万代橋を肩を組んで歩きながら、『都の西北』を大声で歌った。

真ん中を歩いていた鶴見が足を滑らせてバランスを崩した。次々と雪に足をとられ、全員が尻餅をつく。道路の上に大の字になって空を見上げると、雪が、これでもか、これでもかというように降ってきた。口を開けると北国のサクサクとした雪が入ってきて、口の中でゆっくりと溶けた。酔った山崎は、こんな美味いものがあったのかと思った。タクシーのヘッドライトの光が眼を刺激し、激しいクラクションの音と「馬鹿野郎！」という罵声が、雪の幕のわずかな隙間から聞こえてくる。

「若さ」という言葉がわずらわしく思われた日々、自分のすべてに自信がなく、それでいて、すべてのことに挑戦できる自信に満ちていた。失うものは何もない。すべてのものをこれから自分が創りあげてゆく。そんな不安と希望に満ちた思いで山崎の胸はふくらんでいた——。

万代橋は雪の日がよく似合う。山崎は過ぎ去った青春の日の出来事を走馬灯のように懐かしく思い出していた。

突然、沢田道夫がその灯を消すように喋った。

「山崎さん、この日本で、アジア石油開発や東洋掘削に対抗して阿蘇掘削レースに参加しようなんて考える馬鹿な企業はいませんよ。この沢田掘削もアジア石油開発の下請けで、どうやらこうやら生きている会社です。もし、最初にこのお話をお聞きしていたら、私は断固として反対したと思います」

気まずい雰囲気と緊張が座敷に充満した。

沢田彰二は無言で背広のポケットから一箱の「ピース」を取り出すと、銀色の光沢がする旧式のライターで火をつけた。芯の焦げた臭いが漂う。山崎はそのライターに見覚えがあった。

北海道。冬の海――。

山崎と沢田の顔が赤い炎の光で輝いていた。山崎のくわえた細長い煙草に、沢田は旧式のライターで火をつけた。山崎が沢田にも勧めると、沢田は「洋モクは嫌いでね」と言いながら、胸のポケットからしわくちゃになった「ピース」を取り出して、口にくわえて火をつけた。美味そうに煙を吐き出すと、試油テストの紅蓮の炎を見つめる山崎に囁いた。

「これは、あんたと俺との秘密にしよう。今の煙草の火は三千万年前の炎だよ。わしらは人類で最初に利用した人間なんだよ」

そう言って、ライターを耳元で振ってみせた。山崎は沢田の言う意味をすぐ理解した。沢田は黙って、テストセパレータ（試験用油ガス分離器）から抜き取った油をライターに入れたのだ。

銀色の光沢を持つライターは、山崎がリッチフィールド・オイルの本社で入社記念としてもらったものだった。三つのうち一つを父親に、一つを沢田にプレゼントした。オイルライターの中央に赤い「孤独の星」が輝いていた。

沢田彰二も山崎も、無言のままライターを凝視した。山崎は、自分が十数年前にプレゼントしたライターを、今でも大事に使っている沢田の気持ちが嬉しかった。もし今度の掘削装置の件で沢田に迷惑がかかるのなら、別のルートで掘削装置を調達しよう、と決意した。

「しかし、今は違います」

と沢田道夫が姿勢を正して言った。

「山崎さんのお話を伺いまして、時代の流れというものを感じました。もう石油を新潟の山で掘っている時代は終わろうとしているのです。今は海、それも水深二〇〇メートルよりも深い海の時代です。私たちもそれを肌で知っているのですが、なかなか認めようとしないのです。

石油の出現で急速に斜陽化が進んだ、九州の石炭産業の労働者がそうであったように……。過去の栄光が華やかであればあっただけ、捨てきれないものですね。掘削技術も、石油という資源が東北に集中して次々と発見されましたから、この新潟や秋田において発達したのだと思います。

つまり、この石油資源が衰退すれば、必然的にそれを取り巻く技術も衰退するしかないのです。もし、山崎さんが言われるように、地熱という資源が二十一世紀を支える資源の一つになるとすれば、その資源を基盤とする新しい掘削技術が芽生えるはずです。親父の時代は石油掘削の黄金時代でした。ですから、石油を掘削していれば日本一のドリラーになれたと思います。私も親父のように日本一のドリラーになってみたいと思っています。

山崎さん、お願いします。その阿蘇掘削レースに俺も加えていただけませんか？　親父もそう思っていると思います。なあ、親父、そうだろ？」

そう言うと道夫は、沢田彰二の大きな肩をつかんで大きく揺すった。

山崎は心から嬉しく思った。一人で生きてゆこうと思うと、不思議に他人の好意が目に見えてくる。山崎は沢田道夫の言葉を心の中で反芻していた。

石炭の黄金時代には、石炭を採掘する技術が九州の筑豊に芽生え、発達した。ところがエネルギー資源のトップの座を石油が占めると、国内の石油資源を背景に秋田、新潟の東北に石油を掘削する技術が生まれ、脚光を浴び、掘削技術の中心が九州から東北へ移動を始めた。

そして、経済活動も、筑豊の豊富な石炭資源を背景に栄えた北九州工業地帯を中核とする九州・山口圏の南の時代は、石油時代に入ると産炭地の隣接地という立地条件の有利性が消滅し、凋落した。石油の大消費地・東京に近い北方に工業地帯が分散化され、日本の経済は北の時代に入った。

そして、日本を動かす政治の中心も、岸、佐藤といった山口県を中心とする南の時代から、福田、田中、鈴木、中曽根という北の時代に入っていった。東北新幹線プロジェクトや信越新幹線プロジェクト、青函トンネル・プロジェクトなどの巨大な公共投資も北へ集中した。

しかし、今、時代の潮流は大きく流れの向きを変えようとしている。北の時代を支えた石油という資源が終焉を迎えようとしているからだ。それと同時に、資源多量消費型の産業構造が衰退し、資源少量消費型の産業構造が成長を始めている。

そうした時代の潮流の中で、九州の阿蘇を中心として、東西に位置する大分県と熊本県で新しい政治と経済の指導者たちが生まれた。将来、日本が大きく方向を変える時は、必ず九州や山口県から強い革新的な指導者が登場する。大分県の平松知事と熊本県の細川知事である。彼らは「地方の時代」を提唱し、古いものへの愛と新しいものへの夢を謳いながら、新しい政治と経済のあり方を実証しようと動き出した。

北の政治家たちが権力闘争、派閥闘争に明け暮れている間に、最も弱い農業を支える若者たちとともに、「一村一品運動」や「日本一運動」という古くて新しい県民の活性活動を始めた。それと同時に、情報化社会の到来を予測し、北の政治家たちが新幹線誘致の運動に精力を費やしている時に、近代的な空港の整備を強行した。そして、その機能的な空港の周辺に高度情報社会の〝米〟といわれるICチップを製造する先端技術企業の誘致に成功した。

そして今、九州は世界のシリコン・アイランドとして脚光を浴び出した。

米国ハーバード大学のエズラ・ヴォーゲル教授は、九州を次のように語っている。

「二十世紀の後半はOPECが世界を牛耳った。しかし、二十一世紀は日本、またその中の九州が世界を牛耳るかもしれない」

アメリカの政治・経済のリーダーシップを「サンベルト」と呼ばれる陽光に富む地帯が担っているように、日本も陽光に富む九州がその政治・経済のリーダーシップをとる時代が、やがてやって来るのかもしれない。

二十一世紀は今、「核の冬、食糧危機、人口爆発、国家の喪失、テロの脅威」という暗い予感の中で始まろうとしている。その暗い重苦しい時代にこそ、人々は、「ゴー・トゥー・ウェスト(西へ行こう)、ゴー・トゥー・サウス(南に行こう)」と輝く陽光を求めて動き出すのだろう。その南国の強い陽光の降り注ぐ九州の中央で、世界最大の阿蘇カルデラが無尽蔵の地熱エネルギー、一〇〇万キロワット原発十基分の地熱エネルギーを包み持って人々を待っているのだ。

「話は決まった。うちの会社、総勢わずかに二十七人の小さな、吹けば飛ぶような会社ですが、山崎さんのこの阿蘇掘削レースに賭けましょう。先月お預かりした七億円の小切手は、西部興産の義明さんという人に返してください。今回の掘削装置は、我が社の地熱専用掘削装置として建造しましょう。西部興産とは、あくまでも対等の立場で契約し、お互いに自由にビジネスをやるという条件で仕事をしたいですな。もちろん、掘削クルーが不足しますから、西部興産から若い人を出してもらう。この沢田が三カ月で一人前のドリラーに仕上げてみせますよ。それで、どうじゃろう。山崎さん」

沢田彰二はいつものしわがれた声に力を込めて喋った。

「沢田さん、ご好意は感謝します。しかし、西部興産が鉱区入札をできるかどうか、もし、鉱区がとれても第一位になるかどうか……今の時点では不明確なんですよ。そこまで沢田さんに冒険はさせられません」

山崎は自分らしくないと思いながらも、ここまで自分を信じてくれる沢田に、もし失敗したら……と考えると、甘える気にはならなかった。

「道夫、これからはお前の時代だ。お前の意見に従うよ」

沢田彰二は、二人の会話を息を殺して聞いている道夫に尋ねた。彰二の眼は鋭く道夫の眼を射る。

「山崎さんのおっしゃることが全部失敗したとすると、今回の損失は約一億円です。いや、うまくすると、五千万円程の利益が見込めるかも知れません。リッチフィールド・オイルのガイザース地区での長年の経験を生かした地熱専用掘削装置ですからね。中国でも地熱をやろうという話を、三井商事の矢野さんから聞きました。付加価値を付けて高く売れるかもしれませんよ。建造しましょう。損した時は、田んぼを売ればなんとか一億円ぐらい作れますよ。何しろ、うちの田んぼの下には天然ガスがありますからね。ハハハハ」

と沢田道夫は豪快に笑った。

山崎は、親子という不思議な人間の絆を思った。物の考え方、笑い方、そのようなものが自然と少しずつ変化しながらも、根本のところでは少しも変わらず受け継がれてゆく。

「もし、失敗しても、もともと親父が作り上げた会社じゃないですか。親父とおふくろの老後の面倒ぐらい、私がみますから安心してください。ただし、北海のイギリスの掘削船でハンドルを握るという私の夢を了解していただくという交換条件。それとお金を腐るほど儲けたら、思い切り笑える喜劇映画をプロデュースさせてもらうこと。それで手をうちましょう」

「こいつ、まだ馬鹿な夢を忘れんのか。お前が日本一のドリラーになったら自分の好きなことをやっていいが、それまではダメだ。頑固な奴だ。お婆さん似だな、お前は……」

「いや、親父さん似ですよ」

沢田親子はお互いに顔を見合わせて笑った。

山崎は企業の最大の賭けを、こうやってジョークを言いながら会話できる親子をうらやましく思った。山崎の父親はいつも一方的に「お前はダメな奴だ」と口うるさく叱った。しかし、それも父親の一つの愛の表現かもしれないと、この親子の会話を聞きながら思った。

「沢田さん、わかりました。しかし、この件は風間君の了解をとる必要がありますので、即答はできません。しかし、彼も喜んでくれると思います。よろしくお願いします」

山崎は姿勢を正して深々と頭を下げた。

「山崎さん、やめてください。お互いにフリー・ビジネスでやりましょう。アメリカン・スタイルでいきましょうや」

沢田彰二は新潟なまりの発音で喋った。

「商談成立。いや、乾杯、乾杯。その前に山崎さん、あの美しい女の名づけ親になってくださいよ」

道夫は真剣な眼で山崎を見た。

「そうだ、お願いしますよ」と、沢田彰二も同意した。

山崎は少し考えた後、静かに喋り出した。

「沢田さんと知り合ったのが『黒龍三号』。黒煙を巻き上げながら、巨大な紅蓮の炎と燃える原油は、まさに黒い龍となって天を駆け昇っていきました。

カリフォルニアの地熱地帯のガイザース地区で見た地熱の蒸気は、音速のスピードで井戸から出てきます。そして巨大なマフラー塔にぶつかって、青いカリフォルニアの空に舞い上がる。その姿はまさに白い龍のように思えました。どうでしょうか、『白龍一号』。ホワイト・ドラゴン・ナンバー・ワン」

一瞬、座敷に静かな興奮が走る。

「『白龍一号』か……」と沢田彰二。

「ホワイト・ドラゴン・ナンバー・ワン」と道夫が呟いた。

「いいじゃないですか……。そうしましょう。きっと風間さんも気に入ってくれますよ」

道夫は興奮したように山崎に握手を求める。

「じゃ……その『白龍一号』に乾杯しましょうや」

沢田彰二は明るく言って杯を掲げた。

こうして、我が国最初の地熱専用掘削装置「白龍一号」が誕生した。

第11章　天と地をつなぐもの

「そんな馬鹿な……」と風間は絶句した。

「鶴見女史はF－四鉱区一本で入札しようと言っている。入札金額は百万円でいい、とね」

山崎は煙草を吸いながら静かに喋った。

「相手は一鉱区に二億円から三億円程度のお金をかけるのですよ。それを百万円で入札するなんて……」

風間は憮然とした表情で山崎を睨んだ。

「鶴見女史は、金額は君に任せると言っている。一千万円はデータ購入費として支払うことになっているから、合計一一〇〇万円プラスアルファは君が決めてくれ。しかし、F－四鉱区には誰も入札するはずがないから、百万円以上の金を追加する必要はない、と彼女は言っている。これは泉先生からも裏付けをとっているから……」

「僕はお金のことを言っているんじゃないのです。そもそもF－四鉱区は、阿蘇カルデラの中でも最も活発な噴火活動を続けている中岳から、一番遠い鉱区ですよ。他社は中岳の近くで地熱徴候のある鉱区に入札しようとしているのに……。お金が無いならわかります。お金は充分あるはずです。一鉱区に絞り込めれば……そうおっしゃったのは山崎さんでしょう。

大体、F－四鉱区の選定理由が、白い龍の化身が『ここに掘ってくれ』と夢枕に立ったから、と言うのでしょう。親父に何と言って説明できますか。二カ月以上も膨大な物探データや地質データを解析した結論が「龍の化け物」のお話じゃ、納得できませんね。

鶴見先生が金鱗湖でサンプリングされた岩石の年代測定を福岡資源科学大学でしてもらいました。四十万年前ですよ。阿蘇カルデラが大爆発したといわれるのが四十万年前だから、それ以後、金鱗湖付近では火山爆発はなかったということです。地熱地質の権威の島田先生は、少なくとも五万年より新しい熔岩のある所でしか地熱開発はできない、と断言されております」

風間が一方的に顔を引きつらせて喋るのを聞いていた山崎の表情が、鋭く変化した。

「そう風間君が信じるなら、鶴見女史に直接そう言ってクビにするんだな。そして大先生に再評価を依頼すればいいじゃないか。君はこのプロジェクトのオーナーだから何でもできる……」

山崎は語気を強めて言った。

「山崎さん、そういうつもりで言ったわけじゃありません。言い過ぎたら許してください。

私は知りたいのです。鶴見先生にお聞きしたら、何も詳しくお話ししてくれませんでした。山崎さん自身、どのように考えられているのですか？　教えてください」

風間の眼は真剣だった。

「わかった。その前に、肩に力を入れずに聞いてくれよ。力が入ると見えるものまで見えなくなってしまう。まして、見えないものを見ようとしているわけだから、余計に自然体が必要なんだよ。まず龍伝説についてだが、俺はこれも科学的なアプローチの一つかもしれないと思うんだ」

風間は山崎の言葉の意味が理解できなかった。

「龍の話が科学的なんですか？」

「そうさ、地熱と龍との関係について志保さんから聞いた話だけど、この別府から熊本に至る大地溝帯には、『龍の伝説』がいくつもある。湯布院の龍伝説、山下池の龍伝説、竜門の滝の龍伝説、生龍《いきりゅう》温泉の龍伝説、阿蘇の龍伝説と、大分から熊本まで、この大陥没地帯には共通の龍のイメージが棲みついているんだ。

龍という動物は古代中国人が作り上げた想像の動物だが……その姿のイメージは天と地をつなぐ糸状のものといえる。その観点からいえば、水蒸気爆発や噴気などは白色の龍が天に昇ってゆくイメージと重なり合う。古代の日本人たちがそうした火山現象を見て後世に語り伝える時、龍の昇天する物語として伝えたならば、そうした伝説も地熱徴候に関する一つの科学的な目撃証言ともいえるだろ」

煙草に火をつけ紫煙を吐きながら、山崎は憮然とした表情のままの風間を見た。

「しかし、四十万年前の古代日本人が、何かを伝える頭脳を持っていたのかどうか、大いに疑問ですね」

「君の言う通りかもしれない。風間君、『やまたの大蛇《おろち》』伝説を知っているかい。この伝説は資源開発の物語の変化したものとして有名な伝説なんだが……」

「いいえ、教えてください。こうなれば自分も狂気の世界に入る以外に、鶴見先生を理解できないみたいですからね」

「そう自棄《やけ》にならないで聞いてくれ。日本のどこの神社でも、『やまたの大蛇』の物語が能面をつけた男たちによって演じられる。しかし、この伝説の発祥地は、出雲地方の、ある小さな村なんだ。

その村には高い山が聳えていた。人々は山の裾野まで田畑を広げていった。毎年、梅雨になると大雨が降り続く。雨は土砂や泥水となって八つの沢を深く削りながら、その田畑に流れ込んだ。土砂には砂鉄が多量に含まれているため、しばらくたつと、まるで大蛇の舌のように赤く変色してしまうんだ。人々は泥の下に埋まった田畑を、涙を流しながら耕してゆく。

その村に〝大陸の知恵〟を持った一人の男が訪れた。男は赤い土を握りしめて、その中に砂鉄が豊富に含まれていることに気づいた。男は村人に田畑を救う方法を教えた。男と村人は、沢にカンナと呼ばれる『鉄穴』を掘削した。これと並行して、山の斜面には水路が設けられ、そして必要な場所には溜め池が造られた。鉄穴場に降った雨は土砂となり、水路を流れた。比重の相違から土砂の方は早く流れるが、砂鉄は溝床に沈んでゆく。

こうして沈下された砂鉄を、洗い場で木製の茶盆のようなもので掬い上げて、砂鉄を回収した。この動作を舞踊化したものが、ドジョウすくい踊りとして有名な『安来節』の踊りなんだ。だから安来節のドジョウすくいは、柳川鍋の材料のドジョウでなく、『土壌』のことなんだ。安来節は古来、出雲地方一帯に歌われた船歌で、『出雲節』と呼ばれていた歌なんだそうだ。

そして男は、村人にタタラ製鉄法という、砂鉄を原料に鉄を作る独得の技術を教えた。その方法は砂鉄と木炭を使う製鉄法だ。このタタラとは、炉や付属設備を含めた建物のことだという。一説には、タタール人の技法が中央アジアから朝鮮半島を経て日本に伝えられ、タタールがタタラになったともいわれている。

長方形の船型の炉の中で、木炭を燃焼させて交互に砂鉄と木炭を入れてゆく。こうしてできた玉鋼から、男は剣や鍬などの農工具を作ることを村人に教えた。そして一年後、その男は名も告げずこの村を去っていった。

これが『やまたの大蛇』の原型なんだ。しかし、この資源開発の話じゃ、何千年も語り伝える情熱は生まれないんだ。だから、古代の日本人はこれを『やまたの大蛇』伝説に作り変えた。八つの沢を持つ山、それは八つの頭を持つ『やまたの大蛇』という巨大な龍の化け物。美しい処女のいけにえ、それは新しく耕した田畑。田畑は食物を生産するという意味では女性的と言えるからね。八つの頭の一つ一つに甕酒を飲ませる、これは沢に鉄穴を掘ることだった。最後に、酒に酔った龍の化け物を殺して首から剣を取り出すこと、これは砂鉄から剣を作り出すことなんだ」

山崎は遠い昔を思い出すような眼差しで静かに話した。

「私たちは月へも行ける科学を持った現代人なんですよ。なぜ、科学的なデータが眼の前にあるのに、そんな昔の子供だましの伝説に頼らなければならないのですか?」

風間は顔を赤くして吐き捨てるように言った。山崎は、怒りに満ちた目で凝視する風間に対し、呟くように話す。

「俺が言いたいのは、伝説というものの中にもいろんな形で事実の破片がちりばめられている可能性のことだ。それを無視するのも、考慮するのも、本人の価値観の問題だからね。志保さんは最後の最後まで、その龍の伝説に最大の価値を見出したんだと思うよ。

風間君、科学的、科学的というなら、こういう話を教えてやるよ。モービル・オイルの探鉱部門の副社長から聞いた話だ。

彼が部屋に、掘削技師と地質技師、そして最後に物探技師を一人ずつ呼んで、同じ質問をしたんだ。質問は、『1プラス1はいくつか？』というものだ。

掘削技師はこう言った。

『1プラス1というご質問ですが、私の知識と経験から率直に申し上げます。答は2・00だと断言できます』

地質技師はこう言った。

『1プラス1、大変難しいご質問ですね。現時点での判断をどうしてもしろと言われるのなら、はっきり申し上げます。答えは少なくとも1以上、そして10以下の数値の中に収まる可能性が五〇%はあると存じます』

最後に物探技師を呼んで聞いた。すると物探技師は後ろの扉を閉めて、声をひそめて副社長の耳元で囁いた。

『ところで……副社長、どんなお答えをご希望なのですか？　それをまずお聞かせください』

これは非常に皮肉っぽいジョークなんだけど、地球という大自然を相手にする資源開発に携わる人たちの中では、笑えないシリアスなジョークなんだよ。

地球温暖化の危機を煽る一千年後の気温予測報告書も、原発を推進する国際組織によって、二酸化炭素ガスを削減しなければ地球が温暖化する、という結論ありきで作成されたものなんだ。いつか誰かが告発する時が来る。良心を無くした科学者は、予算が取れる『仮説』を事実のように簡単に作成することができるんだ。人々をだます科学者は、いつも危機を煽り、正義の仮面を被って登場する。

もし、鶴見女史がその気になれば、F－四鉱区は、物探データを駆使していかに科学的に見て素晴らしいかと作り上げることは簡単さ。事実、F－四鉱区の五つのポイント、特にF－七ポイントは、全測定の中でも最も深部まで低い電気抵抗の値が続く異常なポイントだからね」

「では、なぜ、そういうふうに鶴見女史は説明してくれないのですか？」

「それが彼女の『誠意』とでもいうのかな。それとも、女というものが、男にはとうてい理解できない感性の生き物だからかもしれないね」

そう言い終わると、山崎は透明なクリスタルガラスの灰皿に吸いかけの煙草を投げ捨てた。

「………」

風間は黙って部屋を出ていった。

山崎は、灰皿の中でくすぶる煙草を指でつまみ直して、縁で押し消した。ベッドに横になり、窓越しに中岳から噴き上げる噴煙を見た。

あれから二週間がたち、山崎は同じベッドに横になって、窓の外の暗闇を眺めていた。泉教授からの情報どおり、F－四鉱区には他社は入札していなかった。ただし、康次郎の提案でF－四鉱の他に、F－一、F－二、F－三の隣接鉱区もそれぞれ百万円で入札した。四つの鉱区すべてを西部興産が落札したのであった。

風間の懸念に反し、康次郎の判断は速かった。鶴見女史から一通り説明を聞くと、

「大変面白いじゃないか。今回は五〇〇〇メートルの深部地熱じゃけん、地上でよか所は案外ダメな所かもしれんな」

と、F－四鉱区の入札に直ちに同意した。

山崎は、康次郎の並外れた直観力と決断力に驚いた。一人、風間が最後まで不満そうな表情をしていたのが、山崎には心残りだった。志保は深々と頭を下げ、「よろしくお願いします」と言って席を去った。

落札が決まり、熊本での会合の後、康次郎は志保の労をねぎらいたいと、料亭で小さな宴を開いた。山崎は一人で阿蘇に戻った。

「とにかく掘る場所は決まったんだ。掘り進むしかないんだ」

とベッドの上で深い溜息とともに呟いた。

窓の外には暗闇から白い雪が降り出していた。阿蘇カルデラは一面の白の世界に包まれて

いった。

十二月二十四日、夜。山崎はクリスマスを一人、ホテルの一室で迎えた。日本で過ごすクリスマスがこんなに寂しいものだとは思わなかった。ロスアンジェルスでも一人で迎えていたが、こんなふうに孤独を感じたことはなかった。

この日本には、元妻の尚子や龍三や老いた両親が住んでいる。その思いが山崎の心を深い寂《せき》寥《りょう》たる暗闇に誘っていった。

〈帰ってくるべきじゃなかった……〉

しかし、この阿蘇以外に戻ってゆくべき場所が、今の山崎にはなかった。

第12章　マチルダ

阿蘇カルデラの中に夏の優しい風が吹きはじめた。

灰色の掘削櫓がゆっくりと動きはじめる。櫓の下部が、斜めに取り付けられたレールに沿って巨大な鉄骨構造の上に昇ってゆく。櫓の支点となる巨大な輪が、鉄骨構造の輪と一致した。直ちに直径二〇センチの鋼鉄のピンが、輪の中に打ち込まれる。

カーン、カーン、カーンという音が阿蘇カルデラに響きわたった。

巻上げ機が駆動する。ピーンと張られたワイヤーが、掘削櫓の頂上をゆっくりと持ち上げるために振動する。次第に掘削櫓は大地を離れ、天空に飛翔を始める。

作業を見守る人たちの間から「ウォー」という溜め息に似た歓声が上がった。

ゆっくり、ゆっくり、ゆっくりと、掘削櫓は蒼天に向かって立ち上げられる。ガチャンという大きな金属音とともに、掘削櫓は大きく揺れる。直ちに巨大な固定ピンが打ち込まれる。

掘削櫓と巨大な鉄骨構造とが一体化された。誰もが天を仰ぎ見た一瞬の静寂の後、大きな拍手が起こった。掘削櫓の尖塔の上を白い雲が流れてゆく。その雲の動きは掘削櫓が倒れかかるような錯覚を、見上げる人たちに与えた。

その人々の中に、米国カリフォルニア州サンフランシスコ郊外のザ・ガイザース地区の山々や、インペリアル・バレーと呼ばれる砂漠でのトレーニングを終えた若者たちの、日に焼けた顔が見える。円城寺ゼミから派遣された学生たちである。理工ラグビー部のメンバーでもある、近藤、森山、八木、藤原、青木の五名の若者たちであった。彼らの瞳に、青い空に漂泊する白い雲が映っている。

ハンドルを握っているのは《ゴッド《神》・ハンド《の手》》の沢田彰二である。七〇トンもある掘削櫓が、まるで羽毛が地上から舞い上がるように大地に別離を告げた。沢田の腕が今でも衰えていない何よりの証拠であった。

掘削櫓が蒼天を仰いだ時、志保の身体を陽光が電流となり駆け抜けた。

志保は、ソルトレークシティを見つけたモルモン教の預言者スミスの言葉を呟いた。

「This《ディス》 is《イズ》 the《ザ》 place《プレイス》（これが、かの地だ）」

その夜、掘削リグのパイプラックの前に大きな篝火《かがりび》が焚かれた。オレンジ色の炎が暖かい空間を篝火の周りに創りだした。やがて阿蘇の西方に夕日が音もなく沈むと、阿蘇カルデラを包むすべての空間がオレンジ色に輝いた。それは篝火の炎が阿蘇の山々を燃やしたかのようであった。

篝火の周りに、世界各国から掘削レースに参加するためにこの地に集まった男たちがいた。英国リバプールからやって来たマイコバー社の泥水技師Ｅ・Ｈ・ショルダー。カリフォルニアのザ・ガイザースから来たエクスログ社の泥水検層技師カール・スミス他三名。テキサス州オースチンから来たイーストマン社の傾斜方位測定技師ポール・ロイド。オーストラリアのシドニーから来たハリバートン社のジョン・Ｋ・スミス。フランスのパリから来たシュランペルジャー社の電気検層技師ダンプニエル。ニューメキシコ州のアルバカーキから来たマイコバー社の空気掘削技師の大男ピック・ジョンと、アリゾナ州ツーソンから来たパット・ネルソン他三名。

十三名の一騎当千の腕と頭脳を持つエンジニアたちだ。世界中から、この大地に直径二五センチの穴を掘るために集まってきた。文化や宗教や言語の違いを超えて、同じ目的をもって、この阿蘇に集う。それぞれの担当分野で自分が何をやるべきか、彼らは一枚の掘削計画図から一瞬のうちに読み取ってしまう。まさにプロフェッショナルと呼べる男たちだ。

リバプールから来たショルダーは、大英帝国の貴族の生まれを誇るように、背筋を垂直に伸ばしたままスコッチウイスキーをストレートで飲んでいる。

ポール・ロイドとジョン・K・スミスが、苛性ソーダの赤い五〇ガロン缶を空にして縦に二つに熔断した。そこに木炭が投げ込まれ、火がつけられた。その上に掘屑分離器の二〇メッシュの網が置かれて、簡易バーベキューセットが出来上がった。

沢田道夫たちが近郊の農家からキャベツやニンジン、玉ネギ、ピーマン、ネギなどを切りきざんで運んできた。風間が白いランド・クルーザーで豊後牛を一八キロ、それに大きな生ビールの樽を三本積んで到着すると、歓声が上がり口笛が鳴った。食べ物は世界共通の言語だ。英語の話せない掘削クルーの若者たちも、外人たちに焼けた肉を勧め、外人たちはウイスキーを勧める。

道夫が突然、ビール樽を太鼓に、スパナを撥《ばち》にして、「八木節」のリズムを打ち出した。掘削クルーたちが自然に踊りの輪を作る。道夫は歌った。

新潟から沢田彰二が連れてきた掘削クルー二十名と、西部興産から派遣された掘削クルー十三名は、同じ深紅のつなぎの作業着を身につけている。背中には、白い龍が日本海の荒海の上で天に昇ってゆく図柄の刺繍が施されていた。龍と波が揺れる。

日本海の荒波の右左に、青色の飛沫がそれぞれ二個と三個描かれている。「まむし道三《どうさん》」の異名を持つ戦国大名斎藤道三の旗印を真似たものだ。この世には、偶数できちっと割りきれるものと、奇数で割りきれないものの二つの対立する概念が存在している。どちらか一方に重きを置くと歪みが生じる。この対立する概念を大きな波で包み込んでしまうという、道三が愛した老子の《水》の思想を表現したものだ。山崎は沢田彰二から作業着の図柄を依頼され、斎藤道三の水の図柄に白い昇龍を加えた、このデザインを考案した。沢田は「地熱は水が天に昇る資源だからぴったりだ」と言って気に入った。

次第に外人たちも一人、二人と踊りの輪に入ってゆく。

踊りが終わると、ハリバートン社のジョン・K・スミスがオーストラリアの民謡を歌うと言って、踊りの輪の中心に立った。スミスは古びたギターを弾きながら歌い出した。山崎はその歌が『渚にて』というアメリカ映画の主題歌「ウォルチング・マチルダ」であることに気づいて、少しずつ声を合わせて歌い出した。

イギリス人のショルダーがトランペットを吹いた。外国人技師たちも二番から一緒に歌い出した。そして風間と山崎が歌い出すと、全ての人たちの間に歌の輪が広がった。

ウォルチング　マチルダ
ウォルチング　マチルダ
ウォルチングダ　マチルダ
マチルダ　ウィズ　ミー

この歌はオーストラリアの作曲家バンジョー・パターソンによって一世紀以上前に作られた歌である。古い民謡として歌われていたが、今では第二の国歌として愛されている。

マチルダとはその当時、貧しいオーストラリアの男たちが働き場所を探して旅をするのに必要な毛布などを、背中にかつぐ道具のことである。大きなマチルダをかついで放浪する男の後ろ姿は、マチルダが左右に揺れ、まるでワルツを踊っているように見えた。

オーストラリア人たちはこの歌を歌う時、失うものはこのマチルダだけであった先祖のたくましさを思い浮かべる。

いざとなったら、
みんなでマチルダを背負って
放浪の旅に出ればいい
君もマチルダを背負って旅へ出よう。
もともと、みんな失うものはマチルダだけさ

山崎は『渚にて』という映画のラスト・シーンを思い浮かべた。

突然、偶発的に発生した核戦争や原子力発電所の爆発で北半球の人類が滅亡し、南下する死の灰がオーストラリアまで飛来する日を静かに待つ。その時、人々がこの歌を哀愁を込めて歌うのだ。そして、潜水艦の中で奇跡的に生き残った米国海軍兵士たちは、どうせ死ぬ運命なら故国アメリカで死のうと、再び北半球へ向かうことを決意して、潜水艇に乗り込んでゆく。

現代人は常に、いつ発生するかわからない核の冬に怯えながら、日々を一日、一日綱渡りのように生きている。ここに世界各地から集まった人たちも、最後の瞬間まで大地を掘り続けようと決意した人間たちかもしれない。

明るく楽しい歌声が、星屑で満たされた夜空に溶け込んでゆく。

巨大な阿蘇カルデラの暗闇の中で、小さなオレンジ色の炎は東の空が少し明るくなる頃まで燃え続けた。

第13章　掘削レース

一九八七年七月十五日、阿蘇。

米塚《こめづか》と呼ばれる小高い丘の裾野に、一夜のうちに無数のテントが作られた。大きな横断幕が道路に張られた。

夏が阿蘇カルデラに満ちている。山々には牧草の美しい緑の絨毯が敷き詰められていた。科学資源省長官の長い祝辞の後で、若い熊本県知事より掘削レース参加企業七社の名前が発表された。それぞれの代表者に温泉審議会の温泉掘削許可証が手渡された。

我が国の地熱資源は、法制の遅れから資源として認知されていない。未だに温泉の一部として温泉法の適用を受けている。米国では七〇年代に地熱法が制定されており、地熱権が確立されている。地熱資源大国といわれる日本は、温泉法という古い法律を拡大解釈して適用している状態であった。

科学資源省がマスコミを総動員した開会式典を派手に企画したのは、新エネルギー開発熱が冷えきってしまった風潮を、もう一度盛り上げようという強い意志があったからだ。それと、原発を強く推進する通産省との対立もあった。

大分・熊本両県知事は、この掘削レースで発見される地熱エネルギーを中核として太陽熱、風力、それに最新のバイオ技術を駆使した農業を結びつけたローカルエネルギー・バイオランド構想の夢を抱いていた。

一九七四年の第一次石油危機の後に、声高に代替エネルギー開発が叫ばれ、官民あげての様々な代替エネルギー推進機関が設立された。その年をマスコミは「代替エネルギー元年」と呼び、それらの機関や企業を日本の救世主の出現のように賞賛した。

しかし、この国では、「元年」と呼ばれたものが次の年から実質的に骨抜きになる。「〇〇元年」のみがあって、それで終結するのがむしろ常識ともいえる。

もともと日本人は、イザヤ・ベンダサン氏が指摘するように「安全と資源―水」に対する重要性を理解するのが最も苦手な民族なのだ。そのくせ、それらが少しでも怯やかされると、マスコミや学識経験者も一緒になって、すべてが政府の無策によるものとして厳しく追及するのも常識である。

追及された政府は、本当の加害者がＯＰＥＣや、メジャーと呼ばれる七人姉妹《セブン・シスターズ》の巨大石油開発企業と知りつつも、それを口に出せない。無資源国日本丸の舵をとる政府首脳は、それを主張することが今後のエネルギー資源の安定確保に重大な影響を与えることを懸念しているからだ。

しかし政府は、〝いけにえの山羊〟を創り出す必要に迫られた。そこで、高度経済成長の波に乗って、肥大につぐ肥大を続けていた国内の石油精製販売企業の一社が、「千載一遇」の失言をしてマスコミの攻撃にあっているのに目をつけた。「オイル・ショックの諸悪の根源は国内の石油精製販売企業である」という政府の公式発表はマスコミを喜ばせた。

しかしこの石油危機とは、文明史上の一大変換を示唆する大事件であった。ただＯＰＥＣやメジャーから言い値で石油を買わされ、販売総額の一％以下の薄利しか期待できない、石油精製販売企業のみを追及すれば解決できるような次元の低い問題ではなかったのだ。

しかし、この石油企業をスケープゴートにする政府の選択は、国民とマスコミの攻撃や怒りを沈静化するのには効果があった。

その後、日本の代替エネルギー政策は、原子力重点政策がスリーマイル島原発事故やチェルノブイリ原発事故で挫折し、石炭重点政策も石炭価格の高騰や石油価格の著しい低下などで変更を余儀なくされている。

太陽発電などの新エネルギーも、石油価格の著しい低下とともに、次第に非経済的という烙印を押され混迷を続けている。

人類の歴史が、戦争と平和、右に左に大きく揺れながら進むように、二十一世紀の文明を支える資源も、石油から原子力、原子力から石炭、石炭から石油へとめまぐるしくその中心を移動させながら、落ち着くところに落ち着くまで揺れつつ、時間というトンネルを進むしかない。


バーン！

一発の銃声が阿蘇のカルデラに轟いた。

一斉に赤、青、白、黄、紫、緑、黒の七色の旗をなびかせたランドクルーザーが、土煙を巻き上げてそれぞれの掘削基地に向けて飛び出した。風間は手に、温泉掘削許可証の入った銀色の筒を持ち、走り出したその一台に飛び乗った。

運転しているのは森山だ。黒い手袋をはめ、ハンドルを力強く握りしめる。風間がドアを閉めた瞬間、加速した。黒い土壌を巻き上げながら、白いランドクルーザーは夏の空気を切り進んだ。三機の報道陣のヘリコプターが上空を舞っている。

緑の道路を一直線に走る。その後部には、銀色に輝く無線アンテナの先端に、山崎が描いた波上の昇龍の白い旗がはためいている。初夏の風を二つに切り裂くかのように、「白龍一号」の待つ立石岳へ向けてアクセルを踏み込んだ。銀色のアンテナが、風を受けて釣竿のように湾曲する。

車が土煙を上げて掘削基地に滑り込むと、歓声と拍手が起こった。風間は車から飛び降りると、掘削許可証と発電機の鍵を沢田彰二に手渡した。

沢田が鍵を差し込んで右に回すと、ブォーンという低い音とともに発電機の排気弁から黒い煙が上がる。泥水ポンプが力強くピストン運動を開始した。巻上げ機が緩められると、巨大な動滑車によって、「ケリー」と呼ばれる四角形の鋼鉄の棒が地下深くに、ゆっくり下がり出す。これが先端の「ビット」と呼ばれる刃に回転を伝達する。掘削パイプに回転を伝えるロータリー・テーブルが、次第に勢いよく回転を始めた。深紅のつなぎの作業着に身を包んだ掘削クルーが、あわただしく調泥室や泥水タンクに飛び散った。

山崎はトレーラー型のオフィスから無線電話を使い、熊本・西部興産グループの本社ビルの風間康次郎を呼び出した。

「風間社長ですか？　山崎です。七月十五日、十時十九分。掘削を開始しました」

山崎は眼の前で回転するパイプを見ながら喋った。

「わかりました。安全第一でやってください。勝負は時の運ですたい。こん仕事で、義明を西部興産の後継者として厳しく鍛えてくださ い。義明には言っとりませんばってん、阿蘇火山という自然相手のこの商売、失敗してもかまわんと思っとります。義明を立派な男にする。それだけをお願いしますばい」

康次郎は熊本市内の社長室の窓から、熊本城の天守閣を望みながら静かに言った。

「わかりました。この一本の井戸で義明さんを一人前の男に育てます。義明さんを呼びましょうか？」

「いや、すべてが終わるまで、わしは阿蘇に足を踏み入れない誓いを立てたとです。それだけを義明に伝えてください」

「社長、私は『栗山大膳』になるつもりで義明さんにお仕えします」

「黒田騒動の家老の栗山大膳ですか？　たしか山崎さんの母さんのご先祖さんが近しい方でしたね。命を懸けて主君忠之公に諫言《かんげん》した家老になる、と……」

康次郎はまるで講談師のような口調で言葉を続ける。

「大膳の凄さは江戸幕府に主君を訴えるという、常識外れの大芝居をうったところですたい。それも自分の命を差し出す決意で、長政の関ケ原の勲功に感謝する家康の書状を懐に入れて江戸に上り、黒田藩がお取り潰しになるという危険を回避する。勝てる戦いを周到に仕込んでいるとこが見事でなあ。見事と思うのはそれだけじゃなか。情報戦のすごさですたい。幕府に出す書状を二通作り、わざと、その一通を関所の役人に見つかるようにしているところなんか……忠之に情報を流して油断させる。たいしたもんですたい」

「ご存じだったんですか？」

「私の姉が嫁いだ杷木《はき》の柿農家の墓が、大膳公のお墓がある杷木志波《しわ》の円清寺《えんせいじ》なんです。よく栗山大膳公のことは知っとります。……本当のことを言いますと、義明がアメリカの貴方にお願いすると言った時に、失礼ながら調べさせていただきました」

沈黙する山崎の不安を察して、康次郎が明るい口調で質問する。

「つまり、忠之が義明で、私が長政になるわけですね？」

「いや、社長は如水、黒田官兵衛です。戦国時代の三大英雄、信長・秀吉・家康に仕え、したたかに生き残った官兵衛。社長がカトリック信者という点でも同じですから。それと……」

「それと？」

「義明専務とは年が孫ほど離れていますから……」

「なるほど、そりゃそうですね。それはよか、よかですたい。ハッハッハ。山崎さんな、面白か人ばい」

二人は受話機を持ったまま大声で笑い合った。しばらくして山崎が姿勢を正して、

「では官兵衛様、失礼します」

と言うと、

「では、大膳、よろしくお頼み……申しまする……」

と康次郎が官兵衛になりきり歌舞伎口調で返した。

山崎は、康次郎が静かに受話器を置く音を聞いた後で電話を切った。


その夜、山崎は風間に現場を任せてホテルに戻った。

風間は今夜の当直の近藤と森山の三人で夜を通して働いた。快い泥水ポンプのリズミカルな音が、ブレーキの音と一緒に聞こえてくる。

風間は、泥水から掘り屑を分離するシェール・シェーカーという機械の前に座って、勢いよく地下から戻ってくる泥水を見ていた。

「泥水は人間の身体でいうと血液に相当する。そして泥水ポンプは心臓だ」

風間は山崎が「掘削と人体」と題して説明してくれたことを、一つ一つ反芻しながら思い出していた。

「血液を調べると、体内で何が起こっているかがわかる。それと同じだ。泥水を見れば、井戸の中で何が起こっているか、すべてがわかるんだ。だから、優秀な掘削監督はいつも泥水を触り、見ている。ダメな奴は事務所から出てこないで計画書ばかり書いているんだ」

風間は掘削櫓を仰ぎ見た。掘削櫓には水銀灯が一定間隔に輝いている。まるでケネディ宇宙センターのスペース・シャトルの打ち上げ基地の夜景のようだ。

風間は志保から紹介状をもらい、「フロリダのへそ」と呼ばれるオークランドの東七〇キロにあるケープ・カナベラル空軍基地を訪れた。大西洋の波が造った砂丘が取り囲むメリット島の中央の、広大なスペースに建設された宇宙センターの夜景を見た。風間は、その基地の明るさと、その上空に無限に広がる暗黒が支配する宇宙とのコントラストに強烈な印象を受けた。

今、見上げると、過去に向かう掘削櫓の上にも、巨大な暗黒の宇宙が覆っている。その暗闇の中に無数の小さな星たちが、一生懸命に自分の生命を燃やし尽くすかのようにキラキラと暉《かがや》いている。

風間は、志保から今朝プレゼントされた一枚のコピーを胸のポケットから取り出して、そこに書かれている詩をもう一度読もうと思った。

花房洋子という詩人が書いた「星のデビュタント」という詩の一節である。

それから千年　地の底深くで
炎の試練に耐えた者は
再び天上高く舞い戻り
今度は星の中の星として

単独飛行で夜空を飾るのです

風間が再び暗闇の宇宙を見上げると、三つの流れ星が西の空へ輝きながら美しく落ちていった。半年後、七十六年ぶりに、巨大な流れ星ハレー彗星が地球を訪れようとしている。風間は泥水の中に手をつっ込むと、熔岩の破片を握りしめた。赤茶色に酸化した岩の破片が風間の手に掘削屋の刻印を付けた。

掘削を開始して三十五日が過ぎた。深度は浅層での逸泥のため、七〇〇メートルをわずかに越えた程度であった。掘削作業は単調で波に乗っている。

しかし、温度は三十一度と著しく低く、特に五八〇メートルまでは二十六度という異常に低いものだった。地球の平均地温勾配は、一〇〇メートル毎に三・三度が上昇するといわれている。地表が十度とすると、通常七〇〇メートルでは最低でも三十三度はあるはずだ。志保は、冷たい地表水が地下深部まで浸透しているためと判断していた。

風間はこの温度結果を聞いてから、山崎と志保に不満を感じ出していた。もともと当初から、この掘削地点の決定にも納得していなかったからだ。近代科学の粋を糾合すれば、必ずとは言えなくても、八〇%ぐらいの確率で当たる場所を決定できると思っていた。その近代科学が選定した場所の温度が、平均地温よりも低いとは信じることはできなかった。

風間は山崎と志保に対して、口をきかなくなっていった。掘削クルーの中でも山崎と風間の仲が悪いという噂が流れた。

一方、山崎と志保はそんな風間を気にせず、掘進率の変化や岩相の層序対比などを調べるために、泥水検層技術会社の地質技師たちとの技術打ち合わせにすべての時間をつぎ込んだ。

風間は次第に孤立していった。このプロジェクトのスポンサーであるという意識が時折、威圧的な言葉になって風間の口から出た。そのたびに風間の周囲から一人減り、二人減り、最後には中学校時代の親友であった大濱も、「最近の風間は別人みたいだ」と言うようになった。

頂点に立つ者の宿命は、その孤独に耐えることである。「誰も自分を支えてくれない」という意識が次第に「皆が自分を利用している」という極端な被害者意識に変わってきた。

掘削作業が開始されると、掘削の実質的な決定権は、唯一の掘削経験者である山崎が握った。五名の若者たちも、すべての行動の判断基準を山崎に委ねていた。

山崎も三年ぶりの掘削オペレーションであり、初めての地熱井掘削というプレッシャーから、気心の知れたと思っていた風間にはほとんど気を使わなかった。

しかし、山崎の独断専行ぶりは、風間のオーナーとしての誇りを傷つけた。それに、自分が苦労して契約を取りつけてきたマイコバー社の空気泥水掘削コンプレッサーの導入についても、山崎は「ご苦労だった。よくやった」と褒めることもしなかった。米国内価格より三〇%も高い日割料率で契約したことを、不満顔に聞いていた山崎の傲慢さにも腹が立っていた。

決定的に風間が怒ったのは、コンプレッサーの横浜到着が予定より五週間遅れるというテレックスが入電した時だった。山崎は風間に、

「契約後、君は何回確認したんだ。ある日突然、五週間遅れることがわかるはずがないじゃないか。少なくとも船で四週間かかるんだぜ。シスコを船が出る予定日を、君はマイコバーに確認したのか？　日本人相手の仕事じゃないんだ。相手を徹底的に疑うことからスタートするんだ。熊本の田舎もん相手のビジネスじゃないんだ。わかっているだろ。空気泥水掘削は君を信頼して任せたんだ。こうなれば、横浜の税関にかかる日数を短縮するしかないな。『間に合わない』という言葉を俺の前で二度と言うな。もし君がやれないなら、俺がやるからな」

と言い放った。風間は初めて父親以外の男から激しく罵倒された。怒りで腹の中が煮えくり返った。しかし山崎のあまりの気迫に押されて、その場では何も返答せず部屋を出た。

しばらく歩いて、風間は無性に腹が立ってきた。

〈山崎はしょせん、俺の雇い人だ。どうしてオーナーの俺が雇い人から罵倒されなければならないんだ。いつか思い知らせてやるぞ。よし、二度と間に合わないなどと言うものか。予定通り、この阿蘇にコンプレッサーを持ち込んでやる〉

と心の中で叫んだ。

次の日、風間はサンフランシスコに飛んだ。シスコで日本郵船の貨物船が大分に向かうという情報を聞き込んだ。直ちにその便を予約し、マイコバーと交渉して、その船にコンプレッサーを積み込ませることに成功した。

横浜で通関すると、再び熊本まで国内輸送が一週間程度かかる。しかし直接、大分港へ運べば、その分だけ短縮できる。あとは大分での四週間かかるという通関日数をいかに減少できるかだ。風間は、サンフランシスコ湾から積み込まれた巨大なオレンジ色のコンプレッサーを見送ると、直ちに大分に飛んだ。そして何度も税関を訪れて熱心に図面や必要書類を説明した。こうして通関をわずか五日間に短縮できた。

深夜、交通量の少ないやまなみハイウェイを、時速一〇キロのゆっくりしたスピードで、巨大なコンプレッサーは阿蘇へ向かった。途中、水分峠をバイパスする道路が、そこを横切る鉄道の架橋が二センチ低いために通行不能とわかった。迂回すると夜間のみの運行となるので現場到着が二日遅れる、という連絡が運送会社から入ると、風間はコンプレッサーのタイヤの空気を一時的に抜く手段で、この問題をクリアした。

コンプレッサーが現場に到着したのは、掘削開始まで残り三日前、到着予定日より一日早い日だった。

それでも山崎はそれを当然のことのように、風間に対しては褒めるようなことはしなかった。次第に風間は、山崎という男を選んだことを後悔しはじめていた。しかし、今、掘削するためには山崎の経験が不可欠であることは間違いない。風間の心は、山崎を嫌悪する気持ちと、それ以上に、そんな相手に頼らなければならない自分の未熟さを嫌悪する気持ちとで、かき乱されていた。〈いつか山崎を必要としない自分になってやる〉と心の中で思い続けた。

そういう風間の苛立ちとは別に、「白龍一号」は阿蘇の大地を順調に掘り進んでいた。風間は山を下りて、熊本の康次郎に逢いに行った。

「そうか、山崎さんはそんなことを言ったか。けしからん奴たい。やめさせればよか。どうせお前が選んだ人間じゃけん。誰も止めんよ」

と、言葉とは反対に機嫌よく喋る康次郎に、風間は困惑した。

「いや、そうおっしゃっても、山崎さんは毎晩、現場に泊まり込んで頑張っておられます。それに……山崎さんがいないと掘削を続行できませんから……」

風間は、思いと逆に山崎を弁護する言葉を喋ってしまった後で、自分自身に腹を立てた。

「あ、そうそう、先日、志保さん、いや鶴見先生から、お前が訪ねてきたら渡してくれと言われて預かっている手紙がある」

風間は美しい和紙の封筒を受け取ると、便箋を取り出した。そこには黒々と墨で詩が書かれてあった。

揚子江や大海が、百谷の王となれるのは、低く下っているからだ。それで百谷の王となる。そこで立派な為政者は、民の上に立つときは、言葉をもってへりくだる。先になろうとするならば、必ず己れを後にする。だから上にいても民は重たがらず、前にいても邪魔にせず、世の人みなが推薦する。争おうとしないから、誰も争いをしかけない。

風間はこの詩を読みながら、幼い頃、自分が貧乏でいじめられていた時期のことを思い出した。「自分の最も弱いところを武器にして生きていく道が最も強い生き方だ」と、母親から何度も教えられていたことを。

今の自分の最も弱いところとは、このプロジェクトの最高権力者という強さかもしれない、と風間は気がついた。

「大変、ご心配かけました。山に戻って皆ともう一度、話し合ってみます」

風間はそう言って、父康次郎に深々と礼をして別離を告げた。

康次郎は黙って、自分の血をひく子供を見送った。

庭の鹿《しし》おどしの音が康次郎の耳に大きく轟いた。外では白い月の光が奇石に囲まれた池の水面に静かに照り輝いていた。

風間はその日から、人が変わったように明るくなった。山崎や志保に対しても、自分の夢の協力者として素直に頭を下げることができた。離れていった仲間たちが風間の周りに戻ってきた。

深度が二〇〇〇メートルに達した時、留点水銀温度計が二百度を示すようになった。現場に笑いが生まれた。風間が、あまりうまいとはいえないジョークを言うようになった。

その頃から山崎は、若い掘削監督の報告を直接、風間に受けさせるようにした。そして、すべての判断を風間の指示に従うよう掘削クルーや他の技術者全員に徹底させた。また逆に風間は、「すべてを君の判断でやってごらん」と言われたその日から、小さなことまで山崎に相談できるようになっていた。山崎は、こうした風間の成長を心から喜んだ。

阿蘇のカルデラに初秋の風が少しずつ吹きはじめていた。

第14章　静　寂

山崎はトレーラーの窓から、風間たちが次の鉄パイプをセメントで固定する計画について議論している様子を眺めていた。

山崎は自分の現場用居住施設として、一台のトレーラーを与えられていた。中にはベッドとシャワー、レンジ、トイレなど生活に必要な設備が備わっている。掘削櫓の形をした電子時計が午前二時を表示していた。

深夜の掘削現場に、巻上げ機のブレーキを緩める音が一定の間隔で響きわたっている。掘削屋にとっては、この一定間隔のブレーキ音が聞こえている限り安心して仮眠できる。

ビットと呼ばれる刃先が三個の歯車を回転させながら地層を削り、磨り潰してゆく。掘進率が上昇するにしたがって、適切なビット荷重を維持するために、巻上げ機のブレーキを緩めるリズムが速くなる。

掘削屋にとって最高に恐ろしい音とは、すべての音が止まる「静寂」という音である。

山崎はその恐怖を一度だけ経験したことがあった。カリブ海に浮かぶ、巨大な半潜水式掘削船で勤務していた時のことである。

三〇インチの巨大な鉄パイプを海底下六〇メートルに固定した後、二六インチのビットで掘削を続けていた。突然、発電施設より黒煙が上がり、すべての人工音が消滅した。夕暮れの海の音、潮風の音だけが耳に聞こえてくる。数秒前まで聞こえていた「ゴー」というエンジン音や快い振動も一瞬のうちに消えた。

もし、人類がこの地球上から消え去る日があるとしたら、このように突然、その瞬間は訪れるだろう。一瞬の閃光、そして永遠の静寂。「静寂」とはこの世のすべてが人類の意志に背いた時、突然訪れる。

巨大な太陽が静かに水平線の彼方に姿を消し、掘削船が深い夕暮れに包まれる。日頃、一分一秒を「タイム・イズ・マネー」として一時も休みなく働いてきた男たちは、初めて体験した「静寂」の中で、自分たちも大自然の一部であることを感知した。手を休めて沈みゆく夕日を眺めた。

しかし、人間の手を離れた大自然の恐怖を、山崎はその日、知ることになった。

作業員が、掘削船の右舷側に無数の海坊主の頭のような気泡が噴き上がっているのを発見した。山崎はサメの群れが移動していると思った。

三日前、黒人の作業員が体長二メートル以上あると思われる魚を釣り上げた。しかし、あまりにも重いので、釣糸をクレーンのフックに結びつけて回収することになった。十五分後にクレーンを巻き上げたところ、魚はわずか五〇センチの頭だけになっていた。それには鋭いサメの歯の跡がついていた。サメが食いちぎったのである。

カリビアン・ブルーの美しい海の下には、冷酷な弱肉強食の世界が支配しているのだ。山崎は夕焼けの海に蠢くサメの群れを凝視した。群れは次第に大きくなってゆく。

掘削監督のネルソンが大きな手で山崎の肩をつかんだ。

「セイイチ、基地に緊急無線連絡を頼む。至急、あるだけのヘリコプターを飛ばしてくれ、と言うんだ。船が沈むかもしれん。……」

「イエス・サー。でも……なぜ、この船が沈むのですか？」

山崎は自分の耳を疑った。ネルソンは今、「沈む」と言ったのだ。

「あそこに見える気泡はガスだ。潮の流れが左舷から右舷に流れているうちは大丈夫だ。しかし流れが変化したら……この船は沈み出すだろう。畜生、こういう時に発電機が止まるなんて！　とにかく人命救助が先だ。俺は発電機を見てくるから、頼むぞ、セイイチ。皆には俺が話す。ヘリが来るのか来ないのか、何機飛ばせるのか、俺だけに知らせてくれ。いいか、わかったか。ＯＫ？」

ネルソンは大きな温かな手を山崎の肩からゆっくりと離した。

巨大な鉄の掘削船が沈む。山崎は今、何か起こっているのか理解できなかった。なぜ、ガスが海面に噴き上げているのか？　どこからガスが噴出しているのか？　どうしてそのガスの気泡が、この巨大な最先端の科学技術を結集して作られた掘削船を沈めるのか？　すべてが疑問のまま、山崎は手にポケットライトを持って無線室へ走った。

現在、海洋掘削船で使われる掘削装置（リグ）の中で主流を占めているのが半潜水型（セミサブマージブル型）である。それは巨大な長方形の「ハル」と呼ばれる二つの箱型構造の上に、古代ギリシャの神殿の柱に似た筒型構造物が八本、天に向かって熔接される。そして、海洋の掘削大地となる水平構造がこの筒の上に組み立てられて完成する。

そして目的のロケーションまで曳航されると、巨大な掘削船を支える八本の柱と船の形をした箱型の下部構造に海水が勢いよく注水され、その姿のほとんどが海中深く沈められる。そして、巨大な鉄の塊、八個の二〇トンの碇が打たれ固定されるのだ。これにより、船型の掘削装置に比較して著しい安定性能を手に入れることができる。

このシステムは、釣糸に付けられた「浮き」の動きを眺めていたエンジニアにより発明された。浮きは水面上に頭を出しているが、その大部分を水の中に沈めている。潮流などの横からの水の流れは、細くなった首の周りを通り過ぎ、横方向のモーメントをうまく逃がしている。そして波などの上下動についても、大部分が水中に没しているので、それが水中の大きな運動抵抗となり、上下動のモーメントについても制御できる。巨大な海底油田を発見するための半潜水式掘削装置の原理は、フィッシング（魚釣り）という遊びの中にあったのだ。

山崎は、その高性能の安定度を誇る巨大な掘削船が沈むことなど信じられなかった。山崎が無線室のハッチに手をかけた時、掘削船のすべての照明がついた。

山崎は大きく深呼吸して大きな椅子に座った。マイクを握りしめ、ゆっくりと喋った。

「エマージェンシー・コール。こちら、ブルー・ウォーターNo.2。リッチフィールド基地、応答願います。オーバー」

基地の対応は素早かった。山崎が無線を入れてから十五分後には、トリニダード・トバゴ空軍の軍用ヘリ二機と、テキサコ・オイルの資材輸送用ヘリ二機、それにリッチフィールド・オイルが長期契約しているヘリ二機が、一時間後に十分間隔でプラットフォームに到着する、という連絡が入った。

ネルソンにそのことを伝えると、「グッド」と言うなり、乗組員全員をダイニング・ホールに集合させるよう山崎に命じた。掘削バージの上に緊急を告げるサイレンが断続的に鳴り響く。何本ものサーチライトが暗闇の海の気泡を照らし出した。白銀色の数条の光の中を男たちの影があわただしく動く。

「乗組員全員に告ぐ、アテンション。全員、ライフジャケットをつけ、五分以内にダイニング・ホールに集合せよ。これはエマージェンシー訓練ではない。全員、救命具を身につけ、ダイニング・ホール・ホールに集合せよ」

眠そうな顔をしながら、髪をボサボサにした男たちや、いつもの安全退避訓練と思ってジャズのリズムを指でとりながら歩いてくる黒人作業員たちが集まってくる。しかし、ダイニング・ホールに足を踏み入れると同時に、ただならぬ雰囲気を感じ取った男たちの顔に、不安の色が広がった。

ネルソンは各クルー、各コントラクター（専門技術者）別に、全員がそろったことを確認した後、落ち着いた口調で喋り出した。

「グット・モーニング、ジェントルマン。朝には少し早いがね」

そう言って微笑しながら全員の顔を見回した。男たちの中に微かな笑いの渦が起こった。山崎はアメリカ人の〝どんな時でもユーモアをはさむ〟感覚に驚いた。

男たちの中で笑いの渦が消えかかる寸前、ネルソンは続けた。

「残念なことに、これは安全退避の訓練ではない。これから全員、この掘削リグから退避することになった」

男たちの間にざわめきが波紋のように広がった。しばらくの沈黙の後で、ネルソンは脱出の手順を伝え、全員が安全に退避できるから決して混乱しないように、と命令した。

「ガスの気泡はあと三時間後、潮の流れが右舷から左舷に変わるまで掘削リグには流れてこない。その三時間の間に、ガスの突出を停止させる作業を続ける。ヘリコプターが六機、こちらに向かっている。ガス対策を実施するメンバーは、最後の便でこの掘削リグから脱出する。今からそのメンバーを発表するので、名前を呼ばれた者はこの場に残ってほしい。しかし、強制はしない。君たちの自由意志に任せる」

男たちは緊張した。

「まず、私、ネルソン。サンタフェ・ドリリングの監督のパターソン。助監督のニックとロイ。作業主任のマイク。ハリバートンのセメント技術者のニューウェルとパット。以上の七名」

指名されなかった男たちは一人一人ダイニング・ホールを出て行った。

最後に山崎を含めて八名が残った。山崎は自分がメンバーに入っていないことを不満に思い、直ちにネルソンに不平を述べた。

ネルソンは微笑しながら、

「これはキッド（子供）の遊びじゃない。セイイチは役に立たないから、残る必要はないよ。そうだろう、みんな」

そう言って山崎の肩をつかんで、周りに立っている六名の男たちを見回した。全員が誇らしげに微笑していた。

たしかに今の自分は、現在の状況すら正確に把握できないでいる。自分自身の知識と経験の無さが口惜しかった。しかし、そうしたネルソンの言葉の裏に、山崎の生命を守ってやろうという配慮が感じられた。

絶対的な権限を持つカンパニーの掘削監督は、その力の代償として「生か死か」、生命を賭ける決意がないと、コントラクターからの信頼を得ることはできない。たしかにネルソンから指命された男たちは誇りに満ちていた。

マネーだけか支配すると思われているアメリカのビジネス社会において、この世界に冠たる石油掘削産業は、独自の精神文化を築き上げている。大金を手にするドリラーたちは、生命の危険を代償にして働いているという自負を持っている。その誇りは、他人よりも早く掘るということで自分の心の中で昇華される。

一九七八年八月、欧州経済を支える北海油田で、巨大な掘削・生産プラットフォームの炎上事故が発生した。七十名の男たちが紅蓮の炎に呑み込まれ生命を失った。

燃え続けるプラットフォームに向かって、《爆弾火消し》と呼ばれる生命知らずの二人の男がテキサスをあとにした。二人の仕事は、燃え続ける井戸の上空で火薬を爆発させ、一瞬の酸欠状態を作る。火が消えた瞬間に、井戸の坑口装置に特殊なキャップで蓋をして井戸を殺すという、神業ともいえる作業を行うのだ。

噴き上げるガスや油がいつ爆発するか予測のつかない井戸に近づくだけでも危険であるのに、二百気圧という高圧のガスと油を噴き上げる井戸を〃殺す〃というのである。

彼らはロンドン空港で世界から集まった新聞記者を前に、次のように宣言した。

「今日から五日間以内に俺たちは火を消してみせる」

そして、その言葉通りに五日目には火を消し、噴き上げていたガスと油を治めてしまった。

二人が手にしたお金は、五千万円プラス必要経費だったという。

帰国時のロンドン・ヒースロー空港での記者会見の席上、「ロンドン・タイムズ」紙の記者が質問した。

「数千億円の油田を救ってわずか五千万円じゃ、生命を賭けて得た報酬としては少ないと思いませんか?」

「充分な報酬だと思っているさ。この世は平和だ、平和だといっても、いつ気違いが核ミサイルの発射ボタンを押すかもしれないだろ。戦争が起こらなくても、原子力発電所が爆発事故を起こせば、世界の終わりが突然やって来るかもしれない世の中だ。人間は何度も死ねるわけじゃないからね。どうせ一度しか死ねないのなら、同じことさ。他人任せで死ぬよりも、自分で死を覚悟して死んでいく方が諦めがつくだろう。俺の生命の値段だって？　そんなことよりも、楽しいと思わないかい。世界のどこかで油田事故が発生する。その時、誰もが俺たちを頼りにする。こんなハッピーなことはないよ」

アメリカのビジネスでも、一日二十四時間、「セブンデイズ・ア・ウィーク、フォーウィークス・ア・マンス」（週に七日間、月に四週間）と契約に謳《うた》われ、休みなく働き続けることが当然であるこの掘削ビジネスは、激しい競争原理の働く、最もハングリーな活力のある仕事の一つである。そこは戦う男たちの世界、男だけの世界であり、通常の時間感覚、生活感覚、習慣、常識、価値観は根底から覆《くつがえ》される。その極限ともいえる世界に、この七名は残るのである。

この掘削バージが沈んでも、巨大なロイズ保険会社は、新しい掘削バージを建造するのに充分な保険金を出すであろう。しかしこの男たちは、金でなく自分の仕事に対する誇りに生命を賭けるのである。山崎がカリブ海に浮かぶ小さな島国、トリニダード・トバゴで学んだものがあるとすれば、このスピリットである。そして、それこそが、日本の掘削業界に欠けているものなのである。

中近東やメキシコの砂漠の、気温五十度を超える灼熱の掘削現場で、掘管を揚降管している作業員が山崎に尋ねた。

「日本の掘削屋は三〇〇〇メートルを何日で掘るんだ？　俺たちよりも作業は早いか？」

泥まみれの日に焼けた顔をした作業員の言葉を、山崎は決して忘れない。

掘削フロアで働く作業員でさえ、「早く掘る」ことに異常なほど興味を持っている。果たして日本の掘削現場に、「早く掘る」ことを、一種の美意識にも似た感情として持って働いている掘削作業員が何人いるだろうか。

少なくとも正月休みや盆休みで長期間、井戸を休止する感覚は、彼らは持っていない。ただ、四週間働くと二週間の休みが与えられる。その休暇の間に、消耗した肉体と精神を癒して、再び掘削現場に戻ってくる。まさに狩猟民族的な仕事のやり方だ。

これには民族的な違いや掘削マーケットの規模の違いなどの要因が考えられるが、最も大きな要因は、掘削産業の歴史の違いから来るものであろう。この業界における限り、独特の精神文化が受け継がれているアメリカの方が、はるかに効率的で活力が溢れている。

山崎は、五番目のヘリコプターが飛来する寸前まで、ガス抑圧作業に加わった。

彼らの断片的な会話を通して、次第に現在の状況がわかってくる。そしてわかればわかるほど、自分の生命が重大な危機に直面していることを知り、それと同時に自分の身体の中にあった勇気が萎縮してゆくのを感じた。

停電と同時に、海底に設置されていた暴噴防止装置が安全のために閉じられた。ところが運悪くビットと呼ばれる刃先は、六五〇フィートの深度で浅層の高圧ガス層の帽岩《ぼうがん》（油層やガス層の上を覆っている岩石）を掘り抜いていた。

高圧ガスは泥水中を小さな気泡として上昇し、上昇にしたがって減圧される。暴噴防止装置の遮断弁の下で、気泡は大きく成長する。長時間に及ぶ停電の間に次々とガスは供給され続ける。ガスの異常な体積膨張は坑内圧力を上昇させ、ついに地下一五〇フィートの、セメントによって固定された直径三〇インチ（約一メートル）の鉄管の先端部のセメントを打ち破った。

軟弱な地層とセメントの隙間を高圧ガスは駆け上る。こうして海中に拡散するガスは、海水の見かけ比重を著しく減少させる。そして、水の比重は一として浮かぶように設計された巨大な半潜水式掘削船は、浮力バランスを一気に失い、沈みはじめるのだ。

最悪の場合、海面に噴き上げるガスが引火すれば、数千キロリットルの燃料もろとも掘削船は大爆発を起こし、炎上しながら海底に沈んでゆくだろう。

ネルソンが考えたガス抑圧作業とは、次の三段階方式であった。

まず、発電機が復旧したので、泥水ポンプで比重を大きくした泥水をゆっくりとポンピングし、ガスの噴出を押え込む。次に、ハリバートン社の大容量セメンチング・ポンプには、速硬剤を添加したセメントを送り込む。その後、直ちに掘削船の八本のアンカーチェーンを巻き込み、または繰り出しながら、安全水域まで掘削船を移動させる、という計画であった。

赤くペイントされたセメンチング・ポンプが、熔岩流のようなセメントを送りはじめた時、スピーカーが山崎の名を繰り返し呼んだ。

ネルソンがセメントまみれの灰色の手を差し出して言う。

「ＯＫ、ありがとう、セイイチ。先に行ってくれ。心配するな。あとは何とか俺たちでやる」

「グッド・ラック。幸運を」

山崎はセメントまみれの手でネルソン、パターソン、ニック、ロイ、マイク、ニューウェル、パットとそれぞれ力強く握手すると、ヘリデッキに向かって駆け出した。

暗闇の中に、青、緑、赤のライトが点滅するヘリコプターがあった。潮風を大きな羽根がビューン、ビューンと切り裂いている。山崎がヘリに飛び乗った時、ガクンという衝撃とともに掘削船が傾き出した。

隣の席では、いつも陽気な掘削技師のビルが、あわただしく十字架を切っている。ヘリは激しく横滑りしながら、ヘリデッキの灯を壊して海面に向かって落下する。パイロットはプロペラの回転数を最大にする。機体は水面上一〇フィートの所でかろうじて水平を保ち、そのまま勢いよく上昇した。

次第に、暗黒のカリブ海に不夜城のように浮かぶ掘削船の明かりが、山崎の瞳の中で小さくなってゆく。

結局、六機目のヘリコプターはヘリデッキに着陸できず、何十回も掘削船の上空を旋回した後、リッチフィールド基地に戻ってきた。

山崎は、基地のあるスペイン岬から暗い海に浮遊する小さな灯をいつまでも見つめながら、夜明けを待った。

翌朝、日の出とともに救助のヘリが飛び立った。山崎も重苦しい気持ちを抱えながら乗り込む。遠くで稲妻が激しくこだまする。スコールが強さを増してくる。ガタガタと揺れる機内に大きな雨粒が降り込んでくる。

その時、大自然の信じられない光景が眼に飛び込んできた。数十の雨雲の下に、十数本の巨大な黒い雨の柱が密林に刺さっているのだ。ジャングルにパルテノン神殿が浮かび上がった。雷と雨、風と雲、密林の舞台で壮大な自然が織りなす交響曲が鳴り響いた。

ヘリは黒い雨の柱の隙間を蛇行しながら、沖合の掘削船を目指して飛ぶ。やがて、透明のブルーの海に浮かぶ掘削船の姿が見えてきた。山崎は感動に震えた。

ヘリの音を聞きつけて、ヘリデッキの上にネルソンたち七名が駆け上ってきた。七人とも懸命に手を振っている。

「全員、生きている」

山崎は思わず涙を流した。

ヘリから山崎が降りると、ネルソンが微笑しながら、

「ウェルカム、ようこそ。ブルー・ウォーターNo.2へ」

と言って山崎の手を力強く握りしめた。

ネルソンの話では、五番目のヘリコプターが飛び立った時、右舷側から掘削船が傾きはじめた。直ちにセメント注入を中断し、アンカーウィンチに各自分かれて、約七〇〇フィート程、潮流の上流側に移動させた。

約二〇〇フィート移動させた時、海底の暴噴防止装置と掘削船をつなぐライザーパイプが大きな音とともに切断、続いてセメンチングパイプと掘管が吹き飛んだが、その後はスムーズに掘削船を安全水域まで移動できたとのことであった。

山崎はヘリデッキから望遠鏡で海面を注意深く凝視した。気泡らしきものは無い。おそらくセメント圧入の効果があったのだろう。掘削櫓にぶら下がった階段を注意深く降りてゆくと、大きな鉄骨構造の水平ビームが曲がっている。ライザーパイプを支持していた鉄骨が切断の衝撃時に変形したのだ。

ネルソンたちはこの衝撃音をどのように聞いたのであろう。差し入れのホットコーヒーを飲みながら、ジョークを言い合う七人の男たちを、山崎は一種の嫉妬に似た感情を持って眺めた。

俺も残って、あの熱いコーヒーを皆と一緒に飲みたかった、と心から思った。

若者たちのくつろいだ笑い声がフロアから響き、山崎を現実に引き戻した。山崎もコーヒーが飲みたくなって部屋を出ると、近藤の明るい声が聞こえてきた。

「ニューヨークの公衆便所に入った時のことだけどさあ、隣で白人のジェントルマンも小便をしていたんだ。僕はアメリカに着いたばかりで、少々便秘気味だったもので、思わずブーとおならをしちゃったんだ。

隣のジェントルマンが驚いて僕の方を見たから、僕は『エクス・キューズ・ミー』と言って謝った。すると奴は、『セイ・モア』って言うんだ。仕方なく『エクス・キューズ・ミー』と僕が言うと、しばらくしてまた『セイ・モア』って言う。僕はこうして謝っているのに、しつこい奴だと思いながらも、『エクス・キューズ・ミー』と繰り返したんだ。そうすると向こうも『セイ・モア』と繰り返す。

とうとう僕は怒って、小便をするのも忘れて公衆便所を飛び出した。ホテルでそのことを山崎さんに話をしたら、笑われてしまった。山崎さんによれば、普通『エクス・キューズ・ミー』は、何か話しかける前に言う言葉なんだそうだ。奴は僕が何も言わないものだから、『何ですか？　何か言ってください』と言っていたんだそうだ。

笑い話さ。奴も小便しながら、変な東洋人からからまれたと思っているに違いないと思うと……。今、考えると大失敗さ」

近藤が喋り終わると、皆、大声で笑った。

「楽しそうだね。俺にもコーヒーを一杯もらえるかい？」

「山崎さん、ちょうど今、鉄のパイプを地中に固定するセメンチング計画ができたところです。ご説明しましょうか？」

森山が立ち上がって言った。森山は風間の親友として、また風間の意志の忠実な実行者として働いている。

「いいや、君たちに任せるよ」

「では、アメリカでの失敗談を聞かせてくださいよ。お願いします」

近藤がコーヒーカップを山崎に手渡しながら言った。

「失敗ばかりやってきたからね。ニューヨークのロックフェラー・ビル最上階の『ラ・メール』というフランス料理店に、ガルフ・オイルの副社長夫妻から招待された時の話だけど……」

山崎は大きな背もたれの椅子に深々と腰をかけてると、その時を想い出すようにコーヒーの香りを嗅いだ。皆は沈黙する。

「緊張して最後の皿を終えた時、ハンフリー・ボガードそっくりな支配人が近寄ってきて、俺に何やら訊くんだ。その英語がフランスなまりでよく聞きとれなかったが、どうも『コーヒーはどうか？』と言っているらしい。だから俺は『コーヒーにミルクと砂糖を入れてくれ』と注文したんだ。

支配人は驚いたような目で俺の目をじっと見た後でね、くどくどと『ここのコーヒーにはミルクと砂糖は合わない』と言うんだよ。俺は馬鹿にされてはいけないと思ったからね、奴の目を睨みつけて、『それが私の好みである』と言ったよ。

そうすると支配人はしぶしぶ、『イエス・サー』と言って引き下がったんだ。しばらくして大変な誤解だったと気づいてね、青くなったよ。誰一人コーヒーなんか頼んでいない。ボーイが運んできたのは食後酒のコニャックさ。パッと先程の会話が理解できた。支配人が勧めていたのはレストラン秘蔵のコニャックだったってね。

最後に支配人が、俺の前にコニャックと一緒にミルクを静かに置く。そして、小さなハート型をした銀製の小皿に、山ほどの角砂糖を載せて持ってきた。

当然、みんなの視線が俺のミルクと砂糖に注がれている。俺は目の前のミルクと砂糖を睨んだ後で、支配人に向かって、『グッド』。それから、おもむろに砂糖を五個、コニャックのグラスに入れ、次にミルクを注ぎ込んだ。両手でゆっくりと、そのグラスを揺すった。

テーブルの隅々から溜め息とも歓声ともつかない声が上がる。全員の注視の中、左手でグラスを抱えて一気に飲み干した。そしてグラスをテーブルに置き、『グッド・テイスト（いい味だ）』と大声で言ったんだ。

隣の席から終始、心配そうに俺の方を見ていた副社長夫人が、眼を輝かせながら俺に訊いたね。『ミスター・ヤマサキ、その飲み物は何という名前ですの？』ってね。そこですかさず、『これはウィスパー・オブ・スノー（雪の囁き）ですよ』。

この話には後日談があってね。二年後に同じレストランを訪れたら、カクテル・メニューに『雪の囁き』というのが入っているんで驚いたよ。

いずれにしても外国語で意志を通い合わすことの難しさと、訊き返すことを恥と思うべきでないことを勉強したよ。これで俺の話はおしまい」

山崎が笑い出すと、皆もこらえていた笑いを我慢できずに笑い出した。

その時、ブォーンという大きな音とともに、掘削現場に突然の暗闇と静寂が襲った。虫の音と月の妖しい光が一瞬の静寂さをより強調した後、すぐに大声が飛び交い、暗闇の中をハンドライトを手にした人影があわただしく動く。

十五分後、補助発電機が動き出した。掘削櫓に次々と灯がつき出す。その灯の下に、厳しい表情をした沢田彰二がいる。

山崎は風間たちと一緒に掘管に二メートルの大型レンチを差し込み、人力で掘管を回転させようとしていた。声を合わせて力を入れて回すと、掘管はゆっくり回転する。全員の顔に微笑が浮かぶ。

しかし、次第に抵抗が強くなってきた。三〇〇〇メートルの地の底で二百度を超す温度により、液体の泥水が固化しはじめているのだ。

一時間後、第一ユニットと第三ユニット発電機が回復すると、山崎は直ちに泥水ポンプを動かすよう指示した。ポンプ圧が見る見るうちに上昇する。一八〇気圧。ポンプのスイッチを停止。圧力計の針は微動だにしない。

バイパスラインから掘管内の圧力を払う。勢いよく泥水がタンクの中に噴き出した。

山崎はフルパワーで掘管を引き抜くことを決意した。

掘管が切断する荷重は二一〇トンである。掘削編成の全重量は一三〇トン。泥水の浮力を考慮して補正すると一一〇トン。掘管切断の二一〇トンまで一〇〇トンの余裕がある。掘削編成の中に米国製のドリリング・ジャールスと呼ばれる装置が組み込まれている。これは最大五〇トンの力がかかると、瞬間的に上下に振動する特殊なパイプである。山崎はこの未知の道具に賭けた。

「やりますよ」と沢田は山崎に言った。巻上げ機がうなり声を上げて掘管を引き出してゆく。

巻上げのワイヤーが時折、ギシッ、ギシッという無気味な音を立てながら軋《きし》む。

「一六五トンです」

沢田が低い声で言う。

その瞬間、ドスンという鈍い音とともに、櫓が大きく左右に揺れた。再び荷重計の針は元に戻る。沢田は再び巻上げ機のパワーを上げる。

五人の若者は、初めて目の当たりにする抑留事故を興奮気味に見つめている。

沢田彰二と大地との戦いである。大地が掘管を地上に帰すまで、根気よく衝撃を与え続ける。

一一二三回目。大きな衝撃音とともに、荷重計の針は一一〇トンのまま少し動くようになった。山崎は無理をせず、その位置で少し上下させながら、泥水ポンプを作動させた。

ポンプ圧力計の針が少しずつ上昇する。六十気圧。一定である。

泥水の戻りラインに勢いよく泥水が戻ってくる。

「やりましたね、沢田さん！」と、風間が声を上げる。

「二時間程、循環を続けましょう」

山崎は沢田に呟くように言った。

山崎は風間を連れて泥水戻りラインに歩いてゆく。三十分後に、熱でゲル化した泥水が地上に戻ってきた。山崎は泥水の中に手を差し入れると、同じように手を入れようとしている風間に向かって喋り出した。

「うまく外れて良かったなあ。俺は井戸というものと十年以上、付き合ってきたけど、いつも井戸ってやつが女のように思えるんだ。こうして一緒にそばについていてやると、非常におとなしく素直なんだけど、少しでも他のこと、特に人間の女のことなんか考えていたりすると、今みたいに嫉妬して抑留事故なんか起こして、男たちの注意を引こうとする。だから井戸を任されたら、女から遠ざかる。いつも井戸のそばにいて、『俺の好きな女はお前だけ』と言ってやるんだ。

成功する井戸ってやつは、美人だけど性悪女さ。失敗井は素直なもんだ。掘削もスムーズだし、何も考えずに掘り上がる。面白いもんで、トラブルのない井戸を何本掘っても記憶に残らない。この井戸も大変な性悪女になりそうな気がする。つまり、成功する可能性が出てきたということさ」

風間は、独り言のように呟く山崎の横顔を眺めながら、井戸掘りといわれる男たちが家から離れて取り憑かれたようになる、その仕事の魅力が少しずつわかりかけたように思った。

そして、三五〇〇メートルの深度に鉄パイプを設置すると、いよいよ、巨大な亀裂をめざして最後の運命を賭けた最終の掘削が始まる。世界でも未完成の技術である空気泥水掘削法を実証する日が近づいてくる。

風間は思わず身体を震わせた。

毎日、雨が降り続いている。

阿蘇の山々は、雨の灰色のスクリーンの上に鋭い頂のシルエットを映し出している。

雨は阿蘇の火山灰を洗い流しながら有明海へ流れてゆく。雨水は自らを汚しながら、あらゆるものを清め、そして、その流れは一刻も止まることを知らない。

「白龍一号」も一刻も休むことなく掘り進んだ。

五人の若者は生命あふれる雑草のように、一雨ごとに大きく逞しく成長していた。激しい雨の中で一日中、泥水から細かな掘り屑を分離するシェール・シェーカー装置の前で、掘り屑を採取しているのは近藤である。そして、五人の中で中心的な動きをしているのが森山で、掘削基地の造成工事の設計から監督まで、自分から積極的に買って出た。

山崎は風間を加えたこの六名を、掘削監督グループとして組織した。新しい挑戦的な仕事に適する人数は六名だといわれる。米国ＣＩＡの特別テロリスト暗殺隊の一つのユニットは六名である。それ以下だと、メンバーの誰かが死傷した場合、決定的な戦力ダウンになる。またそれ以上だと、強力な意志集団として統一しにくいと考えられている。

山崎はこの六名を三つのグループに分割した。近藤と森山を第一グループ。八木と藤原を第二グループ。そして風間と青木を第三のグループ。

第一と第二は、週四日間の二十四時間勤務と、三日間の完全休養という交代制勤務とした。第三グループは交代制から外し、メンバーが倒れたら交代できるフリーな勤務体制とした。青木は当初、自分も第一・第二グループに入りたいと不満を述べたが、最近は得意のパソコンを駆使し、資材管理プログラムや掘削コスト分析プログラムの検証に熱中している。彼のおかげで一日ごと、各深度での予算管理が可能となった。

山崎は、経験と勘が支配するといわれる掘削技術にも、ほとんどの技術管理をコンピュータに委ねる時代が来ると確信している。しかし、今のところ掘削監督の眼と耳と判断に代わるだけのコンピュータ技術は完成されていない。それは、掘削が自然という一〇〇％完璧に数値に置き換えられないものを相手にしており、光の届かない地下数千メートル先の暗闇で刻々と変化する点を情報管理しなければならないからである。

そして、一寸先はすべてが未知のベールに包まれている。それに数百気圧という圧力と二百度以上の高温、どれ一つとっても宇宙空間よりも条件は厳しいものだ。数千万キロメートル先でもコントロールできる最先端の宇宙開発技術を駆使しても、地下一万メートル程度を掘削するのは至難の技である。

宇宙開発が未来に向かう技術であるとしたら、掘削技術は過去に向かう技術である。事実、地下を一〇メートル掘り進めば、数千年前の空間に到達できる。時間を飛翔する——作家H・G・ウェルズが夢見た「タイム・マシン」は、掘削リグなのかもしれない。


熊本テレビのニュースが大雨洪水警報を伝えている。

「金鱗湖の水位はどうだ？」

山崎はテレビを観ながら近藤に訊いた。

「少しずつ上昇しています。もし、このまま降り続ければ、この基地に濁流が流れ込む可能性があります」

近藤は、カールからもらった大きめのカナリア・イエローの雨ガッパを脱ぎながら答えた。

「風間君、ユンボ（油圧式小型掘削機）とブルドーザーを手当てしてくれないか。今日中に、金鱗湖から溢れ出た濁流がこの基地をバイパスするようにしておかないと……。ここの四割は盛り土だからね。土手が一カ所でも壊れたら、掘削リグの基礎までやられてしまうかもしれんな。特にコンプレッサーを設置している所は全部、盛り土部分だったな？」

「でも、三〇センチのコンクリート基礎をやっていますから、大丈夫とは思いますが……」

「すごい雨になりそうだわ……」

アイスティーを片手に、先程から阿蘇の頂を見つめていた志保が独り言のように呟いた。その言葉で、全員が暴雨対策の実施を決意した。皆、志保の言葉に神秘的な予知能力のあることを信じている。

「あと三〇メートル以内で岩質が硬くなるから、ビットは硬岩用にしておいた方がいいと思うわ」

最初にその予測が適中した時、皆は「さすがですね」と笑いながら志保の勘を褒めた。しかし、三度目からは誰一人、笑わなくなった。特に金鱗湖に関する言葉については、素直に従う気持ちになっている。金鱗湖に眠る白い龍と志保との出逢いの夢物語は、この現場では有名な話になっていたからだ。

志保の言った通り、雨音は激しさを増した。道路を濁流が川のように流れてゆく。川島が操作するユンボが、基地の入口から流れ込んでくる雨水を道路の方へ逃がす溝を掘っている。そのシルエットがカマキリのように見える。

森山たちは溝の周りに銀色の袋に包まれた土嚢《どのう》を積み上げていった。外国人技師たちも、いつの間にか土嚢をかついで手伝っていた。土嚢を積み上げるたびに、濁流のしぶきが近藤や森山の顔に飛び散る。冷たい雨と泥水が身体から体温を奪う。しかし、雨ガッパの下で噴き出る汗が若い肉体を熱しているので、寒くはなかった。

最後の土嚢を運んできた小柄な近藤が、足を滑らせて尻餅をついて倒れた。後から歩いていた森山も大声を上げて転んだ。泥だらけになった顔を互いに見合わせて、二人は大声で肚の底から笑った。その姿を見て、全員が手を休めて笑い出した。外国人技師たちも笑っている。激しく天から降り続ける雨の中で、人間たちが笑っている。それは大自然に人力だけで挑戦しようとするドン・キホーテのような愚かしい行為に対する自嘲的な笑いなのか、また石油文明の中で激しい肉体労働から遠ざかっている若者たちが初めて知ったその喜びの笑いなのか、山崎にはわからなかった。

しかし、この土砂降り中で、若者たちと掘削クルー、外国人技師たちの心が初めて一つに結ばれたように思えた。

深夜になっても雨は降り続いた。


深夜、山崎は志保にせがまれて、川のようになった山道を金鱗湖に向け、ランド・クルーザーを走らせていた。ワイパーが、フロントガラスを叩く雨粒を左右にふるい分ける。山崎はそのわずかな隙間から、注意深く前方の暗闇を凝視した。いつもなら五分で着くはずの道が三十分以上かかった。

金鱗湖が強力なライトで照らし出されると、志保は呟いた。

「眠っていた龍が湖面にまで出てきているみたいね」

確かに湖面は無気味に揺れている。滝のような雨が無数の波紋を作っている。それはあたかも龍のうろこが水をはじき飛ばしているように見えた。

「私、結婚しようと思うの……」

突然の志保の言葉に山崎は驚いた。しかし、志保が泉教授にしばしば逢いに行っていることを知っていたので、薄々は予感していた。無言でワイパーを停止させて、志保の美しい横顔を見つめた。雨音が少し小さくなったように思った。

山崎は再びワイパーのスイッチをスローに入れた。今までフロントガラスを同じ向きに流れ落ちていた雨粒が、左右にくっきりと分かれて落ちる様子を、山崎は無言で見つめた。

悲しく、長い沈黙の後で、志保は明るい口調で喋り出した。

「私、風間君の新しい母親になるのよ」

「………」

山崎は絶句した。風間康次郎の自信に満ちた姿が眼前に浮かび、山崎を圧倒した。

「女って静けさを求めているものなの。男性社会の中で戦いながら対等に生きてみたいと思っている女でもね。康次郎にはその静けさがあるの。

この前、山崎さんとこの金鱗湖へ来る途中で山鳩に出逢ったでしょう。その時の山崎さんの言葉、すごいショックだったわ……」

山崎の脳裏に山鳩の姿が浮かんできた——。

山崎は路上に山鳩の親子を見つけ、急ブレーキを踏んだ。ガクンという衝撃とともに車は停止した。

「山鳩の親子だよ」

山崎は、髪をかき上げて驚いたように見つめる志保に言った。

志保が前に眼をやると、母鳥が自分の身体の何百倍もある車に向かい毅然として立っていた。その先で五羽のひな鳥たちが一生懸命に道を急ぐ。母鳥は山崎を睨みつけて、微動だにしない。

「たいしたもんだね、母鳥っていうものは。自分の子のためなら平気で生命を投げ出そうとするんだからね。男が仕事に生命を賭けるなんていうけど、平和な日本に、本当に生命を賭けている男なんていやしない。あの母鳥のひたむきな勇気に敵う者なんかいないだろうね」

山崎は微笑しながらエンジンを停止した。母鳥は安心したように、最後の小柄なひな鳥をせかすように翼をはばたかせた。

すべてのひな鳥が道を渡り終えると、母鳥はまるで会釈するように頭をちょこんと下げて、藪の中に姿を消した。

「完敗だな、人間は……」

山崎はそう呟くと、エンジンを再び作動させたのだった。

「あの時に思ったの。ほとんどの女が自分の生命さえ賭けるものを持っている。生命を賭けない女は、どんな名声と富を得ても、不幸じゃないかって。おかしいでしょ。こんな月並みなセリフを私が言うなんて……変でしょ？」

「いや、それでいいと思うよ。バグワンというインドの詩人の詩にこんなのがある」

ひとりになれないふたりの人間が一緒になろうとしている。
さあ、これは悲劇的な現象にならざるを得ない。
ひとつの地獄だ。もし、あなたが
あなたの孤独の中で自分自身を愛することができなかったら
どうして相手があなたを愛することなんかできる？
こうした愛は所有性のものではあるまい。
なぜならば
あなたはいつでも独りになる用意があるからだ。

あなたは独りで幸福なのだ。

一緒にいてもまた幸福なのだ。


「わかるような気がするわ」

志保は呟いた。

「君は独りで生きられる人だ。だから、康次郎さんと一緒になれる。そう思うよ」

ワイパーが雨粒のないフロントガラスを空しく動いている。さっきまで激しく降っていた雨が嘘のようにやんでいた。虫の音が次第に大きくなってゆく。

山崎はワイパーのスイッチを切ると、その静寂を息苦しく感じ、ドアを開けて外に出た。志保もゆっくりとドアを開け、山崎の後ろに静かに佇んだ。

見上げると、二人の頭上に満天の星が輝いている。

「きれいな星。もうすぐ秋なのね」

志保が潤んだ眼で呟いた。

「志保さん、俺たちが見ているあの美しい星は、何億光年も過去の光だ。過去を美しいと思えるかどうかは、今、自分が幸福かどうかで決まるんだ。君が今、美しいと思っているなら、幸福ってことかもしれない……」

一カ月前、志保は博多のホテルで泉教授からプロポーズを受けた。

「鶴見さん、今年のクリスマスに、ニュージーランドのオークランド大学に客員教授として赴任するんだ。君と一緒に行きたい。考えておいてくれないだろうか。返事は君の阿蘇での仕事がすべて終わってからでいいんだ」

その夜、志保は泉に抱かれた。泉はそれをプロポーズへの答えだと考えた。

しかし、泉の腕の中で、志保は冷めていた。泉が志保のたわわな白磁のような色をした乳房を愛撫しはじめた時、嫌悪さえ感じた。今までの泉の無償の協力が、自分の肉体を抱くためのものだったのかと思うと、空しかった。自分の胸の上で蠢く男の姿が、まるで何日も食べ物にありつけなかった野良犬がゴミ箱に頭を突っ込んで残飯をあさっているように思えた。

「いや、やめて」

志保の言葉を、泉は単なる恥じらいの言葉と受け止めていた。右手で乱暴に志保の黒いレースのブラジャーを下にずらすと、白い乳房の上に小さな薄いピンクの乳首を見つけた。

「処女のような乳首だ」

忘れかけていた激しい感性が志保に蘇ってきた。

「志保の乳首はいつもバージン・ピンクだ」……ケリーが最後の夜、志保に言った言葉だった。

あの時、志保は狂おしくケリーの頭を抱きしめた。しかし、同じ言葉を語った泉教授を、志保は抱きしめようとは思わなかった。

女が男に抱かれる時、女は未来を見るために眼を閉じる。逆に男は、過去の女を忘れるために、女の顔を凝視する。

《女は未来を通して今を見る。男は今を通して過去を見る》

男と女の感情のすれ違いはすべてここから生じる。

女の愛がインテグレート（積分化）されるものだとしたら、男の愛は常にディファレンシェート（微分化）されるものなのだ。女の愛が平面に面積を描き続けるのに対し、男の愛は常に点でしか存在しえない。結婚とは、男が微分化する行為を停止し、女の描く二次元の平面上の図形の一点として取り込まれることにほかならない。

泉の手が志保の下半身に伸びていった時、志保は大きく身震いした。〈この男は私の男ではない〉と直感した。

志保は大きく眼を開いて泉の眼を見た。泉はその眼差しに、自分への愛を確信した。すべてが美しき誤解であった。泉が見つめれば見つめるほど、志保の心は遠ざかってゆく。

「帰って……」

志保の言葉に泉は一瞬、驚いた。しかし、眼の前に白い胸を細い腕で覆いながらも淫らな姿で横たわる女が、自分を拒否している存在だとは思えなかった。〈この女はいつかは自分を受け入れる〉という自負もあった。

しかし、これはあくまでも男の発想であった。志保は心の奥底で〈二度とこの男に肌を見せない〉と決意していた。

「急ぎすぎた僕が悪かった。帰るよ」

泉は緩めかけたネクタイを締め直すと、部屋を静かに出ていった。

志保は泉の微かな足音を涙の中で聞いた。乱暴に右手でベッドの枕を強打した。忘却の彼方にいたはずのケリーへの想いが、志保の小さな胸を痛めつけ、涙がとめどなく流れ続けた。


志保は朝靄に包まれた博多駅のホームに立っていた。

白い早朝の空気を発車のベルが切り裂く。志保は古びたディーゼル機関車が牽引する列車に乗り込むと、車窓から、朝日に満ちた博多の街に別れを告げた。

列車は火の国、熊本へ向かっていた。

「いつでも、困ったことがあったらここへいらしてください。この庭に半日もおれば、身も心も癒される。志保さんのような感受性の鋭い女性には、この庭が必要な時が来ると思います」

康次郎の言葉だけが唯一の光のように、志保には思えた。

以前招かれた茶室で、大島紬の着物を端正に着こなした康次郎が見せた、優しい眼差しを思い出した。黒光りする竹の筒には、赤い椿の花が活けられていた。

長い米国での生活から志保が学んだものがあるとしたら、日本では全く価値を見出せなかった古いものに対する愛であろう。人類が創造した二十世紀のパラダイスであるアメリカが今必要としているものが、東洋の小さな国、日本にあるのかもしれない。そう志保は感じていた。

車窓から見える広大な筑後平野の美しい田園風景が、志保の心を癒していった。


「志保さん、この掘削レースが終わっても、この熊本に住んでもらえないだろうか。あんたほどの女性が、今まで何もなかったわけじゃなかろう。知りたくないか？ と言われれば……。でも、今ここにおる。これで十分なんじゃ。一緒にいてくれんかのう。わけのわからん面白い日々が待っとるぞ！」

康次郎は、龍谷寺の庭を再現した庭園を歩きながら、志保に言った。

「………」

志保は無言のまま康次郎の後ろを歩いた。

「妻を失ってから、がむしゃらに働き続けた。西部興産もここまで大きくなった。志保さんに会うまでは、自分ほど強い人間はないと思っていた。私には、最初の妻との間に淳一郎という息子がいましてね。再婚した義明の母親を嫌い、家を飛び出して医者をやっています……。

淳一郎の母親も、義明の母親も、幼い子供を残したまま亡くなりました。私は義明を会社の後継者にしたいと思うとりますが、しかし、なかなか子供の教育は難しい。母のやさしさを知らないで大きくなった子供は、人を許すことができないまま大人になるようで……。

けれど志保さんの前にいると、なぜか私も義明も素直になれるように思える。志保さんには、失うことを何とも恐れないという、弱い者だけが持つ強さがある。それが大きな安らぎをくれるのかもしれない。

私はもう一度、阿蘇を舞台にして一勝負してみたい。それには、あなた、志保さんがどうしても必要だ。もし、志保さんが承諾してもらえるなら……、ご両親には正式にお願いしようと思うとります」

志保は、康次郎のがっしりとした大きな後ろ姿を見つめていた。黒茶色の大島紬をまとった背中が、山岳写真で見た祖母岳の岩肌のようにたくましく思えた。

鶴見岳は美しく若い由布岳を生涯の伴侶として選び、古い祖母岳の愛をしりぞけた。初めて鶴見岳と由布岳と祖母岳の伝説を聞かされた時、志保が、まだ見ぬ祖母岳へなぜか強く魅せられたのは偶然ではなかった。女の身体にはたくさんの窪みがある。沐浴《もくよく》をすると、それらの窪みに水が溜まる。康次郎はその窪みに溜まった「過去」の水をすべて拭き取ってくれる。そんな優しさを志保は感じていた。

自分が選ぶべき相手は、長い戦いを勝ち抜き、勝つことの空しさを知りつつも、新しい戦いに挑もうとする戦国武士のような祖母岳だと思った。

「ありがとうございます。考えさせてください」と康次郎に告げ、深く頭を下げた。

熊本から康次郎が手配した車で志保が阿蘇に向かったのは、夜もすっかり更けた頃であった。二人の男から求婚を受けた女性にしては、志保は落ち着いていた。それは三十七歳という年齢というよりも、結婚というものを冷静に見つめることができる経験を志保が身につけているからであった。志保は山崎に逢って話をすれば、自分の選ぶべき道が自ずから見えてくるように思っていた。

その夜、志保は山崎に電話をかけ、明るい声でこう言った。

「康次郎さんがね、『山崎さんが黒田武士の栗山大膳になって義明を助けてくれる』って、嬉しそうだったわ。私は何のことやらわからなかったけど、『それは素敵だわ』とお答えしておいたわ……」

第15章　負けるが勝ち

先祖が黒田騒動で黒田武士から商人になった物語を、山崎は幼い頃より何度も祖母のソノから聞かされていた。今では思い出すこともほとんどなかったが、志保からの電話のせいで祖母が再び夢に現れ、懐かしい物語を話してくれた。

おばあちゃんのご先祖様は朝倉義景の弟であった朝倉刑部太夫景遠と聞いとります。元亀元年、織田信長は朝倉義景を攻めるため兵を越前に進めた。ところが、信長の妹を嫁がせ同盟関係を結んでいた浅井長政が信長に反旗を翻した。信長は驚いたろうね。義理とはいえ、弟が裏切ったとやから……。

浅井と朝倉は、信長の前に共同の敵になった。この年六月、有名な姉川の合戦が行われ、義景は一族の景健《かげたけ》に兵一万をつけて遣わしたが負けんしゃった。天正元（一五七三）年、信長は義景を追って越前に侵入し、追い詰められた義景公は自害しなさった。越前に勢力を誇った朝倉氏も、こうして織田信長によって滅ぼされてしまうた……。

祖母の話はこれに枝葉がついて、いつも長くなるのだが、博多弁で滔々《とうとう》と語る話しぶりが面白くて、幼い山崎はいつも引き込まれていた。


朝倉義景の弟であった朝倉刑部太夫景遠は、越前国（福井県）の細呂木領主として三万五千石を治めていた。織田信長の追っ手から逃れるために、日本海に面する山深い秘境の地、白木谷に隠れ住む。

白木谷の白木という名前は、朝鮮半島の「新羅《しらぎ》」の国からの逃亡者が隠れ住む村であったことからといわれている。景遠の子・忠右衛門景定は、姓を朝倉から白木と改名。執拗に迫る信長の追っ手を避けるために白木谷を出て、備前の国（岡山県）の福岡の黒田官兵衛に仕える。

忠右衛門の息子甚右衛門は、家老栗山備後守利安（善助）の次女を娶り、義理の息子となり、義父である利安と三百石で家臣の契りを結ぶ。寛永九（一六三二）年、栗山利安が死ぬと、白木甚右衛門は、黒田如水の遺言により禁止されていた殉死を特別に許され、即日切腹した。

甚右衛門の一人息子の孫右衛門は、栗山利安の子で筆頭家老の家督を継いだ栗山大膳の家来となった。栗山大膳は、歌舞伎で上演される江戸時代三大お家騒動として有名な「黒田騒動」

の首謀者である。

黒田騒動とは、家老の大膳が主君を幕府に訴えた騒動である。

三代目藩主黒田忠之は幕府に内緒で大船を建造し、足軽隊を増強し、町民に対して様々な乱行を繰り返していた。父長政は忠之に失望し、優秀な弟長興に家督を継がせるために、何度も忠之を僧侶か商人にして廃嫡させようと考えた。

そのたびに栗山利安は、「私が忠之様を改めさせますから……」と直訴して長政を思い留まらせた。長政にとって栗山利安は、有岡城に幽閉された父官兵衛を救出し、また大坂では豊臣方の追っ手から妻英姫と母光を救出してくれた人物であり、従うほかはなかった。また、黒田官兵衛（如水）が亡くなる時に「くれぐれも自分の死後、黒田家を守ってくれ」と頼ったのも利安であった。その信頼の証に、官兵衛が戦場で被っていた、赤い杯を逆さにした兜「銀白檀塗合子形兜」を、息子の長政ではなく栗山利安に授けている。

栗山利安が亡くなると、重石の外れた忠之は乱行をさらに繰り返すようになり、家臣の言うことは全く聞かない独裁政治を始めた。利安の死後、筆頭家老の家督を継いだ栗山大膳は父親の遺志を受け継ぎ、忠之が身を正し善政を行うよう諫言をする役目を引き受けた。黒田騒動とは、大膳が主君忠之の乱行を諫めるために、命を懸けて起こしたクーデターであった。

江戸幕府は忠之と大膳を江戸に呼び寄せ、老中と大目付による双方の取り調べを行った。

「面を上げい。その方が福岡藩筆頭家老、栗山大膳か？」

「左様でございます」

「大膳、忠義心とはいえ、家老でありながら、主君を訴えるとは不届きせんばん。おぬしはもちろん死ぬ覚悟はできておろう」

「はい。どのようなご沙汰でも……」

「左様か。さて、昨日の忠之殿との取り調べでは、貴方の申し立てどおり、大船の建造など幕府に弓ひく企みが明らかになった。よって福岡藩は領地召し上げ、忠之公には蟄居《ちつきょ》のご沙汰が下ることは必定である。また、家臣でありながら主君をお上に訴えるそちの所業は武士として許されざる行い、よってそちには切腹を申しつける」

「お待ちください。私の処分は喜んでお受けいたしますが、忠之公の大船はいまだ完成しておりませぬ。忠之様に思い留まっていただくために、今般の幕府への訴状をしたためた次第でございます。殿もお上のお取り調べで深く反省されております。これに免じて、なにとぞご寛大なご処置をお願い奉りたく存じます」

大膳は進み寄り、一通の文を差し出した。幕府の大目付が受け取り、老中に手渡す。

「これは……」

老中の顔色が変わった。そして悠然として座る大膳に、笑みを浮かべながらこう言った。

「あい分かった。おぬしはしたたかな奴じゃのう。ご沙汰は明日、改めて下すことにする。神妙に控えておれ」

大膳が老中に差し出したのは、家康公が黒田長政に授けた書面である。家康直筆の「関ケ原の戦いにおける忠節を感謝し、徳川家は黒田家の子孫を粗略には扱わないこととお誓い申し上げる」との証文である。

その結果、一日だけ忠之から領地を取り上げたが、大膳の忠義の真心と関ケ原での長政の勲功に免じて、即日、再び領地を安堵した。

大膳には南部山城守へお預けの処分が言い渡されたものの、幕府の計らいで七十名の配下を同行しての異例の威風堂々の配流の旅であった。そして終生一五〇人扶持を与えられ、四里四方お構いなしという破格の処遇で大切にされたという。

一方、黒田藩に残された大膳の家臣たちは、牢屋に入れられ罪人として武士の身分を剝奪された。大膳と行動を共にした白木孫右衛門も牢人となり獄死。幼くして父親を亡くした一人息子玄流は、三歳の時、子供がいない宗像の心優しい百姓夫妻に引き取られ、大切に育てられた。十五歳の時に育ての親から「貴方の本当の親は黒田武士白木孫右衛門である。福岡に戻り、白木家を再興しなさい」と真実を告げられた。

二十歳で先祖の屋敷があった萬町（現在福岡市親富孝通り）に戻り起業したのが福萬醬油であ

る。一代で富を築いた白木玄流は、臨終の際、全財産を太宰府の観世音寺の再建と、中国の僧侶鑑真が開いた戒壇院の梵鐘鋳造のために寄贈した。これは、七五四年に来日した唐僧鑑真が、律宗とともに砂糖と一種の穀醤（醤油）を博多に伝えたといわれていることから、醤油醸造で財を成した玄流の熱い感謝の思いがあったからである。今でも太宰府の戒壇院には、梵鐘の前に立札があり、「元禄十五年白木玄流氏寄贈の梵鐘」と記されている。

「まあ、そうゆうこったい……」

山崎の耳元で祖母ソノの大きな声が響き、目が覚めた。

山崎は幼い頃、祖母にこう尋ねたことがある。

「なんで、うちの先祖は負けたり逃げたりばかりしとうとね？」

祖母はいつもこう答えた。

「いつもいつも勝っとったら、徳川様になっとうたい。大切なのは、相手がどんなに強い信長や殿様でん、正しいと思ったら筋を通す戦いを挑んでゆく。そりゃー、相手がとてつもなく強いっちゃけん、負けるくさ。あたりまえったい。それでも、お前がここにいる、ということが大切なこったい。負けても知恵を使い、生き残りんしゃった先祖がおらしゃったから、お前が今ここにおるったい。感謝、感謝。ご先祖様に恥じんごと生きんと、罰が当たるばい。

どんなに相手が強くても、正しいと思ったら行動する。そんな人にならんといかん。ただし、負けても生き残る道を考えとく。いつか負け戦の場所に戻り、何もなかとこから出直すことができるが。『負けるが勝ち』が白木家の代々の知恵たい。

誠一、生きるということは重荷を背負い坂道を歩くようなもんたい。いいか、人生の最大の重荷は、自分が何も重荷を背負わなかったことたい。苦しいこと、つらいこと、できる限り重い荷物を背負う人生を生ききんしゃい」

二十一世紀の日本を取り巻く環境は厳しいものがある。アメリカ、中国、ロシアなど、強大で強欲な、自分勝手な大国に囲まれ、生き残る道を模索している。

勝つためでなく、負けても国が生き残る知恵こそ、大切な時代になっている。祖母の言葉が山崎の耳に残った。

「負けるが勝ち。負けても生き残る道を……」

第16章　神業への挑戦

西部興産は勝っていた。

ビットの刃先が硬質の石英安山岩と呼ばれる地層を、力強く掘り進んでゆく。

しかし、割れ目に乏しい、変質の進んでいない岩相から、志保は大きな逸泥層に遭遇する機会はほとんどないと判断していた。

掘削深度は既に四〇〇〇メートルを超えていた。

掘削レースに参加した七社のうち、四〇〇〇メートルに達したのはわずかに三社であった。四社は三〇〇〇メートル以浅で大きな逸水層や崩壊層に遭遇し、抑留事故などでレースから早々と撤退していた。本命視されていた我が国最大の掘削専門会社である東洋掘削㈱も、二六〇五メートルにて掘管切断事故を起こし撤退した。

第一位　西部興産㈱　四二二五メートル
第二位　アジア石油開発㈱　四〇五五メートル

第三位　　三蓉製鉄㈱　　　　四〇一三メートル

という結果になっている。

ここで、二位のアジア石油開発は、内部告発により鉱区入札の不正が発覚した。日本の地熱開発史に残る汚点である「内山地熱スキャンダル事件」の始まりだった。

この事件の主人公の内山元永は、新進気鋭の通産省上がりのロビイストで、経歴は東京市渋谷出身。府立一中、一高、東京大学工学部機械学科卒業。一九五一年、通産省入省。米国留学、通商局通産調査課、重工業局重工業課などを経て、当時の通産技官の最高ポストである重工業局鋳鍛造品課長に就任。在官中に論陣を張り、「プレハブ住宅産業」という概念を発信し、広く世に知らしめた男である。

一九六九年に退官後、評論家、技術コンサルタントをしながら、先端工業技術開発を目的とする「わび」社を設立。「わび」は、世界最大のエンジニアリング会社でCIAとの蜜月も囁かれたベクトル社と合弁会社を作った。この阿蘇地熱掘削レースプロジェクトの他に、大分県の大きな地熱実証プロジェクトも手掛けていた

内山が経営する「わび」の推薦で、地熱に全く関係ない観光バスの大企業のムラタが、予算六五〇〇億円のニューライズ計画「大分県久住地熱実証プロジェクト」の運営会社になった。ムラタは内山の指示で、CIAが設立したといわれる世界一の技術コンサルタント企業ベクトル

社に地熱プロジェクトを丸投げする。

内山の勢いを示すデータがある。一九八九年から一九九三年の間には、全国長者番付の上位百位以内に顔を出していたくらい儲けていた。

山崎が今でも不思議に思うのは、大分県の特別公園内で最も有望な鉱区で実施された、内山が関与する地熱プロジェクトが、すべて失敗したことである。逆に国立公園外の、地質的にはそれほど有望視されていなかった地区での民間地熱開発会社のプロジェクトは、十年以内には曲がりなりにも地熱発電所を運開しているのに、なぜ内山のプロジェクトはすべて失敗したのか？

ともかく、その不正事件の影響で、それまで国庫補助の対象であった地熱発電が、翌年四月に成立した新エネルギー利用等の促進に関する特別措置法では対象から外されることになるのだ。

内山はニューサンライズ計画の実質的な立案者であった。予算配分も自分の一声で決まると豪語していた。山崎は風間康次郎の勧めで赤坂グランドホテルの六階にある内山オフィスを訪れたことがある。三部屋をぶち抜いて薄いピンクの壁紙で内装された事務所に驚いた。応接室に現れた内山は、総理就任パーティに出かけるとのことで、真っ白いスーツに白い靴を履き、赤い薔薇を胸にさしていた。

「このたび阿蘇の地熱掘削レースに参加する予定の西部興産の山崎です。こちらが専務の風間です。どうぞよろしくお願いいたします。これは社長の風間から預かってきましたものです」

「はい、これは何？　ああ、熊本『陣太鼓』か……家内の好物なんだ。はい、ご苦労さん。頑張ってね。そうそう、康次郎社長さんに例の件、了解しましたとお伝えくださいね。申し訳ないけど、今から民自党の総理と打ち合わせがあるので失礼しますが、秘書の岡村に要件をお話ししてください。では」

そう言うと、白い扉を美しいアジア系の秘書二人に開けさせ、あわただしく出て行った。

「すごい人ですね」

風間が興奮気味に言う。

「あんな奴は……俺は嫌いだね」と、ぶっきらぼうに山崎は答えた。

山崎は、手渡したお菓子箱に、一千万円の真新しい札束が入っていることを康次郎から聞かされていた。

内山の地熱プロジェクトに関する不正賄賂の嫌疑が『週刊文秋』に書かれた時、山崎は康次郎にもこの事件が影響してくるかもしれないという不安が一瞬、脳裏をよぎった。しかし、あのしたたかな創業者の康次郎のことだから、証拠を残さずきれいに経費処理をしているはずだと自分に言い聞かせ、その時はその時で真剣に考えようと思い直した。

一週間後、ついにアジア石油は社長の辞任会見で、この掘削レースからの撤退を表明した。

その後、この事件は、「内山地熱スキャンダル事件」として、野党党首も巻き込む汚職事件に発展してゆく。六五〇億円にも上る汚職の実態が次々と明らかになり、捜査はついに科学資源省次官にまで及ぶ。社会改新党は内山の国会招聘《しょうへい》を要求し、政府は渋々ながら内山氏の国会証人喚問に同意。しかし、その前日、内山は麻布の高級マンションの白磁の浴槽の中で、変死体として発見された。警察は持病の虚血性心疾患よる病死と特定、このスキャンダルは闇に消えてゆく。

しかし、この汚職事件がその後の地熱エネルギー開発にブレーキをかける。社会の不信感を背景に、翌年から地熱エネルギー開発予算がゼロとなる。翌年四月には新エネルギー利用等の促進に関する特別措置法が成立したが、それまで国庫補助の対象であった地熱発電がその対象から外されてしまった。

一九八〇年代に盛んになりかけた日本の地熱開発は、一九九七年には完全に止まり、以後、数十年にわたり停滞することになる。

歴史というものは皮肉なものである。伝統の上に胡座《あぐら》をかいて、新しい技術への挑戦を忘れた大企業が、新しい歴史の局面では脇役でしか登場しない例が多い。

作家の城山三郎氏は次のように述べている。

「戦後、世界最高の製鉄産業を生み出す原動力となったのは、その当時三流企業といわれていた西山弥太郎氏がひきいる川崎製鉄であった。

最も古い伝統を誇る八幡製鉄は川崎製鉄の成功を見て、やっと重い腰を上げた。

パイオニアとはだれも人がやらない時に、その価値を見つけ出し、初めて果敢に挑戦した人にのみ与えられる称号である。

そのパイオニアの後で、どんなに大規模に成功させたとしても、それは、そのパイオニアの模倣者にすぎない」

今回の掘削レースでも、首位を走っているのは温泉ボーリングからスタートした西部興産である。また第二位も、製鉄業から海洋構築物エンジニアリング事業に進出している三蓉製鉄であった。いずれも地熱掘削業界では新興勢力といえる企業のみが勝ち残っていた。中でも業界では無名の西部興産の首位独走は、驚きをもって迎えられた。

しかし、四〇〇〇メートルを超えた二社とも、大きな逸水層には遭遇していなかった。

地熱資源が《資源》として成立するためには、不可欠な要素が三つある。

一　熱
二　水
三　破砕層

この三つの条件をすべて満足させないと、地熱資源とはならない。熱のみが存在しただけでは資源としては使用できない。それはただの高温の岩体でしかない。

しかし、人類はそれを《資源》として使用する夢を実現化するために、一つの巨大プロジェクトを生み出した。日・米・独の三カ国による「高温岩体プロジェクト」がそれである。米国のニューメキシコ州ロスアラモスで進められているこのプロジェクトは、高温岩体と呼ばれる破砕層のない岩塊に二本の井戸を掘削し、水力破砕で人工の破砕層を造り、水を強制的に地上から循環させ、地下に眠る熱資源を抽出するというものである。この技術が実用化されれば、世界で第一の火山国である日本は、無限に近いエネルギー資源を手に入れる可能性がある。潜在埋蔵量は四億キロワット（日本の消費電力の二倍相当）と計算されている。

このロスアラモスの研究所は第二次世界大戦中、ヒロシマやナガサキに投下された原子爆弾が研究された場所でもある。ここで二十一世紀の日本に恩恵を与える研究を、お互いに敵と味方に分かれて憎み合った米国・独・日本が共同で研究する。時間というものが、人間の利害や思想や感情を悠然と押し流してゆく。

そして、時間が教えてくれたものは、暗闇の宇宙に独り浮かぶ宇宙船《地球》に存在する石油資源の有限性である。

この高温岩体発電技術が商業化するのには、少なくとも五十年以上はかかるだろう。とりあえず既存の技術では、自然の巨大な破砕層が熱と共存し、その中に熱を地上に運び出す水がないと《地熱資源》と呼ばれないのだ。

人類にとって資源とは何か？　それを定義すれば次のようになる。

一　存在すること
二　人類にとって価値があること
三　経済的に回収でき、使用できること

この三つの条件をすべて満たさないと資源として認められない。

月世界で多量のダイヤモンドが発見され、安い費用で地球に持ち帰られたとする。その時点でダイヤモンドの市場価格は暴落し、単なる硬い石の価格まで下がるだろう。その時、月のダイヤモンドは経済性を失い、《資源》と呼ばれなくなる。

例えば、空気や海水は人類の生存に不可欠な物質ではあるが、厳密な意味では資源とはいえない。地球の膨大な熱も、地下数千メートルの破砕層と水がなければ、《地熱資源》と呼ばれない。

いのだ。

「白龍一号」はその破砕層を求めて掘り進んでいる。

「志保さん、いつ大きな破砕層に当たると考えているのですか?」

風間は、岩石顕微鏡を見ながら針のついたペンを動かしている志保に話しかけた。

志保の机の横にあるコンピュータのモニター画面には、掘削スピードやビット荷重やビットの回転数、泥水ポンプのストローク数、泥水に含まれるガスの成分分析結果などが映しだされている。無数の赤や緑のランプが点滅している。定期的にすべての掘削データが、プリンターに打ち出されてゆく。まるでジャンボ・ジェット機のコックピットのようである。すべてのデータや情報がマイクロコンピュータで処理され記録される、掘削情報の頭脳ともいうべき泥水検層ユニットである。

この部屋には、米国人の地質技師が十二時間交代で勤務している。開坑式前夜のバーベキュー・パーティーの時に野菜集めを担当したカール・スミスも、その地質技師の一人であった。

志保は風間の質問を無視するように、カールに流暢な英語で話しかけた。何やら顕微鏡の中に見える小さな岩石の粒について、専門的な会話が続いているようであった。風間は少しでも理解しようと、豊かな耳たぶを無意識に動かしながら黙って聞いた。

我慢できなくなって、風間がもう一度話しかけようとした瞬間、志保は風間を凝視した。志保の黒々とした瞳の中に、無数のコンピュータの赤や緑の明かりが激しく点滅している。

「空気泥水掘削の準備をした方がいいと思うわ。カールも私も同じ意見なの。この顕微鏡を見てちょうだい。緑の小さな結晶が見えるでしょう。私たちが『幸運』を運んでくる《森の小人》と呼んでいるエピドートなの」

「エピドート？」

風間は思いがけない志保の言葉に、驚いたような表情で顕微鏡を覗き込んだ。

「熱水変質を受けた鉱物の一種。小さな緑色をした砂粒が見えるでしょう？　その横に白い結晶も見えると思うけど、それがニュージーランドのワイラケイ地熱地帯でよく見られるワイラカイトよ。それをよく見てちょうだい。小さな結晶になっているでしょう。ビットの刃先で砕かれているので、きれいな形はしていないわ。でも、少しでも結晶の形を持っているということは、岩の中に小さな結晶を作るのに必要な空間があることを意味しているの」

風間は顕微鏡の中の小さな白い結晶を凝視した。ゆっくりと頭を上げると、真剣な顔で志保に質問した。

「もうすぐ大きな破砕層に当たるっていうことですか？」

「そう、カールも米国やメキシコの地熱地帯に共通して、地熱貯留層の直上付近になると、《緑の小人》と《ワイラカイト》が手をつないで出現すると言っているわ」

志保はいつもの仕種で、長い黒髪を細い指で後ろにかき上げながら言う。

その時、突然、ビー・ビー・ビーという音とともに、「泥水タンク内泥水量」と書かれた赤いランプが激しく点滅を始めた。

「やった！　ビッグ・ロスト・サーキュレーション（大逸泥）だ」とカールが叫んだ。

見る見るうちに、正面パネルに緑インクで表示される泥水タンク量のラインが下降してゆく。

風間は身体中にすさまじい電流に似た衝撃を感じた。身体中の毛穴の一つ一つが完全に開き、体内のぬくもりを大気に放散しはじめたような錯覚を覚え、身体を震わせた。

「カール、ポンプ圧は？」

風間は、スケールアウトした泥水量の記録紙の調整に夢中になっているカールに訊いた。

「ゼロ。ゼロプレッシャーよ」

志保が細長い人差し指でポンプ圧力計の表示盤を指差す。泥水ポンプ圧を示す針は、ゼロの位置にすさまじい力で引き寄せられているように見える。針は微動だにしない。

風間の脳裏に山崎の声が轟いた。

〈泥水が戻らなくなったら、まず掘削パイプを巻き上げろ。大きな逸水層に当たると、今まで掘削した掘り屑がものすごいスピードで坑内を落下する。その掘り屑が掘削編成を抑留させる。泥水がなくなる前に必ずビット（刃先）を坑底から揚管して、掘り屑も泥水と一緒に地層の亀裂に呑み込ませてしまうんだ〉

風間は、掘削櫓下に設置されたスピーカーにつながるマイクを握りしめた。

「沢田さん、三〇メートル、掘管を巻き上げてください。あと三分間で泥水タンクは空になります」

風間が叫ぶと同時に、大きなエンジン音とともに巨大な動滑車がゆっくりと上りはじめた。

「風間さん、やったね！　おめでとう」

しわがれた低音の沢田の声が、スピーカーから流れてきた。

「ダメ、ダメだわ……」

志保は、小さな金属片に描かれた金色の細い曲線を移動式の顕微鏡で見つめながら、小さく呟いた。

「ダメって、どういうことですか？」

風間は、長い髪を真紅のバンドでまとめた志保の後ろ姿に向かって、心配そうに尋ねた。

志保は、数時間前に四〇〇〇メートルから回収された圧力記録計の読み取り値を、コンピュータにインプットした。プリンターが次々と数値を打ち出してゆく。志保はプリント紙を破ると、無言で風間に手渡した。「還元指数二・二」と書かれていた。

風間は志保の瞳を見つめる。

「今、噴出テストしても、せいぜい三〇〇〇キロワット程度の蒸気しか噴出しないということなの」

志保はそう言うと、細長い煙草を口にくわえて、金色の小型ライターで火をつけた。口をすぼめて紫煙をゆっくりと吐き出しながら、真紅のバンドを髪から外した。長い絹糸のような黒い髪が、顔の半分以上を覆う。

風間は一瞬、志保の顔が、愛する僧を岩に変えた恐ろしい雌龍の化身のように思えた。思わず身体が氷のようになってゆく錯覚を覚える。

風間は志保から、九重町と由布町の町境にある山下池に伝わる伝説を聞いたことがある。

――湯平《ゆのひら》という集落に一人の美しい娘が住んでいた。娘は一日中、鏡に映る自分の美しい顔を見つめながら過ごした。年老いた両親は何度も娘に集落の若者を引き合わせ、結婚を勧めたが、娘は自分の美しさを誰かのものにしたくないと、すべての申し出を拒絶した。

ある日、娘は「自分の美しさを永遠に自分だけのものにしよう」と決心する。娘は山下池に住むという龍神に百日の願をかけることにした。毎晩、夜が更けると、白装束に身をかためて、山深い道を山下池までお参りする過酷な百日行が始まった。

とうとう満願の夜がやって来た。行を終えた娘は自分の部屋にたどりつくと、疲れのため、そのまま深い眠りについた。

一番鶏が鳴く頃、美しい龍神の化身の女神が夢枕に立ち、娘に告げた。

「娘よ、よく百日行をなし遂げた。お前の、美しさを永遠に保とうという願い、聞き届けよう。しかし、決して後悔してはならぬぞ」

娘は歓喜のうちに眠りから眼を覚まし、朝日の訪れを待った。

しかし、その日から、娘は永遠に朝日の訪れを見ることはなかった。娘は無理な百日行のために完全に視力を失い、全盲となってしまったからである。

娘は龍神を呪い、慟哭した。その時、暗闇の中から龍神の声がした。

「娘よ、なぜ泣く？　お前の願いを叶えてやったではないか。美しいお前の姿を永遠に自分のものにするためには、お前を全盲にして、年をとり、老い、醜くなる姿を見せなくする以外に道はなかったのだ」

娘は初めて自分の醜い心を悟り、年老いた両親に心から親不孝を詫びた。しかし、自分の哀れな姿を村人に見られることに耐えきれず、再び手さぐりで山道を、全身に傷を負いながら、渓流の音を頼りに山下池に向かった。

山下池の畔に立って、娘は身につけた衣をすべて脱いだ。白い裸身が月光に輝く。

その瞬間、稲妻が轟いた。

静寂が再び山下池に訪れた時、娘の姿は既になかった。山下池の湖面に小さな波紋だけがゆっくりと拡がって、時の流れとともに消えていったという。


風間は、志保が自分に、歓喜と同時に絶望をもたらす存在だと感知した。志保と対峙することは、自分の人生に対峙することだと思った。逃げるわけにはいかない。

風間は全身のエネルギーをふりしぼって、志保に抵抗した。

「だって、毎時六〇トン以上の泥水を、ゼロプレッシャーで呑み込んでしまうような割れ目ですよ。沢田さんだって『これは大きそうな逸水だ』と言われています」

「データはデータよ。文句を言う元気があるなら、先に掘り進むことね」

志保は氷のように冷たく言い放つ。

「風間君、志保さんの言うとおりだ」

いつの間にか山崎が風間の後ろに立っていた。

「君が技術導入した空気泥水掘削法を実証する時を、天が与えてくれたと感謝して、掘るしかないよ」

山崎は笑いながら、震える風間の肩に左手を置く。

風間は孤独だった。いつも様々な場面で、山崎と志保と自分との間に大きな断絶が生まれるのを感じていた。彼らは常に、今がダメなら次の瞬間に期待する、ある種の楽天主義的な感覚を身につけている。それは資源開発ビジネスに長く身を置いた無力な人間たちが、本能的に生き抜く術として身につけたもののように思えた。

しかし、風間にとって次のチャンスはなかった。無駄にできる時間も資金もないのだ。プロジェクトのオーナーとして、「次の瞬間に期待する」というような甘い考えには反発を覚えた。しかし、その風間も「掘り進むしか道はない」ということを知っている。

大地に井戸を掘ること。

天と地をつなぐ事業。

その事業に身を置くことは、常に「歓喜が絶望」という仮面をかぶり、「絶望が歓喜」という仮面をかぶり、一人二役で舞台に登場する、脚本のない芝居を演ずることである。生き残るためには、いかに自分の心の炎を燃やし続けるか、ここにしか道はない。

資源とは、自然界にある「異常」なものが、「異常な所」に濃縮されたものを、「異常な形」で地上に採取することで成立する。風間はこの異常な世界に足を大きく踏み込んだことを後悔していた。しかし今の風間には、進むしか道はなかった。

雲一つない秋の空が掘削現場を覆っている。太陽がオレンジ色に輝く。

風間の眼前に、巨大な戦車のようなコンプレッサー・マシンが身体を震わせている。オレンジ一色に塗装された巨大なマシンは、地下四〇〇〇メートルの暗黒の世界へ、毎分一〇〇立方メートルの空気を次々と送り込んでゆく。今まさに現在と、気の遠くなるほどの過去との出逢いが始まろうとしているのだ。

東洋の古い知恵はこう語りかけている。「現在及び未来を知る唯一の道は過去を知ること」だと。風間は自分の未来を知るために、太古の空間に向けて、現在の空間ともいえる空気を続けていた。

「どんなふうに出てくるのかな」

沢田道夫は泥水ポンプ圧力計を見ながら呟いた。その針は徐々に上昇を続けていた。

「さあね、俺もまだ見たことがないからなあ。泥水の塊が一気に上ってくれれば、あの小さなマッドガスセパレーター（泥水とガスの分離装置）など吹き飛ばすかもしれんなあ」

山崎は静かに興奮していた。何日もかかって作りあげた落とし穴に獲物がかかるのを待っている子供のような心境だった。どんな獲物がかかるか考えただけで、不安と好奇心で身体が震えてきた。

「とにかく、泥水の出口付近には人を近づけないことだけ守ってくれ。あとは『やるしかなかばい』だね」

山崎は笑いながら、道夫の筋肉質の肩を軽く叩いた。

「山崎さんはものすごく細かい人だと思っていたら、案外に大雑把なんですね。一種の性格異常者ですね」

「掘削屋はみんな異常者だからね。そうじゃないとやっていけないだろう。沢田君もこの井戸が始まって以来、数カ月も休みをとらずに掘削装置のハンドルをとっているだろう。俺が精神異常者だとしたら、君は肉体異常者だよ」

山崎がこう言うと、道夫は大きく肩を揺らしながら笑い出した。

「圧力の方だけは正常ですわ」

二人の後ろから志保の声がした。長い髪を一本に結んで、黒いとっくりのセーターの上に、沢田道夫愛用の真紅の防寒用ジャンパーを身につけていた。

志保の計算だと、最大の圧力は六十気圧となり、それ以上になるようだと何か坑内で異変が発生しているという。

米国で空気と泥水を使用した掘削方法が試み出された時、たまたま古い掘削用のパイプが腐蝕していたことでピンホール（小さな穴）が空いて、空気の一部がそこから抜けていたために、スムーズな泥水と空気の戻りが確認された。それがヒントとなり、ジェットサブと呼ばれる小さなノズルを掘管の間に数個取りつけることで、それまで巨大な泥水の塊を高圧の空気で一気に地上に押し上げ、掘削装置に損傷を与えていたトラブルが解決された。新しい発見は、失敗を失敗と思い込まない視点から生み出されるものだ。

新しいイノベーションは数多くの失敗から生まれるというパラドックスは、現代でも生きている。多くの成功者が自らの人生を語る時、共通しているのは次のような言葉を語ることだ。

「私の人生は失敗と妥協の連続だった。ただ人より少しだけ楽観的に物事を考えたことと、運が良かったことで今の自分があるのだと思う。楽観的、悲観的と考え方に違いがあっても、人間は、口と手と足を使い、その目標に向かって行動するしかない。同じ行動をするのなら、楽観的な目標の実現のために、口と手と足を使うべきである」

圧力計の針は数分前から四十二気圧を指していた。志保の説明によれば、水位下一一〇メートルに取り付けられたジェットサブのノズルから、一部の空気が排出されて泥水を分断して地上に押し上げてくる圧力が六十気圧だという。ひとたび泥水の塊が排出されると圧力が低下し、完全に均一に空気と泥水が混ざり合い、四〇〇〇メートルの坑内に満たされると、四十五気圧程度に落ち着くはずであると、志保はコンピュータが打ち出した坑内圧力プロファイル図を見せながら説明した。

「さあ、来るわ」

志保が圧力計を指差して言った。圧力が少しずつ減少を始めている。

山崎は興奮した面持ちでトランシーバーのボタンを押して、風間を呼んだ。

「泥水圧力計が下がり出した。コンプレッサーの方はどう変化している?」

ザー……という音の後に、はっきりした口調の風間の声が聞こえてくる。

「コンプレッサーの方も下がっています。フローラインの方に泥水が少しずつ流れています。通常の泥水循環と同じくらいの勢いです。うまく行きそうですね」

「とにかく圧力が安定するまで、皆にフローラインの方へは行かないように言ってくれ」

「了解」

山崎の心は複雑だった。心の中で、このままうまく行ってほしいという気持ちと、こんなにうまく行くはずがない、ダメなら早くその徴候を見たい、という気持ちが交錯していた。

山崎はよく人から「君みたいな楽観主義者はいない」と言われていた。しかし、山崎自身は、自分のやることがそういつも順調に行くはずがないと思っている自分を知っていた。逆にそう思うからこそ、うまく行くためにどうすればよいかに敏感に反応しているのだ。

明治と呼ばれた時代に、華厳《けごん》の滝に身を投じた若者がいた。彼の遺言にこう書かれていた。

「いわく人生は不可解。華厳の岩上に立ち初めて知る。大いなる悲観は大いなる楽観に一致するを」

山崎は思っていた。〈悲観は感情の領域にあり、楽観は理性の領域にある。真の楽観論者は、楽観的に考える上では最大の努力が不可欠なことを知っているが、悲観論者の多くは、努力しなくても物事がうまく行くことを心の底では期待しているのではないか。悲観論者はしょせん人生の傍観者としてしか生きられない。それなら人生を主体者として生きよう。そのために、苦労を前提とした楽観論者で生きる道を選ぼう〉と。

山崎の予感は当たった。

激しい泥水と空気の塊がマッドガスセパレーターを襲った。激しく装置が揺れた。まるで巨大な龍が装置の中で、のたうち回っているかのようである。

山崎が新しい事柄にアプローチする方法は決まっている。つまり、どんな複雑な現象も単純なエレメントの組み合わせで構成されている、という発想である。もし、コントロールできないとしたら、一つずつエレメントを増加してゆけば、問題は少しずつ解決に近づいてゆくはずだという、いわば信念にも近い考え方である。

人類が急激に作り上げた機械文明は、自然界の不可解な現象——神の為す業《わざ》として畏怖されていた現象を分析し、その現象を構成するエレメントを理解しようとした異常ともいえる天才たちの情熱によって支えられた。そして、機械文明社会の行きつくところは、神を必要としない合理的な科学的なユートピアであるはずだった。

しかし、科学が進めば進むほど、科学は「なぜ、この現象が起こるか」を解明できても、「なぜ、その現象が存在するのか」については答えを出せないのではないか、という大いなる疑問が科学者たちの心に芽生えた。皮肉にも、神を否定する科学が、神の存在を明らかにしてきたといえる。

しかし、エンジニアリングとは、科学の持つ本質的な矛盾とは無縁の世界で成立する。神の為す業をいかに効率よく模倣するシステムを創り上げるかがエンジニアリングの本質なのだ。山崎も、神が創り上げた悠久の水の循環システムを、一本の井戸を使用して、短期間のうちに循環するシステムを模倣して作り上げればよい。

「神の為す業」をコピーする。それを「神業への挑戦」と呼んだとしても、神を否定するわけではない。

水は雨雲となり、地上に雨を降らす。

雨は大地を削り、無数の川をつくる。

一部の雨水は大地の奥深く滲みわたり、大地の炎によって熱されて、地上に噴き出す。

川は異なる道を歩んだ水を糾合し、大河となる。

大河の果てるところ、母なる海へ流れ込む。

そして、太陽の恵みを受けて再び、水は水蒸気となり天に昇り、雨雲は蘇る。

人間の最高の喜びは、神業をいかに巧みにコピーできたかにより得られる。

神が万能だとしたら、人が不可能なことに果敢に挑戦し可能とする行為は、神に近づく行為といえる。山崎は嬉々としてこの行為に取り組んだ。

「空気泥水技術は、技術というよりも芸術なんだ。コントロールは私の身体の中にある経験によって決定される」

空気掘削技術者のジョンは断言した。この男が風間に対して馬鹿にした態度をとるのが現場の噂になっていた。ジョンにとって現場では経験の優劣がポジションを決める。経験のない風間から指示を受けるなど、テキサス男のプライドが許さないのだ。

ある日、会議に遅刻したジョンに風間が厳しく注意をした時、「俺は今からアメリカに帰る。ミスター山崎にそう伝えてくれ」と憮然とした表情で風間を睨み返した。

風間は電話で、ホテルにいる山崎に相談した。しばらくして現場にやって来た山崎は、ジョンにこう言い放った。

「風間から話を聞いた。話は簡単だ。君をクビにする。帰国していい」

「そんな馬鹿な、考えてみろ！　一日、すべてのコントラクターに支払う費用が一千万円。俺を帰すと二週間分、二億の損害が出る。それでいいのか？」

「それは君の問題じゃない。私が指導者として決めた風間を無視する奴は、この現場には必要ない」

身長二メートルの巨漢ビック・ジョンの顔が青ざめた。

「ミスター山崎、許してくれ。私を帰さないでくれ」

「ダメだ。君が態度を改めない限り、残念だが君を残すわけにはいかない」

「ミスター風間、先ほどの態度を許してほしい」

大きなジョンが小さく小さくなって謝る。

「風間、どうする？」

「私はもちろんジョンと一緒に、日本で初めての空気泥水掘削にトライしてみたい」

山崎はジョンの目を睨み、風間を振り返った。

「OK、分かった。風間とジョン、握手しよう」

山崎が二人の手をつなぎ合わせた。現場に笑顔が戻った。

後日、山崎は風間に対して、「アメリカ人は、誰に決定権があるかを明快にすれば引き下がる。『いいよ。帰れ』と言った瞬間に勝負が決まる。誰が本当のリーダーか。君の胆力を試されているんだ」と言った。

「わかりました」と風間は力強く答えた。

ところで、あれほど自信に満ちて傲慢だったジョンだが、実際に日本の地層熱水型の地熱貯留層を掘削すると、うまく行かなかった。七日間、ジョンの指示通りに試みたが、溢れ出る泥水と泡の前で、さすがのテキサス男も頭を抱えてしまった。

技術が芸術と呼ばれているうちは、神をコピーしたことにならない。神の為す行為には再現性がある。誰でもできるシステムを作り上げない限り、再現性、普遍性のある神の為す業に近づいたとはいえないのだ。

ジョンがコントロールのパラメーターとして選んだ要素に、次の三つがあった。

一　泥水ポンプの送泥量と圧力

二　コンプレッサーの送気量と圧力

三　泥水タンク量

山崎はそれに次のパラメーターを加えた。「泥水の戻り温度」である。泥水の戻り温度が坑内の圧力バランスの重要なパラメーターになると考えたからだ。基本的には泥水タンク量の増減によって、坑内の圧力バランスを推定できるが、泥水の戻り温度が八十度以上になると、どんなに送泥量や空気の送気量を調整しても、地層熱水が坑内に入り込み、最後には百度を超え、激しい衝撃流が発生してしまう点に気がついたからだ。

コントロール・システムの概念設計は次のようにした。

パラメーター全部にある幅を与え、どの一つでも基準を超える傾向が現れると、たった一つの対策をとるというものだ。

情報は可能な限り多く、そして対策を可能な限りシンプルにすることが、「芸術」を「技術」にする唯一の方法である。対策がシンプルで、判断の情報パラメーターの許容範囲さえ正確であれば、誰にでもできる普遍性を持つことができる。最も悪いエンジニアリングとは、情報がシンプルで対策が無数にあるシステムを設計することだ。

山崎はその対策を、掘削屋が最も親しみのある泥水ポンプの回転数を微調整するだけとした。一般に何かを成し遂げるためには、邪魔になるものを取り除く方法が採用される。つまり切り捨ての思考である。

しかし、逆にパラメーターを増加させてやることで、邪魔だと思っていたこと、無駄と思っていることが邪魔でなくなるケースが存在するのも事実である。

数学者の広中平祐氏は次のように述べている。

「切り捨てるのではなく、更に何かを付け加えてみよ。何か問題に出会って、それが煩雑で無関係なことまで思い悩むという場合、それを切り捨てようという考え方がある。

それに対して、煩雑なときは、むしろ付け足すという考え方もある。それは変数をもう一つ付け加える。一つの次元を高めることである。たとえば東西と南北に走るハイウェイを作ろうとしている、二つのグループの意見が対立している場合、立体交差という解決策により対立は解消する。いつまでも平面で考えている限り、解決できないのだ。上下という考え方を加えて、はじめて解決策になるわけだ」

広中氏が数学のノーベル賞ともいえるフィールズ賞を受賞した「特異点解消」の理論も、新しい変数（観点）を付け加えて、複雑なものを簡単にするといったものである。

広中氏は「創造とはまさに新しいパラメーターの発見であり、それを求めて生きることが創造的に生きる、個性的に生きることだ。個性とは自分自身のパラメーターを持つことである」と語っている。

山崎は三日間、現場に泊まり込み、バランスの良い泥水の戻りを確認するまで試行錯誤を続け、とうとう安定した泥水が戻る空気量と圧力のバランス条件を確認した。

風間に細かい指示をして現場を離れ、休憩のためホテルに戻った。シャワーを浴び、なかなか眠れないので志保を呼び出し、一緒にホテルのロビーでコーヒーを飲んだ。志保と阿蘇の地質の話をしながら、風間からの連絡を待つ。

電話の受信音がロビーに響いた。山崎が受話器に耳をつけると、はずんだ風間の声が聞こえてきた。

「順調に掘り進んでいます。泥水も戻りもスムーズです。安定しています。掘削スピードも三倍に伸びています」

山崎は電話を切ると、志保に笑顔を向けた。

「現場に行くけど一緒に行ってみるかい。さっきの話はいつかもっと聞かせてほしいね」

「どうぞ、ご勝手に」

志保は柔らかい微笑を向けて言う。まるで、雨の日に坂道の溝に笹舟を浮べて夢中になっている男の子を見るような眼差しである。

「まあ、風間の話によると、うまく行き出したとのことだから、無理に行く必要はないと思うけど……」

「どうせ、引き止めても行くんでしょ。風間君に伝えてくれる？　私が喜んでいたって」

山崎は一週間前の、眼前に泥水の塊が激しく飛散した時の光景を思い出していた。

マッドガスセパレーターをオーバーフローした泥水が、噴水のように円弧を描きながら数十メートルも飛び散った。二つ目の衝撃がマッドガスセパレーターを襲った時、泥水と掘り屑を分離するシェール・シェーカーの流量コントロール弁が次々と閉じた。逃げ場を失った泥水と空気は逆流を始め、泥水フローラインの遮断弁を押し上げ、逆の方向へ飛び始めた。

山崎と沢田の銀色のヘルメットが次第に泥まみれになってゆく。

「こんなものなんですか。空気泥水掘りの戻りって……」と沢田が独り言のように呟く。

「とにかく戻って来たんだから成功だといえる。あとはどうやってこの暴れ馬を制御するかだなあ」

山崎は、まるで陥穽《おとしあな》に生け捕った猛獣をどうやって檻に入れるか思案する猟師のような口ぶりで言うと、トランシーバーに口をつけた。

「風間君、聞こえるか。空気の送気停止。コンプレッサー停止」

「了解」

沈んだ風間の声が暗闇に低く響いた。

あれから七日が過ぎて、やっと現場は明るさを取り戻した。目指すは最終目標の五〇〇〇メートル、日本最深の地熱井戸を掘り抜くことである。

山崎と風間は、我が国の地熱掘削業界に「空気泥水掘削法」という新しいパラメーターを付け加えることに成功したのであった。

第17章　地母神ガイア

山崎は現場を風間に任せて、青木の作成した資料を見ながら掘削費用を計算する日々に追われていた。予算を一五％オーバーしていたが、何とか取り戻せそうである。

山崎にとって、同じホテルに滞在する志保と話をすることが唯一の気休めであった。無理やり志保をロビーに呼び出し、コーヒーを注文した。

志保は白い毛皮のハーフコートを脱ぐと、阿蘇の肥沃な酸性土のように黒々としたセーターの袖をたくし上げながら、大きなソファーに座った。大きな透明のガラス越しに、黒煙を雲一つない空に噴き上げる阿蘇の中岳が望める。

志保は、黒い光沢のする貝殻のようなバッグから、細い煙草を取り出した。山崎は少し口元に微笑を浮かべながら、油の香りのする火をつけてやる。

「ありがとう」

志保は、柔らかい羊革の張られた大きなソファーに背を委ねると、青い煙を吐息とともに吐き出した。

「疲れているみたいだね。考えられることはすべてやった。あとは風間君がやり遂げるさ」

山崎は赤い星のマークが入ったリッチフィールドのライターを握りしめると、茶色のジャンパーのポケットにしまい込み、その快い温もりを指先で楽しんだ。それが冷たい金属の温度に戻るまで、山崎は何も喋らなかった。

夏の間、この小さなホテルは、自然の中で季節を満喫しようと訪れた都会の若者たちで満ちていた。しかし、十月に入ると、平日は他のゲストを見かけることがなくなった。

ホテルのオーナーは山崎たちを気遣い、特に志保には特別の配慮を見せた。浅黒い顔に白いものが混ざった髭を口にたくわえ、優しい眼をした男である。彼は雄大な阿蘇が望めるこの大地に、かつて青春を過ごしたテキサスの牧場を再現するため、がむしゃらに働き続け、この白亜のメキシコ風ホテルを建てた。志保にアメリカの香りを感じたのか、特別な好意を持っているようだった。山崎は、オーナーが時折、愛用の牛革のブーツを磨きながら自分と志保の様子を窺っているのを知っていた。

「オーナーは君に気があるみたいだね」

山崎が笑いながら言うと、志保は煙草の火を大きな灰皿に乱暴に押しつけながら言った。

「ジェラシーっていう感情もご存じなの、ミスター山崎。私に好意を持ってくれるのは自信過剰な傲慢な男たちばかりよ」

「ご機嫌斜めだね」と笑いながら、山崎は志保の前にある茶色の牛革張りの大きなソファーに腰かけた。じっくり志保の話を聞くための体勢である。女の不満の九五％は、男が話を聞いてくれないために爆発することを山崎は熟知している。

「私がＮＡＳＡで働いていた頃、火星バイキング計画のメンバーだったイギリスのラブロック博士も丁度、そんな人だったわ。私に好意を持ってくれて、いろんなことを教えてくれたわ。私が初対面の時、紹介された名前を聞いてこう言ったの。『ドクター・ラブロック、ご専門は地質学でしょう？』。そうしたら、彼は怪訝そうな顔をして『どうしてですか』って訊いたわ。私が『だって Love Rock《愛する岩》っていうお名前でしょう』と言うと大笑い。それ以来、大の親友になったの」

「その人は地質屋だったの？」

「ノー、彼は環境学が専門。欧州では有名な環境学者なの。彼の有名な学説に『ガイア仮説』というのがあるの。こうやって阿蘇の白い噴煙を見ていると、彼の学説の意味が少しわかったような気がするわ」

「どんな仮説なの。教えてくれよ」

「いいわ、マルガリータをもう一杯おごってくれたらお話ししてもいいことよ」

志保は笑顔でオーナーにマルガリータを注文すると、身を乗り出して話しはじめた。

「ガイア仮説は、ギリシャ神話の中に出てくる気性の激しい、我が子を殺してしまうような地母神ガイアの名をとった仮説なの。これが発表された時は、ヨーロッパを支配した思想を根底から揺るがす仮説として、大反響だったらしいわ。けれど結局、彼は古い体質の欧州の学界から排斥されてアメリカに渡り、ＮＡＳＡのバイキング計画に参画したわけなの。

ガイア仮説とは、地球がある強烈な意志を持つ生命体で、約二百万種といわれる動植物は、単にその意志を実行するために地球が創造したものにすぎない、という仮説なの。

もっとわかりやすく言えば、地球が人間の身体とすると、人間を含むすべての生物種は人間の身体を構成する細胞やアメーバや赤血球や白血球みたいなものだということ。

人間をすべての生物種の最上界に置こうとする、人間中心主義の欧州の思想に対する挑戦的な思想ともいえるわ。人間が小さなアメーバと同じグレードの意味しかない存在だというわけだから、反キリスト教的思想として迫害されても当然だと思うわ」

オーナーがマルガリータを運んできた。会話の内容が男と女に関係しないものだとわかったからか機嫌がよかった。空になった山崎の白い陶磁器のカップに温かいコーヒーを満たし、深々とお辞儀をして大股でテーブルから去っていった。

志保は白い塩がついたグラスの縁に静かに唇を寄せると、薄い緑色の液体を少し口に含んだ。

小さな紅い唇に瑞々しい輝きが戻った。

「ラブロック博士は火星の大気分析を担当していたの。大気の組成がどのようなメカニズムで一定に保たれるかに興味を持って、自分のコンピュータで『デージ・プラネット』と名付けた架空の惑星を作って研究されていたのよ。

その結果、惑星の表面温度が白色のデージ（ひな菊）と黒色のデージの二種類だけの時は、非常にドラスティックに恒星からの熱放射の影響を受けて変化するのに対し、様々な灰色を多数配置していくと、その惑星の地表温度の安定度が増すことに気づかれたの。

地球の大気組成も酸素と窒素の比率が一％違っただけで地上の生命が絶滅し、火災で地上のあらゆるものが燃え尽きるのよ。ラブロック博士は、地球上の大気組成を一定に維持しているメカニズムは、二百万種といわれる動植物が相互にバランスをとって成立していることに気づいた。その二百万種の生命のうちで、唯一このバランスを著しく破壊しようとする生命種が出現したの。それが人類。

人体を健康に維持するために、無数の細胞が相互にバランスを取り合っているのに、唯一そのバランスを破壊する細胞、それはガン細胞と呼ばれているのだけど、人類がまさにガン細胞なの。このままいくと、ちょうどガン細胞が手術で切り取られるように、人類という細胞も地球にとって不必要になれば切り取られるかもしれない。その日が来る前に、人類は、人類が内に秘めるガン細胞的な性格を自ら修正すべきだと、博士は環境学者の立場から警鐘されたわけなの。

まさに我が子を殺害した女神ガイアが、地球という生き物。いつの日か人類は、地球から殺害されるかもしれないわ」

志保は眼を輝かせながら一気に喋った。

山崎は、ガイアの女神が志保の身体に乗り移ったかのような錯覚さえ持った。昔から志保は何かに憑かれたように語るくせがあった。ある時は題材が火山であったり、石油や金属鉱床であったり、その時々で変化はするが、その熱中した話し方は共通している。

山崎は志保の呪術《じゅじゅつ》から逃れようとするかのように、思わず大きく咳をした。

「面白い仮説だね。東洋人からすると、ごく普通の考え方だけどね。東洋の思想からいえば、そのガイア自身もさらに大きな生命である太陽系の生命システムの一部であり、その太陽系も銀河系、そして小宇宙、大宇宙と無限大に大きく考えるべきだということになる。いずれにしても、保守的な西洋思想としては画期的なビジョンだと思うね。でも、それが阿蘇の噴煙とどうしてつながるのか、聞かせてほしいね」

「少しは興味を持ったみたいね」

志保は左手に持ったマルガリータを一気に飲み干して、しばらくの間、青い空に立ち昇る白い噴煙を、眼を細めて見つめた。

「私が興味を持ったのは、同じような話を全く別の分野の人から聞いたからなの。一人はアイスランドの昆虫学者のドクター・ニコルソン、そして宇宙飛行士のケリー・ジョンソンの二人よ」

山崎は志保の口から久しぶりにケリーの名を聞いた。初めてヒューストンのバーで聞いた時の志保の表情は悲しく沈んだものだったが、今の志保は明るく輝いている。山崎は志保の心の中で、ケリーという男の占める割合が小さくなっていることを読みとった。

「アイスランドには、大西洋の海洋底を二つに引き裂く地殻の割れ目が陸上に現れているの。そこからマグマが噴き出している。マグマの鮮明な赤い色は、まるで地球という生き物が流す血のようだったわ。その割れ目の近くにはいくつもの温泉が噴き上げている所があって、そこだけは氷土が溶けているの。ドクター・ニコルソンはコロラド大学で知り合った人なんだけど、彼がその場所に案内してくれた時、こういう話を聞かせてくれたわ。

そこの冬は氷点下三十度以下にもなるので、あらゆる生命が活動を停止するのだけど、昆虫の中で小さな羽虫だけがここで活動を続けている、というの。彼が指差した温泉水の噴気が漂う周辺に、一群の羽虫が生息していたわ。彼らはここで春が来るまで生き延びるという話だった。

ところが一部の自分の力を過信した羽虫は、噴気の周辺の空間から外へ飛び出そうとする。そうすると、一瞬の間に羽が氷結し地上に落ちて命を落とすんですって……。

一つの生命が生きるためには、その生命を育む空間、環境が不可欠なの。その環境のバランスを乱したり、軽視したりするものは自然に消滅する、ということを彼は私に話してくれたの」

「面白い話だ。初めて聞いた……」

山崎は、感心していることを伝えるためにウンウンと頷きながら聞いた。

「ケリーも私に似たような話を聞かせてくれたわ。宇宙から見た地球は暗黒の闇の中に浮かぶ小さな青色の美しい星だった。そして地球を離れて初めて、自分自身が地球の一部だということを身体全体で感じたって言うの。その時、自分が求めていたものが眼の前にあった……。

何度も何度も言っていたわ。その感情を君にどうやったら伝えることができるだろうか、って。彼は、神がそこにいる、自分のそばにいると感じたって言っていたわ。今考えると、私がケリーに魅せられた理由は、神を見た男、人間に対する感情だったのかもしれないと思うの」

「ふっ切れたみたいだね。ケリーのこと」

山崎が呟くように言った。

「………」

志保の表情が突然、暗く沈んだ。

沈黙が続く。空から白い雪が舞い降りてくる。

志保は一カ月前に別離の手紙を書いた。それはケリーからの手紙への返事だった。

ケリーの手紙には、「妻と正式に離婚した。志保の日本での仕事が終わったら、早くヒューストンで会いたい。初めて女性民間乗務員および日系宇宙飛行士が乗り込むスペース・シャトル計画に、船長として現職復帰することになった。宇宙から戻ってきたら結婚を申し込むつもりでいる」ということが、情熱を込めて書き綴ってあった。

志保の心は風間の父康次郎に大きく傾いていた。燃えるような愛よりも、静かな愛に価値を見出していた。

志保は重い沈黙の中にいた。山崎にはケリーの手紙のことは秘密にしておきたかった。

「まだ僕の質問には答えてないように思うなあ。つまり、君の言いたいことは、こういうことかい？　過去・現在・未来にわたって地球上で起こるすべてのことは、ガイアと呼ばれる地球、この巨大な生き物が自分の意志でやっている、という意味かい？　つまり、女神ガイアがまだ掘れと言っている、と言いたいわけ？」

山崎は努めて明るい口調で尋ねた。そして志保の眼が再び明るく輝いたことにホッとしながら質問を続けた。

「じゃあ、先日、コロンビアで噴火した火山活動や三原山の大噴火、無数の温泉活動などのすべてが、ある意志をもってガイアが行っている、ということになるのかい。もしそうだとすれば、何を目的とした意志と考えればいいの」

「さすがに理解が早いわね。山崎さんって学生の時から理解力が良かったわ。ただし表現力が乏しくて成績が悪いことで有名だったけど……」

「志保さんの頭脳には敬服しておりますから、ぜひ教えてください」

山崎は苦笑しながら冗談っぽく頭を下げた。そして、あの頃、卒論を志保と一緒にまとめていた時も、行き詰まるといつもこうして頭を下げていたことを思い出し、笑い出した。

「何を一人で笑っているの」

「いや、昔から君にはいつも頭を下げて何度も助けてもらっていたからね。だから俺は君に魅力を感じても抱けないのかなあ、と思っておかしくなったのさ……」

「いやーね」

志保は少し恥じらったような仕種をしながら、空のグラスを口元に傾けた。それが空だとわかると、山崎に気づかれないよう静かにテーブルに置いた。

その様子を眼の端に見ながら、山崎は今なら志保を抱けると思った。

「山崎さん、お電話がかかっております」

オーナーが来て低い声で告げた。二人のやりとりに不機嫌になったのか、やや乱暴に、空になった山崎のコーヒーカップを片づけていった。山崎はまずかったかなと少し後悔しながら、努めて平静に「ありがとう」と呟いた。

山崎が革のジャンパーの内ポケットを探りながら志保の眼を見つめて、

「今日の志保さんって美しい女神のようだね」

と言うと、志保は口元に微笑を浮かべた。

「わかったわ。ここの支払いは私がするわけね」

「どうも、ありがとう」

大股で歩き出した山崎の後ろ姿に、志保は空のグラスを差し上げて、「空気に乾杯」と言った。

志保は、空のグラスが今の山崎を祝福する最高の道具のように思えた。

山崎は様々な人たちとの出会いを思い出す。

熊本県産業通産局の受付担当者との苦いやりとりもあった。四十三日間、昼夜の別なく作成した五百ページに及ぶ補助金申請書を前に、その担当者は物差しを取り出した。

「申請書は一センチ一億円と決まっています。この補助金申請書の厚さは八センチ。十億の補助金には二センチ足りませんね。別に御社に意地悪をして言っているわけじゃないですからね。税金を預かる立場ですから、十億円の公的資金を受け取るなら、せめて厚さ一〇センチくらいの詳細な資料ぐらい作成する意気込み、誠意、そう誠意……。お持ち帰りください」

啞然として全身の力が抜けた山崎は、その時、怒りに満ちた風間をなだめるのに苦労したのだった。


その後、風間から相談を受けた康次郎は、笑いながらこう言った。

「太田さんじゃろ。そん人の趣味は盆栽たい。クルメツツジを趣味で集めとんしゃあ人たい。こんツツジを家に届けなさい。それが誠意たい……」

そして担当者の自宅の住所を書いたメモをくれた。

一週間後、余分な排泥処理の池の図面や、資材置き場の図面を加えて、見事一〇センチの厚さの申請書が出来上がる。山崎と風間が九州通産局に届けると、「はい、ＯＫです」とあっさりと受け付けてくれた。わずか六カ月前のことだったが、数百年前の出来事のように感じる。

また、東京大学の藤尾教授、九州資源大学の木下教授による、「日本の地熱では使えない技術である空気泥水掘削の装置には予算をつけるべきでない」という通産省への〝善意ある〟アドバイスは、山崎を奮い立たせる原動力となった。

「反対してくれてありがとう」と山崎はすべての人に感謝する。

特に、九州資源大学で地熱の権威と君臨していた大迫教授が言ったという話を、山崎は忘れない。わざわざ熊本本社まで来て、康次郎社長にこのように言ったという。

「貴社が選ばれた鉱区は地熱兆候も全くなく、私の岩石包有温度解析では二百度を超さないという結果が出ています。地熱発電所はできません、おやめなさい。もし、二百度を超す地熱資源が発見できたら、中洲の街を私は裸になって逆立ちして歩きますよ。絶対ない話ですけど。その時は、康次郎さんが飲まれた中洲の飲み屋の支払いは全部、私がします。断言します。あなたは山崎に騙されています……」

康次郎はこう答えたそうだ。

「私も、山崎さんと志保さんの言うこたあ、全く信じていまっせん。しかし、大迫先生、人がやらんことば、やらないと、我々中小企業の生きる道はなかと思うとります。ほんに、まっこつ、よかアドバイスをいただきました。ありがとうございます」

既に地下温度は二三五度を超えていた。

風間は勢いよく戻ってくる泥水を手で受けながら、大地の奥から運ばれてくる小さな掘り屑を握りしめた。そして、リグフロアーに向かって走ってくる山崎に「やりましたよ！」と大声で叫んだ。山崎は右の拳を握りしめて、天に向かい力強く突き上げる。

風間の眼前に、白銀の阿蘇カルデラが雄大に広がっていた。阿蘇の山々はその姿を白い雪で覆い、無言で厳しい冬の到来を迎えようとしている。

風間は心の中で、証言台に立ったレベッカを思い浮かべていた。

〈俺も飛べたよ。レベッカ〉

三日前、風間は康次郎から、レベッカが七カ月前に男の子を出産したことを知らされていた。康次郎はレベッカについてそれ以上は何も言わなかった。

風間はこの掘削レースに勝って、レベッカと、小さなまだ見ぬ我が子を迎えに行くことを決意していた。

この数カ月間、風間は新聞で、レベッカが新生フィリピンの政治変革の嵐の中で重要な役割を演じていることを知っていた。何も援助できない自分を責めた。しかし、堂々とレベッカを革命の渦の中から救い出すためには、今、自分が挑んでいる掘削レースに勝つことが必要だと感じていた。

白い雪が灰色の空から舞い降りてくる。風間のヘルメットと深紅の作業着を、いつの間にか白一色に塗り変えてゆく。風間は白い息を吐きながら、空に聳える掘削マストを見上げた。

「明日はもう十二月だな……」

山崎が風間の筋肉質の肩をつかみながら呟いた。

第18章　道を照らす人

「泥水の戻り温度が百度を超えてしまいました！」

大きな足音とともに、風間が山崎のトレーラーの扉を開くなり報告した。

「八十度になった時点で、泥水ポンプのストローク数を増加させたのか？」

山崎は革のブーツを履きながら怒鳴るように言った。そして、黒のジャンパーを手にとり、銀色のヘルメットを脇にはさんで事務所から飛び出した。

風間は後を追いながら、状況を説明する。

「泥水ポンプではコントロールできません。それに暴噴防止装置が作動しないのです」

山崎は泥水の戻り口へ走りながら、異常な事態が発生していることを全身で感じていた。体毛の一本一本が肌着に突き刺さっていくのを感じる。脳裏には、カリビアンブルーの海に浮かぶ、掘削バージでのガス噴出事故の光景が現れる。

その時、泥水検層ユニットの扉が激しく開き、地質技師のカールが飛び出してきた。

「泥水の温度が一四二度。ヒットした。ミスター・ヤマサキ」

と興奮して叫ぶように山崎に告げた。

エアコンプレッサーのコントロールハウスから、大男のビッグ・ジョンも飛び出してきた。

「やったぞ！　おめでとう。掘り当てた。ヤマサキ」

次々と外国コントラククーの技師たちが、とまどう山崎の手を握り祝福した。

山崎はこの異常な状況が、祝福すべきことであると同時に危険な状態であることも理解した。喜びの神と悲しみの神は表裏一体である。山崎はそう考えて生きてきた。本能的に、周囲の人から祝福されている時こそ、最も自分が危険な状況にいるのだと嗅ぎとった。

カーン、カーン、カーンという金属音が耳に響いた。耐圧が十気圧しかない泥水フローラインに、鋭利な掘り屑が当たっている音だ。数十分で、掘り屑が泥水フローラインに穴を空けるかもしれなかった。

「OK、喜ぶのは後回しだ。まず全員、自分のポジションに戻ってくれ。井戸を殺すために協力してくれ」

山崎は大声で叫ぶように言った。

ビック・ジョンは直ちにコンプレッサーのエンジンを停止した。道夫は清水タンクから冷水を、泥水ポンプにてフルロードで坑内に送った。

山崎と沢田彰二は無言で黄色の雨ガッパに身を包んだ。

暴噴した井戸を殺すためには、泥水の戻りラインの井戸元バルブを閉める必要がある。既に井戸元には、白い蒸気がもうもうと立ち込めている。泥水戻りラインの数カ所から、熱水と水蒸気が噴き上げている。二人ともその白い蒸気の中に入り、バルブを閉める覚悟をしていた。

風間と森山が、緊張した面持ちで山崎に話しかけた。

「山崎さん、私たちがバルブを閉めに行きます」

沢田彰二は山崎と顔を見合わすと、微笑しながら、いつものガラガラ声を張り上げて言った。

「風間さん、森山君、十年早いよ。ここは年寄り連中に任せておきなさい」

山崎も微笑しながら言う。

「風間君、沢田さんは水蒸気の中に入るのが大変好きなんだ。どうしてか、わかるかい？」

風間は困惑して黙った。

「難しいことはない。『上機嫌』になる。ジョーク。ジョークだよ。それよりも泥水タンクに、金鱗湖の水を補給できるよう手配を頼むよ」

風間は無理やりに微笑した。

「無理はしないでください、山崎さん」

「ＯＫ」

山崎と沢田は静かに白い蒸気の中に姿を消した。

山崎は一瞬、「死」のことを考えた。

山崎の祖父は、三五〇年の歴史を持つ黒田藩御用達の福萬醤油の十五代目である。福岡高等商業学校を卒業後、家業の醤油製造業の近代化に取り組んだ。エンジニアではなかったが、自動大豆圧縮機などの機械を設計し、ソースなどの新しい製品も開発した。四十歳で福岡県議会議員に選出され、実業家兼政治家としての道を歩み出した。すべてが順調だった。

しかし、祖父は突然、倒れた。医師は白血病であると告げた。

八カ月の闘病生活の間、祖父は死を考え続けた。そして、死ぬ三日前に辞世の句を書き、長女であった山崎の母親に託した。

「この世をば働きとおして次の世に働くことぞまた楽しけれ」

四十七歳の春であった。

山崎は祖父の死を知らない。しかし、この辞世の句を通じて、祖父の想いを知ることができた。祖父の壮絶な死のイメージは脳裏に残っている。山崎はいつも「祖父のように未完の状況下で死を迎え、死と対峙し、死を越えて、死んでゆく」、そんな祖父の死に様に憧れていた。

リッチフィールド・オイルに入社した時の歓迎パーティーで、どうして海洋の石油掘削技師になろうと思ったのか聞かれ、こう答えて副社長を驚かせたことがあった。

「同じ掘削仲間で、炭鉱や金属鉱山に行く連中と、私のように石油に行く連中と大きく二分されます。同じ死ぬなら、暗い坑内に閉じ込められて太陽を見られずに死ぬよりも、明るい陽光を見ながら死にたいと思って、私は石油の掘削を選びました。リッチフィールド・オイルは恰好いい死に場所を与えてくれる企業と思います」

山崎にとって、働きながら死ぬことが最高だと思えた。祖父が左利きであったことも、幼い山崎が左利きを心配した母親から厳しく矯正されて吃音《きつおん》に苦しんだことも、山崎《ざき》が素直に祖父の死生観を受け継ぐ無意識の要因になっていたかもしれない。

カーン、カーン、カーンという金属音を手がかりに、水蒸気の中を山崎と沢田は一歩一歩、足元を確かめながら進んでゆく。

「ここですよ！」

沢田が大声で山崎を呼んだ。

既に鉄パイプに一センチ程の亀裂が入り、勢いよく熱水と蒸気を噴き出している。

「山崎さん、熱水に気をつけてください」

沢田は山崎の身を案じて、熱水の噴出するのとは逆方向の安全な場所を山崎に譲った。

「いいですか、閉めますよ」

二人は大きなバルブの鉄の輪を夢中で回した。身体中に、熱水が流れる衝撃が伝わってくる。まるで数千万年の眠りから覚めた巨大な龍が、パイプの中でもがいているかのようであった。パイプが大きく揺れた。恐怖が山崎を襲う。

その時、暗黒の海の下に沈んでゆく高田の姿が、はっきりと見えた。

「頑張れ、山崎!」と、高田の叫び声が、白い蒸気の中から聞こえた。

「山崎さん、もう閉め終わりましたよ。早く出ましょう」

その瞬間、バルブの下流側のパイプが飴のように曲がり、山崎の身体の上に音を立てて落下した。山崎はとっさにパイプの下を沢田の方へ転がり、そのまま倒れた。沢田は素早く山崎を背負うと、ほのかな蒸気の切れ間に向かって駆ける。多量の熱水と蒸気が、曲がったパイプから滝のように流れ出した時、沢田は既に一〇メートル以上離れた所を走っていた。

沢田はゆっくりと、凍りついた黒い酸性土の大地の上に、傷ついた山崎を下ろした。冬の凍りついた朝を灰色の厚い雲が覆っている。その雲の切れ間から、オレンジ色の陽光が山崎を包み込むように差してきた。

山崎は朦朧とする意識の中で、高田の声や妻尚子の声、志保の声、風間の声、これまで出逢った人たちの声が、暗い洞窟の中でこだまするのを聴いた。

「山崎、もう、いいんだ。もう……」という高田の悲しい声を最後に聴きながら、山崎は「高田」と呟いた。

山崎は静かに、優しい冬の陽光を網膜に焼きつけるように長い時間をかけて瞼を閉じた。

〈今日は死ぬにはいい日だ〉と心の中で呟いた

第19章　フィリピンの嵐

フィリピンの面積は三〇万平方キロメートル、北海道とほぼ同じ広さの国土を持っている。しかし、その国土は多数の島に分断されており、島の数は七〇八三にものぼる。主な島は、首都マニラがあるルソン島、ミンダナオ島、両島の間に位置する七つの島である。また、フィリピンには、タガログ語、ヴィサヤ語、イロカノ語、ビコール語などの他に、全体で五十五の土着言語がある。

フィリピンはそうした地理的特異性、言語の違いから、長らく政治的統一はなされなかった。そして、皮肉にもこの国の統一は、一五二一年に大冒険家マゼランがセブ島に上陸してから五十年後に、スペインによる植民地として完成されることになる。フィリピンという国名も当時のスペイン王子フェリペの名にちなんでつけられた。

スペインの支配に抵抗する動きは、十八世紀半ばのダゴホイの反乱によって口火が切られた。その後、反スペイン暴動が続発するが、それまでの体制内暴動としての性格から、フィリピン独立運動へと変化させる大事件が、一八九六年に起こった。それは、東洋の生んだ天才といわれるホセ・リサール博士の処刑である。

ホセ・リサールの名声は今日においても衰えていない。マニラ市内のリサール公園に立つ彼の銅像は、二十四時間態勢で衛兵によって守られている。スペイン人が建設した都市イントラムロスの北西に位置するサンチャゴ要塞にはリサール記念館があり、「ペンによってフィリピンを独立に導いたフィリピン独立の父」と、今日でも誇らしげに説明される。

ホセ・リサール博士は一八八八（明治二十一）年二月に、フィリピンを追われて日本に亡命した。彼が滞在した東京ホテルの跡（日比谷公園内）には、日本リサール協会によって博士の石碑が建立されている。

この地でリサールは、日本の明治維新の志士たちについて研究した。その時、彼を励ましたのが臼井勢以子という日本の女性であった。リサールと勢以子は激しく愛し合った。結ばれぬ、炎のような恋であった。

リサールは、無血革命に近い大政奉還という大事業を成し遂げた日本の文化に深く傾倒して、祖国フィリピンに戻っても、銃でなく言論によってフィリピン独立を勝ち取ろうと決意した。

日本滞在中に、「維新の志士で誰が一番好きですか？」と「毎朝新聞」の記者から質問されたことがある。

「そうですね……西郷隆盛と坂本龍馬ですね。『西洋諸国は文明国ではない。本当の文明国とは搾取ではなく未開の国に様々な生きる技術や知恵を教育するもの。しかるに、欧州の国々がアジアでやっている行為は、文明からほど遠い』と言った西郷さん。そして、幕末の大政奉還を、無血革命を最後まで模索した坂本龍馬です」

と答えた後で、次の言葉を付け足した。

「しかし、本当に私が尊敬するのは……西郷さんや龍馬さんを陰ながら支えた日本女性たちですが……」

彼の熱き夢を支えたのは、一人の日本女性、勢以子であった。

しかし、スペイン政府は強大であった。リサールを思想的指導者と仰いだカティプナンという組織が武力による闘争を起こすと、リサールを捕らえ、処刑してしまった。ホセ・リサールは祖国独立の夢を見ないまま壮絶な死を遂げる。

リサールの死後、反スペイン運動は一段と激化する。やがてカティプナンは二つのグループに分裂し対立。一方の指導者は粛正され、もう一方のアギナルド将軍はスペインと休戦協定を結び、武力革命は鎮圧された。

しかし、その時、アメリカがスペインに宣戦し、三世紀半の長きにわたるスペインのフィリピン支配は終焉した。フィリピン人の意志とは関係なく、第二次世界大戦終了後、一九四六年七月四日にアメリカの手によって独立を与えてもらうまで、アメリカ支配が続くことになる。

レベッカは幼い頃からリサール博士の伝記を読み、敬愛していた。風間に無理を言って、日比谷公園のホセ・リサール博士の石碑を捜させて、案内させたこともあった。

そして今、レベッカは、フィリピン維新の嵐の中で重大な役割を演じようとしている。

ホセ・リサール博士に最も強い影響を与え、壮絶な死をもって後世の人たちに、同胞による流血武力革命の空しさを教示した男——坂本龍馬という無冠の男のことが、レベッカの心を占有していた。これ以上、フィリピン人同胞の血を流させないために、レベッカは自分の生命を賭けようとしていた。

一九八五年十二月二日、十時四十五分。マキノ元フィリピン上院議員暗殺事件裁判において、ベール国軍参謀総長をはじめ二十六被告全員の無罪判決が下った。

公衆の眼前で政敵の暗殺が行なわれ、その政権が「無罪」を宣告する。検察側の重要な目撃証言、「中華航空機タラップ上を連行されるマキノ氏に、後ろの制服軍人が銃を向けるのを見た」というレベッカの言葉も、目撃から証言までの時間的な経過が長いことと、目撃者自身による反マルコム政権の政治行動があり証言の中立性を欠くということなどから、一方的にその信頼性が否定された。フィリピンでは、司法機関といえども大統領府から独立した存在と信じる人は少ない。このため、裁判の展開は常に裁判所、検察庁、そしてもちろん被告、弁護側が、結果としては同じ「被告無罪」に向けて歩調をとっていると見た方がよいといえる。

レベッカの心に激しい闘争心が燃え上がった。この無罪判決はかえってマルコム政権の腐敗性を証明した。この国がアジアの大国、日本のように繁栄するためには、一部の利権を代表する政治を打ち破る必要があると、レベッカは固く決意した。

無罪判決が下った十二月二日の夜、フィリピン国会本会議にて「フィリピン大統領選繰り上げ法案」がマルコム大統領率いる与党「新社会運動」（ＫＢＬ）の賛成多数で可決された。同法案はマルコム自身の署名により法律として成立したのだ。

この日からフィリピンは、新生フィリピンを賭けた大統領選挙日、二月七日に向かって、本格的にマルコム政権と反マルコム勢力の選挙戦が開始された。衝撃的な目撃証言を遂行したレベッカは、反マルコム政権の自由のシンボルとして、次第に新生フィリピン運動の中心的な役割に自分の天命を感じ出していた。

一九八六年、二十一世紀まであと十四年。

第二次世界大戦の終結（一九四五年）から四十一年。

国際連合の設立（一九四五年）から四十一年。

ベトナム戦争のサイゴン陥落（一九七五年）から十一年。

そして、民族解放の誇り、栄光の第一回アジア・アフリカ（A・A）会議と呼ばれたバンドン会議（一九五五年）から三十一年目の年にあたる。

バンドン会議において、強い国、超大国に対する弱い国々、第三世界の国々の連帯と抵抗の意志を示した「バンドン十原則」が採択された。

この会議には反帝国主義、反植民地主義の英雄たちが、綺羅星《きらぼし》のように並んだ。中国の周恩来、インドのネール、エジプトのナセル、そしてインドネシアのスカルノたちである。この三十一年という長い年月の流れの中で、いずれもこの世を去っていった。しかし、フィリピンを独裁的に支配するマルコムは二十一年目を迎え、強大な力を誇示している。

バンドン会議は、五百年もの間、アジアを植民地にして搾取を続けた欧米列強国に対し、アジアの国々が初めて結束した日であった。しかし今、東南アジアは大きく揺れ動こうとしている。長期政権と独裁的支配の歪み、アジア全域を覆う不況の嵐、人々の不満が鬱積しているからだ。

東南アジア諸国は、第二の日本を目指して飛翔しようとしている。しかしそのための大きな障害は、民間企業の自由競争が制限される独裁政治体制である。自由な政治体制のみが自由な経済競争を容認する。

その大きな潮流の中で、一つの渦潮が生まれた。それがフィリピン大統領繰上げ選挙である。この選挙の結果は、今まで血と武力革命でしか変革が可能でなかった東南アジア諸国の歴史を、平和的な〝選挙〟という変革手段で変えうるかどうかの試金石になるのだ。全世界が注目していた。

新しいアジアの潮流をつくる元年、それが一九八六年である。

レベッカはその渦潮の中で、「歴史の証人」としてこの年を迎えた。

フィリピンのカトリック系の週刊誌『ベリクス』は、大統領選挙の各候補に対する国民の信頼度調査の結果を発表した。

コラソン・マキノ女史　十点満点中　七・一八点

マルコム大統領　　　　十点満点中　四・七〇点

レベッカはその数字を見て、大きな不安を感じ出していた。

それは直ちに明暗として現れた。フィリピン・ラグナ州のフェリシシモ・サンルイス州知事がマルコム政権の与党KBL（新社会運動）から脱党し、野党第一党であるUNIDO（民主野党連合）に鞍替えした事件と、共産ゲリラ組織（NPA、新人民軍）が、アグサンデルノルテ州ブッアン市で、仲間のゲリラ三十六名を政府軍の密告者の疑いで銃殺刑にしたという事件である。

マルコム政権側の情勢がこれ以上悪化することは、必ずしも喜ぶべきことでない、とレベッカは見抜いていた。これ以上マルコム政権側が不利になれば、マルコムは極右・極左勢力にわざと過激なテロ活動を起こさせるだろう。そして、「戒厳令布告、野党首脳の逮捕」という戦術に出る。

レベッカはハイスクール時代の友人であったテラソナ空軍大佐を通じて、政権動向の極秘情報を入手している。彼は国軍改革派の中心人物であった。

レベッカが理想と描く大統領選挙の筋書は次のようなものであった。選挙が開始されて、少なくとも一月下旬までは現職大統領マルコム側の優勢、そして二月に入ってから、七日の投票日に向けて一挙に逆転する、という筋書である。早くから野党優勢という状況が確立した場合、マルコムは現職の地位と権力を行使して「戒厳令」という伝家の宝刀を使えるからであった。戒厳令布告。それは選挙中止を意味している。

しかし、歴史はレベッカの考える以上のスピードで動き出していた。

レベッカは一月初めまでに、マキノ女史に「共産勢力との話し合い路線」の方針を発表させるべく、精力的に行動した。

一月二日夜、マキノ女史は次の声明を発表した。

「新人民軍の勢力拡大はマルコム長期政権の失政によるものである。国内の民主化は国軍と共産勢力との休戦、話し合いによる解決をめざす。共産勢力には銃を捨てるように求めるとともに、選挙による政治参加を求める」

一月三日、マキノ女史の出身組織である「国民の力（ＰＤＰラパン）」とラウレル氏の「ＵＮＩＤＯ」の両組織は、「共産勢力への対応」という爆弾を抱えながらも統合に合意した。

レベッカはこの日、統合への長い道のりを思い、ベッドの上で一人、声を出して泣いた。もう一度、風間に逢いたいと思った。

レベッカは孤独であった。

しかし、この道は自分で選んだ道であった。後悔はしていなかった。

第20章　慟　哭

巨大な龍が炎を噴き上げながら勢いよく黒雲の中を昇ってゆく。稲妻の閃光が龍の恐ろしい顔を照らし出した。黄金色の無数の粉がオーロラのように龍の周りを浮遊している。

大地が大きく揺れる。巨大な大地が二つに引き裂かれ、その裂け目から灼熱の熔岩が流れ出す。龍は大きく飛翔方向を変化させ、背びれを小刻みに震わせると、裂け目に向かって急降下を始める。紫と黒色の雲が龍を追うように、シュルシュルと音を立てて巻き起こった。

「行かないでくれ。行かないで……」

山崎は叫び続ける。

「山崎さん、大丈夫？　山崎さん」

優しい志保の声が山崎の幻覚を消した。

「ようやく眼を覚ましたようじゃね」

中国の仙人のような風貌の老人が眼の前に立っている。

「ここは？」

山崎は注意深く周囲を見回した。

「病院。気がついた？　一日前に手術したのよ。覚えてないの？　現場で怪我をしたでしょう。大手術だったのよ。出血がひどくて心配したわ」

志保は早口で喋った。

「井戸は？」

山崎は身を起こそうとして腕に力を入れた。激痛が右指からまだ朦朧としている脳を襲った。

「ウッ」

「右腕と右足は骨折。ギプスをしているの」

志保は母親のような口調で言った。

「井戸は止まったわ。風間さんも沢田さんも下のロビーで待っているの。呼びましょうか？」

山崎は返事をしようと思ったが、喉に何かが詰まった感じがして声が出ない。

「じゃ、夕方、この薬を夕食後に必ず二つずつ飲んでください」

老医者が小さな紙袋を指差して言った。

「何の薬ですか？」と山崎が少しかすれた声で尋ねる。

「わしは医者だから毒なんか飲まさんよ。病人は病人らしく、指示に従っておればいいんじゃ」

志保は現場で風間たちを叱りとばす山崎の姿を思い浮かべた。老医者から厳しく叱られている山崎の哀れな包帯姿を見て微笑した。

「そうよ、ここは病院。黙って先生の言われた通りにしていた方が賢明よ。とにかく風間さんたちを連れてくるわ」

そう言うと、志保は長い髪を右手でかき上げながら、老医者と一緒に病室を出ていった。山崎は無言で二人の後ろ姿を見送り、病室をゆっくり見回した。窓の外に夕日に輝く由布岳が目に入った。

すると突然、鈍い痛みが心臓の鼓動のように右足から伝わってきた。その時初めて自分が大怪我をしていることを実感した。

しばらくして、風間と沢田がほっとした表情で病室を訪れた。

風間が山崎に小声で何かささやくと、突然、山崎の大きな声が病室に響いた。

「お前がやらんとなら俺がやる！」

山崎は憮然とした表情で珍しく博多弁で怒鳴った。山崎は風間の眼を凝視して言う。

「風間君、君がロスで俺に言ったこと覚えとうね」

風間は、リトル・トウキョーの「黒船」というレストランで山崎と激論を交わした日のことを、まるで昨日のことのように思い出した。

「山崎さん、先輩の時代には自分の前に何かにぶつかっていけた。戦う敵が目の前にあったでしょう。しかし、僕たちの時代には何もなかった。仲間たちは〝しらけ〟の中に身を委ねながら早稲田を出ていったんです。だから、思いきりこの掘削レースに自分の可能性をぶつけてみたいんです。協力してください。お願いします……」

あの時、風間はそう言ったのだった。

山崎は目の前で黙り込む風間に向かって、激しい口調で話しかける。

「あの時、頭を下げる君の情熱に賭けてみようと思ったよ。ところが今の君には失望した。掘れませんからやめたいって……

確かに君の言う通りかもしれん。ここでやめても掘削深度は一番たい。我々は四六〇〇メートル。勝っている。しかし、俺たちの目的は五〇〇〇メートルを一メートルでも深く掘ることだったはずだ。他人がやめても俺たちはゴールに向かって挑戦する。

君がやらないなら俺がやるばい。それに反対なら、今すぐ俺をクビにすればよか。そうしたら君と俺とはもう何も関係はなくなる。君もフリー。俺もフリー。お互いに自由たい」

風間は頭の中で母親の声を聞いた。

〈人がウンチを食ったら自分も食う。そんな男は人間のくずたい〉

満月に向かって涙をこらえて走っていった日のことを思い出して、風間は涙ぐんだ。ゴクンと音を立てて鼻水と唾を呑み込む。

「風間さん、掘りましょうよ。わしらも協力さしてもらいますよ」

沢田彰二の骨太い手が風間の震える肩をつかんだ。山崎は話を続ける。

「風間君、『コップの水』という話を知っているかい？　こんな話さ。

コップの中に半分だけ水が入っている。ある人は『もう半分しか入ってない』と考え、またある人は『まだ半分も入っている』と考える。同じ状況でも物の考え方で次の行動が変わってくるという話なんだ。

確かに今度の亀裂は巨大だ。少しの空気と泥水の比率の変化が暴噴状態を作る。常識からいえばやめるべきだと思う。しかし、考え方を変えて、『もともと大きな亀裂に当たれば泥水は全く地上に戻ってこない。しかし、空気を入れてやると、再び泥水は地上に戻ってくる』、そう考えると空気泥水掘削法は常時バランスをとって掘削しないでもいいんじゃないかと思う。ありったけの泥水で掘削し、泥水がなくなれば、空気で泥水を回収する。それで少しずつでも掘れると思うんだ。どうだろう。やってみてくれないか？」

山崎は風間の表情が微妙に変化するのを見逃さなかった。風間は乱暴に右腕で涙と鼻水をふくと、無理やり笑顔をつくった。

「ロスアンジェルスの時と全く逆転してしまいましたね。今度ここに来る時は、五〇〇〇メートルを超えた時です」

そう言うと風間は右手を山崎に差し出した。山崎はギプスをした右手を差し出そうとして痛みを感じ、顔をしかめた。風間は明るく笑いながら左手をゆっくりと差し出す。山崎も左手で力強く握りしめた。

「僕もこれで左手も使える男になりそうです」と、風間は山崎の眼を見つめながら言った。

〈これでよか。これでよか〉

山崎は心の中で何度も繰り返し呟いた。

それから二十日後、井戸は五〇〇〇メートルに到達。噴出テストの結果、一時間当たり一〇五トンの水蒸気と五五〇トンの熱水の自噴が確認された。発電能力は一万二〇〇〇キロワット。

噴き上げる水蒸気の中で風間は呟いた。

「やったぞ」

長い道程であった。男たちが抱き合って喜んでいる。

ジェット機のような音が阿蘇カルデラに響きわたる。

カールとビック・ジョンがシャンパンの栓を抜く。シャンパングラスを風間に差し出し、シャンパンをゆっくりとついだ。

「おめでとう、ミスター・カザマ」

最高の瞬間。

「ありがとう。みんなの協力のおかげだ。本当にありがとう」

いつの間にか風間の周りに掘削の仲間たちが集まっていた。嵐のような拍手の中で、風間はシャンパンを一気に飲み干した。

「みんな、ありがとう」

沢田彰二が大きな手を差し出し、力強く風間の手を握りしめる。風間は深々と頭を下げた。


志保は噴出テストの結果を、阿蘇カルデラが望める白亜のホテルの一室で聞いた。

それと同時にテレビの臨時ニュースで、ケリー・ジョンソンの壮絶な死を知った。

一月二十八日、十一時三十八分。月の男ケリー・ジョンソンと日系宇宙飛行士を乗せて宇宙に飛び立ったグレイト・チャレンジャー号は、離陸後七十五秒、ヒューストンの上空三〇キロメートルで、爆発音とオレンジ色の炎とともに蒼空に溶け込んだ。

神を見た男、ケリー・ジョンソンは《神》になった。壮絶な死だった。

志保は慟哭しながら、テレビ画面を食い入るように凝視した。

出発前の音声が流れ、管制塔の係官と陽気に話すケリーの声が聞こえてくる。

「発射準備、完了。そちらはどうですか?」

「すべて良好。雪もやんだ。今日は宇宙へ飛び立つにはいい日だ。青い空だ」

「ご幸運を！　船長、よい旅を」

「サンキュー」

「秒読みに入ります。10、9、8、7、6、5、4、3、2、1、0、発射」

志保は、ケリーが自分へのメッセージを送ったように直感した。

〈今日は宇宙へ飛び立つにはいい日だ〉

志保は涙が涸れるまで大声で泣いた。

画面の中に、青い空に突き進むグレイト・チャレンジャー号の白い軌跡を見た。

「白い龍……。白い龍になったんだわ」

涙がとめどなく溢れた。

雪の舞う阿蘇カルデラの中で、巨大な地熱井が灰色の空に向かって白い水蒸気を噴き続けていた。

第21章　フィリピン維新

死者一四〇名、使われた資金五百億円。殺人、脅迫、誘拐、買収、投票箱強奪……。ありとあらゆる犯罪の名に値する不正行為が白昼公然と行われ、大統領繰上げ選挙は圧倒的なマルコム政権の勝利に終わった。

一九八六年二月九日、午後三時三十分。開票率五〇％を超えたところで、マニラ中央選挙管理委員会はマルコム候補が五八四万票、マキノ候補が五三九万票と発表した。

しかし、民間団体「自由選挙のための全国市民運動」の集計では、マルコム候補が四八〇万票、マキノ候補が五五七万票と、逆にマキノ候補の優勢となっていた。

突然、マルコム大統領は集計の打ち切りを命じ、国会での集計作業の再実施命令を下した。二月十日、第二、第三のレベッカが立ち上がる。中央選管の集計センターで、三十名の女性オペレーターが一斉に職場を放棄したのだ。彼女たちはバクララン教会で、全世界の記者たちに集計の不正を訴えた。

しかし、マルコム大統領の強大な力は彼女らの抗議を蹂躙《じゅうりん》する。

二月二十二日、ソ連が動き出した。ソ連はマルコム大統領支持を表明。そして同日、米国もマルコム大統領支持に向かって動き出す。世界はマルコム大統領当選承認に向かって動き出したのだ。

マキノ候補は世界から孤立した。マキノ候補は「今後とも平和的手段でマルコム退陣を要求して行動する」と宣言。しかし、マキノ陣営には動揺が始まり、男たちの中には早くもマルコム陣営に尻尾を振る者も出てきた。

レベッカは最後の最後までマキノ未亡人とともに戦い続ける決意をしていた。

二月二十二日、夕方。

「とうとう決起したよ。レベッカ」

息をきらせながら、マキノ未亡人の義弟アガピト・マキノがレベッカに告げた。

「一体、何が起こったの？」

レベッカは、いつも冷静さを自慢しているアガピトの顔を見て驚いた。まるで死人のように青かった。

「やったんだよ。エンリレ国防相とラモス参謀総長代行の反乱だ。今、アメリカの新聞記者から聞いたんだ」

「……」

「二人は武装した将兵四百名と共に国防省内に立てこもっている。全世界のプレスに向かって選挙の不正を訴え、マルコム大統領退陣要求の声明を発表したんだ」

「それで、国軍はどうしたの?」

「マルコムは当面、国軍を動かすつもりはない、と言っている。今回の反乱は、大統領暗殺計画が事前に発覚したために追及を恐れた兵隊たちによって引き起こされたもの、と声明を出している」

「ワナかもしれないわ……私たちをおびき寄せるための……」

「とにかく、マルコム政権の中核にひびが入った。姉さんに連絡をとってほしい」

「わかったわ。いずれにしても最後のチャンスかもしれない。わずか四百の兵隊で十五万の国軍に立ち向かうなんて……彼らは死ぬつもりだわ。一刻も早く彼らへの支持を表明しましょう。彼らが殺される前に。アガピト、彼らに逢ってみて、ワナかどうか判断してください。もし、これが本当なら、私に考えがあるの」

「わかった、レベッカ。最後の賭けになるかもしれない。お互いに生きていよう」

アガピトは、黙って唇を噛みしめるレベッカの頬に軽くキスをすると、部屋を出ていった。

マキノ候補の選挙事務所の周囲には、いつしか数千人の人たちが集まっていた。彼らは頭や腕にマキノ候補のシンボル・カラーである黄色の布を巻きつけ、口々にマキノ候補の愛称を叫んでいる。

「コーリー、コーリー、コーリー」

群衆の叫び声が波のように響いてくる。レベッカがゆっくりと窓を開けると、それは嵐のように部屋中に轟いた。

〈二十五日、マルコムが大統領就任式を強行すれば直ちに大がかりな弾圧が始まる。エンリレ国防相もラモス参謀次長も、最後の抵抗のために死ぬ気で立ち上がったのだわ。やるしかないわ……〉

レベッカは心の中で呟いた。

四百の兵士と十五万の重装備の国軍。とても勝てる戦いではない。国軍は戦車隊を出してくるだろう。そうすれば数時間で反乱軍は壊滅する。戦車より強い武器が必要だが、そんなものはありはしない。

〈いや、あるわ！　人だ。人間だわ。素手の人間たちでバリケードを築く。最も弱い素手の人間たちで強固な鋼鉄のマシン、戦車と戦う〉

レベッカは決意した。

レベッカはアガピトから「同胞エンリレ国防相と会見し、『決死』の行動を確認した」という連絡を受けると、直ちに、「反乱軍を守るために人民は素手で国防省に集結しよう」との呼びかけを行った。

激動のマニラの夜が静かに更けてゆく。

二月二十三日、午前一時。マキノ支持の人たちが路上に集結を始めた。一人、二人、三人……。無数の《一人》が、エンリレ国防相、ラモス参謀次長ら反乱派の立てこもるクラメ基地の国防省に向けて歩きはじめた。国防省の正門には既に三千人の群衆が集まっている。

そして、一日が過ぎ、群衆は三万人と急増した。

翌二十四日、午前五時二十五分。政府軍機動警察部隊が、クラメ基地を取り囲む数万人の市民に対して催涙ガス弾を発射した。反乱派兵士は決死の戦闘配置につく。六台の装甲兵員輸送車に守られた大統領派遣部隊が、隣接するアギナルド基地に入る。

午前六時、フィリピン・カトリック教会のシン枢機卿が、攻撃を開始した政府軍兵士に自制を訴えた。

レベッカはシン枢機卿と行動を共にしていた。シン枢機卿はレベッカの名付け親でもあった。

「シン枢機卿様、お願いがあります。今、数千、数万もの素手のフィリピン人が同胞の手によって殺されかけています。この危機を救うために小さな嘘をつきたいと思いますが……、お許し下さいますか？」

レベッカはシン枢機卿の膝の上に両手をついて、祈るように相手の瞳を見つめた。

「正直者で不正を嫌うレベッカさんが嘘をつきたいとは珍しいことだ……。この危機を避けるためなら神も嘘をつくことを拒まれないと思うが、どんな嘘なのかな？」

シン枢機卿は、二年前までは裕福な家の娘であったレベッカの著しい変化に心を痛めていた。優しく象のように小さな眼でレベッカを見つめた。

「みんな一つの夢を胸に抱いて戦ってきました。今、虫ケラのように殺されるなら、その前に一度だけ、その夢の素晴らしさを味わわせたいのです」

シン枢機卿はレベッカが何を言おうとしているのか、わからなかった。

「レベッカ、はっきり言ってください」

「はい、枢機卿様。みんなの夢は、この国が自分たちの国であることを知ることなのです。独裁者マルコムのものでなく、私たちの国であることを……。みんな不安なんです。本当に強大なマルコムに勝てるだろうかって、内心はいつマルコムに尻尾を振ろうかと迷っているんです。おそらく、マキノ夫人も同じなんです。そんな弱虫なマキノ夫人も私も、一つの夢を信じて、ここまでやって来ました。その夢は、弱い女たちが祖国への愛、神様の愛を信じて戦ってゆけば、マルコムを制することができる、という夢なんです。

お願いします。これから五分間、私に神聖な言葉を伝えるラジオ・ベリクスをお貸しください。私は『マルコム親子が国外に逃亡した』と放送します。そうすれば、民衆は『勝利した』と思うでしょう。また、同胞を殺そうとしている国軍の兵士たちも、自分が生命を賭して守ろうとしているものが、祖国を捨てるような男だと気づきます。そうすれば、同じフィリピン人同士が殺し合うことを直ちにやめるはずです。

みんなが夢の中で一つになれば、時代は変わります。枢機卿様……お願いです。枢機卿様」

シン枢機卿は悲しい顔をして言った。

「レベッカさん。貴方の同胞を思う心はわかります。しかし、貴方の味方である民衆を欺くことになりますよ。いかなる理由にしろ、信じる者を欺くのは神の道に反します」

レベッカは涙をこらえて、シン枢機卿を凝視する。

「しかし……私は最近、耳が遠くなってな。そのニュースの終わりに、『これは未確認情報です』と付け加えれば嘘にならんよ。情報とはあいまいさゆえに情報となる。太陽が西に沈んでも情報にはならんものじゃ……」

「わかりました。枢機卿様、ありがとうございます」

レベッカの大きな瞳から大粒の涙が流れ落ちる。シン枢機卿は小さな眼でウインクをした。

レベッカは立ち上がり微笑した。涙はもう流してはいなかった。

ゆっくりと、放送中を示すランプの点滅する放送室に入った。シン枢機卿が微笑む。白い尼僧服を着た女たちが、無言でレベッカに席を譲った。マイクを見つめるレベッカに、尼僧たちは無言で人差し指と親指でL字を作り、合図を送った。

レベッカは深く呼吸をしてから、マイクを握った。歴史を変える一瞬がやって来る。

二月二十四日、午前六時三十分。

「臨時ニュースを申し上げます。マルコム大統領一家は只今、マニラ国際空港から国外に出た模様です。ベール国軍参謀総長はマラカニアン宮殿にまだ留まっているという情報が入りました。もう一度繰り返します。マルコム大統領一家は只今、国外に出ました」

レベッカはスイッチを切って、「これは未確認情報です」と小声で言うと、ゆっくりと胸に十字架を切った。

放送が終わると同時に、数万の群衆の間に歓喜の叫びが轟いた。

「革命勝利！　我々は勝利した！」

「コーリー、万才！」

「マルコム政権崩壊！」

大歓声が津波のように広場にこだまする。反乱軍兵士たちと群衆が手を取り合い抱き合って泣いている。

突然、若い兵士が国防省正門の柱に上がり、フィリピン国旗を翻しながら歌い出した。愛国歌『バヤンコ（我が祖国）』の歌声が、広場を埋め尽くす数千、数万の群衆の間に広がってゆく。みんな歌いながら泣いている。

群衆は歌い終わると、朝日に輝く蒼空に向けて一斉に《国民の力》の指文字を作った右手を突き上げる。

「コーリー、コーリー、コーリー」

マキノ夫人の愛称コールが広場に轟いた。

政府軍兵士たちの顔に不安が広がる。兵士たちは群衆に向けていた銃口を下げはじめた。

その頃、マニラ首都圏ケソ市にある国営放送「マハルリカ」占拠のため、三十名の反乱軍兵士が密かに行動を開始していた。

同日、午前九時十五分。マルコム大統領は家族とともに国営テレビで姿を見せて、亡命説を強く否定し、二月二十五日に予定通り大統領就任式を行う、と言明した。

午前九時三十分、国営放送を反乱軍が占拠。マルコム大統領の放送が突然中断される。

午前十時三十分、エンリレ国防相がフィリピン臨時政府の樹立を宣言。マキノ大統領がラウレル副大統領を指名。

武器と武器との戦いではない、情報と情報との戦いがこうして始まった。情報は混乱した。

同日深夜、決定的な情報がマニラを駆けめぐる。

「米国政府がマルコム大統領の平和的な辞任を求め、マルコム大統領の亡命を受け入れると表明した」

次第にマルコム政権は孤立していった。

マニラの春は鮮やかな色とりどりの花とともにやって来る。レベッカは久しぶりに白い木綿のワンピースを身につけた。赤い大きなスカーフを腰に巻き、薄いピンクのマニキュアが乾く間、細長い指を大きく開きながら等身大の鏡に向かっている。

あと数時間で風間と逢える。

マキノ夫人を大統領とする新しい政権が生まれ、既に二カ月が過ぎていた。長いフィリピンの変革の嵐の中で、多くの生命が失われていった。レベッカは奇跡的に生き残った。

レベッカはマキノ大統領の強い要望を振り切って、政治の激流から飛び出す決意をしていた。風間の待つ日本へ、幼な子と二人で旅立つつもりであった。レベッカは、やがてこの国に再び男たちの反乱が起こることを予見していたからだ。

すべてがバランスである。女たちが男たちの政治を打ち破った。次は男たちの復権が始まるのだ。現実に、エンリレ国防相を中心とするグループは、レベッカが主張する共産主義勢力の合法化政策に強い不満を表明していた。

レベッカは山崎から教えてもらった詩を大事にしている。老子の言葉だ。絶え間なく領土を奪い合う争いが繰り広げられていた春秋戦国時代、二五〇〇年前の古代中国。

どのようにしたら、国を存続させることができるか？

どのようにしたら、もっと強い国になれるか？

どのようにして、大きな国は小さな国を束ねていったらよいか？

老子は言う。

「小魚を煮る際に引っかき廻したら頭も尾も皆とれてしまうように、国を治めるには形をくずさぬよう無為自然に治めるほうがよい。大きい国とは大河の下流にある大海のものである。そこは、あらゆる水が混じり合うように小さな国々の水が交わるところ。そう、女性のようなものだ。一歩引いて静かにへりくだっている。大きい国は小さな国にへりくだっていれば、その小さな国を配下におさめることができる。小さな国もその大きい国にへりくだっていれば、大きい国に守ってもらえる。相手を従えられる場合もあれば、存在を認めてもらい存続もできる。その夢を叶えたいなら、まず大国の方が先にへりくだるのがよい」

小さな国を支配するためにへりくだる。それが大きい国が戦わずして勝ち、生き残る唯一の道なのだ。

さらにレベッカは、失墜した旧マルコム政権の協力者たちにも、新生フィリピン建設への協力を呼びかけていた。

しかし、エンリレ国防相は、変革の中で暗殺された同志たちの死を思うと、彼らを許す気持ちにはなれなかった。それに今回の変革の最大の功労者は、死を覚悟してクーデターを起こした自分たちなのだ。マキノ夫人を中心とするグループ勢力の拡大と長期化を食い止める必要がある。マキノ政権のブレーンになりつつあるレベッカこそ、最大の政敵だと目されていた。

レベッカもこのフィリピンに滞在する限り、遅かれ早かれ生命を狙われる危険から逃れがたいことを痛感していた。幼い子のためにも、風間の住む九州で生き残ろうと決意していた。

新政権発足の日、レベッカは一枚の手紙をマキノ大統領に手渡した。

「今日より平凡な母として生きるために、一切の政治活動から身をひきます。

今後は子供とともに日本に住み、フィリピン経済復興の原動力となる日本との貿易事業の拡大に生命を捧げます。マキノ大統領も、元の主婦として一刻も早く家庭に戻られることを希望します。身をひくことでマキノ大統領の名声は永遠にフィリピン人の心の中に残り、後世の大統領に無私の心の素晴らしさを刻みつけることができると信じます」

この手紙はマキノ大統領の机の奥深くにしまわれた。マキノ大統領は、新生フィリピンのためにレベッカが必要だと思っていたからだ。

しかし、この好意が、エンリレ国防相のレベッカの政治的野心に対する疑惑を大きくさせ、レベッカの生命を窮地に追い込むことになる。

エンリレは静かに黒い電話器を取ると、低い声で呟いた。

「レベッカは今日十三時に、マニラ空港、大韓航空三二便の到着ロビーに現れる。警備兵は誰もいない……」

「貴様は誰だ！」

「お前たちの狙っているレベッカを消すチャンスだ」

「貴様は誰だ。答えろ！」

「君の友人。それで十分だろう」

エンリレは受話器を置いた。厚手のカーテンによって作られた暗闇の中で、ポケットから細長い葉巻とライターを取り出した。赤い炎の周りに紫の煙が立ちこめる。

「新しいフィリピンのためだ……」

エンリレは紫煙を吐き出しながら呟いた。

けたたましく白い電話器が鳴り響く。

レベッカは部屋の花瓶から黄色の花を折って手に取ると、栗色の髪にやさしく挿した。ゆっくりと受話器で長い髪を押し上げてから喋った。

「レベッカです」

「キハノ様ですか。エンリレ国防相より、飛行場へはご一緒しないようにと指示がありましたので、お迎えに参りません」

マキノ大統領の命令でレベッカにつけられた警護兵のリーダーからであった。

「いいわ」

一瞬、不安がレベッカの脳裏を横切った。しかし、風間と飛行場で再び逢えると思うと、そんな小さな不安は直ちに消えた。

レベッカは受話器を置くと、「さあ、パパに会うのよ」と、ソファーに眠っている小さな男の子を抱き上げ、抱擁した。

レベッカはクリーム色のベンツのエンジン・キーを回すと、助手席で眠る男の子に向かって囁いた。

「Ken Kazama. We《ウィー》 are《アー》 ready《レディ》 to《トゥ》 go《ゴー》（出発準備完了）」

アクセルをゆっくりと踏み込みながら、マニラ湾からの涼しい潮風を顔に受け、レベッカは大きく呼吸した。

マニラ空港は革命前と同じように、たくさんの人たちで混雑している。しかし、人々の表情は新生フィリピンの胎動への期待で輝いていた。

二年前、フィリピンの若者の夢はこの国を捨てることであった。しかし、今は違う。彼らは自分たちの力を使ってフィリピンを作り替える夢を見ようとしていた。

「レベッカさんですか?」

少年の明るい声に呼ばれ、レベッカがゆっくりと振り返ると、抱いていたケンが眼を覚まして泣き出した。

「ケン、よしよし、もう少しだからね。パパに逢えるのよ。何かご用?」

レベッカが優しい笑顔で少年の顔を見る。少年は無言のまま、汚れた麻袋から黒光りするものを取り出した。

レベッカがそれが何であるのか気づく前に、大きな銃の炸裂音が轟いた。反射的にレベッカはケンを身体でかばう。レベッカの白いドレスが鮮血で染まった。少年の濁った瞳がセピア色のベールで包まれてゆく。レベッカはゆっくりと倒れた。

人々の悲鳴と喧噪が、赤ん坊の単調な激しい泣き声に共鳴する。ケンの声がレベッカの頭の中で大きな振幅を繰り返す。

空港のアナウンスが大韓航空三二便の到着を告げた。

「パパが着いたわ……。パパが来るまで大きな声で泣き続けるのよ。大きな声で……」

レベッカはケンの顔に飛散した血を白いハンカチで拭き取りながら、これで自分がフィリピンの政治変革の渦から飛び出す時が来た、と思った。

ひたひたと、《死》が古い懐かしい《友人》のように近づいてくる。不思議なほど恐怖がなかった。

飛び散った手提げ袋の中から、風間が日本から送ってきた小さなオルゴールが、ビートルズの名曲『Let《レット》 It Be《イットビー》』のメロディーを外れた調子で奏でている。

「Let it be……」

レベッカは呟きながら眼を閉じた。

第22章　ゴルゴダの火

山崎は病室で本を読んでいた。扉が静かに開くと、着物姿の志保が佇んでいた。

「どう、具合は?」

「ああ、ありがとう。すこぶる元気、ちょうど退屈していたところだ。まあ、座ったら」

山崎は椅子を指差した。

志保は座らずに、「お花、替えるわね」と言うと、見舞いの赤いバラの花を、丹頂鶴の模様の入った花瓶に入れた。窓際に花瓶を置き、両手で優しく花の形を整える。山崎にはその一連の仕草が、まるで日本舞踊を踊っているかのようにしなやかに見えた。

窓から由布岳の二つの乳房に似た頂きが見える。青い空に深紅のバラが鮮やかなコントラストで映えた。

「これでお花も元気になるわ」

志保は椅子に腰かけると、ゆっくりと顔を向けた。

「山崎さん、康次郎はぜひ貴方の力を借りたいと言っているのよ。今回の阿蘇プロジェクトは西部興産が初めて取り組む大事業になるわ。お願いだから協力してあげて……」

志保は、薄いブルーの絹の布地に白い波模様の織り込まれた着物に身を包み、白銀色の佐賀錦の帯、紅サンゴの帯留め、すべてが康次郎という大きな男の腕の中で息づく古風な女になりきっていた。山崎は、「幸福」を手にした古い友人を素直に祝福する気持ちと、男として嫉妬する感情とが絡み合い、複雑な気持ちになっていた。

「また、その話か。義明君にはお断りしたはずだけど……」

「だからお願いに来たの」

志保は少し甘える声で山崎の眼を見て言った。

「でも、内山事件で地熱発電所建設の融資や補助金は廃止されたし、それに、今後の日本では、国立公園内での掘削は認めない、今回の特別区でも生産井の掘削も発電規模も五万キロワット以上は認めない、という話だろう。義明君の話では、筑紫電力は三年間の安定した蒸気を検証した後でないと発電所の建設契約をしない、と通告してきたというじゃないか。電力会社は地熱発電所を建設しないよう政府から言われている。無理だよ。こんな嫌がらせを電力会社がしているうちに蒸気開発会社はすべて倒産してしまう。それが電力会社の狙いさ……」

山崎は悔しそうな表情で、胸の中に湧き出る怒りを吐き出すように喋った。

「クリスチャンの康次郎がこんなことを話していたわ。イエスが磔《はりつけ》になったゴルゴダの丘に似ているって」

「どういう意味?」

「救世主であるイエスを殺して、罪人のバルバを選んだ民族になったの」

「地熱という救世主を処刑して、原発という罪人を選んだというわけか……。そのとおりだね。これから政府は原発の比率を五〇%まで大きくする方針をかためた。ゴルゴダの炎である地熱を殺してしまう」

志保は静かに話した。

「聖書にこうあるわ。ローマの司令官ピサロが民衆に問いかけたの。『バルバを選んだその責任はユダヤ民族が負わなければならない』。民衆は叫んだわ。『子孫代々にわたり永久に背負う覚悟がある。今すぐイエスを殺せ』と。バルバは磔から降ろされ命を救われるけれど、永遠に生きる罰を背負うことになるの。爆発した原発が数万年も放射能を放ちながら、永遠に人類に災いを与え続けることに似ているわ」

「十万年先に存続するわけがない企業が放射性廃棄物の義務を負うということ自体が、矛盾していることに気がついていない」

「気がついてはいるけど、見たくないと思っているだけじゃないのかしら」

志保は明るい声で山崎に答えた。

「康次郎が言っていたわ。イエスは三日後に復活した。地熱の女神もいつの日か復活するって。国の支援については、初めから康次郎は信用していないのよ。この計画の立案段階から、熊本銀行と肥後信用金庫から二百億円の融資を協力してもらえることになっていたの。だから、お金の心配はないの。康次郎は初めから、筑紫電力には売電はしないと決めていたのよ。阿蘇に五万坪を既に購入しているわ。新しい断熱パイプ工場を建設して、自家発電で電力を使用する計画なの。熊本県産業推進局から連絡があったの。残った電気を使う十社の工場が入る工業団地の建設が決まったって……」

山崎は康次郎の、負けても生き残る道を創り上げる、したたかな策略に驚いた。

「さすが康次郎さん。生まれつきの経営者だね。俺ね、生まれて初めて病院というものにやっかいになって、いろいろ考えさせられたよ」

「どんなこと？」

「こうして毎日、海に浮かぶ島々を眺めて、ひたすら自然の回復力に身を委ねて生きる生活。俺たち、子供の頃からベビー・ブームや厳しい競争社会の中で生きてきただろう。そして競争することで社会全体が繁栄してきたからね。でも全く違うんだよね、ここの生活」

「そうね。私たち、団塊の世代とか全共闘世代とかいわれて一生懸命に走ってきたものね」

「入院して一カ月くらい経った頃、淳一郎先生……君の義理の息子さんになる人だ。その先生が白秋の詩を教えてくれたんだ」

「淳一郎さんが？　詩を？」

志保は結い上げた日本風の黒髪を細い指で押さえた。

「淳一郎先生、現代詩ではこの九州では相当有名な人らしいよ」

「どんな詩なの、白秋の詩って？」

山崎は、春の太陽を反射してキラキラと銀色に輝く海を、眼を細めて見つめている。

「バラの花を詠った短い詩なんだ。

『バラの樹に
　バラの花咲く
　何事の不思議なけれど』

何の変哲もない出来事の中にこそ、大変な何かが含まれているという意味かな。

俺は右足を骨折して四十三日目に、初めて松葉杖無しで自分の両足で立てた。そして歩いた。その時、本当に嬉しく思ったよ。普通の人間が何とも思ってないこと、そんな中にこそ素晴らしいものがある。その時、そう思ったんだ」

志保は、山崎が自分の道をまた独りで歩き出そうと決意していることを感じた。

「退院されたら……また米国へ戻って浪人生活をなさるの？」

「いや、南米のコスタリカに行くつもりだ。地熱開発に本格的に取り組もうと、世界中から技師を募集している。アメリカの仲間たちも参加しているんだ。俺たちの世代、龍の世代だと思うんだ」

「……」

「龍という動物は、古代中国人が空想の世界で生み出した架空の動物だろう。だから、誰も龍なんか見た者はいないけどね。昔から数千、数万という龍の絵が描かれている。ある時代は明治維新という夢を龍に託し、ある時代は平和国家、経済大国という夢を龍の絵に託したんだ。そして、その夢のために多くの若者たちが死んでいった。

俺たちは、親たちが瓦礫の焼け野原から新しい日本を作ろうと思いはじめた頃に生まれた世代だろ。瓦礫の中で父や母はいろんな夢を見ていたと思う。だから、俺たちの身体中に、夢見る赤い血が流れている。俺たちが夢を持ち、天を見上げる限り、龍はそんな夢を食べながら永遠に生き続けることができる。ひとたび俺たちが現実に押し流されて夢を見なくなったら、龍は消えてしまうんだ。

阿蘇カルデラに日本で一番深い五〇〇〇メートルの地熱井を掘るという夢は、掘り終わった時、消えてしまった。だから俺は別の夢をもう一度見たい。そう康次郎さんに伝えてほしい」

「山崎さんって昔と同じ……。夢を見るために生まれてきたような人ね。もう何も言わないわ。

じゃ、私の夢の話をさせてもらうわ。この前、空に昇る水蒸気を見ながら思ったの。人間がこの水蒸気を掘り当てたとか、取り出したとか騒いでいるけど、逆に金鱗湖に眠っている龍が眼を覚まして、私たちを呼び寄せ、掘らせただけじゃないかって……。一番喜んでいるのは愛する僧に再会した龍なの。その龍こそ、地母神ガイアの化身。そう思うの」

「そうかもしれないなあ……」

「地質屋のカールがもう一つ、美しい夢を聞かせてくれたわ。私が白龍一号の掘削櫓が解体された時、こう言ったの。『タワー・オブ・ドラゴン（龍の塔）はこれで無くなるのね』って。その時ね、カールがこう言ったわ。『全世界から集まったエンジニアの心に、この白い蒸気が昇り続ける限り、タワー・オブ・ドラゴン（龍の塔）は立ち続けるだろう』って」

「あのカールがね……。いい奴だったなあ。ところで風間君からは何か連絡あったの?」

「義明さんは三週間後にレベッカを連れて熊本に帰ってくるわ。レベッカはあと二週間で退院できるって。今、レベッカの赤ちゃん、私が預かっているの。可愛いわ、赤ちゃんって。ケンっていうの。私のこと『マー』って呼ぶのよ。私、絶対に『グランド・ママ』って呼ばせないの。レベッカと話したんだけど、私のこと『ビック・ママ』って呼ばせることにしたのよ」

山崎は志保のこれほど輝いた笑顔を見たことがなかった。女の幸福というものは、自分が煩わされる人間の絆の数に比例して増えるのだろうか。少なくとも、志保がアメリカという異国で一人の有能な女性として生きていた時よりも、何倍も生き生きとしているように思える。

山崎の脳裏に、唯一の自分の家族といえる妻尚子と龍三のことが浮かんだ。

突然静かになった山崎に、志保は明るい笑顔で話しかけた。

「そうそう、康次郎からの贈り物があるのよ。新しい旅立ちに少し荷物になると思うけど、ぜひ持って行ってもらいたいって言っていたわ。山崎さん、もう、少しは歩けるでしょう？　一階のロビーに置いてあるのよ。ぜひ受け取ってほしいわ」

そう言うと志保は、山崎を強引に病室から連れ出した。

山崎は少し右足を引きずりながら、白く反射する清潔な階段をゆっくりと降りてゆく。一階のロビーの方から、子供が声をあげて走り回る音と、その子供を大声で叱る女性の声が聞こえてきた。

一瞬、その女性の声に聞き覚えがあるように山崎は思った。

山崎は暖かい春の日差しがつくる陽だまりの中に足を踏み入れていった。

第23章　金継ぎ

一九八六年のあの日から、三十四年の月日が過ぎた。

二〇一六年の悪夢のような原発テロ事件から四年後の二〇二〇年、日本は五十六年ぶりの東京オリンピック開催の日を迎えた。

日本が見事な奇跡の復興を遂げた背景の一つには、二〇一七年から本格的に動き出した日本版シェールガスといえる日本海底のメタンハイドレートガス開発がある。これは二〇一六年に参議院議員に当選した青山繁晴が経産省に強く要望して実現したものであった。加えて、アメリカやカナダからの安いシェールガスやシェールオイル、さらに経済制裁を解かれたイランからの原油、ロシアからの天然ガスの輸入などによって、日本経済は大躍進し、元気を取り戻した。株価も二万二千円台を回復していた。

また、重大テロ後にもかかわらずオリンピックの開催が実現したのは、二〇一六年に誕生した台湾の親日派女性総統蔡英文《さいえいぶん》の呼びかけで、台湾・インド・インドネシア・ベトナム・フィリピンなど親日・反中のアセアン諸国などが中心になり、国際世論を動かした成果であった。二〇一七年、中国は習近平《しゅうきんぺい》体制が軍のクーデターにより崩壊し、七つの軍の将軍たちが治める連邦国家になった。

歴史をひもとくと未来が見える。アドルフ・ヒトラー率いるドイツ帝国が首都ベルリンでオリンピックを開催したのが一九三六年。それから九年後の一九四五年に連合軍に負け、ドイツ帝国は崩壊し、西ドイツと東ドイツに分断された。ソビエト連邦がオリンピックを開催したのが一九八〇年、その九年後の一九八九年、ベルリンの壁が崩壊し、分断された。中国も二〇〇八年にオリンピックを開催し、その九年後の二〇一七年に分断した。

歴史は繰り返す。情報を遮断する独裁国家が、世界中から情報と人が集まるオリンピックを開催すると、九年後に異変が起きるという不思議な原理が働き、国が分断されるのだ。

こうして、かつての旧中国であった七つの連邦国家から三つの国、チベット共和国・ウイグル共和国・上海国民共和国も日本を支援する国々として参加し、「日本復興を支援、アジア再生」をサブ・テーマにしたオリンピックを、という機運が盛り上がり開催にこぎつけた。

しかし、諸国が動いた一番の原因は、中国の分裂により、日本が再びアメリカに次ぐ世界二位のGDP大国に復活して、アジアの盟主に返り咲いたことである。旧中国が投資したインフラ事業はすべて凍結され、アセアン諸国は日本から事業継承と融資をもらうことを熱望した。

放射能汚染で被災した九州も、少しずつであるが日常を取り戻そうとしていた。西日本地区では放射性物質を無害化する画期的な技術が実用化され、広域での放射能汚染除去作業が進められている。

その技術とは次のようなものである。水を不規則な振動で攪拌しながら陰陽の両極を同じ水槽内で電気分解すると、ＨＨＯガス（ブラウンガス）と呼ばれるガスが発生する。火をつけると、「爆発」の逆の現象、つまり「爆縮」し温度を下げる、という不思議なガスである。このガスを使用して放射性物質を無害化するのだ。

原理は、電解ガス発生場に振動を加えると、発生したＨＨＯガスが乳化状のマイクロナノバブルになり、その微泡の中心から正ニュートリノ、反ニュートリノなど情報量子エネルギーが湧き、正ニュートリノの作用で別の物質が生成する。このガスにより物質の元素番号を減らしたり増やしたりして物質を変化させるのである。

たとえばこの技術を使えば、放射性物質である原子番号55のセシウムが原子番号56のバリウムという、胃のレントゲンに使用されるような放射性の無い安全な物質になる。

下町工場の発明家、八十歳の大政《おおまさ》博士が大学と合同で開発を進めていた研究が花開いた技術である。福島原発事故の除染の際にも政府に提案していたが、地方大学の技術であるとして採用されなかった。

あらゆる学会が東大を頂点とする中央中心の派閥で構成されている。こうした常識を覆す研究や発明や発見は、地方の大学や町工場の技術者から生み出されるのが日本の現状である。チェルノブイリ原発に隣接する汚染水源で、このHHOガスを使用した無害化実験が二年間かけて検証され、ついにロシア科学アカデミーが認めたのだ。その後、日本でも一年間の放射能無害化実証試験が成功した。

しかし、北部九州地区の除染作業が完全に完了するには三十年以上を要すると判断され、九州の中心都市は福岡市から熊本市に移動した。九州は原発ゼロを掲げた新しい政府決定により、日本の自然エネルギーの産地として復活する道を歩き始めていた。ただし、新鮮な水産物と農産物の生産拠点として注目されていた佐賀県や長崎県や福岡県は、放射能汚染地区に指定され、ブランド価値を完全に失った。

その代償として政府は、九州復興対策として二兆円の九州原発被害復興予算を計上。立ち入り禁止となった巌山原発周辺地区五〇キロ周辺に、十二カ所の放射性廃棄物最終処分場が建設された。その特別地域に、全国の原発に今まで保管されていた使用済み核燃料や、福島原発事故により発生し行き場のなかった放射性廃棄物をすべて受け入れるという条件が付帯されていた。しかし、その密約は地元住民には秘密にされていた。

原発で潤っていた地方自治体は、近隣自治体の反対決議を抑え込むために、引退してなお政府首脳部に隠然と力を持つ首相経験者に口添えを依頼した。その高額な九州再生交付金の利権をめぐって、新しい「被害補償原発村」が出来上がった。原発テロ事件をめぐる責任問題も結局、電力会社も政府も責任を取ることなく、うやむやに処理をされた。

山崎たちの人生もそれぞれに変化していた。

山崎の元妻の尚子は銀行を早期退職し、東京でＮＰＯ法人の子供難病センターの理事を務めている。また尚子は、原発テロで両親を失った子供たちの教育を支援するため、北九州市に新しいＮＰＯ法人を立ち上げようと奔走した。それをテレビで知った二十四歳の女性社長がその趣旨に共鳴し、クラウドファンディング「DREAM LADY 4」を通じて五千万円を出資してくれて、育英奨学組織の設立が実現した。

難病で苦しんでいた山崎の息子龍三は新薬で奇跡的な回復を遂げ、母親のＮＰＯ法人で、自分と同じように難病で苦しむ子供たちを助ける仕事をしている。

風間義明は今年六十歳になる。十二年前に他界した康次郎の事業を継承して西部興産の社長に就任し、今でもレベッカと一緒に熊本で仲良く暮らしている。志保は義明の母親として、また西部興産会長として、社長となった義明を支えている。

義明とレベッカの息子・風間ケンは、一人でフィリピンのマニラに暮らしている。

レベッカがフィリピンを去った後、マキノ大統領は翌一九八七年に憲法改正を行い、「外国の軍事基地、軍隊及び施設は国内に置かない」とした。その五年後の一九九二年、アメリカが治外法権状態で占領していた米軍基地を完全撤退させた。これをもって、五百年に及ぶ欧米支配の象徴であった軍隊が、アセアン諸国から完全に撤退した。

『日本はなぜ基地と原発を止められないのか』の著者・矢部宏治氏はこう言う。

「憲法とは小国が大国に立ち向かう最大の武器である」

マキノ大統領は二〇一四年、風間ケンをフィリピンに呼び寄せ、二十七歳の若さで内閣参事官に抜擢した。アメリカの軍隊を対等な条件で、フィリピン軍が管轄する基地に期間を定めて駐留させる交渉を、風間に担当させた。風間は見事に、国家の主権を守りながら米軍を駐留させる難しい交渉をまとめ上げた。現在は、親日派のドゥテルテ新大統領の下で、南沙諸島のサンゴ礁に中国が造成した人工島の領有権問題解決のために働いている。実は、二〇二〇年東京オリンピック開催の支持をフィリピン政府に決定させ、アセアン諸国首脳たちを説得したのも、この風間ケンであった。


山崎の母親は避難生活の心労から、テロ事件の二年後に他界、九十四歳で人生の幕を閉じた。

母親の最後の二年間を看取ることができ、山崎は長くコスタリカでの仕事のために親の面倒を見られなかったという後悔の念から解放された。

山崎は母親の葬儀を終えると、再びコスタリカに戻った。

飛行機の中で、母との最後の会話を思い出していた。

「お母さん、今、北九州の除染も進んでいるから、いつかまた家に戻ろうね……」

山崎が母親を励ますためについた最後の嘘である。

「帰れるものなら帰りたいね。でも、一度壊れた茶碗は二度と元には戻らないんよ。昔の人は、壊れた茶碗の破片を丁寧に拾い集めて、金をまぶした漆で金継ぎして使ったんよ。大切なことはね、壊れた茶碗でも更に価値をもたらす、その金……知恵を見つけることなんだよ。そしてどうしてこんなことになったのか、どこで間違ったのか、伝えていかなくてはね……」

《金継ぎ》という言葉から「金で接着する」と誤解する人が多いが、天然の接着剤である「漆」を金継ぎの主役として使用する。漆で接着すると継ぎ目に漆の跡が残ってしまうので、それを隠すために金粉を使う。金粉を施すには蒔絵《まきえ》と同じ技法が使われるが、修理後の継ぎ目を「景色」と称し、破損前と異なる趣を楽しむのだ。

金継ぎされた茶碗は「景色」が変わるので、茶碗の裏表が変わることもある。日本人は人為でない自然の傷が作る景色を楽しむのだ。壊れた茶碗の思い出を高価な修復費用をかけることで子孫が大事にし、金継ぎされた茶碗や漆器を次世代に受け継がせ、その物語を語りつがせる知恵ともいえる。元に戻らない事実をはっきりと認識して、その災いの中から更に素晴らしい価値を作ろうとする。日本人は、金継ぎされた傷に偶然が作り出した美を認め、造形の中に自然、神を見出すのかもしれない。

日本人はこうして、壊れた陶磁器に侘《わ》びや寂《さ》びを感じる感性を育んできた。壊れたから捨てるという西洋の考えの対極にある文化である。「禍福はあざなえる縄の如し」という老子の考えにも通じる。

山崎は、日本が奇跡的な復興を成し遂げた背景には、この金継ぎの精神があったかもしれないと考えている。そして、分裂や対立、憎しみの連鎖が拡大する国際社会において、日本が貢献する道は、壊れた世界をこの金継ぎ精神でもって素晴らしい一つの世界に再び蘇らせることしかないと思っていた。

母親の手を握りながら、父との思い出がいっぱい詰まった故郷や家で最期を迎えることができない母を哀れに思い、流れる涙を止めることができなかった。

山崎は、美しい多様性に満ちた森と共存するコスタリカで、自分の生涯を終えるつもりでいた。日本の海外協力隊から、コスタリカの小学校で地熱エネルギーの素晴らしさを啓蒙する巡回授業を依頼されたことも、山崎があの美しい国に戻る決意をする強い要因になった。

子供たちは未来の懸け橋だ。山崎が借りている別荘があるアレナル火山の周辺では、日本商社が融資する地熱発電計画が進行している。国は違っても、日本企業と一緒になってコスタリカの子供たちの未来のために、地熱エネルギーを普及させる手伝いをするつもりだ。

あの原発テロによる放射能被害を経験した日本だが、山崎は、熱しやすく冷めやすい日本人が、今後とも日本の地熱資源活用を真剣に継続してくれるとは期待できないと思っている。石油価格がバーレル当たり三〇ドルを切れば、再び経済性優先路線が復活して、電力会社や官僚たちが地熱開発を妨害するだろう。それでも、その時、歴史を学んだ若い世代が大きく声を上げて、彼らに次のように告げることを信じたいと思っていた。

「この九州の大地を安全でクリーンな大地として、我々は子供たちに残したい。地熱などの自然エネルギーですべてを賄える国をつくってください」

――そう願ってから二年、山崎は二〇二〇年の日本を訪れた。

第24章　ドローンの秘密

山崎は、余命三カ月の末期胃癌と診断されて福岡大学病院に入院中の兄正一郎にかわり、母親の三回忌法要を執り行った。その晩、法要の報告と香典返しの打ち合わせのために病室を見舞うと、正一郎が突然、思い詰めた表情で話し始めた。

「実はなあ、うちの会社からドローンが盗まれる三日前に、部下だった大前課長が芦屋海岸で溺死体として発見されたんだ。遺書らしきものが宿泊した旅館から見つかり、自殺として警察は処理したんだが、自殺をするほどあいつは弱い男でなかった。だから、ドローン盗難に関する事情か何かを知って、口ふさぎのために誰かに殺されたんじゃないかと思う」

「殺されたって？」

「ドローンは、表向きは農薬散布用ということになっているが、本当は防衛庁から受注した兵器用だった。盗まれた六機に、アメリカ国立感染予防研究所が開発した炭疽菌ＡＩ－４号を二グラム搭載して、溶剤と噴霧時間と拡散用特殊ノズルを実験する予定だったんだ。それが原発テロに使用された。このことが明るみに出ると、国中が大騒ぎになる。この四年間、俺は苦しんだが、お前だけには、お母さんの命日だからあえて言っておく。俺が墓場まで持っていくつもりだったが、どうしてもお前に言っておきたかった。すまん……」

山崎は怒りが込み上げてくるのを感じた。

〈だから、あの日、お母さんと阿蘇に行けと言ったのか？　兄貴はあの日にテロが起こることを事前に知っていて、自分たちだけ逃げるために義姉さんと北欧に行った？　お母さんと俺を残して逃げたんだ。阿蘇に行けと念を押したのは良心の呵責か？〉

しかし、気弱に話す病身の兄の姿に、その言葉を呑み込んだ。深い吐息の後、ゆっくりした口調で、正一郎の眼を見て尋ねた。

「兄さんはテロ事件やドローンの盗難に直接関係していた……」

「そうじゃない。そうじゃないんだ。何かわからないが大変なテロ事件になると聞いて、原発テロだと思った……」

「誰から？　本当に知らなかったの？」

「信じてくれ。それは本当だ。聞いたのは、防衛省のある幕僚長からだ。ドローンが盗まれた日の深夜、電話があった。サミットに合わせてＩＳが九州でテロを起こすという情報が米軍情報局からあったらしく、盗まれたドローンが使用される可能性があるので六機それぞれの飛行妨害電波について教えるように言われたんだ。だから……」

山崎は正一郎の興奮を鎮めるように優しく声をかけた。

「兄さん、もういいよ。今こうして生きている。それが大事だ。それに、もう昔のことだから……」

「許してくれるのか？」

「許すも許さないもない話だ。兄さんが無事、それでいいんじゃない」

「本当に、許してしてくれるのか？」

「それよりも明日の手術の方が大切だ。お義姉さんが心配していた。どんなことがあっても生き残る、それが我が家の生き方だって、おソノおばあちゃんが生きていたら、そう言うと思うよ。気にしないで明日、頑張ってください」

「………」

山崎は病室を出た。心が砂漠のようになり、口の中がカラカラになっていた。やがて乾燥で両唇が開かなくなり、無理に開けると血が出てきた。深い海の底に、そのまま姿を隠したい気持ちになった。

博多から一人、タクシーで北九州の実家に戻った。仏壇の母親の位牌の前で祈りを捧げた。山崎の瞳の中で、蠟燭の炎が涙の海の中に海藻のように揺れていた。

翌朝、山崎はこの忌まわしい日本から逃げ出したい衝動に駆られて、翌週の予定を繰り上げ、できるだけ早く帰国する決意をした。風間が三日後のＪＡＬの航空券を手配してくれた。

第25章　スズメ蜂の陰謀

東京は灰色の雲で覆われていた。中国から飛来するPM2・5の影響だという。中国は分断しても少しも環境汚染の具合は変わらないらしい。

山崎は東京からコスタリカに旅立つ前に、風間から案内された講演会に出かけた。「新エネルギーの未来」と題する内容で、会場は東京の第一生命ビルであった。このビルは戦後、GHQが日本の占領統治の中枢を設置した場所である。講師は日本新エネルギー財団総裁の桝井幸三。元通産省の官僚で、エネルギー担当を務めた人物であった。

講演の後、山崎は桝井との会食に招待され、偶然にも隣の席に座らせられた。風間義明が手配したのだろう。この席で、山崎は桝井から驚くべき話を聞くことになる。

山崎がこの数十年間、抱き続けた三つの疑問がある。

なぜ夢の「高速増殖炉もんじゅ」は成功しなかったのか？

なぜ日本だけがチェルノブイリ原発事故があった一九八六年以降も原発を作り続けたのか？

なぜニューサンライズ計画の地熱有望地区での試掘がすべて失敗に終わったのか？

桝井は初対面の山崎に、この三つの疑問の解というべき真実を語り出した。

「それはですね……オフレコでお願いしますね。今でも関係者がまだ政府中枢部に生存しておられますからね。

福井県白木に造られた高速増殖炉もんじゅ。CIAは、自前でプルトニウムを生み出すこの『もんじゅ』を、初めから失敗させるためのプロジェクトとして発足させたんです」

山崎は「白木」の地名にハッとした。母親の先祖が信長の追っ手を避けて落ち延びた白木谷。姓を朝倉から白木に変えた、いわれの土地が、姉川の戦いから四五〇年の月日を超えて、自分の前に現れた。

「もんじゅは、あの事故さえなければ成功していたんですよ。何者かが、もんじゅ運開から三カ月後、ナトリウム漏洩火災を発生させました。わざと角のついた温度センサーを配管内にセットし、それが原因で配管内に渦が起こり、ナトリウムが漏れ出しました。ナトリウムは激しく発火し、大火災になりました。

また、五年後、非常用ディーゼル発電機を故障させ、さらに最終的に今度は三トンの鉄の塊を原子炉内に落下させたのです。これにより完全に、もんじゅを停止させることに成功しました。事故発生後、復旧作業の担当課長が謎の自殺。変死体が敦賀市内の山中で見つかりました。ご存じだと思いますが、次々と関係者が死んでゆくんです」

「はい。事故のビデオ隠蔽問題を内部調査していた担当者である総務部次長が、ホテルから転落し亡くなった。死因が警察発表と違うことが後で発覚し、大問題に……」

「ＣＩＡの手口です。秘密を知った、真実を知る人間がこの世から消えてしまうのが最大の安全策です。私は反対しました。そんな馬鹿な話があるかって。上司から脅されました。部署を替えられ、三年間、仕事を取り上げられました。それで早期退職を申し出ました。退職金はなぜか想定の二倍でした。私は抗議して、通常の退職金以上の額は返済しましたが……。

チェルノブイリ原発事故が発生した一九八六年当時、アメリカが一番懸念したのが、当時最大の原発マーケットになりつつあった日本で、原発反対運動が再燃することでした。欧州では激しい脱原発の運動が起こっていましたからね。

そこでニューサンライズ計画を立ち上げさせたのです。結果はご存じのように、太陽熱も風力も地熱も、すべてダメだという結論になりました」

「では、最初から新エネはダメだとする答えがあって仕組まれた計画だったんですか？」

「そうです。日本人を洗脳するためです。自然エネルギーがいかに使えない脆弱《ぜいじゃく》なエネルギーであるかを、日本人が完全に納得するように。そして次に、地球温暖化キャンペーンを行いました。安い石炭や原油を使えなくするためです。マスコミや学界を総動員してのキャンペーンは成功しました。

これが、チェルノブイリ原発事故の後でも日本だけが原発を造り続けた理由です。将来にわたり二度と自然エネルギー開発運動が日本で盛り上がらないようにする。それが、CIAに課された使命だったのです」

山崎は以前、地球物理学者のスミスから「世界のマスコミと日本のマスコミが全く異なる報道をしているのが地球温暖化問題である」と馬鹿にされた時の憤りを思い出していた。

桝井は淡々と話を続ける。

「地球温暖化のキャンペーンは、EUが排出権取引でお金を日本と中国から引き出すために作った虚構です。世界中の都市の人口集積に起因するヒートアイランド現象と、定期的に発生するエルニーニョ現象による異常現象を、すべて地球温暖化の影響としてマスコミに流しています。しかし、実はこの二十年以上、地球の平均気温は変わっていないのです。むしろ、最近の観測結果から、寒冷化を懸念すべきという科学者が多くなりつつあります。南極の氷も近年増加している、とNASAが発表しました。

日本人は、『地球は温暖化しており、その原因は人間が排出する二酸化炭素ガスによる』と九〇%が信じていますが、欧州では四〇%、アメリカでは二五%ぐらいの人しか信じていませんよ。アメリカ、オーストラリア、スイス、英国、カナダなどの国々は、温暖化対策予算を削減したり、関係役所を閉鎖しています。スイスでは炭素税も見送られました。

二〇〇九年にＩＰＣＣ（国連・気候変動に関する政府間パネル）のメールがハッキングされたクライメートゲート事件で、恣意的なキャンペーンの嘘が世界中に広く知れ渡り、一気に信用が失墜しました。また、近年のＮＡＳＡなどの観測結果が公開され、予測シミュレーションと大きく違うために、地球の平均気温がこの二十年以上変わらない事実がばれてしまいました。

日本のマスコミだけが国民に伝えていないのです。原発再稼働を推進するため、利権の巣窟の《温暖化村》を支える環境庁の官僚及び東京大学の御用学者、マスコミによる陰謀でしょうかね。同じ構造でつぶされたのは、小保方博士の『ＳＴＡＰ細胞発見』です」

「あの、世界中に日本人科学者が嘘をついたと著しく日本の技術の信頼性を落とした事件ですか？」

山崎は驚いた。

「そうです。あの人類を変えるＳＴＡＰ細胞も、潰したのはＣＩＡの指示を受けたマスコミと理研幹部と東大医学部の権威たちでした。小保方博士の博士号の剥奪と博士論文取り下げが行われた一年後に、アメリカのテキサス大学ヒューストン校とピッツバーグ大学医学部の研究チームの研究者によって、ＳＴＡＰ細胞に酷似した万能細胞『iMuSCs 細胞』の論文が、小保方博士の『STAP細胞』論文を掲載した『ネイチャー』の姉妹誌のオンライン専用媒体『ネイチャー・コム・サイエンスレポート』に掲載されました」

「いつの話ですか？　日本のマスコミでは一切報道されていませんが？」

山崎は思わず声を荒げて質問した。

「二〇一五年十一月二十七日付の論文です。日本のマスコミが小保方博士の私生活のバッシングをしていた同じ時期です。小保方博士の論文は、酸性の溶液に細胞をつけてストレスを加えると、細胞が万能細胞に変化するという内容でしたが、アメリカの論文は、筋肉細胞に物理的な傷というストレスを与えて細胞の初期化をさせるというものです。その論文には小保方博士の論文が参考論文として引用されています。また二〇一六年三月、ドイツのハイデルベルク大学で、癌細胞を使用して弱酸性の溶液で細胞に刺激を与え、STAP細胞に類似した細胞の作製に成功しました。このニュースも日本のマスコミでは報道されませんでした。

日本では、小保方博士を当初から擁護してバッシングされた武田邦彦先生や青山繁晴さん、森永卓郎さん、苫米地《とまべち》英人博士だけが、中傷をものともせずSTAP細胞の存在の可能性を発表していましたが、彼らが受けたネット上での中傷は半端なものではありませんでした。

世界を変える科学的な発明は、常識にとらわれない人間からしか生まれないものなのです。今の日本人社会は、異端者や意見の異なる人を変人として排除する傾向があります。〝善意の日本人の大衆〝がいかに〝正義感〝に溢れ、異端者に対して人格を否定するまで誹謗するかがわかりました。

この国では、地球温暖化に疑問を持ったり、早急な原発再稼働に反対をするだけで社会から抹殺されます。これは健全な社会ではありません。日本のマスコミも高級官僚も、アメリカによって完全に情報コントロールされています。

ちなみに、理研の創立者の鈴木梅太郎も、世界で初めて、脚気がビタミン不足に起因することを突き止めながら、ドイツ語に翻訳されたその論文が稚拙だという理由で認められず、後に海外の研究者により同じ内容の論文が発表されて、ノーベル賞を受賞することもなく亡くなりました。歴史は繰り返すということですかね。

小保方博士が発見したSTAP細胞が存在するということは、世界では常識になりつつあります。東大の権威の先生方にとって、私立大学の早稲田から画期的な発見が発表されることは、腹が煮えくり返るくらい忌むべきことなのです。温暖化問題を主張する研究者は東大に偏在します。温暖化に疑念を主張する東大卒の教授たちが地方大学にしかいないのも、本当のことを言う科学者は東大から排除されるからです。そして欧米にとっても、日本人が世界的な大発見をすることは許されないのです」

まばたきも忘れて聞き入っていた山崎は、大きく頷いて話し出した。

「日本には、科学という《仮説》を闘わせて真理を求めるという科学的思考が未だにありません。東大の学会の権威が決めたこと以外の科学的主張を、マスコミは異端として報道します。

そもそも寒冷化と温暖化は、常識で考えても、生命にとって温暖化の方が生命活動を増加させることは科学的事実です。それに首都圏では、さほどひどくもない降雪にもかかわらず交通がマヒしたり、水道管が壊れるなど社会的インフラが打撃を受けます。

特に、海に囲まれ、大陸国家ではない日本列島は、南北に延びている点でも、温暖化の影響が一番出にくい国です。その日本が温暖化対策費として毎年四兆円の税金を無駄に使用している。経済的マイナスを考慮すると、年間十兆円から十五兆円も国富を失っています。これをやめれば、消費税なんか上げなくても財政再建はできるんですよ。

これも、日本人がマスコミの情報を真実だと信じる無知から来る弊害ですね。日本人は、自分では考えないことを是とする民族性を持っています。日本だけが、世界中からカモにされているんです」

興奮して大声でいきり立つ山崎を見て、桝井は微笑しながら、ゆっくりと喋りはじめた。

「そうですね。もともと欧米が、日本や、成長著しい中国などの発展途上国から排出取引のお金を奪い取る計画でした。ところが逆に発展途上国が、文明を先取りした先進国に資金提供を強く要求するようになり慌てたのです。風向きが変わりはじめて、日本以外の先進国は温暖化キャンペーンには距離を置くようになりました。ほとんどの国が国際会議では温暖化対策に積極的な発言をしながら、国内では国内産業を維持するために反対の政策をとっています。日本だけが環境庁の利権拡大のために、二酸化炭素削減に取り組んでいます。NHKと電通がマスコミを支配して、この嘘のキャンペーンを継続しています。

日本の常識が実は世界の非常識といわれています。日本だけが学校で地球温暖化を真実のように伝えています。英国やオーストラリアの小学校では、温暖化については疑問があることをちゃんと教えているのです。

温暖化偽装問題は人類の科学史の最大の汚点になるでしょう。温暖化の嘘に各国が気がつけば、世界のエネルギー事情は激変します。数千年の埋蔵量を誇り世界中の至る所に眠る石炭を、各国が自由に使えるようになります。これは石油を支配するアメリカのロックフェラーと、ウランと原子力と排出権ビジネスを支配する欧州のロスチャイルドにとって、最大の脅威になりますから……」

淡々と話す桝井を見て、山崎は興奮した自分が少し恥ずかしくなり話題を変えた。

「地熱発電つぶしの陰謀を、日本もロシアに対して実行していたことをご存じですか?」

「本当ですか? それは初耳です。教えてください」

「北方領土返還交渉の時です。外務省がロシア側から、北方四島の電力を日本の技術援助で、地熱発電でまかえないか、と打診されたんです。その時、日本側は無償で地熱調査し、有望なデータをあえてダメなデータに捏造して地熱開発をやめさせたんです。そして、その代わりに、日本は重油発電施設を寄贈した。そうすると、ソ連の重油は質が悪くて使えませんから、日本からの重油を使う限り日本の援助が必要になります。北方領土四島の世論を親日に仕向け、ロシア側と有利な交渉ができるようにしたんです。一旦、地熱発電ができると、永久に日本からの援助が要らなくなりますからね」

「そうですか。外務省もなかなかやりますね。

では、先程の地熱の話の続きですが、ＣＩＡが、通産省からアメリカに留学していたトップエリート官僚の内山をエージェントに仕立てたんです。内山は帰国して数年後、アメリカ帰りのロビイストとして華々しく舞台に現れました。独立した時から数十億円の現金が彼の預金口座にあったと聞いています。その資金を使い、ニューサンライズ計画を資源科学省に持ち込んだ。工作活動が実行されたのです。

日本が地熱発電に本気で取り組めば、同じ安定したベースロード電源として、原子力の最大のライバルとなるんです。地熱が増えると、アメリカの原発やウランを濃縮したイエローケーキを売り込めなくなる。日本が本当にアメリカから独立した国家にならないために、『エネルギーと食糧』を自給自足させないことが必要なのです。

そこでアメリカはＣＩＡに、内山を使って自然エネルギー開発をお題目とするニューサンライズ計画を立案させた。そして、わざと、ことごとく国立公園内の有望地区の地熱プロジェクトを破綻させたんです。これにより今後、未来永劫、日本での地熱開発の可能性が完全に消滅したわけです……」

山崎が沈黙していると、桝井は話を続けた。

「こんなことを言うと、いわゆる陰謀論と日本人は考えるかもしれませんが、アメリカはエネルギーに関して、ＣＩＡを使い、世界中でこのようなアメリカの産業を守る陰謀を〝通常業務〟で繰り広げているのは事実なんですよ」

「質問をしてよろしいですか？」

「どうぞ」

「貴方が『週刊文秋』に内部告発の情報を流したのですか？」

「私じゃないですよ。上司からは私だと疑われましたがね。相当いじめられましたよ」

「もう一ついいですか？」

山崎は最後の質問を桝井に向けた。

「内山さんの突然死はあまりにもタイミングが良すぎます。内山さんもＣＩＡに消されたんですか？」

「それは私もわかりません。知らない方がいいと思います、あなたにとって……。世の中には、知らなければいけないことと、知らない方がいいことがあるでしょう、山崎さん」

桝井は山崎を少し憐れむような表情を見せて、呟くように言った。

山崎が帰ろうとすると、桝井は地熱と原発のもう一つの深い闇について、ダムから水が溢れるかのように山崎に語り出した。

「関東電力ОL売春婦殺人事件のことはご存じでしょう?」

「関東電力ОL……殺人事件ですか?」

「そう……」

桝井は山崎の顔を見ながら頷く。

「あの、冤罪が確定した事件ですよね、ネパール人男性の。関東電力の中枢で働く女性エリートが毎晩、売春婦として街で客をとっていた。そして殺された……。犯人が冤罪となってテレビや週刊誌で連日報道されていましたから、よく憶えています」

「本当はすべて、でっち上げなんですよ」

「えっ、そうなんですか?」

「彼女は通産大臣と関東電力との重要な交渉役でした。当時の通産省内では、原発推進派と自然エネルギー派とで壮絶な戦いがなされていました。彼女は、電力会社が導入しようとしているプルサーマル発電の危険性を示す論文を、通産省に提出する準備をしていました。事故の時に放出される放射能が著しく増加することや、操作性の難しさを指摘する論文です。

福島原発事故で、三号機が黒煙と炎を上げて三回、爆発する映像が世界中に流れました。あれがプルサーマル原発の核爆発です。一、二号機の水素爆発とは全く異なります。三号機の一回と二回の爆発は水素爆発でしたが、三回目の爆発は核爆発でした。水素爆発の場合は赤い炎が見えることはありません。これこそが彼女が最も危惧し、指摘していた事故です。元原発検査員が証言していますが、未だに政府は認めていません。

つまり、一部の燃料棒のみにMOX燃料を入れると、発熱量にムラが生じる。温度の不均衡が進行すると、高温部の燃料棒が破損しやすくなる。水蒸気管破断のようなPWR（加圧水型軽水炉）の冷却水温度が低下する事故や、給水制御弁の故障のようなBWR（沸騰水型軽水炉）の炉内圧力が上昇する事故が発生した場合において、出力上昇速度がより速く、出力がより高くなるのです。

彼女の論文が左翼系のマスコミや通産省の自然エネルギー推進派に渡れば、プルサーマル計画が宙に浮いてしまいます。だから殺されたんです」

「彼女も圧力は感じていたはずでしょう。それなのに、どうして行動したのですか？」

「当時は関東電力内部でも、阪神大震災や『もんじゅ』のナトリウム漏れ事故を受けて、反原発想が大きくなりつつあったのです。彼女のお父さんは関東電力本社の副部長時代、脱原発を主張していましたが、突然左遷され、癌で亡くなります。父親の意志を彼女は受け継いだ。『原発に比しての地熱発電の優位性に関する論文』が受賞するくらいの超エリートで、関東電力初の女性総合職のトップ・エリート社員でした。単なるＯＬではありません。

会社が導入しようとしていたプルサーマル原発の危険性を通産省や大臣に警告する彼女が邪魔だった。

また事件の後、彼女が研究を進めていた地熱発電は新エネ法から除外され、国の補助金が打ち切られました。そして、プルサーマル原発が稼働します。不可解なことに、事件の直後、彼女の上司の男たちが異例の出世をします」

「つまり、原発よりも地熱の優位性を検証した研究論文を書いて世間の注目を集めた女性が、今度はプルサーマルの危険性を論文にまとめて通産省に提出しようとした矢先、異常な性癖の売春婦という汚名を着せられ殺害された、というシナリオですか……。

けれど、殺すにしても相当な憎悪を感じさせますね。当時話題になりましたが、彼女はかなり知的な美人ですから、売春婦というのは違和感があるし、注目を集めます。関東電力ぐらいの力があれば、単なる殺人事件として扱うよう警察とマスコミへの隠蔽工作ぐらいできそうな事件ですけど……。不思議にも、関東電力広報部は動かなかった。むしろそれを大きく広めた感が見受けられます。変ですね……。この事件を題材にした本が何冊も出版され、映画やテレビなどが多く制作されていますが、事件の被害女性の異常な性的猟奇性を強調する内容ばかりです。それに、社員が企業の信用を傷つけた場合、上司たちは降格されるのが普通ですよね……」

山崎は自分なりに疑問を整理するように呟いた。

「真実を隠蔽するには、二つの方法が用いられます。一つは、大衆が理想とする犯人像にぴったりの犯人を作り上げ、逮捕して事件を早く収束させる方法です。この場合は、貧しい、アジア、有色人種、肉体労働者、不法滞在者、これで大衆は納得します。

これに類似した事件が、二〇一二年の鹿児島での強姦事件です。早朝、路上で強姦したとして逮捕された青年は、四年後に冤罪と判明しました。この事件で当初、大衆が期待した理想の犯人像が、その青年の『金髪』、『売れないホスト』、『元非行少年』に合致したわけです。警察はDNA検査で本人以外のDNAが検出されていることを隠蔽して、被害女性の証言に基づき逮捕していました。

二つ目が、事件の本質から大衆の目をそらさせる方法です。『沖縄返還協定機密漏洩事件』がそうです。返還にあたり原状回復費としてアメリカが支払うはずの巨額な費用を、日本が肩代わりするという密約を暴いた事件でこの方法がとられました。『毎日新聞』の西山記者と、情報なくなるのです」

をリークした外務省エリート女性官僚との情交が何回あったのかなど、大衆の大好きな不倫スキャンダル事件にしてしまうのです。そうすれば誰も、沖縄返還の真実を追及することができなくなるのです」

「ＣＩＡが世界中で展開している基本戦略ですね。私もそんな事例をアメリカの石油企業が行うのをいくつか見てきましたから、おっしゃるとおりだと思います……」

「そうですか。ご指摘のとおり、この事件については非常に多くの本や映画やテレビ・ドラマが制作されています。そのほとんどが被害者である彼女の異常な性癖に焦点を当てたものばかりです。逆に、そこに私はある強い意志を感じるのです。私は、かなり周到に作られた偽装事件だと推測しています。あくまでもこれは私の推理です。

まず、被害者が売春婦であるという第三者の証言を得るために、地元の暴力団幹部に依頼して、彼女の体形に似た本物の娼婦に目立つ服を着せます。厚化粧をさせて、数カ月前から街に立たせ、働かせる。そうやって、噂を広げる目撃者を複数作ります。娼婦は事件後、歌舞伎町の路上で、中国マフィア『蛇頭』にでも依頼して、ナイフで刺し殺す。死人に口なしです。売春を記録する手帳や売春相手のアドレスなど様々な証拠を、犯人側、被害者側の両方で辻褄が合うように、第三者の証言も含めて完璧に仕組みます。

しかし、それでも漏れがありました。売春相手からは、激痩せで厚化粧だったので本人確認が困難という証言や、容疑者が絶対に行かない高級住宅地で被害者の定期券が見つかるなど。しかし、すべてが闇に葬られたのです。すべてがシナリオに沿って捏造されました。そして突然、犯人逮捕から十五年後の二〇一二年、状況証拠のみで自白を強要され犯人とされていたネパール人男性の冤罪が確定し、国から補償金六九〇〇万円が渡され、帰国しました。国家ぐるみの冤罪事件の終わりです」

「なんで十五年も無罪を主張する被告が監獄に入れられていたんですか？」

「このタイミングこそ、この事件の真犯人の姿が見えてくるヒントがあります」

「たしか釈放は二〇一二年でしたね……。あっ……」

「そうです。事故です。福島原発事故が二〇一一年。検察は、釈放するつもりは最後までありませんでした。正確には、ある男からの指示がなければ……。

唐突ともいえる突然の釈放には理由があります。関東電力と経産省の原発推進派が急激に力を失ったからです。わかりやすく言えば、その事件に深く関与した、名前は言えませんが、ある男の力がなくなったからです。男が原発事故の責任を取り、関東電力を退任して半年後、無罪判決が下されました。被害女性が警告した福島原発事故が、無実のネパール人を救ったのです。真犯人はまだ逮捕されていません。いや、逮捕するわけにはいかないのです。真実が明らかになりますから……」

「女の怨霊が原発事故を呼び起こし、男に復讐をしたということになりますか？　福島原発事故で関東電力の責任を追及して幹部を強制起訴した検察官役の弁護士が、ＯＬ殺人事件で無罪判決を勝ち取った同じ弁護士という謎が、これで理解できました。無罪を勝ち取った弁護士が、今度は関東電力首脳の原発事故責任の有罪を告発しました。彼はＯＬ殺人事件の真犯人を最後まで追い詰める執念なのでしょうか？」

「山崎さん、本当の真犯人はアメリカですよ。すべてアメリカのＣＩＡが仕組んだ事件です。日本は原発を自分の意志でやめるわけにはいかないんです。もともと日本の原発は米軍の管轄下にある核施設です。有事の際には日米安全保障条約を盾に、原子力発電用の核燃料を接収します。つまり、米軍の核兵器のためのウランの備蓄基地なのです。日本の原発はアメリカの核戦略の中で行われているのです。言い換えれば、原発が不要になり、アメリカから供給される核燃料輸出を妨害する地熱発電を推進してはいけないのです。原発と地熱は似た者同士ですから。日本のマグマはアメリカにより殺されたのです……」

「そうですね。地熱発電はいわば原子力発電のお母さん。違いは、地熱は地球のマグマが原子炉で、原発は人間が運転、地熱は大地の母なる神ガイアの運転です。しかし、神でも運転事故は起こします。マグマの《原発事故》は火山爆発や地震。原発事故と同じで甚大な被害を人間に与えますが、ただし、マグマは放射能が地下深く眠ったままで地表に出てきませんから安心です……」

山崎が少しおどけながら、地熱の特性を話した。

「面白いたとえですね。しかし、地母神ガイアは神様ですから、火山のマグマはニキビが治る時に流れ出る血、地震は寒気を調整する時の身震い、津波は熱い時に流した汗のつもりでしょう。被害というのはあくまでも人間にとっての話ですよ」

「そうかもしれませんね。我々はいつも人間本位な考え方をしてしまう傾向があるようです。これは参りました。いや、ほんと……」

「山崎さんならご存じかもしれませんが、日米原子力協定には、原発を停止した場合にアメリカ企業が受けた損害について、日本政府が補償する条項が盛り込まれているのです。アメリカ側の了承なしに日本側だけで決めていいのは、電気料金だけなんです。日本は戦後七十年以上経った今でも、完全にアメリカの植民地なんです。

日本海で発見された表層型メタンハイドレートについてもそうです。日本の天然ガス消費量の数百年分以上の資源量があるとされながら、アメリカの指令を受けた元国立環境研究所の東大名誉教授や経産省官僚による妨害工作が行われました」

「私も知っています。メタンハイドレートは太平洋の深海で地底深くに賦存《ふそん》しているから、取り出すには採算が取れない、というネガティヴ・キャンペーンのことですね。日本では、シェールガスもそのようなキャンペーンがなされました。同じ構図ですね。『太平洋にしかない。経済性が合わないので資源ではない』と主張してきた東大の学者と経産省にとって、東京水産大学の青山千春博士と、二〇一六年の参議院議員選挙で当選した青山繁晴先生が主宰する独立総合研究所という民間機関が発見した日本海の表層型メタンハイドレートは、著しくメンツを傷つけるもの、つぶすべき憎むべき対象になっていました。それは海洋資源業界では広く噂されましたから……」

「そうです。実は日本海側では七百カ所以上の『メタンプルーム』といわれる、メタンガスが自然に放出するガスの巨大なメタンガスタワーが民間調査機関により発見されていました。それは太平洋側に比べて、実に遙かに容易にメタンガスを効率よく回収できるのですが、その事実も隠蔽されました。日本海側のメタンハイドレートガスは太平洋側と異なり、地球内部から無限に放出されるメタンガスなんです。これを日本が本腰を入れて開発すると、日本は世界有数の天然ガスの輸出大国になるんですよ」

桝井は大きく目を開きながら熱く山崎に語った。

「そんな……」

山崎は言葉を詰まらせた。桝井は淡々と言葉をつないだ。

「日本の総理大臣は……アメリカの傀儡《かいらい》でないと存続できません。大臣もそうです。TPP

（環太平洋戦略的経済連携協定）でアメリカに妥協しなかった経済再生大臣が、調印を前に、百万円の収賄事件で辞任しました。はめられたのです。アメリカの命令したことを忠実に実行する総理大臣や大臣のみが長期政権を担当することが約束されるのです。名前を言わないでもおわかりになると思います。

私は田中角栄さんに二年間お仕えしましたが、官僚として一番誇りを持てる日々を過ごせました。すごい総理大臣でした。今でも尊敬しています。

角栄さん……あえて角栄さんと言わせてもらいます。角栄さんはアメリカに無断で、アメリカからの濃縮ウラン資源輸入の独占を防ぐために、英国やフランスからも濃縮ウラン輸入の道を模索していました。また中国との国交回復を企てました。アメリカにとって、日本と韓国、中国に手を組まれることは脅威であり、再び日本がアメリカに対抗できる強いアジアの大国になることに恐怖を感じるのです。あらゆる手段を尽くし、ＣＩＡが三つの国を永久に憎み合うように仕掛けます。田中さんはアメリカという虎の尻尾を踏みつけた。だから、贈収賄情報を検察にリークして田中総理を失脚させたのです。

しかし、アメリカ側からの民間機トライスター・ロッキード事件の暴露の理由には、別の目的がありました。本当の目的は、対ソ連の潜水艦哨戒機Ｐ３Ｃなど一兆円の軍用機の売り込みに関与した親米派の中曽根グループへの、三十億円の贈収賄事件を深い闇に葬るためです。親米派の中曽根を育てるため……。田中総理はその生贄だったんですよ」

突然、桝井が激しく咳を始めた。重い呼吸器系の病に侵されているのか、ヒューヒューという音が山崎の胸を締め付ける。しばらくして、桝井は荒くなった呼吸を整えようと深く深呼吸したが、すぐに再び激しい咳が止まらなかった。山崎には、まるで日本を覆う闇の中の汚い塵を、桝井が必死で吐き出そうとするかのように思えた。

「大丈夫ですか？」

「水を……ください」

水をコップに継ぎ足すと、桝井は一気に飲み干した。再び低い声でゆっくりと話し出した。

「欧米の国が植民地から手を引く時、その国の周辺にトラブルの火種を仕掛けてから撤退する戦略をとるのが常套手段です。北にロシアの北方領土問題。西には韓国の竹島問題や慰安婦問題、北朝鮮の核武装問題。南には中国との南京大虐殺問題や尖閣諸島問題。国内では沖縄問題。こうしてアメリカは、日本がアメリカの命令を聞かないと、ＣＩＡがその火薬に火をつけて日本がアメリカの軍事力を必要とする緊張状態をいつでも作れるのです。自分の国益のためならどんなことも企てるからこそ大国になれるのです。まず、国益を最優先するのです。ロシア、中国も同じです。

では、日本はどの大国と組むのがベターなのか？　ロシアと中国は共産主義の独裁国家、アメリカ以上に野蛮で卑劣な国です。選択肢として、これからもおそらく、アメリカが最も信頼できる唯一の大国でしょう。だから、国を守るために、我々官僚は政治家に少々の不条理な要求でも呑むよう指導してきたんですよ……」

桝井はワイングラスに手をかけ、残っていた赤ワインに口をつけた。そして山崎を真正面から凝視しながら呟いた。

「アメリカの日本占領政策に『ウォー・ギルト・インフォメーション・プログラム』（戦争についての罪悪感を日本人の心に植え付けるための宣伝計画）があったことをご承知と思いますが……」

「太平洋戦争は日本と米国とが戦った大戦であった。それを、日本の『軍国主義者』と『国民』とを対立させ、現実には存在しなかった『軍国主義者』と『国民』との間の戦いにすり替える計画ですね」

桝井は頷くと、ワインをすべて飲み干した。

「そうです。これがまだ続いているんです。日本を分断する。古い日本と新しい日本を分断させ、対立させる。伝統的秩序を破壊し、アメリカに戦いを挑まない日本の永久革命を完成させる。日本人が大戦のために燃え上がったエネルギーは、二度と再び米国に向けられることはない。恐るべきＣＩＡの占領政策です」

「今も……ですか?」

「政府は、日本が『戦える普通の国』になるために憲法改正することを最大の政治課題にしています。二十一世紀の日本の真の独立と国益を基盤にした戦略もなく、本当に国土を焦土とする戦争の覚悟もその対策もせず、特に慰安婦問題では、短期的な国益のために日韓合同声明を出した政府に、私は失望しました。未来の子供たちに禍根を残す決定です。『日本軍が二十万人の少女を拉致し、強制連行し性奴隷にしたことを日本政府が認め、十億円のお金で韓国政府と解決することに合意した』と一斉に世界中のメディアが報道しました。『産経新聞』ソウル支局長の突然の無罪判決もそうです。アメリカが日本の外務官僚と韓国に命令したんです。アメリカにとって、日本や韓国の名誉など関係ないのです。アメリカと戦った日本の軍隊の名誉を貶める。それこそが目的なのです……。

山崎さん、日本の憲法を『マッカーサー憲法』とかつて日本人は呼んでいたことをご存じですか?」

「はい、よく、そう呼んでいましたが、最近は言いませんね。連合軍の総司令官マッカーサー元帥がこのビルにいたんですよね」

「マッカーサー元帥が吉田茂や白洲次郎と面会したのがこの上の部屋です。その時、彼がなぜ天皇の戦争責任を問わなかったのか、ご存じですか?」

「日本の軍隊が天皇に忠誠を誓い、強力な組織であることを知っていたから、日本軍部の武装解除と戦後統治には天皇を存続させる方が占領後の処理が容易であると考えていたからではないでしょうか」

「そうです。ところで、山崎さん、マッカーサーが日露戦争直後の一九〇五年に日本に滞在していたことはご存じですか？」

「はい、確か父親と来ていましたよね」

「ええ、彼の父親はかつて太平洋軍管区指令官としてフィリピンにいました。そして日露戦争の観戦武官として日本に派遣されたんです。そこで日本軍の戦いぶりを見て、息子のダグラス・マッカーサー少尉、当時は二十五歳の青年将校でしたが、その彼を副官として急遽《きゅうきょ》、日本に呼び寄せました。日本軍の強さを研究させるためです。しかし、彼が日本に来た時にはすでに日露戦争は終わっていました。

日露戦争は白人の大国ロシアに対して、黄色人種の小さな国が戦うという無謀な戦争でした。しかし、予想に反して、一九〇五年五月、日本海海戦でロシアの無敵といわれたバルチック艦隊を破り、日本の勝利に終わりました。明治天皇はアメリカの大統領に仲介を依頼し、講和条約を結びました。そのために明治天皇はアメリカに恩義を感じ、マッカーサー親子に特別な配慮をしたのです。マッカーサーの希望を受けて、日露戦争で活躍した東郷平八郎や乃木希典《まれすけ》、大山巌《いわお》などの将軍たちに個別にインタビューすることを許しています。マッカーサー親子は、将軍たちの天皇に対する尊敬と忠誠心とともに、その胆力と見識に深い感銘を受けました。

その後、親子は京都、神戸、長崎と旅をしました。そして九カ月間、アジアの各地を視察したのちに、再び一九〇六年六月に東京に戻ってきました。そして改めて、アジアの国々と比べて、日本人の凄さを実感したのです。彼は、日本がアジアでアメリカを脅かす強国になることを確信します」

「では、マッカーサーが六十五歳の時に、厚木飛行場にコーンパイプをくわえてタラップを降りたのが三度目の来日……」

「厳密には、四度目になります。実は昭和十二年、彼が五十七歳の時、十九歳年下の女性ジーンと、彼にとって二度目の結婚をしました。フィリピンへの赴任途中の新婚旅行として再び日本を訪問し、横浜に滞在しています。それに、ほとんど知られていませんが、彼は関東大震災の時に救援物資一万六〇〇〇トンをフィリピンから送り、日本を助けました。

彼にとって日本は特別な国でした。占領した日本を『アジアのスイス』にして、アジアの安定の基礎となる国にしようと理想に燃えていました。

彼が創る憲法には、『国際紛争の解決の手段として戦争をすることは罪悪である。解決の手段としての戦争を放棄することを宣言する』、この条項をぜひとも入れたいと考えました。昭和三年、一九二八年に、フランスの外相ブリアンが提唱した不戦条約の条項です。この不戦条約の第一条の精神は、欧州全土を廃墟とした第一次世界大戦を経て人類がたどり着いた貴重な教訓です。この条約には欧州各国と日本の十五カ国が調印し、成立しました。日本からは、幣原《しではら》喜重郎外相が批准に重要な働きをしました。そして奇遇にも、彼こそがマッカーサー憲法が発布された時の日本国の総理大臣なのです」

「マッカーサーが昭和天皇に語ったという言葉がありましたね。戦争をなくすには戦争を放棄する以外に方法はない。この新憲法によって五十年後、日本が道徳的に勇敢かつ賢明であったことが立証され、そして百年後、日本が世界の道徳的指導者となったことが悟られるでしょうと」

「そうです。マッカーサー元帥が昭和天皇に語った言葉は、今こそ深く考えるべきであると思います」

「確かに、戦後七十年、日本の兵隊が他国の人たちを直接殺害することがなかった事実は人類史の奇跡としか言いようがない事実ですからね」

と、山崎は深く頷いた。

「今、憲法改正が叫ばれて、戦争放棄の第九条を改正するかどうかを日本国民が問われています。だからこそ終戦当時のマッカーサー元帥と昭和天皇との十一回に及ぶ秘密会談の内容を学ぶことに価値があると思います。

マッカーサー元帥が予言した百年後、つまり二〇四五年までに日本が世界の道徳的指導者になっているか。私はこの世にいないと思いますが、その実現した世界を見たいものです。右翼は私を非国民と罵るでしょうが」

その時、大きな音が会議場に響いた。大音量で流れる「軍艦マーチ」。右翼団体の街宣車が付近を移動しながら、拡声器でロシアに対する北方領土四島返還要求を叫んでいる。

次第に遠ざかる音。桝井はしばらく上を見上げ、まるで神に問いかけるような仕草をした。

「原発再稼働の反対デモでは、『日の丸』の旗を掲げ、街宣車から大声で『愛国日本』を叫ぶ過激な右翼団体が妨害行為をします。英国のBBCテレビによると、その中には韓国や北朝鮮の在日エージェントが組織した団体が紛れているそうです。日本のマスコミではタブーですが……。街宣車に『韓日同盟』と書いて北朝鮮の核ミサイル反対を叫ぶ、これが韓国系。『竹島返還』、『慰安婦像撤去』という旗を掲げているのが北朝鮮系です。どちらも中国の尖閣問題とロシアの北方領土問題、反原発撲滅を同じ活動目標にしています。彼らは日本で過激なヘイトスピーチ・デモなどの反韓国運動や反北朝鮮運動を展開し、いわば南北対立を愛国右翼に偽装して日本で活動しているのです」

「『日韓同盟』と書いてないのですか？　しかし、どうして尖閣問題や北方領土問題、原発再稼働反対運動には、両方の右翼団体が協力して行動をしているのですか？」

と山崎が尋ねた。

「どちらもＣＩＡから命令を受けているのです。アジアの三つの国を永遠に分断させるためです。『美しい国日本を守る……』とかいう美名のもとで活動しているので、普通の日本人は、彼らを愛国的日本人が運営していると勘違いしています。彼らを使い、反米的な政治家や経営者に対し、褒め殺し、殺人や脅迫などの右翼テロを仕掛けるのです……。日本人による愛国運動という仮面を被って行動しますから、国際問題にならないでテロ活動ができるのです。かつての玄洋社の頭山満や西郷隆盛のような、欧米の理不尽なアジアでの行動に抗議するような本当の愛国者とは異質の右翼といえます……」

「敵対している相手が実は協力関係にあるという、よくある例ですね。六〇年安保の時も、極左と極右にアメリカの資金が流されていましたから……。アメリカはそういう仕組みを作るのがうまいですからね」

と山崎が答えると、桝井は笑みを浮かべた。

「そうなんです。『美国日本』を主張する右翼的な組織へは、韓国の世界真理キリスト教会が資金を提供しています。この宗教団体は北朝鮮の金ファミリーとも強いパイプを持っています。日本の保守の先生方もそれを知りながら、選挙協力やお金目当てに彼らの会合に参加します。

何しろ『美しい日本を取り戻す運動』ですから、保守としては反対できません。韓国や中国では、アメリカを『美国』と書きます。日本が『美しい国』になるということは、日本がアメリカの属国になるという意味です」

「先生は……憲法改正に反対のお立場なんですか?」

山崎は目を大きく開いて、見上げるように質問した。

「この憲法はアメリカが、二度とアメリカと戦えなくするために、日本を弱体化する目的で敗戦国日本に押し付けた憲法ですよ。自衛権や交戦権も認めないような憲法ですから、海外で働く一二〇万の日本人や、観光で海外旅行する一六〇〇万の日本人が、戦争に巻き込まれて帰国できなくなっても、自衛隊が救出に行けない。また敵が本土に上陸しても、国内で国民を守るために戦えないように縛っているのが、今の憲法です。日本には保守派は存在しません。保守とは《伝統文化、国土と国民、国体を守る》のが保守ですが、その意味で保守は、敗戦後、この国には存在していません……」

「私もそう思います」

「しかしね、山崎さん、国の形を変える、国の憲法を変えるというのは、国民自身が自ら考え、自らの意思で行うべきことです。ところが今回の憲法改正は、国民に十分な論議もさせずに進めようとされています。今までの日本政府は、アメリカが強く自衛隊を戦場に派兵することを求めても、『これはあなたから創っていただいた、アメリカがお作りになった素晴らしい平和憲法ですから、派兵できません』と答弁してきたのですが……。アメリカは、そうした日本の対応が気に食わなくなったのです。

二〇〇四年、リチャード・アーミテージ国務副長官は、当時の日本の防衛大臣に対し、『憲法九条は日米同盟関係の妨げの一つになっている』と発言しています。つまり、『平和憲法を改正し、アメリカと集団的自衛権を発動して、シリアやイラクでの軍事行動がとれるようにしろ』と命令しているのです。安保関連法案、特定秘密保護法、原発再稼働、従軍慰安婦問題は、すべてアメリカが政府に提出したアーミテージ・ナイ・レポートを、そのまま実現したものです。日米合同委員会という組織でアメリカが直接、霞が関の高級官僚とあらゆる分野について毎月二回話し合い、すべてが合意した密約として決まります。政治家は手足にすぎないんです。日本が原発を受け入れた時と同じです。

原発導入には読売新聞社主であった正力松太郎が動きました。彼はCIAの工作員として、『ポダム』という名を持っていました。十分な国民の合意を形成する手段を踏まずに、一部のアメリカに追従して利権を得ようとする正力のような日本人たちにより、すべてが既成事実として進められてゆく。国民全員の理解と合意を取った上で行動してゆくことが一番の国の安全保障の要のはずです。

山崎さん、未来永劫、日本の経済と政治を、今度は軍事を裏でコントロールする。アメリカにとって日本をいかにコントロールするかは、アジア戦略上最大の問題であり、安全保障に関わる重要な問題なんです。これは戦後、少しも変わっていないのですよ……」

沈黙した桝井に、山崎はふと呟くように言う。

「僕の友人で防大出身の官僚が、日本蜜蜂の生態について話をしてくれました」

「蜂？」

桝井は不思議そうな顔をして山崎を見た。

「僕は子供の頃、スズメ蜂に刺されたことがあり、もう一度刺されたらアレルギー反応で死ぬと医者から言われています。そういう話をした時に、友人がこの蜂の話をしたんです。日本蜜蜂は小さな体しかありませんから、最初から集団で戦う戦法でスズメ蜂と戦うのです。日本蜜蜂が羽を高速振動させて出す熱エネルギーは相当なものです。スズメ蜂などの外敵の襲来に遭った時、スズメ蜂を大群で取り囲み、中心の温度を摂氏五十度近くまで上げて熱で殺してしまいます。『蜂球《はちだま》』と呼ばれます。自分より十倍も大きいスズメ蜂でも、この集団攻撃で倒すことができるのです」

桝井が深く頷く。

「彼は、その話の後、こう言いました。『自衛隊だけで日本の本当の国防はできない。国民全員が自分の国土や国の文化、伝統を愛し、守るという強い合意形成が不可欠なんです。軍隊任せの武器だけの防衛は弱い』って。

四年前の原発テロは、大型のドローンわずか六機で日本を破壊しました。『ドローン』とは、戦う雄の蜂を意味します。今こそ、この強大な大国、スズメ蜂と戦うには、日本蜜蜂のように国土と文化を守るために集団で戦う情熱が必要だと思います……」

桝井の目に涙がかすかに光った。

山崎は立ち上がると、深くお辞儀をして、まだ語りたい様子の桝井に別れを告げた。

一人、漆黒の闇が広がる皇居前広場の森の中をひたすら歩いた。山崎は言いようのない深い悲しみの中にいた。その闇は日本の中枢部、東京の霞が関まで広がっているように、いや、日本全体を包み込んでいるようにも見える。

高校の修学旅行以来五十年ぶりの靖国神社に着いた。鳥居前に立つと、鬱蒼と広がる闇の中に、参道に灯された小さな灯籠の薄暗い明りが見える。確かにこの森には、アジアで五百年間、侵略の限りを尽くした欧米列強諸国に勇気をもって戦い、死んでいった無名の《日本蜜蜂》たちの魂が眠っているように思える。

そして、目を凝らすと、この漆黒の森には、鎮魂されていない無数の、孤高の《日本蜜蜂》の魂が悲しげに覆っている。日本古来の道義を失わせる魂の西洋化に異を唱え、独立自尊を訴え、強大な明治政府に戦いを挑んだ英雄たち。反乱者という汚名を着せられた西郷隆盛や玄洋社の頭山満、そして佐賀の乱、神風連の乱、萩の乱、秋月の乱、福岡の変などの、九州や長州で決起した真の愛国者たちの魂が、この深い森に向かって、言葉に出せない悲しみを訴えているように思えた。

山崎は神殿のある方向に、しばらく目を閉じ、頭を下げた。地下鉄虎ノ門駅から品川駅まで地下鉄で移動し、品川駅前から「相模屋」旅館跡まで歩いた。そこは、十七人の水戸浪士と一人の薩摩藩士が宿泊した宿である。「桜田門外の変」の刺客たちは、アメリカとの不平等な条約、日米修好通商条約を調印した井伊直弼《なおすけ》大老暗殺のために、ここから黎明に愛宕山にある愛宕神社に詣で、事が成就することを祈念し、桜田門に向かったという。

山崎は、その旅館跡に建てられたビジネスホテルに宿泊した。

我々は時間とともに進化している、と考える進歩史観は、ここ二百年くらいの話なのだ。科学が人類を進化させているのは、物の世界だけに限られている。むしろ、精神世界では退化している。現代人が二千年以上前に誕生した宗教や哲学を心の拠り所にしているのがその証拠だ。天皇が支配した古代が本当の国の形であるという水戸史観も同じだ。素晴らしい未来は過去にあった。

イスラム国の原理主義も、ムハンマドの時代に戻ろうという下降史観に起因している。西洋でも同じだ。ローマ・ギリシャ文明を復興しようという中世のヨーロッパのルネサンス運動も、キリストの時代のキリスト教に戻ろうというプロテスタント運動も、世界を二分したマルクスの共産主義も、原始社会に素晴らしいユートピアが存在したという歴史観をベースにしている。

古いものから新しいものが生まれる。これが人類共通の歴史観といえるのだ。

過去を学ぶことで、より良い未来を創る。「温故知新」、「初心忘るべからず」の日本人の知恵は現在でも生きている。「昔はよかった」とは、五千年以上前から世界中の老人たちが口にしている言葉だ。二十一世紀は、科学に対する信頼が崩れ、古い精神文化が蘇る世紀だといえるのだ。

山崎は朝早く、品川駅から浜松町へ向かい、モノレールに乗り換えて、新しく生まれ変わった新羽田空港に到着した。モノレールの車窓から見た光景は、アメリカの都市そのものだった。高層ビルが林立する東京が山崎の眼前にあった。巨額の負債を抱えて一度破綻した日本航空は、JALという英語の会社名を斜線で分断した不吉なマークから、日本を象徴する鶴のマークに戻し、見事に再生した。山崎はその鶴のマークを尾翼に大きく描いた日本の翼・日本航空の飛行機で、アメリカのコロラド州ダラスに飛び立った。

三十五年前、ロスに逃げるように飛び立った時に感じた、日本への否定的な感情はなかった。むしろ桝井幸三のような、真剣に信念を持ち、日本を変えようとする官僚たちがいることに誇りを持った。また、いつの日か日本に戻ろう。

エピローグ

山崎はこの日本が好きだ。

山崎が愛した自由を求める移民を受け入れ、多様性を受け入れたアメリカは、アメリカ第一主義を掲げるトランプ大統領の就任により大きく変貌した。トランプ大統領は、次々とメキシコで工場を建設する多国籍企業に対し、アメリカ国内に工場を建設するよう命令を出した。

それに先駆けて、ロシア、ハンガリー、アイスランドで断行された紙幣発行権の政府への奪回の動きは世界中に拡大し、ユダヤ金融グループが構築した民間機関である中央銀行が金利をつけて国に紙幣を貸し付ける世界支配システムの崩壊が始まった。

トランプ大統領も、一％の富める国際金融を支配するロックフェラーやロスチャイルドなどユダヤ国際金融の支配層に対して、搾取される九九％の大衆への富の再分配を要求し、ついに国際金融グループが実効支配してきた民間機関であったＦＲＢ（連邦準備銀行）が保有してきたドル紙幣通貨発行権を政府機関が完全に管轄するよう法を改正した。

戦後の日本を属国とした日米関係も大きく変わった。それには日本を取り巻く国際情勢の劇的変化が寄与した。二〇一七年、中国が七つの共和国に分裂し、中国の後ろ盾を無くした北朝鮮の金体制が翌年に崩壊した。北朝鮮が消滅し、中国が弱体化したアジアでは核戦争の脅威が軽減した。

二〇二五年、日本政府は、米軍に対しては非常時事態に限り鹿児島県馬毛島の基地のみを提供する、という新日米安全保障協約を締結した。米軍の海兵隊はグアム島に移転し、アメリカの太平洋防衛ラインはグアム島とハワイまで後退した。

日本政府は十年間にわたり全国各地にて国民会議を開催したのち、二〇二七年、戦後初めての国民投票にて憲法改正を断行した。日本政府もカナダに続き、強いユダヤ国際金融グループの支配下にあったジャスダックに上場していた民間企業である日本銀行から通貨発行権を取り戻すために動く。通貨発行権を政府が保有するという憲法改正を行い、国の柱である司法・立法・行政の三権に加えて通貨発行権を加え、四権分立とする憲法改正を行った。

自衛隊を「日本国防衛軍」と名称変更して正式の軍隊として認め、日本国の領空と領海地域に侵犯する敵国に対して自衛のための交戦権を明記した。さらに、国会での事前承認決議を必要条件として、自国の周辺地域に限定し、同盟国と共に戦う集団的自衛権を行使できるということを明記した。ただしマッカーサーの遺産、「他国を侵略せず、他国との諸問題を戦争という手段により解決しない」とする、日本人が多くの血を流して得た平和憲法の基本精神は残すこととなった。

二〇三〇年、アメリカの核の傘から離脱した日本は、EUを離脱した英国と一二八年ぶりに軍事同盟を締結し、潜水艦ミサイル発射技術を一兆円で購入した。そして二〇三二年、ミサイルを搭載した国産の最新鋭潜水艦四隻を、日本海、尖閣諸島、沖縄周辺に配置した。もし日本が、核施設のテロ攻撃や核爆弾を搭載したミサイルの攻撃を受けて被爆した場合は、敵国の稼働中の原子力発電所に向けて潜水艦に搭載した中距離ミサイルによる報復攻撃を行うとする、核を使用しない新しい「海に潜む核防衛システム」を確立させた。

アメリカや中国、ロシア、インドなどの核保有国、つまり大きな領土を保有する国では、核攻撃を受けても、被害を免れた地域の核ミサイル基地から報復攻撃ができる。一方、領土の狭い日本では、一度核攻撃を受けると壊滅的な被害を受けて報復攻撃が不可能である。しかし陸地は小さくとも、日本は世界第五位の海を自国の海とする巨大な海洋国家である。深い海底に配置された原潜からのミサイルによって、核攻撃をした敵国の原子力施設を攻撃することで、核爆弾攻撃に匹敵する報復が可能となったのである。これは新しい概念の「核の傘」である。

新しい独立した日本が誕生した。

＊この物語はあくまでも架空です。実在の企業および人物などとは関係ありません。

補章1　未来の子供たちへ

この地熱開発物語のモデルになった大分県の立石《たていし》池の滝上《たきがみ》地熱発電所は、運開して二十一年を迎える。平均の稼働率が九五％、発電能力は、十五年目から不思議なことに自然増加し、年間二万五〇〇〇キロワットが二万七五〇〇キロワットになっている。さらに二〇一七年三月には、還元していた熱水を再利用しバイナリー発電を開始して、さらに五〇〇〇キロワットが増加する。改めて地熱資源のベースエネルギーとしての素晴らしさを実感している。

太陽光発電所は、設備能力が一〇万キロワットでも、瞬間的な発電力がピークとなる夏には一〇万キロワット近い発電ができるが、年間の設備稼働率が二〇％しかないので二万キロワットになる。それに対して地熱は年間稼働率が九五％と高いので、ベースロードの発電所として価値があるのである。つまり、ピークは太陽光、ベースは地熱と、自然エネルギーの特質を組み合わせる知恵が必要である。

私は原発再稼働に反対である。私のブログから、二〇一二年に書いた記事を転載する。

『なぜ原発は日本にふさわしくないのか』という本が話題になっています。その理由は、著者が明治天皇の玄孫さんの竹田恒泰さんであるからです。皇統を受け継ぐ方が脱原発についての本を出されることに衝撃を受けました。反原発が左翼、原発推進が右翼という構図が福島原発事故で変わりつつあります。たかが電力の選択肢にすぎない原発が尊い国土を喪失させ、未来の子供たちから笑顔を奪い、日本の故郷の原風景である農業や漁業や観光や文化までも一瞬にして奪う原発事故。

竹田恒泰氏は、日本にふさわしくない理由を「原発はうつくしくないから」と、優しい文学的な表現をされています。原発は差別を強いるからだと主張されています。未来の子孫たちに深刻な影響を及ぼす放射性物質による汚染や、過疎地への原発事故リスクの負担、すべての国民が天皇の赤子であるはずの同じ国民である無名の原発労働者に放射能被ばく汚染を前提とした労働を強いることなど。海外のウラン鉱山の労働者や運搬する労働者たちにもリスクを強いている。原子力発電システムはすべての点で日本の和の精神文化から受け入れられないものを持っている。

この本では、技術的な観点のみならず経済的観点や新エネルギーについての観点など単なる文化評論の域を遙かに超えた幅広い内容になっているのにも驚きました。福島原発の一号機の発電コストは、一キロワット時当たり、電力会社が出した設置許可申請書からマスコミが報道する五円ではなく、一〇・三二円、二号機が一〇・七九円、三号機が一四・五五円であることなど指摘されています。驚きました。

それに、事故の補償金や天文学的な費用がかかる放射性廃棄物処理コストや、毎年四五〇〇億円にものぼる地方交付金、危険なので電力多量消費地から遠隔地に原発を造るため、東京電力だけでも遠距離の送電線や変電所コストが五千億円、また、出力調整ができないことから夜間の余剰電力を活用する施設として揚水発電所などのコストを加えると、非常に高い電力になっていることなどがデータを積み重ねて語られています。


さて、原発再稼働について、エネルギーに関係した技術者として私見を述べてみたいと思う。そのためにはまず、世界のエネルギー事情から原発の再稼働の是非を考えてみる。


二〇一四年。

世界のエネルギー事情が劇的に変化した。シェール革命である。アメリカの原油および天然ガス生産量がサウジアラビアを抜き、世界一になったのだ。

可採埋蔵量四百年ともいわれる、世界中の大陸に眠るシェールと呼ばれる頁岩《けつがん》の中の膨大な石油および天然ガスが、新しい掘削技術革新により利用可能となった。今後二十二世紀まで、石油はバーレル当たり二〇ドルから四〇ドルという一九九〇年代と同じように低い価格となる。

これから世界は、二十世紀の石油文明から、世界に広範囲に賦存するシェールオイルとシェールガスや、海洋のメタンハイドレートガス開発により激変する。

二十世紀と二十一世紀の戦争の原因は大国の石油資源の奪い合いである。最も効果的な戦争抑止策とは、自国のエネルギーを確保することである。つまり、自国のエネルギーを自然エネルギーである地熱や太陽や風力エネルギーや、日本海のメタンハイドレートガス等の自国資源で賄うことである。そして、足りないエネルギーを石炭で賄うことである。

そのためには、最大のネックである地球温暖化の嘘を世界に啓蒙して知らしめ、二千年の埋蔵量を持つ、世界中に広範囲に賦存する石炭を発展国途上国から輸入して、我が国の最先端の公害防止技術の粋を集めた最高効率の石炭火力発電所を建設する。これにより、つまりキリスト教徒とイスラム教徒が争う中近東に偏る石油資源から脱却することができる。

日本には世界三位の地熱資源が地下に眠っている。原発二十三基分のエネルギーが眠る地熱資源大国なのである。

二十一世紀の平和のためには、世界中のどの大陸にも広く賦存するシェールオイルやシェールガスの開発、特に日本は日本近海に眠る巨大なメタンハイドレートエネルギー開発を推進すべきである。

そして、究極の平和を実現できるエネルギーは、再生可能な持続可能エネルギーである地熱、太陽、風力、水力、潮力などの自然エネルギーの普及により創られるのだ。原発が日本で完全にゼロになった二〇一三年九月から二〇一五年八月までの二年間、原発をゼロにする戦略を選択できるチャンスがあったはずだ。

マスコミは、原発がゼロになると日本経済は沈没する、と危機をあおった。しかし、すべての原発が停止した日本経済は、経済収支が二年間ともにプラス。日本の二〇一四年末の対外純資産は三六六兆八五六〇億円となり、四年連続で増加し、過去最高を三年連続で更新した。

日本は二十四年連続で世界最大の債権国となった。第二位は中国で二一四兆三〇六三億円、第三位はドイツで一五四兆七〇五五億円。さらに二〇一六年度は、所得収支と貿易収支を合算すると経常収支は十八兆五千億円のプラスになった。二〇一七年度はシェールガス輸入で著しく原油価格が下がるので、二〇〇〇年代当時に匹敵する二十兆円を超えるプラスになると予想されている。事実、日本の経常収支は二〇一六年五月では、月間一兆八〇九一億円の黒字を記録。黒字幅は比較できる一九八五年以降で五月としては二番目の水準であった

二〇一五年十二月。

アメリカ議会が四十年ぶりにアメリカ産の原油や天然ガスの海外への輸出を決定。このアメリカ発のシェール革命が世界のエネルギー事情を一変させた。

OPEC諸国も、アメリカのシェール石油・ガス生産に対抗するためと、増産を強硬に維持するロシアを牽制するために、原油減産をしない決定をした。

それにより世界的な石油価格がバーレル当たり一一〇ドルから三〇ドルまで急落した。この状況

は三十年前のエネルギー事情に酷似している。日本では、第二次オイル・ショックと米国のスリーマイル島原発事故やソ連のチェルノブイリ原発事故を受け、再生エネルギー開発が国家的急務の課題となった。政府は自然エネルギーを加速させるためにサンシャイン計画やニューサンシャイン計画を決定。しかしその機運も、世界中が日本企業の省エネ技術に影響を受け、省エネ運動に取り組んだ結果、逼迫した原油市場が緩むと、原油価格が三〇ドルから一五ドルに急落した。

原発事故の記憶が風化しはじめた日本では、再生可能な自然エネルギー開発も直ちに中止、原発の新規建設に邁進した。日本の原発は自然災害については、絶対に事故が発生しない多重の安全システムが施されていると説明されてきた。しかし、それも想定外の巨大地震や津波には脆弱であることが、東日本大震災で発生した福島原発事故により明らかになった。

原子炉本体が強固に造られていても、冷却ポンプや配管、送電線や送電線施設や非常用電源装置、燃料タンクなどが損傷するだけで原発がメルト・ダウンという大事故を起こすことが、テロリストたちに知られてしまった。

特に日本の原発は、テロによる攻撃についてはほとんど想定されていない。放射性廃棄物保管施設や使用済核燃料プール、送電線施設など原子炉以外の関連施設に対する、航空機やロケット、ミサイルなどを使用した上空からの攻撃については、その危険性が建設当時から政府内部極秘資料で指摘されていたにもかかわらず無視されてきた。

再稼働に当たり、警備が増強された原発には、銃を持たない民間警備企業の警備員のほか三名から五名の警察人員が常駐するよう強化された。

しかし、国家生存戦略研究会会長の矢野義昭氏などのテロ対策専門家は、そんな警備体制では到底イスラム国や北朝鮮などのプロのテロリスト攻撃には十分でない、と指摘している。「一カ所の原発につき、重装備の武装した最低六百名の原発テロ対策特殊部隊が昼夜交代で常駐すべきである。交代要員や後方支援要員も含めて総員四万〜五万名を十七カ所の原発立地に原発テロ対策特殊防衛隊として配置するべきである」と警告してきた。電力会社は原発の電力コスト増加から反対、また政府も、原発立地を受け入れた地方自治体の住民に対して「安全で平和な施設」の原発イメージが損なわれるとして、この報告書を無視し、なんらの危機感もないまま「原発テロは起こらないだろう」としているが、こうした日本政府と電力会社の姿勢こそ日本の安全保障の最大の敵である。

さらに、プルサーマル原発が狙われた場合は、より被害が甚大となる。

プルサーマル方式には以下のような欠点が指摘されている。

再処理にかかわる部分

■軽水炉からの高レベル核廃棄物をそのままガラス固化させる場合と比べ、核燃料を処理する工程が増えるため事故が発生する確率は相対的にやや高まる。

■使用済み防護服や廃水など、低レベル廃棄物も含めた最終的な核廃棄物の総量はかえって増える（一般的な資源のリサイクルと異なる点）。

■冷戦終結後、ウラン資源の需給は安定しており、再処理費までMOX燃料の製造コストの一部と看做すと経済的に引き合わない状態になっている（プルトニウム垂れ流しのワンスルーで、使用済み核燃料を数万年監視するコストを考えないならば、再処理で抽出しプルサーマルで焼却する手間をかける分、不経済）。

■再処理を行うと核燃料の高次化が進むため、最大でも二サイクルまでしか行えない（高速増殖炉の場合はこの問題は発生しにくい。加速器駆動未臨界炉は二回プルサーマルを繰り返して燃えにくくなった高次化した核燃料も燃やせる）。

MOX燃料の軽水炉での燃焼にかかわる部分

■プルトニウムは遅発中性子がウランより少なく、やや制御棒の効きが悪くなるので、「ウランを想定して設計された炉で燃やす場合」は、最初は三分の一装荷などで様子を見ることが必要。

■高速増殖炉と比べて燃焼中に核燃料の高次化が進みやすく、特に中性子吸収断面積の大きいアメリシウム等が生成されやすくなる。核燃料の高次化が進むと核分裂反応が阻害され、臨界に達しなくなってしまい、核燃料として使用できなくなる。

■上記と関連し、事故が発生した場合には従来の軽水炉よりプルトニウム・アメリシウム・キュリウムなどの超ウラン元素の放出量が多くなる。

■原子炉の運転や停止を行う制御棒やホウ酸の効きが低下する。

■一部の燃料棒のみにMOX燃料を入れると、発熱量にムラが生じる。温度の不均衡が進行すると、高温部の燃料棒が破損しやすくなる。これは全燃料棒にＭＯＸ燃料を入れれば回避は可能。
■水蒸気管破断のようなＰＷＲの冷却水温度が低下する事故や、給水制御弁の故障のようなＢＷＲの炉内圧力が上昇する事故が発生した場合において、出力上昇速度がより速く、出力がより高くなる（対処するために燃料体の設計および原子炉内での配置に工夫が必要）。

（「プルサーマル」『フリー百科事典ウィキペディア日本語版』〈http://ja.wikipedia.org〉二〇一六年二月二一日四時一六分〈日本時間〉現在での最新版を取得）


ある原発設計技術者が二〇〇七年に、「山田太郎」というペンネームで「原発を並べて自衛戦争は出来ない――原発と憲法の関係」と題する次のような論考を発表し物議をかもした。

「日本の原発は設計条件には武力攻撃を最初から想定していない。いかに発電コストを下げるか経済性を最優先した設計になっている」

「北朝鮮は核搭載のミサイルを発射する卑劣な国であるという性悪説で語る。しかし、その悪魔の国でも日本の原発だけは攻撃しない善意の持ち主であるという性善説を信じている」

「憲法を変えて正規の軍隊を保有すれば日本を守れると主張するのであれば、原発に対する武力攻撃があることを覚悟し、真剣にその場合の原発防護策を検討すべきである。原発に対する《自爆的ゲリラ攻撃》に対しては正規軍であろうと無力であると認めたうえで、具体的にどんな防衛策があるか提示すべきである」

つまり、五十四基の原発を造るということは、五十四個の自爆用の核兵器を原発敷地内に持つということ。北朝鮮が核ミサイルを搭載したミサイルを発射しなくても、通常のロケット砲や、数人の機関銃で武装した戦闘員で日本の無防備ともいえる原発を攻撃すれば、核爆弾攻撃と同じ被害を日本に与えることができる。外国では原発立地の上空を守る対空ミサイルを配備している例もある。アメリカやロシアや中国などと異なり、日本は狭い国土に多くの原発を建設した時点で、国民が避難でき、かつ敵国に報復できるという選択肢を放棄したともいえる。敵の原発テロ攻撃を想定すると、日本は「一億玉砕」を覚悟しないと戦争ができない国なのである。

日本人は、「起こってほしくないことは絶対に起こらない」と思考する。その欺瞞に満ちた安全神話の中で、特に原発に関してはそのような思考の下で、すべての安全対策を先送りして原発を推進してきた。鹿児島県の川内原発を再稼働する基本条件として計画されていた免震重要棟も、建設をさせぬまま政府は再稼働を決定した。

イスラム国や北朝鮮、中国、韓国の反日工作員によるテロの可能性が懸念されるほかに、地震や火山による原発事故も起こりうる時期に突入した。日本列島は千年ぶりに活動期に入ったといわれる。強大な南海トラフ地震や関東大地震、阿蘇や桜島などの火山の大爆発がいつ発生してもおかしくないタイミングで、全国の原発再稼働を急ぐ日本は異常としか思えない。危機管理について重大な危機を想定すると思考停止になる国民性、口に出したら忌むべき出来事が起こるという言霊思想が、危機を真正面から考え、合理的な対策を事前に練ることを妨げている。

日本人は歴史から学ぼうとしないのだ。

欧州各国では、他国のスリーマイル島原発事故やチェルノブイリ原発事故や福島原発事故を、国民自らの問題として考え、国民が原発を廃止または減少させる決議をしている。

興味深いことに、第二次世界大戦で日本とともに連合軍と戦った同じ敗戦国として、連合国側から敵国条項により核兵器保有の夢を絶たれている日・独・伊三カ国の中でも、日本にだけ「核兵器を持ちたい」と諦めない保守勢力が存在する。

これにより、原発再稼働についてその対応は全く異なっている。福島原発事故の後、ドイツでは直ちに、それまで原発を推進していたメルケル首相が順次、原発を廃止することを決定し、自然再生エネルギーの割合を高めてゆく選択をした。イタリアでも、福島原発事故の三カ月後に、原発再稼働を推進するベルルスコーニ政権に対し国民投票が実施され、その結果、九五％の国民が原発再稼働反対を決定した。

なぜ、原発事故を体験し、世界で唯一アメリカによる多くの民間人を対象にした原爆テロを二回も経験した日本が、原発を続けようとするのか？　日本の保守勢力が、核武装したいという悲願を抱いていることもその理由の一つではあるが、それはアメリカからの強い命令があったからである。

アメリカが日本に原発をやめさせない理由をあげる。

（1）日米原子力協定というものがある。これは原発をアメリカが日本に売るため、逆に日本から見ると、日本がアメリカから原発を買うためのルールである。「原発の慎重な再稼働こそが日本にとって責任ある正しい選択である。原子力の民間利用において、日本がロシア、韓国、フランス、中国に遅れる事態は回避すべきであり、日米両国は連携を強め、福島原発事故の教訓に基づき、国内外の原子炉の安全な設計と規制実施の面で指導力を発揮すべき」という、二〇〇〇年、二〇〇七年、二〇一二年と三次にわたって出されたアーミテージ・ナイ報告書（リチャード・アーミテージとジョセフ・ナイの二人の知日派による報告書）は「（原発の）再稼働こそ日本の責任ある正しい選択」と強調している。

「日米原子力協定」の存在が原発ゼロの障害になっていると、矢部宏治著『日本はなぜ、「基地」と「原発」を止められないのか』（集英社インターナショナル、二〇一四年）がズバリ指摘しているが、この協定によって「アメリカ側の了承なしに日本側だけで決めていいのは電気料金だけ」という状態である。日本の原発で使用するウラン燃料はアメリカから購入しなければならない、という約束がある。日本が原発に依存すればするほど、アメリカは日本のエネルギーの生命線を握ることができる。アメリカは、国益が対立した時に日本へのウラン燃料輸出を止めれば、日本経済を破綻させることができる。

（2）欧米諸国に原発建設反対運動が起こったので、アメリカは世界的な原発市場の縮小をカバーするために、日本に対し原発中心のエネルギー政策を要求し、次々と新規の原発を造らせた。それと同時に、経営悪化するアメリカの原発メーカーを、市場価格の二倍に近い異常に高額な金額によって次々に日本企業に買収させた。

原発市場を操る国際組織が、日本政府をアメリカの原発メーカーの代理人として新興国への原発売り込みをさせる仕組みを完成させた。日本政府が売り込んだ原発が福島原発同様の事故を起こした場合は、日本政府が国家補償するような条件で契約をさせ、アメリカは一切のリスクと責任を回避し、利益だけが入るグローバル原発ビジネス・モデルを作り上げることに成功したのだ。

そのような世界的な流れの中で、増大するエネルギー需要を満たすためと、核兵器保有の道を開くために、原発を欲しがる後進国が次々と出現した。日本政府は「自国の国土と国民を地獄に陥れた原発」を、日本経済復興のためと称し、インドやアセアン諸国や中近東諸国に、アメリカの代理人として、世界中にアメリカ製の原子力発電所を輸出するために、ＯＤＡ融資をつけて売り込みに奔走している。

やがて、プルトニウムの夢のリサイクルを実現するべく建設された「もんじゅ」が破綻、廃炉になる決定がされる。そうなると、すでに残り保管スペースが三〇％しかない青森県六ヶ所村の工場に保管されていた使用済燃料が、日本各地の十七カ所の原発敷地内に戻される。政府はその受け入れ促進のために突然、放射性使用済燃料保管について地元の交付金を三倍にした。これにより、今後原発再稼働による使用済燃料も原発内で溜められることになる。

日本がもし、原子力発電市場で外貨を稼ごうと考えるなら、それは、放射能汚染の無害化技術や、十万年間も地下深い洞窟内で管理しなければならないという使用済燃料保管システムの技術革新の分野であるべきだ。

また、最大の国際貢献は、福島原発事故の経験を生かした廃炉システムの技術や、より安全性が向上した原子炉開発をすべきである。また、中国やドイツが力を入れているプルトニウムを作らない、コントロールが容易なトリウム原発の実用化、欧米でなされている大地を汚染から守るコアキャッチャー方式のより安全な原発発電システム、さらに二〇一五年にアメリカの高校生が試作した低温ガス使用で安全性が高い小型原子炉などの実用化技術などに研究投資をすべきである。

現在、九州電力は太陽光発電の売電申請の新規受付けを中断している。九州の電力需要は省エネ技術革新や省エネ意識の向上で毎年低下している。二〇〇八年の最大需要一七七一万キロワットから、二〇一五年では一五〇〇万キロワットにまで下がってきているのだ。

九電がすでに認可した太陽光発電設備容量は八一八万キロワット。二〇一五年では、最大発電量四〇七万キロワットが記録された。九電は太陽光発電事業者からさらに七〇〇万キロワットが見込まれる太陽光発電の受け入れを拒否している。理由は、六基の既存原発（廃炉がすでに決定している老朽化した玄海原発一号機も含まれている）すべてが再稼働された時に送電線の容量が不足するから、というものである。

九州は太陽光、地熱に恵まれている。東京の霞が関が全国一律に、二〇三〇年のエネルギー構成を原発二〇％と決めることこそ、おかしいのである。

地域で異なるエネルギー資源が存在する。九州では太陽光発電や地熱発電のシェアを高めるなど、地域の特性によって電力のエネルギー構成が異なる方が自然である。事実、九州では二〇一五年六月四日正午からの一時間の需要一〇一六万キロワットの約四〇％、つまり四〇七万キロワットが、太陽光発電により生産された電力で賄われた。

そしてこの二〇一五年の夏は、原発ゼロの九州で、太陽光のお蔭で余裕のある電力供給で、電力需要のピークを安全に乗り越えることができた。太陽光発電量が増加する夏場には、中国電力に売電すればいいのである。太陽光発電の電力に効率のいい蓄電システムを導入するべきである。テスラ社がアメリカで販売を始めた、格安の蓄電池と太陽光発電を組み合わせた技術や、太陽光発電から生まれる電気を水素や酸素にして蓄電できる燃料電池システムも導入すべきだ。

九州の有り余る豊かな太陽を、もっと有効に使えるような知恵や技術を検討しよう。

自国の無限の資源地熱や、海底に眠るメタンハイドレートは、日本の救世主になることは間違いない。

国土を汚染し、国民に避難を強《し》い、未来に放射能廃棄物を押し付ける原発は極悪人バラバだったかもしれない。バラバの復活と救済を選択した日本民族は、その選択に永遠に責任を負わねばならない。

同じように今、国の存在意義を問う憲法改正が問われている。日本民族にとって、非武装中立、武力を放棄せよと命じたマッカーサーが救世主としたら、日本の核武装を容認する新しい米国大統領は極悪人バラバになるかもしれない。

いや、逆に、日本に核武装して独立を促す新しい米国大統領こそ救世主であり、日本人に戦争を放棄させ自虐史観で日本を弱体化させたマッカーサーが極悪人バラバなのか？

将来の日本人はどのような憲法改正をするのか？　いずれにしても自らの選択には、永久に日本民族自らが責任を負うことは間違いない。これからの歴史が証明するだろう。

いつの日か、アメリカから独立した誇りある日本を見てみたい。

それは見果てぬ夢かもしれない。

時代が移り変わる。世代が交代する。

肉体が滅びても生きざまが継承される夢がある。

この夢の中でしか生きることができない「龍」の物語は、日本人が夢を見る限り、長く語り継がれるであろう。

補章2　ぜひ読んでいただきたい本

●『原発洗脳――アメリカに支配される日本の原子力』　苫米地英人、日本文芸社、二〇一三年

日本の原発は、実はアメリカの核燃料置き場だった。日本の原発はアメリカの安全保障そのものであり、アメリカがすべてを支配するというのが彼らの考え方である。アメリカを頂点とする原発利権の正体と国民洗脳の手口とは！　日本の原発はアメリカの核戦略の中で、戦争により手に入れた《属国である日本》に特別に許されているもので、燃料棒の全てに番号が記録され、すべてがアメリカにより管理されている。

この本によれば、日本に提供されている原発技術は、アメリカ海軍の原子力空母で使用されている原発技術と比べて時代遅れの技術であるという。具体的に言うと、原子力空母の小型原子炉は出力が自由に可変でき、また、超小型化されていて、高濃度に濃縮された燃料も空母の寿命とされる三十年間に一度も取り換え不要で、多くの乗組員が放射能から安全に生活できる。我が国の原子力発電のように一〇〇％オン・オフしかできないものと比べると高度な原子力技術が使用されている。アメリカにとって日本は今でも潜在的敵国であるという認識で、優れた軍事的な技術は提供されて

いない。たとえばこれは、アメリカから購入を指示されるジェット戦闘機が、姿形は同じでもグレードの低い古い技術の仕様になっているのと同じであると指摘する。また、アメリカによる原発洗脳が日本のマスコミにより行われている実態を暴露する。

●『僕がイスラム戦士になってシリアで戦ったわけ』

鵜澤佳史、金曜日、二〇一六年

陸上自衛隊少年工科学校の自衛官から東京農大に進学し、在学中に有機農法の野菜を販売するビジネスを立ち上げ、マスコミから通称ベジタブル王子といわれて注目を浴びる。そういう自分に疑問を感じ、イスラム戦士へ。つねに「生きることが素晴らしい」く「死ぬことは不幸」であるなら、死ぬ運命の人間は全て不幸である。「幸福な生き方」があるなら「幸福な死に方」があるはずだ。「生きるということ」とは「いかに死ぬことかである」と、生きる意味を求めて中東の戦地に単身赴き、アサド政権に抵抗する反政府ゲリラ（つまりアメリカ側）のイスラム戦士として三カ月戦い、負傷し帰国。日本の平和憲法や自衛隊、様々な矛盾について語るドキュメンタリー。日本人がイスラム戦士に変身する動機について深く考えさせる本である。

二〇一六年、バングラディシュの首都ダッカで、日本人七名を含む二十名が殺害されたテロでは、日本国籍のバングラディシュの留学生がイスラム国の洗脳を受けて過激なテロリストとなった。日本国内で育成されたテロリストがとうとう誕生した衝撃ははかりしれない。日本もイスラム国テロリストを生み出す土壌になってしまった。

●『佐藤優の地政学リスク講座２０１６　日本でテロが起きる日』

佐藤優、時事通信社、二〇一五年

「イスラム国」が原爆を持つ可能性は――。英秘密情報部長官の「重大メッセージ」の内容は――。メディアの報道だけではわからない国際情勢の「筋読み」を提供する。内外情勢調査会主催の懇談会で行った講演に編集を加えて書籍化。

イスラム国は、唯一の指導者カリフの下で世界中を支配することを究極の目標としている。イスラム以外の国は、すべてがテロの対象になる。日本は中立的な立場に立ちたいと考えたがるが、彼らにとっては敵と味方しかいない。「今まで日本は中東世界では植民地支配をしたことがない。むしろ、欧米から弾圧を受けるイスラム世界を援助してきたから、イスラム国は日本に対して好意を持っているはずだ」という希望的な意見が日本にはあるが、テロ集団イスラム国に関しては通用しない。二〇一六年伊勢志摩サミット、二〇二〇年東京オリンピックの日本をターゲットにしたテロ事件は必ず起こりうる、と考えて対策を練るべきであると主張する恐ろしい内容の本。

また、作者が外務省ロシア担当の官僚の時、北方四島の電力を日本の技術援助による地熱発電で賄えないかと打診され、日本側は無償で地熱調査し、有望なデータをあえてダメなデータに捏造して地熱開発をやめさせた。その代わりに日本は、重油発電機施設を寄贈した。そうすると、ソ連の重油は質が悪く使えないから、日本からの重油を使う限り日本の援助が必要になる。北方領土四島の世論を親日に仕向け、ロシア側と有利な交渉ができるようにした。一旦、地熱発電ができると、永久に日本からの援助が要らなくなることを恐れた、と明らかにしている。エネルギーと食糧を自立させないことが外交戦略では常識であると述べる。

●『日本が知らない「アジア核戦争」の危機——中国、北朝鮮、ロシア、アメリカはこう動く』

日高義樹、PHP研究所、二〇一五年

冷戦時代は米ソとも核を抑止力として考え、実際に使用すれば人類は消滅するという認識を両国とも共有しており、本当に核を使用して戦争することを公言する将軍は存在しなかった。しかし、中国や北朝鮮は、実際に核爆弾を搭載したミサイルを使うことについて何のためらいもないのだ。イスラム国などは報復される「国」がないので、自由に核攻撃をする決断ができる。今までの常識が通じない勢力が核を持ち始めたのだ。アジアの核の脅威について警告した驚くべき内容の本。

●『イスラム国 衝撃の近未来——先鋭化するテロ、世界と日本は?』

矢野義昭、育鵬社(扶桑社発売)、二〇一五年

イスラム国による日本を標的とした原発テロに備えよ、という衝撃の警告の本。日本の原発は、婦人団体や子ども会が昼食付きで訪れるような平和で安全な施設、という電力会社のイメージ戦略が奏功しているが、それがいかに世界の常識から乖離《かいり》しているかを、テロ防衛の立場から警告する。

●『日本は本当に戦争する国になるのか?』

池上彰、SB新書、二〇一五年

安全保障関連法案と集団的自衛権について、右翼的・左翼的な見方を冷静に比較する資料を詳しく紹介している。原子力について、最近の法案がすべてアーミテージ・ナイ報告書が行った対日要求に従って忠実に遂行されていることに筆者も驚いて、「なんだ、結局はアメリカの言いなりなんだ

な」というのが正直な気持ちです、と。池上彰はマスコミから消えるかも？と心配になるくらい本当のことを書いている。

●『マッカーサーと日本占領』

半藤一利、ＰＨＰ研究所、二〇一六年

廃墟から立ち上がり世界第三位の経済大国を作り上げた日本。本書は、マッカーサー元帥の占領政策を、昭和天皇との十一回に及ぶ秘密会談をもとに紐解き、今まで明かされていなかった戦後史を解説している。当時の写真も多く掲載されており、皇居前広場を行進するアメリカ第一騎兵隊の写真を見て改めて日本が占領されていた事実を実感した。日本が敗戦国として占領された、その間接統治システムが今でも引き継がれており、深い闇を知らしめる衝撃の内容である。

最も印象に残ったのは、マッカーサーが昭和天皇に語ったという次の言葉である。「戦争はもはや不可能であります。戦争をなくするには、戦争を放棄する以外には方法はありませぬ。それを日本が実行されました。五十年後において（私は予言いたします）日本が道徳的に勇敢かつ賢明であったことが立証されましょう。百年後に、日本は世界の道徳的指導者となったことが悟られるでしょう」。

昭和天皇とマッカーサーがともに話し合いながら、戦後の日本を協力して作り上げた事実。いま憲法改正が叫ばれ、戦争放棄の第九条を改正するかどうかを日本国民が問われており、この本で明らかにされる秘密会談の内容を学ぶことに価値があると思う。

マッカーサー元帥が予言した百年後、つまり二〇四五年までに、日本は世界の道徳的指導者になっているだろうか。私はこの世にいないと思うが、そのマッカーサーの夢が実現した世界を見たいと思わせる本である。

●『逆説の世界史』

井沢元彦、二〇一六年、小学館

妥協を許さない一神教のキリスト教とユダヤ教とイスラム教の聖地エルサレムをめぐる宗教戦争、そしてムハンマドの血統を守るシーア派とオスマン帝国ウマイヤ王朝の流れをくむスンニ派とのイスラム教の内紛、アラーの正当性を争う終わりなき戦争。多神教の神道や仏教に親しむ日本人がとても理解できない、異教徒同士の宗教戦争に、安易に加担する危険性を警告する衝撃の本。

●『天才』

石原慎太郎、幻冬舎、二〇一六年

田中角栄を「俺」という視点から描いた珍しい本。アメリカに対抗した総理が、いかに簡単にCIAの指示によりマスコミと検察により潰されていくかを描いている。発売十日で、十万部のベストセラー。

●『東京電力研究——排除の系譜』

斎藤貴男、角川文庫、二〇一五年

東電の闇を深く調査し、真実を求めて様々な角度から原発の歴史を紐解く。原発への空からのテロ攻撃について、その危険に関する歴史的考察を興味深く読んだ。原発を歴史的に解説した本。

●『石油とマネーの新・世界覇権図——アメリカの中東戦略で世界は激変する』

中原圭介、ダイヤモンド社、二〇一五年

シェールガスの登場がエネルギー業界にもたらす結果を予測した衝撃の内容。また、中東戦略をアメリカが大きく変えてくることも予言。中原圭介さんの近未来予測はすべて当たっている。すごく読む価値のある本。

●『天空の蜂』　東野圭吾、講談社、一九九五年

小説の舞台は一九九五年。防衛庁から奪取された最新鋭にして日本最大のヘリコプターが、稼働中の高速増殖炉がそびえ立つ上空に現れ、日本全国の原発の停止を求める犯行声明を出す——。

東野氏は「今まで書いた作品のなかで一番思い入れが強いのはどれかと訊かれれば、これだと答えるだろう」と語っている。二〇一五年に映画化もされた（監督：堤幸彦／脚本：楠野一郎／出演：江口洋介、本木雅弘）。

作者はもんじゅの未来に希望を持つイメージで書いている。今、もんじゅが廃止されるかもしれないという現状をどう考えられているかお聞きしたいものだ。それにしても、すべての原発が二年間停止された今の日本は作者も信じられないと思う。福島原発事故の十数年前に出された本だが、時代の先見性、社会性に満ちており、今も多くの人々の関心を惹きつけるロングセラー。

●『オールド・テロリスト』　村上龍、文藝春秋、二〇一五年

二〇一一年から三年間にわたって雑誌連載されたもの。近未来の日本を舞台に、満洲国の亡霊とも思える謎の老人グループが、日本を焼け野原にすべく次々と凄惨なテロを仕掛ける。

八十歳の老人たちが私設軍隊を作り、原発にミサイルを発射して脅し、政府の原発再稼働を中止させる物語。本の中ではみんな秘密裏に殺されてしまうが、有名作家の村上龍さんが、福島の事故

後に初めて原発が再稼働した二〇一五年というタイミングで出版したことに深い意味を感じ、驚いた。ワクワクドキドキする本。

●『ゴーマニズム宣言SPECIAL　新戦争論1』　小林よしのり、幻冬舎、二〇一五年

著者は、独自の日本主義の精神で、右にも左にも同調せず、優れたメッセージを命がけで発信する漫画家。『新戦争論』は『戦争論』とともに、これからの若者たちに深い示唆を与えるだろう。すごい本だ。

●『ザ・原発所長』（上・下巻）　黒木亮、朝日新聞出版、二〇一五年

原発の下請工事のずさんさと原発村の実態を理解するのに参考になる本。東京電力の本社と現場の危機意識の違いには驚くばかり。原発メーカーや電力会社の中で、事故を起こさないために命がけで働くまじめな技術者の苦悩と人間模様が理解できる。素晴らしい本だ。

●『東京が壊滅する日――フクシマと日本の運命』　広瀬隆、ダイヤモンド社、二〇一五年

原発のロスチャイルド、石油のロックフェラー、巨大財閥に支配される国際エネルギー業界の隠された真実を描いた本。東京にこれから発生する、福島原発の放射能に起因する甲状腺疾患の拡大を予言する衝撃の内容。

●『原発ホワイトアウト』　若杉冽、講談社文庫、二〇一三年

再稼働が着々と進む原発。しかし日本の原発には、国民には知らされていない致命的な欠陥があったと訴える著者の身辺には、「この事実を知らせようと動きはじめた著者に迫り来る、尾行、嫌

がらせ、脅迫」があったという。

舞台となる新崎原発のモデルは新潟の柏崎刈羽原発。収賄の疑いで逮捕された知事に代わり、権限を引き継いだ副知事は、新崎原発の再稼働を認める。だが大雪の日、テロリストが高圧送電線を吊った鉄塔をダイナマイトで破壊する。新崎原発は電源を喪失。外部電源車が置かれている高台には大雪のため近づけない。新規制基準では「外部電源車を各原発に配置すること」とした以上、ヘリで電源車を運ぶ方策を別途講じているはずもなかった。海から運ぼうにも大シケで岸壁に近づけない。原発は〝あれよあれよ〟という間にメルトダウンした。格納容器の圧力は高まる。格納容器の爆発を避けるにはベントする他ない。ベントが始まり、住民は逃げ惑う――。

発電所内では〝そこそこ〟の警備体制が敷かれているが、送電鉄塔がある場所は無防備だ。新規制基準はテロリストの襲撃を想定していない。全電源を喪失した場合、復水器で冷やせるのはわずか数時間である。メルトダウンは簡単に起こりうる。住民の被曝は避けられないのだ。

「(新)規制基準は安全基準ではない」。新潟県の泉田裕彦知事は繰り返し説く。だが政府も東電も、泉田知事の警告に耳を貸そうとしない。

原発がいかに外部電源に依存しているか、いかに原発テロが容易であるか、ということがわかる怖い小説だ。

● **『安倍政権の裏の顔「攻防　集団的自衛権」ドキュメント』**
朝日新聞政治部取材班、講談社、二〇一五年

これまでの政府が集団的自衛権にいかに慎重に対処してきたか。それを壊そうとする安倍政権の執念じみた情熱の裏に何があったのか？　面白い本。

●『日本遥かなり――エルトゥールルの「奇跡」と邦人救出の「迷走」』　門田隆将、ＰＨＰ研究所、二〇一五年

動乱のイランから、トルコ政府の好意により二百人の日本人が無事脱出するに至った経緯を描いたドキュメント小説。海外にいる日本人が戦闘に巻き込まれた場合、憲法の規定により自衛隊は救出ができないことに対して疑問を投げかけた衝撃の本だ。

なお、二〇一五年には、日本とトルコの合作でこの史実を描いた映画が公開されている（『海難１８９０』監督：田中光敏／脚本：小松江里子）。

●『地球を変える男――放射性セシウムをプラチナに』　大政龍晋、ＪＤＣ出版、二〇一四年

下町の大田区の発明王・大政龍晋工学博士。放射性セシウムをプラチナやバリウムに変換する技術を発明した男の物語。水を特殊な振動攪拌装置内で両極同時に電気分解して、「オオマサガス」という不思議なガスを生成する技術解説書。このガスは、アメリカでは水で走る車として実用化されているが、日本では認可されていない。面白いことに、電気分解の必要なエネルギーよりも生成したＨＨＯガスの出すエネルギーの方が三〇％多い、という夢のエネルギーである。テレビでも何度も放送されているが、日本では未だに広まっていない。

●『地球はもう温暖化していない――科学と政治の大転換へ』　深井有、平凡社新書、二〇一五年

やっと本当のことを語る科学者が出てきた。世界中に伝わっている事実と全く異なる情報を伝えている日本のマスコミ。科学者の良心に従い、温暖化を支持する偽科学者たちを告発する書。一九八〇年代、原子力を推進したい英国のサッチャー首相が仕掛けた、「地球温暖化を防ぐためには、原発しかない」というあらかじめ決められた結論に対し、学者たちはいかにそれに沿う論文を書いて多くの予算を取ろうかと競った。

この本は、現実の観測データに基づいて忠実に科学的な検証を試みた解説書。私が八年前に書いた『ミッテラン・コード』で指摘したIPCCの欺瞞についても、気持ちの良い論評をしている。日本は毎年十〜十五兆円ものお金を温暖化対策費用として失っている。この告発で、炭酸ガスを出さないことを目的とする日本のエネルギー戦略も大きく変わると思う。

二〇一六年二月六日、驚くべきニュースが報道された。今まで最新の石炭火力発電所を潰してきた環境庁が突然、十一カ所の申請を許可したのだ。ひょっとしてこの本が貢献したのかもしれない。隠蔽された事実が一冊の本により日本を変革する力となるかもしれない。マスコミが、いかに嘘のニュースを流して洗脳するか、恐ろしくなる。

温暖化問題について、私は二〇〇八年に書いた『ミッテラン・コード』という本の中で、主人公のロナルド教授に次のように言わせている。八年後の二〇一六年現在、中国やインドなどの炭酸ガス排出が著しく増加したにもかかわらず、二十年近く地球の平均温度が上昇しない。また、南の氷が増加してきている。ＩＰＣＣの百年後の予測に対して、日本の政府とマスコミ以外の世界中の政府やマスコミは懐疑的になっている。各国は国際会議では建前と本音を使い分けて、世界一の債権国日本から少しでもお金を奪うために行動している。世界で唯一まじめに取り組んでいるのは、国益を考えない愚かな官僚と政治家が温暖化利権に群がる日本だけなのである。

以下、拙著『**ミッテラン・コード——パリに隠されたミッテラン大統領の秘密と暗号**』（海鳥社、二〇〇八年）より、温暖化問題に関する章の一部を転載する（加筆した）。

＊

ロナルド教授は、学生の強い視線を感じながら、話を続けた。

「（略）地球温暖化仮説が最近重要な政治問題になっています。その仮説では、その時地球上のあらゆる生態系が破壊され、多くの農業地域が旱魃に襲われると警告しています。

地球温暖化仮説にはさまざまな疑問もありますが、もしその仮説が本当だとすると、すべての生き物に命を与えてくれる水が今、人類を滅ぼそうとしている。われわれはこの『神』である水の警告に耳を傾けるべき時が来ているのかもしれません。

その偉大な『神』が、皆さんの中に存在しているのです。水、つまり『神』を通じて植物や鉱物やほかの動物とも繋がっています。地球とも、そして、はるか数万光年離れた暗黒の宇宙空間を飛行する彗星とも繋がっているのです。素晴らしいことだと思いませんか？」

突然、ボースが手を挙げた。

「先生は、温暖化問題を『仮説』と言われましたが、地球温暖化は事実ではないのですか？　先生はこの問題をどのように考えているのか、教えてほしいのですが……」

「君はどう思いますか？」

「僕は、温暖化問題は、人類が一つになる素晴らしいきっかけになると思います。再生可能なエネルギーが開発されない限り、経済発展するインドや中国の急増するエネルギー需要の拡大が、世界を再び資源略奪戦争に駆り立てると思います。核を持つアジアの大国と核を持つ欧米諸国との利害の対立、これこそ世界の終わりです。人類が利害を超えて、自分の住む地球を守り、お互いに助け合う。本当の世界平和が初めて到来するのではないかと思います」

ボースは立ち上がると、大きく瞳を輝かせて一気に喋った。

ロナルドは学生たちの目を見つめながら、言葉を噛みしめるようにゆっくりと話した。

「私も同意見です。ボース君が言ったように、地球温暖化問題が、対立や争いの続く、ばらばらの世界を一つにしようとしています。また、温暖化問題は、東洋の哲学者老子のいう『足るを知る』というライフ・スタイルの普及、人間の心のあり方、社会のあり方を変える大きな力を持っています。見知らぬ国、見知らぬ人に対する優しさ、熱帯雨林の保護や人類・動物・植物の生存の連鎖の重要性などを教えてくれます。また、個人が出す二酸化炭素のコストを発展途上国の新エネルギー開発投資に寄付するカーボン・オフセット・サービスや、企業や国家間での排出権取引を通じて、人や国家や企業が助け合い、共存共栄する心を育むことでしょう。そして、人口が増大しても、炭酸ガスの排出を抑えることが可能な、安価な、優しいエネルギーを発明する動機付けや刺激策になります。

低炭素社会の実現のために、風力や地熱や太陽などの自然エネルギーを活用する再生可能エネルギー開発の促進、中国・インドなど経済が躍進する発展途上国の環境破壊・公害の防止意識を向上させるでしょう。また、戦争こそが二酸化炭素の排出に大きな影響を与える、というゴア氏が力説した危機感は、これまで無関心だった、ほかの国で際限なく繰り返される戦争に対して世界中の人が関心を持ち、強力な戦争抑止の国際世論を形成するに違いないと確信します。私はその点で『温暖化問題の政治化』を高く評価しています。素晴らしい人類の覚醒と言えます。

しかし、皆さんに注意を喚起したいと思います。温暖化問題が政治的な『正義の力』を持ち出した時、真理として『本当に地球が温暖化し、世界中の都市が水没するのか?』と、あえて疑う心を持ってほしいのです。

先日、日本から来た大学時代の友人で物理学者とその奥さんと会食をしました。その友人の奥さんの言葉を忘れることができません。彼女は、毎日繰り返される地球温暖化の危機を告げる日本のテレビ番組を観て、『今のうちにハワイに旅行しないと、あと数年でハワイ島が水没する』と真剣な表情で話すのです。

お願いがあります。ぜひ、科学の限界を深く理解してほしいのです。現代科学が百年後の自然の変化を予測できるというのは、科学への過大評価です。大いなる自然を科学的に分析・予測する試みに挑戦した誠実な科学者たちがまず感じるのは、人間の大自然に対する知識の大きな欠如です。真理のほとんどを解明したと思った人類が解明したのは、実は、真理のわずか四%くらいだったのです。大部分の九六%がまだまだ謎のままである、と最新の科学の進歩によって人類は気づきました。それほど、今でも、自然の真理は巨大な闇のベールに包まれています。

この科学の力で大きな自然を推測する難しさについて、私の経験からお話をします。私の旧い友人は、アイスランドの自然エネルギー、地熱資源の埋蔵量計算を請け負う優れた学者です。地熱リザーバーは、断層に付随する縦方向の破砕帯を流れる地下水脈の動向を正確に予測しなければなりません。断層にどれくらいの地熱水が流れ込むのかを評価するのが、重要なパラメーターです。しかし、彼が採用した手法は全く違うのです。彼は、地熱リザーバーが石油リザーバーと同じものと想定し、水平型の貯留層の体積を想定して、どこからも水の流入がないと仮定します。そして、有限な地熱水の体積から、発電に必要な地熱流体を抜き取ると、何年持つかという、石油と同じ評価法を使用するというのです。

私が疑問を投げかけると、彼は、

『地熱資源のような複雑な自然エネルギーを評価するには、最も地熱資源の特徴ある要素を無視するしか、定量的な計算はできないのさ。君たち、科学を過信する人文系の人間は、今や、人類が地球を完全に支配して、すべての現象を科学的に理解、把握してコントロールできると思っているが……お笑いだね。

京都議定書を世界中の国が守っても、百年後の温度をわずかに上昇予想温度の一%、つまり、IPCCは、百年後に予想平均で四度上がるという予想しているから、〇・〇四度しか下げる効果しかない。ほとんど人類の試みは効果がないと科学者が言っているのに、温暖化問題が政治的問題となって暴走している。

つまり、地球が動き出したら、人類はなすすべがないということさ。温暖化問題の政治化は、この数字を見てもおかしいと普通の常識で考えればわかるはずさ。それが、マスコミの力で、人々はヒステリー状態に置かれている。自然は、どんなに科学技術を駆使しても、コントロールなんかできない巨大な存在だ。それは愚かな西洋的な考え方だ。東洋人は古代から、自然は、畏怖し、崇《あが》め、共に生きる存在と考えている。大自然の驚異の前に、ただただ立ちすくむしかない小さな存在が、人類なのさ。

六十五億を超える人類が地球上で大きな存在であると信じるなら、大海原をヨットで太平洋を航海してみたらすぐわかる。海には誰もいない。本当に何日も何日も、一艘の船とも遭遇しない。人間が支配しているのは、地球の三〇%の陸の、わずかな平地の一部。まして広大な七〇%の海や海底は、人類のいない巨大な未知の空間だ。小さな人類が《地球を救おう》なんて言う。そんなことを臆面もなく喋れる人間ほど、無知な人間はいないと思うよ』

と言うのです。

科学者は、正確な定量的な予測のためにではなく、あくまでも、『数学的・科学的』に計算するために、非科学的な、本質から全く離れたパラメーターをインプットするのです。まさに、一般人から見れば、本末転倒の手法です。しかし、この方法は、『有効理論』と呼ばれ、科学的な手法としてさまざまな科学分野、例えば量子力学などの分野でも使用されています。つまり、推測不能な要素を除外して、有効な情報のみで結論を導く手法です。小さなサイズの地熱資源の評価予測でもそうなのです。また、地球の気温に大きく影響を与える宇宙の変化、太陽のコロナ活動や水蒸気などの、大きなカオスに支配される自然を予測できるほど、人間の知識は完全なものではないのです。

身近な例で言いましょう。例えば、テレビの天気予報、最新の人口衛星地球監視システムやスーパー・コンピュータを駆使して、解析している天気予報です。来週の天気や気温の当たる確率を思い浮かべてみてください。地球と宇宙と人類の経済動向などが複雑に関係している地球全体の平均気温の、それも百年後を予測することが、いかに困難か理解できると思います。地球はカオスの塊なんです。このように、百年後の海面上昇や気温変化をコンピュータで推測するには、最も重要な要素を無視するしか、答えが出せないことを、自然科学者だったら知っています。

言い換えれば、自分の求める方向に、結論を簡単に持っていけるのです。複数の変動要素のインプットするデータを、例えば、都会の観測点のヒートアイランド現象の補正係数を、少し変更すれば、百年という長期の時間軸では、同じ基礎データを使用しても、ある時は『温暖化の危機』、ある時は『寒冷化の危機』という答えを自由自在に導き出せます。

事実、マスコミからお呼びがかからない気象研究者の中には、今起きている異常気象は、地球寒冷化の予兆であるという説を主張しています。事実、この冬、世界で寒波が襲っています。中国の上海では、異常な寒波のために中国内陸部の発電所からの送電が途絶え、不夜城といわれた上海の高層ビルの照明が消され、夜間の停電が続いています。九千万人が雪と寒波のために動きがとれない状態です。通信網も、電線が大雪のために倒壊して、湖南省の通信が不能になっています。エジプトでは百年ぶりに雪が降りました。北極の氷や南極の雪は増加しています。北極グマも数が変動していません。『先進国がいう温暖化はどこに行ったのか?』という言葉が中国国内に充満しています。アフガニスタンでも、カスピ海上空の低気圧が異常な寒波をもたらしています。すでに六七四名が凍死しました。数千人以上の住民が凍死の危機におびえています。

これも不思議な歴史的繰り返し現象の一つです。異常気象は、昔から同じ頻度で発生しています。どの時代でも、この世の終わりの恐怖と人類は闘いながら生存してきました。いつか人類も、彗星の衝突などの天変地異などで、恐竜のように絶滅する運命にある生き物です。永遠に生存する生き物は存在しません。地球や太陽や星雲すらも、有限の寿命を持っているくらいです。

しかし、同じデータを使用して、次々と繰り返される正反対の『気候変動の危機説』を、検証もなしに、学者やマスコミを過信して行動してもいいのでしょうか? それも、同じ有名な科学者が、全く異なる結論を述べていることに、素朴な疑問を持ちます。また、クライムゲート事件で、IPCCのデータを改竄《かいざん》する偽装が明らかになりました」

ロナルドは、「既成の事実である温暖化危機」に疑問を持つ話に聴き入る学生の眼差しを凝視した。その視線の中に憎悪と反感を感じた。雰囲気を変えるために、大きく咳をして、無理に笑みを浮かべながら、学生に質問を投げかけた。

「皆さん、今、厚い氷で覆われている大地、『グリーンランド』が、なぜそう呼ばれているのか？知っている人、手を挙げてください」

ロナルドは首を傾げる学生たちに質問した。学生たちは沈黙した。

ロナルドは口元に微笑を浮かべると、意外な歴史的事実を語り出した。

「皆さん、驚かれると思いますが、地球は、十世紀から十三世紀に異常に温暖化していたのです。その温暖化の時代のグリーンランドは、その名前のとおり、氷のない、緑豊かな大地でした。バイキングたちがこの緑の大地から豊かな恵みを得ていました。欧州はこの気温上昇の影響で、豊作が続き、十字軍遠征の原動力になりました。

皆さん、テレビなどで、グリーンランドが位置する北極海に浮かぶ氷山が溶けて、海水面が上昇して、主要な都市が水没するという話を聞いたことがあるでしょう？　実は、その情報は、科学を無視した、捏造された嘘の情報です。コップの中の氷が溶解しても、液面は上昇しないのです。

一方、南極大陸の氷が溶けるという説もあります。先週、アメリカの科学雑誌『サイエンス』に、このような記事が掲載されていました。『史上最も地球が温暖化していた時代、今から九千万年前、白亜紀のチューロニアン期にも、南極の氷は六〇％以上氷が残っていた！』という記事です。九千万年前、この時代は、北極にワニが棲み、巨大な恐竜や大きな植物が地球上を覆い尽くすという生命に溢れた時代です。その時代でさえ、南極では六〇％以上の氷が残っていた。このような説もあるくらいです。

多くの皆さんがよく誤解していますが、地球温暖化は寒冷化に比べると、生命維持について良好な環境の時代なのです。事実、人口の多いインドや中国、インドネシア、ブラジルは気温の高い地域です。適度な気温上昇は、動植物、生命体にとってプラスの効果があります。地表面積のわずか三％の赤道付近のジャングルに、五〇％以上の生命が棲んでいるのがその証拠です。

では、その後の地球はどうなったのでしょう。実は、寒冷化したのです。十四世紀から十九世紀半ばまで、異常な寒冷期となり、緑豊かなグリーンランドの大地が厚い氷の下に覆い隠されました。グリーンランドが氷に覆われると、バイキングたちはこの地を離れていきました。

そして、世界各地で農地が縮小し、飢饉が起こりました。英国では、テムズ川が完全に氷結しました。フランスでは、寒冷化のために小麦生産が低下し、その不満のエネルギーが渦巻いて、農民が立ち上がり、フランス革命が発生しました。余談ですが、このように十字軍遠征やフランス革命の誘因となった気候変動と社会変革の関係を知ることは重要です。つまり、気候変動の周期性を発見できれば、未来の社会変動の歴史的類似性を予測できるからです。

ここで、皆さんに覚えておいてほしいのは、人類が二酸化炭素ガスなどの温室効果ガスを排出する遥か昔に、四百年間の温暖化現象や五五〇年間の寒冷化現象が地球を襲った歴史的事実があることです。皆さん、記憶しておいてください。人類は、この温暖化や寒冷化の試練を、今より遙かに乏しい科学技術で乗り越えたという歴史的事実です。それを前提に、お話を前に進めましょう。

もし、温暖化が事実だと仮定すると、このような考えができないでしょうか？『神が人類の人口増加に対応して、必要とする食料を増大させるために、地球の温暖化を企てた』と。

地球の温暖化は、農作物の生育を促し、食料増産につながり、また、農耕地の北限を北に押し上げ、農耕地を拡大させます。世界の先進国の首都を訪れて感じることですが、それらのほとんどの都市は、緯度が高く、短い夏や、曇り空が続く春や秋、冬は大雪で覆われる地域にあります。人間が住みやすい環境とは、とても言えない場所なのです。それらの都市が住みやすくなるくらいの温暖化なら、歓迎すべきことなのではないでしょうか？

温暖化の原因は太陽なのです。陰陽の原理で言いますと、災いの原因である太陽こそ人類を救済する源、『陰の陽』の入り口なのです。陰陽原理は教えます。神や天使は悪魔の中に宿っているのです。日本企業のシャープなどの効率の高い太陽発電技術が、温暖化問題を解決するはずです。当初、日本製の太陽発電パネルの寿命は二十年と想定されていましたが、最近では、三十年以上経過しても発電効率が落ちないことが実証されました。今では、五十年以上の寿命といわれています。この太陽熱を利用する日本の技術こそ、低炭素社会の建設に大きく貢献すると考えます。温暖化問題が虚構であると世界中が目覚めたら、二千年の埋蔵量がある石炭資源を世界中が使えるようになるのです。日本の公害防止技術を使う最新の石炭火力発電所が増設され、中近東に偏在する石油利権を理由にアメリカやロシアが起こす戦争を回避できるのです。

『人為的地球温暖化説』や『地球温暖化の人類滅亡説』は、豊富な研究資金を手に入れたい科学者が原発を推進したい国際利権組織に迎合する、人類の歴史で汚点となる世界中を騙す恥ずべき行為です。

『人為的な炭酸ガスに起因する地球温暖化』の結論に疑問を持つ、大手マスコミに露出しない科学者が多く存在します。反対意見に謙虚に耳を傾ける。この温暖化問題に関しては、『地球を守る』という大義の旗の下に、科学的な反論、冷静な検証すらできない状況です。

危機をあおる手法は、権力を持つ勢力の世論操作の常套手段です。また、古代から宗教を広める手法として使用されました。その証拠に、ほとんどの宗教が、この世の終わりの到来の説話を持っています。すべての権威ある学者や、西欧や日本のテレビのニュース・キャスターや大手新聞の論説委員や政府などが、『一〇〇％正しい』と言い出した時、つまり、温暖化問題が『絶対、唯一の神』になった時、真実が隠され、大きく曲げられた可能性があるのです。アフガン・イラク戦争当時の世界のマスコミを検証してください。

二〇〇五年に、国際原子力委員会（IAEA）がノーベル平和賞を受賞しました。その二年後に、同じノーベル平和賞を、温暖化問題を検証する国際委員会（気候変動に関する政府間パネル、IPCC）と、映画『不都合な真実』で主演したアメリカ合衆国の元ゴア副大統領が、同時に、同じ受賞をするのも不思議な話です。この背後に、英国と欧州の原子力産業の影が見えます。

輝く『陽』の中心には、必ず究極の『陰』に繋がる入り口『陽の陰』があるのです。悪魔は必ず天使の仮面をかぶって、スポットライトを浴びながら舞台に登場します。

物事を正しく判断するためには、自分の立場を離れて他人の立場で考えることが重要です。エネルギーについての欧米諸国の戦略を検証しましょう。

この世の産業は、陰陽の原理で動いています。光を浴びる陽の動脈産業と光の当たらない陰の静脈産業で構成されているのです。人々は、光の当たらない陰の産業には着目しませんが、陰の静脈産業の中で、目に見えない巨大な権益が発生しています。

排出権を支配する者が二十一世紀の世界を支配する、といわれています。つまり、金本位制から原油本位制へ、そして二酸化炭酸本位制へ、世界経済は移行するのです。

世界通貨のドルは、一九七〇年までは金に裏付けされた貨幣でした。しかし今は、石油に裏付けされた貨幣です。そうなったのは、アメリカが陽のエネルギー世界の入り口部分に石油流通市場を作り、その基本通貨をドル建てにしたからです。それに対抗してEUは、陰のエネルギー世界の出口部分に、排出権市場を作り、その基本通貨をユーロ建てにしました。石油市場が『陽』とすれば、ドルを印刷する国は『陽の陰』、排出権市場を『陰』とすれば、ユーロを印刷する国は『陰の陽』となり、強い権限と莫大な富と支配権を手にする国になることができるのです。これを、ある国際エネルギー・ジャーナリストは、アメリカのロックフェラー家の石油支配と、英国・欧州のロスチャイルド家の原子力支配の、二十一世紀の世界エネルギー陰陽のシステムだと指摘しています。対立するように見える陰と陽の二つの勢力は、深い奥底で繋がっています。陰の力が増した時、または陽の力が増した時、つまり陰と陽が交わる時が、利益が最大になるのです。

ボース君には申し訳ないが、温暖化問題の本質は、『人類の正義感に溢れる環境問題の覚醒』というより、沈みゆく西洋の、最後の、東洋との覇権と存亡をかけた国際国家戦略なのです。個人の善意を信じる心は大切です。しかし、国家の善意を信じる心は、今すぐ捨ててください。国際政治とは国益と国益との戦いなのです。これこそが欧米諸国にとって隠蔽したい『不都合な真実』なのです。何度も言います。危機をあおり、膨大な利益を手にする勢力に警戒が必要です。温暖化問題も、その例外ではありません。科学を信じながら、同時に、政治的な科学者や既存の政府、権威やマスコミ論調を疑う。すべてを疑い、冷静に反対意見を検証する。『真実』は、自分が見たいと思うようにしか見えない。この真理こそ、君たちがこの講座で学んでほしいことなのですから……」

＊

●『日本はなぜ、「基地」と「原発」を止められないのか』

矢部宏治、集英社インターナショナル、二〇一四年

矢部氏は、日本には裏の政府が存在すると言う。それは今でも日本植民地支配をするアメリカである。アメリカが基地と原発を必要としている。だから日本人には、もともと決定権はないのだ。

ＣＩＡは、治外法権の状態で自由に日本に入国や出国できる「米軍基地」というどこでもドアを

使い、政治家や官僚に対する諜報活動を自由にしている。米軍は日本国を超えた存在である。本当の日本の支配者であるアメリカは、日米合同委員会という組織を作り、月二回の会合を開催し、日本の検察やほとんどの分野の高級官僚を直接コントロールする。

また、フィリピンの米軍基地完全撤去を可能にしたのは憲法であるとし、次のように述べる。「憲法とは小国が大国に立ち向かう最大の武器である」。こんなこと書いても大丈夫？　と思えるほど深刻な実態を書いている本。

●**『日本人を狂わせた洗脳工作――いまなお続く占領軍の心理作戦』**

関野通夫、自由社ブックレット、二〇一五年

アメリカ占領軍の巧妙な日本人洗脳工作を記したＷＧＩＰの証拠文書を、公文書から発掘した話題の本。アメリカでホンダ関連企業の社長を務めた関野氏が、自ら見つけた機密文書から占領下の日本で行われた洗脳工作を明らかにする。未来永劫にわたって日本を属国にするために、どのようなことを今でも行っているかを検証した内容である。

●飯村直也**「地熱発電事業で暗躍、旧通産省ＯＢが企業から引き出した六百億円」**

（『日本経済「黒幕」の系譜』別冊宝島編集部、宝島社文庫、二〇〇七年）

エリート通産省官僚・内田元亨《げんこう》の地熱事業での汚職事件の裏側を描いた本。

●武田信弘**「『フジタ地熱開発の無残と欺瞞』のまとめ」**（二〇一五年十一月十七日）

taked4700 のブログ（http://blogs.yahoo.co.jp/taked4700）

地熱豊富な鹿児島県指宿市にお住いの方の大変ユニークなブログ。私が、なぜ地熱開発が三十年間停滞していたかを疑問に思い、内田元亨事件が日本の地熱開発を妨害したのではないか？という推理で小説を書き終えて、データを集めていたら、武田信弘さんのブログに地熱汚職事件の全貌が詳しく記載されていた。私だけが想像していたわけではなく、別の人もそのような推理をされているいることに驚いた。「内田元亨　地熱」と検索したら出てくる。非常に詳しい裏の情報を提供してくれている。どんな方なのかを調べたら、宮崎県知事にも立候補したりしている人物。謎に包まれた経歴の持ち主だった。ユニークで鋭い視点を持っている。

●高橋真理子「**地熱発電はなぜ日本だけ停滞したのか**」（二〇一四年十月十五日）

ブログ（http://bylines.news.yahoo.co.jp/takahashimariko/20141015-00039960/）

（＊二〇一四年九月、WEBRONZA「地熱発電ルネサンスの実像」の記事として掲載されたもの）

「なぜ、日本では地熱が進まないのか？」と検索したら出てきた。高橋氏は朝日新聞編集委員。

「原発をなくしていくためには大型地熱発電所の開発は避けて通れないと思う。なぜ地熱発電の開発が九〇年代に入ってピタッと止まったのか。その理由を突き詰めて考えてみると、地熱発電の欠点として挙げられるあれこれの理由は『言い訳』に過ぎず、要は日本政府が原発を推進してきたからだという点に行き着く。何しろ地熱発電の特徴は原発にそっくりなのである。変動せずに安定に発電でき、二酸化炭素もほとんど出さない。しかも投入エネルギーに対する電力生産量は石炭や石油を上回る。こういうそっくりな特徴を持つ二つの発電方式のうち、一方だけを日本政府は厚遇した。原発だけに至れり尽くせりの制度を作った。つまり、政府は原発を選んで地熱を捨てたのである。だから、インドネシアを始めとする世界各国で地熱発電所が次々と開発される中で、日本だけが『眠りに入ってしまった』のである」と書かれている。

まだまだ調べると、多くの作者たちが書いた原発テロの危険性を警告する内容の本があるが、これまで、日本はまともにこの事実に対して向き合っていないように思う。

■参考資料 1

地熱発電が日本のエネルギーの基礎エネルギーとなる未来

（二〇一二年二月十四日、鎌倉ユネスコ協会で講演した際の資料）

老子の予言――

谷神不死、是謂玄牝。玄牝之門、是謂天地根。緜緜若存、用之不勤。

万物を生み出す谷間の神は、とめどなく生み出して死ぬことはない。これを私は「玄牝《げんぴん》――神秘なる母性」と呼ぶ。この玄牝は天地万物を生み出す門である。その存在はぼんやりとはっきりとしないようでありながら、その働きは尽きることはない。

足るを知る。無用の用。

価値観の大きな転換――老荘思想の時代へ

【一九〇〇年代は男性性の時代】キーワード：独占、強い、大きい、怖い、高効率、集中、偏在、少数、同一、均一、分断、物質性、肉体、陽、西洋、戦争、東日本、関東、太平洋

【二〇〇〇年代は女性性の時代】キーワード：分かち合い、弱い、小さい、優しい、低効率、普遍的、何処にでも、たくさん、多様性、統一、和合、精神性、心、陰、東洋、和平、西日本、山

陰、九州、日本海

日本に眠る地熱資源量は、浅い二〇〇〇メートルでの資源量で原発二十三基、既存の高温の温泉熱源利用で原発八基分。深部四〇〇〇メートルでの資源量で原発四十基分。これに高温岩体発電を含めると四億キロワット以上、日本の消費電力の二倍が見込める。最近の原発コスト（福島原発三号機）十四・五五円、プラス天文学的事故保険賠償費と数万年の廃棄物管理費用三十〜四十円／キロワット時と比べると、地熱発電コストははるかに安く、七〜十六円／キロワット時。

1

地熱の三要素

（1）熱
（2）割れ目
（3）水が酸性でなく中性に近く、危険なガスを含まない。

地球の核と呼ばれる内部（四〇〇万気圧、六〇〇〇度から八〇〇〇度：太陽の表面温度と同じ）の熱源は、四十六億年前の微惑星の衝突エネルギーの残りの熱源と、ウランなどの放射性同位体の崩壊熱の熱源の二つがある。惑星が超新星爆発で死ぬ時にコバルトが鉄に変化する。その惑星の死骸の鉄でできている内核は固体であるが、外核は液体と思われている。誰も見た人がいないから様々な物理データからの推定。地球の内部の詳細なことは、なんにもわかっていない。

二十一世紀の地熱資源：高温岩体は熱があり、水と割れ目がない地熱資源である。

人工的に割れ目を高圧の水で作り、水を注入して汲み出して循環させながら熱資源を取り出す方法がある。今、注目のシェールガスも、掘削技術おいて傾斜堀から水平に掘る技術開発と抽出技術が進み、利用可能となったものである。この掘削技術が高温岩体地熱発電にも使用できるようになる。

2　日本の地熱発電

日本の地熱発電は北海道一カ所、東北七カ所、九州九カ所と、九州が一番多い。日本全体の発電量は五四万キロワットで、〇・二%しか占めていない。しかし、設備容量では国内の総発電量の〇・二%に留まる地熱発電だが、設備利用率（七〇%以上）に優れるため、発電電力量ではその割合が〇・二八%にまで増加する。日本の推定される浅い深度の地熱資源量は、米国の三〇〇〇万キロワット、インドネシアの二七七九万キロワットに次ぐ二三四七万キロワットとされている。すなわち世界で第三位の地熱資源大国であるが、地熱発電量は世界ランキング七位である。第一位アメリカは三〇九万キロワット発電中、第二位インドネシアは一二〇万キロワット発電中、第三位が日本で五四万キロワット発電中である。

この二十年の間、日本のエネルギー政策が原発推進に偏重し、地熱利用が停滞して進んでいないことがわかる。

【事例紹介】出光地熱開発が蒸気部門を担当している大分県滝上地熱発電所は平成七年に開業して十五年目、数年前に、熱水と蒸気が自然に増加して現在二万五〇〇〇キロワットから二万七五〇〇キロワットに発電能力が増えている。これは珍しい現象である。

この滝上地熱の成功例の特徴は、地熱兆候が全くない所でアメリカの探査技術を導入したことと、海洋油田開発で使用されている、一つの基地から傾斜堀の技術を導入して開発された深部地熱開発方式である点である。また、この開発方式は今年、国立公園内の地熱探査が許可されたが、公園の景観と共存できる開発モデルという点である。さらに、地下の地熱資源を守るために熱の上流から熱水を取り出して下流の方に熱水を還元するという、安定的な地下熱水の収支バランスを考慮した還元システムを取り入れた開発モデルを、開発当初から取り入れて、生産と還元の基地のレイアウトを作成した点である。

深部地熱鉱床、潜頭鉱床タイプで地表に兆候のない、温泉地と離れた場所を最初から選定した。これにより温泉との競合がなく、理不尽な地元対策費用と時間が削減できる。

アメリカの地熱開発会社リパブリックジオサーマルは、最新の三つの技術を導入した。

①深部地熱探査技術
②空気泥水掘削技術と傾斜堀技術
③地熱リザーバー解析技術

○生産井が六本（平均五〇〇〇キロワット／井）、五基地、傾斜堀一部利用。
○還元井が九本、二基地。傾斜堀採用。これにより、掘削に傾斜堀を採用することで、環境ストレスを最小化できる。公園内でも開発可能。二万五〇〇〇キロワットで、十五年前に発電を開始、昨年から蒸気量が増えために、二万七五〇〇キロワットを発電している。
○リザーバー温度が二〇〇～二五〇度、深度が一一〇〇メートルから二七〇〇メートル。還元温度が一二〇度で、スケールが還元井や還元リザーバーに目詰まりを起こす炭化カルシウムスケールが発生しない温度で還元している。

リパブリックジオサーマル社は、生産エリアと還元エリアを、地上の高低差を利用できるよう最初から開発計画策定時に想定して計画を組んでいる。また還元性の深度を変えることで生産リザーバーに温度低下の影響を与えないように、圧力だけを維持し、安定的な地下の地熱流体の流れを考慮している。

そのおかげで、平均稼働率九五％と世界一の運転を記録している。また、十四年目からは、地下の流れが勝手に改善されて、二五〇〇キロワットを増産するという想定外の事態も起こった。つまり、二年に一回の三週間の定期検査以外フルに稼働しているのである。

地熱は石油資源開発に比べると簡単である。しかし、最新の技術情報と実行力がないと失敗する。経産省が実施した地熱開発プロジェクトはすべて失敗している。

電力発電所まで出光みたいな石油会社が自由に建設できて、電力会社が独占的に支配する全国の配電施設を共通インフラとして使用し、売電の相手や価格を自由に選定できるよう法制を変革すれば、多くの外国の石油会社、例えばUNIONオイルや力のある地熱開発会社や、アジアの投資ファンドによる巨額のアジアマネーや国内の年金マネーを、日本の地熱開発事業に呼び込むことができると思われる。

地熱は、原発に対抗できる安定した国産の再生可能な自然エネルギーである。国内の潜在埋蔵量は四億キロワット（原発四十基相当）。

3 温泉発電：温泉水温度差発電——原発八基分

直接入浴に利用するには高温すぎる温泉（例えば七〇～一二〇℃）の熱を五〇℃程度の温度に下げる際、余剰の熱エネルギーを利用して発電する方式である。熱交換には専らバイナリーサイクル式が採用される。

発電能力は小さいが、占有面積が比較的小規模ですみ、熱水の熱交換利用をするだけなので、既存の温泉の源泉の湯温調節設備（温泉発電）として設置した場合は、源泉の枯渇問題や有毒物による汚染問題、熱汚染問題とは無関係に発電可能な方式である。

地下に井戸を掘るなどの工事は不要であり、確実性が高く、地熱発電ができない温泉地でも適応可能であるなどの利点がある。高温八〇度以上の温泉地の泉源を利用して発電する。既存の井戸四〇〇〇カ所で一カ所当たり二〇〇〇キロワット発電する。日本全体で合計八〇〇万キロワットを発電する計画。

水より沸点の低いアンモニア水などを温泉水で沸騰させてタービンを回すもので、静岡県は下田市、東伊豆町、南伊豆町の源泉計四カ所で、実用化に向けた調査を始めている。温泉水で発電装置を動かすにはセ氏七〇度の温度が必要。九〇度あれば理想的という。

■参考資料 2

九州の電力供給へ緊急基本計画提言「二一世紀の新しいエネルギー供給について」

（二〇一二年に作成した私案）

この二〇一二年の私の計画は必要でなかったと言える。というのは、二〇一三年から一四年までの二年間、日本は原発ゼロでも十分な電力が賄えた。今まで「原発ゼロでは日本経済が破綻する」と電力会社とマスコミは宣伝していたが、それが嘘だったことが明らかになった。

ちなみに、九州の電力需要は、省エネ技術と人々の生活意識の変化により、一四七一万キロワットに下がり、これは原発の稼働率を七〇％と大きめに見ても、今後再稼働予定の九州のすべての原発五基分に相当する。総発電量も八八一億キロワット時から八一三億キロワット時まで下がりつづけている。原発ゼロでも電力供給に問題ないほど、省エネ技術や人々の生活意識変化により節電できた。

最大の発電所とは、人々の意識の変化の中にあり、人々の心の中に芽生えた「知足（足るを知る）」の思想こそが黄金の発電所だと言えるのだ。

九州の電力供給へ緊急基本計画提言「二一世紀の新しいエネルギー供給について」

①九州電力の供給能力　二〇〇三万kW（注：二〇一五年では最大電力需要が一五〇〇万kWまで低下している）

各事業体からの供給能力　二九二万kW

合計　二二九五万kW

②九州電力の内訳

原子力　五二六万kW（23％）［注：二〇一四～一五年、原子力はゼロでも電力供給に何らの問題がなかった！］

水力　二九八万kW（13％）

地熱　二一万kW（1％）

火力　一一一八万kW（49％）

@LNG　四一〇万kW（18％）

@石炭　一四〇万kW（7％）

@重油　五六〇万kW（18％）

内燃機関（離島）　四〇万kW（2％）

他社　二九二万kW（12％）

合計　二二九五万kW（100％）

③今後の方針

五年後の原発全廃に向けて、アメリカからのシェールガス輸出解禁や日本海のメタンハイドレートガス産出を見据えて、緊急に最新のLNGガスコンバインサイクルの発電所に改良および新設する。同時に自然エネルギーの開発を促進する。

これで原発五二六万キロワットが消える。稼働率七〇%として、五二六万キロワット×七〇%＝三六八万キロワットを確保すれば原発を全廃できる。そのゴールに向けて直ちに行動する。

A　緊急の行動目標

(1)新小倉火力発電所の旧式のLNG火力発電施設（一八〇万キロワット）を、LNGのガスコンバインドサイクル（燃料効率四九～五九%）へ改良工事に入る。

(2)新小倉発電所敷地内または唐津発電所（重油）敷地内、理想としては地産地消型モデルとして福岡のアイランドシティに、四〇〇万キロワットの最新のガスコンバインドサイクルLNG発電所を新設する。

(1)と(2)の合計で、三年から五年以内に約四二〇万キロワットの発電能力の増強を確保する。

(1)と(2)の工事状況に合わせて、四十年経過した原発、特に老朽化が指摘されている玄海原発一号機から次々に廃炉とする。

B　中長期の自然エネルギーへの推進目標

二〇三〇年までに、現在の一四%の三二〇万キロワットから二五%、合計六〇〇万キロワットを自然エネルギーで発電する。
○中期（十年以内）一八〇万キロワット：温泉の廃熱利用小型発電や中水力小型発電、太陽熱発電や風力発電。離島の発電システムは太陽光、太陽熱、小型風力、バイオマス、中小水力などの自然エネルギーに順次置き換える。
○長期（二十年以内）一〇〇万キロワット：久住高原、霧島、阿蘇のカルデラ内の国立公園内の大深度地熱開発を推進しながら自然エネルギーを進める。

■参考資料 3

「脱・炭素社会　ガスタービンに春到来の予感」（「日本経済新聞」二〇一一年三月七日）

天然ガスを使う発電設備、ガスタービンに追い風が吹いてきた。米国で「シェールガス」と呼ばれる新型の天然ガスの生産が本格化。ガス価格が下落して発電コストの競争力が高まっているためだ。オバマ政権が力を入れる風力など再生可能エネルギーの普及も、実はガスタービンに有利に働く。「原子力ルネサンス」ともてはやされた原子力発電所の新設計画が軒並み遅れているのとは対照的だ。

一月。「ガスタービンの時代」を予感させる受注が米国であった。
三菱重工業が米電力大手ドミニオンの傘下企業、バージニア・エレクトリック・アンド・パワー（ＶＥＰＣＯ）から、ガスタービン・コンバインドサイクル（ＧＴＣＣ）と呼ばれる設備を受注したのだ。

ＧＴＣＣはガスタービンで発電してから、その排熱で蒸気をつくり、蒸気タービンを回してさらに発電する高効率の発電設備。ガスタービン三基、蒸気タービン一基、発電機で構成し、出力は一三〇万キロワットと、大型原発一基に相当する規模となる。

三菱重工は昨年五月、同じドミニオンから原発設備を受注している。出力一七〇万キロワット級の加圧水型軽水炉（ＰＷＲ）で、ノースアナ発電所（バージニア州）三号機向けに建設する計画だが、こちらは「計画が二年遅れている」（三菱重工）。つまり、ドミニオンは原発計画を遅らせ、ガス炊き火力発電を優先する戦略に転換したわけだ。

なぜか。背景にはシェールガスの登場でガス価格が下落したことが大きい。米国の天然ガス先物価格は一〇〇万ＢＴＵ（英国熱量単位）あたり四ドル弱と、二〇〇八年七月の三分の一まで下がった。これでガスを使った発電のコスト競争力が一気に高まった。

シェールガスは米国で百年分に相当する埋蔵量があるとされ、資源メジャーや商社による投資が活発だ。当面は安値圏で推移する可能性が高い。三菱重工の白岩良浩・原動機輸出部長は「米国の電力会社は今後のガス価格が七～八ドル程度まで上昇すると堅めに見ているが、高効率のガスタービンならそれくらいの相場でも十分に競争力がある」と語る。（略）

（産業部　鈴木壮太郎）

■参考資料 4

中部電力の愛知県にある知多火力発電所は、一九六六年二月一一日に一号機が運転開始し、順次増設を行い、一九七八年四月には六号機が運転を開始。その後、一～四号機のＬＮＧ焚改造工事を行い、一九八五年には工事が完了した。

一九二二年から一九九六年にかけて一、二、五および六号機において、ガスタービン設備を追加し排気再燃型コンバインドサイクル化工事を行い、出力を増強（リパワリング）総出力三九六万六〇〇〇キロワットとなり、全国有数の大容量火力発電所となった。なお、ガスタービン設備停止時も既存の汽力設備の単独運転が可能である。

おわりに

福島原発事故後、日本で唯一再稼働した原発は鹿児島県の川内原発のみである。自然エネルギーにあふれる九州の原発のみが再稼働されるのか？　そして二〇一六年、川内原発に隣接する熊本県で熊本・大分大地震が起こった。再稼働した原発をテロだけでない火山爆発や大地震が九州を襲う危機が来ている。

そんな時に、老朽化した原発は四十年で廃炉するとした基準が突然変更され、六十年まで老朽化した原子炉の再稼働が決定された。七〇％の国民が、もう一度日本で原発事故が発生する可能性があると次の原発事故を危惧しているのに、再稼働が次々と進められる。

原発が完全に停止した二年の間に、日本の経済収支黒字はバブル期並みの二十兆円にまで回復している。それでも、「日本の財政破綻を防ぐために原発が必要だ」という嘘のキャンペーンもなされている。日本政府の借金は一一〇〇兆円で、消費税を上げないと日本が破綻するという。

元大蔵官僚の高橋洋一氏は、次のようにその財務省の嘘を暴いている。なぜ、英国のEU離脱で欧州危機が懸念されている時に、マイナス金利の日本国債が売れて、一一〇円から一〇〇円までに円高になるのか？　高橋氏はその理由を「日本の財政は破綻しない、と海外のファンドが判断しているから」とする。つまり、国も会社のようにバランスシートで評価すれば、日本政府の借金一一〇〇兆円は、日本政府が保有する金融資産六五〇兆円を差し引くと、実質の借金は四五〇兆円となる。毎年税収が五十兆円あるので、五十兆円の金の卵を生み出す企業の資産価値は十五～二十倍の資産と評価される。そうすると、最大千兆円の価値が日本政府にあるということになり、借金を差し引くとプラス五五〇兆円の資産価値がある。

また、ユニークな視点で国家財政を初めて解説した三橋貴明氏はこう主張している。

「日本政府の子会社ともいえる円紙幣を印刷している日銀がこの数年で三五〇兆円の国債を市場から購入したので借金が四五〇兆円から百兆円まで下がり、日本政府の財務内容が劇的に改善されている。また、政府に貸しているのは日本国民であり、ギリシャや韓国やロシアみたいに海外から外国紙幣ドルや自国では印刷できないユーロで借りていない。日本政府は日銀が印刷できる自国通貨の円で借りているので個人の家計とお札を自由に刷れる国家の財政をたとえ話で解説するのは欺瞞である。あえて、個人の家計で言うなら、日本政府がお父さんとすると、国民であるお母さんからお金を借りていて、その金はお父さんの手書きの個人通貨である。お母さんがお父さんと離婚しない限りその家の家計は破綻しないと説明すべきである。財政破綻を煽るマスコミや経済学者は財務省の意向を受けて国民に危機を啓蒙する役目をしている。

財務省官僚は消費税増税のために財政が破綻するという嘘の情報をマスコミに流布させて国民を欺いている」

財政破綻を回避するために消費税を上げるべきかを問うた二〇一六年の参議院議員選挙でも、原発再稼働反対を前面に出して声をあげる候補者はいなかった。しかし、参議院選挙と同時に行われた鹿児島県知事選では、川内原発を停止させ安全審査をやり直すことを公約にした元テレビ朝日記者の三反園氏が選ばれた。まだ間に合うかもしれない。原発ゼロの大地九州にすることを。

なぜ、日本のマグマが殺されたのか？

今まで三十年間書けなかった日本の地熱業界の闇を書くことができた。大きな闇の力には到底敵わないと思うが、一人が二人、二人が三人と増えていけば、日本も変わる可能性があるかもしれない。

政府は「原発を無くす」から「原発をできるだけ減らす」に、そして今「できるだけ残す」と方針を変更した。

戦争は大国の「石油」の奪い合いのために画策される。しかし、大国はその目的を隠蔽し、正義と大義の旗を掲げ、若者を戦場に送る。

「戦争」の反対は「平和」ではない。

「戦争」の反対は「話し合い、交渉」である。

「戦争」は単なる「手段」であるにすぎない。

「平和」の反対は「無秩序」である。

「戦争」は無秩序を作り出す。

原発事故も「戦争」と同じように、国土と国民を「無秩序」の状態に陥れる。

原発を直ちにゼロにするべきである。

今ならまだ間に合うはずだ。

戦争は石油の奪い合いで始まる。国の安全のためには、なるべく自国の再生可能なエネルギーを確保することである。高度の発電効率技術や公害防止技術を駆使した新しい発電所を建設し、そしてエネルギーの不足分は、世界中に眠る豊富な石炭やシェールガスなどを輸入する。一神教同士の果てしない争いの連鎖が続く中東に頼らず、複数の国から安く購入できるエネルギー政策を構築することである。


今ならまだ九州の原発をゼロにすることができる。

いつかイエスが復活したように、地熱の炎が同じように復活すると信じている。


「悲観は感情の域にあり、楽観は理性の域にある」(アラン『幸福論』)

「戦争はもはや不可能であります。戦争をなくするには、戦争を放棄する以外には方法はありませぬ。それを日本が実行されました。五十年後において(私は予言いたします)日本が道徳的に勇敢かつ賢明であったことが立証されましょう。百年後に、日本は世界の道徳的指導者となったことが悟られるでしょう」（マッカーサー元帥が昭和天皇に語った言葉）

「人は集団で考え、集団で狂気に走る。

だが、分別を取り戻すのは一人ずつである」（チャールズ・マッケイ『狂気とバブル』）

二〇一六年七月十三日　福岡市親不孝通りにて

白木正四郎

白木正四郎（しらき・まさしろう）
1948年，福岡市・親不孝通りにて誕生。早稲田大学理工学部資源工学科卒業。出光地熱開発（株）技師長として滝上地熱開発事業に従事。サイバー大学「老荘思想と新自由人論」客員教授。元九州大学地熱掘削講座非常勤講師。RKBテレビ「Gな気分」・「ワイド5」・「探検九州」などの元テレビキャスター。
著書に『龍の塔』（葦書房，1988年），『親不孝通り夢日記』（エピ出版，1995年），『ミッテラン・コード――パリに隠されたミッテラン大統領の秘密の暗号』（海鳥社，2008年），親不孝ムービー脚本に『シティ・オブ・ドラゴン』などがある。福岡市在住。

ゴルゴダの火《ひ》
龍《りゅう》を見《み》た男《おとこ》たちの地熱開発《ちねつかいはつ》の物語《ものがたり》

❖

2017年2月10日　第1刷発行

❖

著　者　白木正四郎
発行者　別府大悟
発行所　合同会社花乱社
〒810-0073 福岡市中央区舞鶴 1-6-13-405
電話 092(781)7550　FAX 092(781)7555
印刷・製本　シナノ書籍印刷株式会社
［定価はカバーに表示］
ISBN978-4-905327-66-0